DE KOGELVANGER

D1152052

LOUISE WELSH BIJ DE BEZIGE BIJ

De donkere kamer
Het mysterie van Marlowe

Louise Welsh

De kogelvanger

Vertaling Joris Vermeulen

2006

DE BEZIGE BIJ

AMSTERDAM

Cargo is een imprint van uitgeverij De Bezige Bij, Amsterdam

Copyright © 2006 Louise Welsh
Copyright Nederlandse vertaling © 2006 Joris Vermeulen
Oorspronkelijke titel *The Bullet Trick*
Oorspronkelijke uitgever Canongate, Edinburgh
Omslagontwerp Marry van Baar
Omslagillustratie Luther Gerlach
Foto auteur Jerry Bauer
Vormgeving binnenwerk Peter Verwey, Heemstede
Druk Hooiberg, Epe
ISBN 90 234 1966 9
NUR 305

www.uitgeverijcargo.nl

Voor Zoë Strachan

De auteur wil hier haar dank uitspreken voor de haar toegekende Hawthornden Fellowship, die het schrijven van dit boek heeft vergemakkelijkt.

LONDEN
GLASGOW
BERLIJN

Ah, zalige fluisteraar, m'n liefste lichtekooi, ik
Ben je gevolgd, schurkte me in je warmte sinds ik de borst verliet,
Was je dienaar en huisbeul,
En een ellendige hartenbreker voor de dorpspriester;
En zie! Als ik in noodweer de poen nam en uitgaf,
Je overstelpte in een wilde nacht met de pracht van een koningshoer,
En daags erna terugkeerde zonder geld voor genezing,
Smeet je schenkheer me naar buiten.

Padraic Fallon, 'Raftery's Gesprek met de Whisky'

Glasgow

De wielen van het vliegtuig raakten de landingsbaan, zodat ik wakker schrok.

'Ik ben jaloers op u, je moet er talent voor hebben.' De blonde vrouw in de stoel naast me glimlachte.

Ik streek met een hand over mijn gezicht. 'Pardon?'

'U hebt sinds de start vanaf Tegel aan één stuk door geslapen als een os. U boft maar, ik slaap zo niet eens in m'n eigen bed.'

Op een ander moment had ik haar misschien wel gevraagd hoe ze dan in andermans bed sliep, maar ik hield mijn bijdehante mond en bleef rustig zitten terwijl de piloot ons met een bonk een verder soepele landing bezorgde zoals er dertien in een dozijn gaan. De lichtjes van de veiligheidsgordels gingen uit, waarna de zakenlui overeind kwamen en hun tassen uit de bovenvakken begonnen te trekken. Een mobieltje kwam galmend tot leven en een man zei: 'Ik bel je over tien minuten terug. Ik zit in een vliegtuig.' Hij lachte. 'Nee, wees niet bang, we zijn al geland.' Mijn slecht slapende buurvrouw stond op en ik trok het koffertje met mijn uitrusting onder de stoel voor me vandaan. Het voelde zwaar aan, maar ik had er in Berlijn niets extra's in gestopt, afgezien van de envelop waar ik de bankbiljetten in had gepropt zonder ze te tellen.

De rij passagiers schuifelde door het gangpad, de metalen trap af, het asfalt op. Niemand die de landingsbaan kuste. Ik hield mijn jas dicht en richtte mijn blik op de grond.

Een lange stoet bagage schoof onverstoorbaar over de band, maar ik had mijn kapotte koffer en de inhoud ervan in een hotelkamer in Berlijn achtergelaten.

De beheerder van de taxistandplaats had zich tegen het weer gewapend door middel van een fluorescerend jack dat er als officiële werkkleding uitzag en een oude geruite pet die niet die indruk wekte. Hij sloeg het portier voor de veilig geïnstalleerde reiziger naast hem dicht en draaide zich toen naar me om. 'Waarheen?'

'Glasgow.'

Hij glimlachte geduldig, gewend als hij was aan jetlags en slecht Engels, en vroeg: 'Waar in Glasgow, vriend?'

'Het centrum.'

Hij schreef iets op zijn klembord en zei: 'Daar kan ik wat mee.' En hij wenkte naar een van de witte taxi's.

De chauffeur stelde dezelfde vraag als zijn opzichter. Ditmaal zei ik: 'Weet u waar ik in het centrum een kamer kan huren?'

Hij keek me via de achteruitkijkspiegel aan en zag hetzelfde gezicht waar ik een paar minuten eerder in het herentoilet nog een plens koud water overheen had gegooid. Een onopvallend gezicht met een brede groef midden op het voorhoofd die op een gewelddadig karakter of op zorgen zou kunnen duiden, maar niets waarmee ik me onderscheid van de doorsneeburger.

Ik zei: 'Ik heb er wat extra's voor over.'

En hij stuurde de taxi het vliegveld af, Glasgow in, richting de Gallowgate.

Ik zat achterin, deed mijn ogen dicht en vroeg me af hoe ik in deze puinhoop verzeild was geraakt en wat de stad die ik vroeger mijn thuis noemde voor me in petto had.

Londen

De nacht dat ik Sylvie voor het eerst zag, redde ze me van de dood. Het klokje is rond en alle bladen van de kalender zijn omgeklapt, de cijfers ervan gingen van rood naar zwart en weer terug, dezelfde kleuren als die van een set speelkaarten, en ik realiseer me dat er al meer dan een jaar is verstreken sinds Sylvie en ik elkaar leerden kennen.

In die schimmig geworden dagen stond ik bekend als 'William Wilson, Mentalist en Illusionist'. Het goochelen ontdeed zich van de ketenen van smoking en fluwelen strikje. Het had zich losgemaakt van de schnabbels voor prime time gezins-tv, de clubs in, ondergronds, stoeide met *freak shows* en circussen, en nu leek de tijd weer rijp voor het grotere werk. Ik was een van de velen die dachten dat ze het vak wel weer nieuw leven konden inblazen, als ik de kans maar kreeg. Zoals een gokker die wacht tot hij de juiste set kaarten in handen krijgt.

Zeven jaar eerder had ik Glasgow voor Londen verruild, en daarna onafgebroken aangemodderd in het Britse circuit, lang genoeg om bijna door te krijgen in welke stad ik me bevond, lang genoeg om me er niets meer van aan te trekken. Ik was het voorprogramma van een hele zwik cabaretiers en stand-up comedians. Degene waar niemand voor kwam. Ik had opgetreden in het King's, Queen's, Prince's en Consort; mijn kunstjes vertoond in het Variety, Civic, Epic en Grand. Ik had duiven langs het plafond

13

van het Playhouse laten vliegen en toegekeken hoe ze de hoofden van het publiek in het Cliffs Pavilion onderscheten. In Liverpool viel een vrouw op het podium flauw, waarna ze de coulissen in werd getrokken. In Portsmouth zat een stel matrozen een ouvreuse achterna, alle gangpaden door. In Belfast sliep ik met een meisje in het Botanic Hotel.

Ik had ook beroepsmatige opwinding gekend. Een tv-scout die dacht dat hij me een schnabbel kon bezorgen die tot een serie zou kunnen leiden, een onafhankelijke productiemaatschappij die aanbood een documentaire over mijn act te maken. Maar uiteindelijk bleken het grotere mislukkelingen dan ik. Ik kon tenminste nog een show op de planken brengen.

Mijn impresario was Richard Banks, Rich voor zijn vrienden. Hij vertegenwoordigde een trits komieken, een paar presentatoren van matineequizzen en mij. Rich ritselde al schnabbels sinds de tijd dat variété nog heer en meester was. In de jaren vijftig had hij de jongens van de Entertainments National Service Association bij elkaar geveegd, de jaren zestig hadden hem zien overschakelen op tienerpop, en tegen het begin van de jaren zeventig was hij een vaste leverancier van wat hij graag talent noemde, voor havens van Brighton tot Blackpool. Een aantal uit zijn stal had het zelfs tot *Saturday Night at the London Palladium* weten te schoppen. Het vermaak had een kwaliteitsimpuls gekregen, Rich was erin meegegaan en had een nieuwe generatie stand-ups aan zijn bestand toegevoegd. Rich was realistisch en paste zich aan, maar uiteindelijk ook loyaal, want, zoals hij zei: 'Loyaal zijn kost je niets, William.'

Hoewel je er donder op kunt zeggen dat als het anders was geweest, Richard het gegarandeerd boven de btw op zijn factuur had gezet. Hij bracht het onderwerp al vroeg in onze zakenrelatie ter sprake. Hij hield kantoor in Crouch End. Ik had op de gok bij hem aangeklopt, deels omdat ik toevallig in de buurt was en deels om hem aan mijn bestaan te herinneren. Ik had tevergeefs geprobeerd een James Bond/Moneypenny-scenario los te laten op Mrs. Pierce, de staalgrijs gekapte en nog staliger geoogde secretaresse van Rich. Nu wierp ze me slechts vanachter haar tekstverwerker een blik toe en zei: 'Meneer Banks heeft iemand op bezoek, maar hij vindt het vast niet erg als u doorloopt.'

De man in de bezoekersstoel was een kwieke zeventiger met een jongensachtig gezicht dat je doorgaans in zwart-wit ziet, maar dat hier rode wangen vertoonde, paarse aders en druipogen. Hij leunde achterover in zijn stoel, waarbij zijn bleke haar van zijn voorhoofd opwipte, als een briljante reclame voor toupettape. Zijn naar beneden gerichte glimlach was zuinig. We wisten allebei dat mijn onaangekondigde binnenkomst zijn vertreksignaal was. Rich stelde ons aan elkaar voor, en ik herinnerde me zijn naam van lang geleden, maar wist niet meer in welke voorstelling ik hem had gezien.

'Wilson? Niet echt een theaternaam,' zei hij over mijn schouder tegen Richard terwijl hij mijn hand schudde, in een vruchteloze poging mijn vingers samen te knijpen. Om hem een plezier te doen dwong ik mijn gezicht tot een grimas, waarop zijn ogen begonnen te fonkelen.

'De tijden veranderen,' zei Rich terwijl hij opstond.

'Nou en of.' De bejaarde acteur knikte en liet zijn blik traag door de kamer glijden, langs de zwart-witfoto's van voormalige sterren die tussen de portretten van Rich' huidige stal hingen. Misschien zocht hij naar een foto van hemzelf, misschien dat je op zijn leeftijd de gewoonte ontwikkelt om naar je omgeving te kijken alsof je die nooit meer terug zult zien. 'Nou Rich, het was zalig, maar ik kan niet de héle dag met je blijven babbelen.' Hij bracht zijn mok met gestrekte pink omhoog en sloeg het restje thee luid slurpend achterover. 'En wat is dit er voor eentje? De zoveelste komiek?'

'Goochelaar.'

De oudere heer kwam langzaam overeind – zijn magere lijf leek te jong voor zijn leeftijd – en trok een smetteloze overjas aan die volgens mijn inschatting minstens vijftien jaar oud was.

'Goochelaar, hè? Daar heb ik er in mijn tijd een paar van gekend. Geen van allen heeft het gemaakt, maar het waren aardige jongens.'

Ik wierp hem een gemene blik toe. 'Ik ben geen aardige jongen.'

'Nee.' Hij nam me van boven tot onder op. 'Dat had ik ook niet gedacht. Maar toch, aardig of niet, ik zou de laatste tien jaar van m'n leven geven voor zes maanden op de leeftijd die jij nu hebt. De aanbiedingen voor hem hier zullen wel binnenstromen, niet, Rich?'

Rich schonk me een nietszeggende glimlach, waarna de oude man begon te lachen en, plotseling vief, zijn hoed, sjaal, handschoenen, koffertje en plastic zak vol boodschappen oppakte, terwijl hij Richard op hoge toon zijn verontschuldigingen aanbood voor het feit dat hij zo veel van zijn tijd had gevraagd. Onderweg naar de deur knipoogde hij naar me en zei hij: 'Geeft niks, schat, we hebben allemaal zo ons droge seizoen.'

Ik wierp hem een schurkengrijns toe en hield de deur voor hem open. Toen hij veilig en wel in het voorvertrek met Mrs. Pierce stond te kletsen – op een familiaire toon die ze van mij nooit had geaccepteerd – nam ik bezit van zijn stoel, grimaste ik even vanwege de warmte die de kussens nog uitstraalden, en zei: 'Niemand die nog omkijkt naar een lekkere knul zodra hij de veertig voorbij is.'

Rich staarde me aan, bijna fronsend, meer dan ik hem ooit had zien doen, en begon me de les te lezen.

Achter in zijn dossierkasten lagen de gegevens opgeslagen van mannen met talloze moppen over schoonmoeders en zwartjes, vrouwentypetjes, buiksprekers, crooners en jongleurs. Hij kwakte de dossiermappen op het bureau voor me, en ik neusde er voor de vorm even in. In de linkerbovenhoek van ieder dossier was met een paperclip een foto bevestigd. Ouderwetse kapsels, polyester smokings, grote strikken en grijnzen die ooit vol leven hadden geleken, maar die er nu vooral wanhopig uitzagen, alsof ze zo'n twintig jaar geleden betrapt waren in een vlaag van waanzin.

'Ik hou ze in het systeem,' zei Rich, 'dat kan geen kwaad. Ze nemen niet veel ruimte in beslag, en het is leuk om aardig te wezen. Per slot van rekening hebben die jongens ooit voor veel omzet gezorgd. En trouwens, wie weet ontdekt een of andere postmoderne ironicus plotseling dat een van deze vergane glories een genie was. Als je je er maar van bewust bent, vriend, zoals ze in die financiële advertenties zeggen: in het verleden behaalde resultaten bieden geen garantie voor de toekomst. Dus' – hij tikte op zijn neus als een tipgever die een open deur intrapt – 'als je maar weet: loyaal zijn kost je niets.'

Ooit had Rich gedacht dat ik misschien wel kon meeliften op de nieuwe golf goochelaars, 'de post-Paul Daniels-brigade', zoals hij ze noemde. Dat moment diende zich nog steeds niet aan, maar hij vond het goed dat ik zijn antwoordapparaat rechtstreeks insprak. De avond waarop dit verhaal begint had hij me voor het eerst sinds weken weer eens teruggebeld.

'Het is misschien niet het grote werk, William,' was Richard vanuit Southend begonnen te roepen. Hij had een stem zo schreeuwerig als een ansichtkaart van McGill, een en al puisten, bier en dikke vrouwen die hun onderbroek uitventen. Ik hield de hoorn een centimeter of vijf van mijn oor; met al mijn problemen kon ik doofheid er niet bij hebben. 'Maar er komen daar een paar interessante lui langs. Je weet nooit wie je zo tegen het lijf loopt.'

Ik had een nietszeggend geluid geuit, waarop Rich was doorgegaan met zijn preek, die hij van begin tot eind uitsprak terwijl hij wist dat ik toch wel ja zou zeggen. 'Je zult je niet vervelen. Het is een avond voor iemand van de politie die met pensioen gaat.'

'Fantastisch, net wat ik nodig heb. De juten die me ondervragen over hoe m'n act in elkaar zit.'

'Is dat nu een instelling tegenover Hare Majesteits politiekorps? Hoe dan ook, ze zullen ervan smúllen, William. Die snuiters geilen op leugens en misleiding.' Rich viel even stil; ik hoorde hem een trek van zijn sigaret nemen. 'Zeg, ik heb een idee: pik er de grootste sukkel uit en doe wat grappigs met z'n handboeien.' Zijn lach stokte, waarna hij even niets meer zei omdat hij zijn best deed weer op adem te komen. Ik vroeg me af of hij misschien bezig was om op de bank in zijn kantoor te gaan liggen.

'Wat een schitterend advies, Richard: pik er een slungelig ogend diendertje uit, die ene met het Napoleon-complex. Die zal ik onthouden. Maar vertel: wiens voorprogramma ben ik?'

'Je kent dit soort festiviteiten wel, William. Geen geval van namen op affiches, maar ze bieden het voordeel van de gelijkheid: er is geen hoofdact.'

'Oké, moet ik als eerste of als tweede?'

'Ik geloof als eerste.'

'Aha, en wie komt er na mij?'

'Een fijn duo dat bekendstaat als The Divines.'

'Zeg me dat het gedachtelezers zijn, en geen strippers.'

'Ze staan te boek als erotische danseressen.'

'Je hebt duidelijk weer het beste met me voor, Richard, de supportact van een stel lapdancers.'

'Schiet het nou niet meteen af, William. Ik heb die meiden gezien, ze hebben heel wat support nodig, als je begrijpt wat ik bedoel.'

'Wat zit eraan vast?'

'Een paar puike kadetjes, je zou er een symfonie op kunnen schrijven.'

Ik begon te begrijpen waarom Richard zo weinig vrouwelijke artiesten in zijn kaartenbak had. 'Wat krijg ik betaald?'

'Twee-vijftig. Hé, wie weet kun je die avond wel aanpappen met de meiden. Laat je wat van hun kleren verdwijnen.'

'Nog nóóit vertoond.'

Aan de andere kant van de lijn werd nog meer rook geïnhaleerd. 'Wees toch niet zo verdomde Schots. Vooruit, als je er een wip uit haalt, zie ik af van m'n tien procent.'

Ik zei: 'Je bent te goed voor deze wereld, Richard.'

En terwijl ik ophing hoorde ik hoe zijn lach weer overging in een hoestbui.

*

Vanwege een bommelding werden die avond de belangrijkste metrostations gesloten, en de huisgenoot van het meisje dat af en toe als mijn assistente optrad liet me weten dat Julie 'fatsoenlijk werk als actrice' had gevonden. Toen ik haar vroeg of zij misschien belangstelling had om het over te nemen, begon ze te lachen en zei ze: 'Na alle verhalen die Julie me verteld heeft? Neem je grootje in de maling.' Waarna ze ophing, nog steeds lachend.

Ik peinsde of ik een vrijwilliger uit het publiek kon krijgen, maar aangeschoten juten die op vrouwelijk bloot zitten te wachten leken als personeel in spe weinig beloftevol. Terwijl ik in een wagon onder de stad door jakkerde, vastgeklemd tussen uitgeputte forensen die liever wat risico namen dan een omweg te moeten afleggen en nerveuze toeristen die zich klaarmaakten voor een explosie, dwaalden mijn gedachten af naar de hondenraces. Een snelle overstap op een andere metro en ik zou op tijd zijn om een weddenschap af te sluiten voor de derde wedstrijd. Er was een jonge, veelbelovende hond waar ik wel iets in zag, want hij was onbekend genoeg om veel winst te kunnen opleveren en kon in de juiste omstandigheden goed presteren. Ik ontving in elk geval twee-vijfentwintig voor die schnabbel, na aftrek van Richards commissie, maar als het meezat kon ik heel wat meer verdienen. Ik dacht aan het geld dat ik mijn bookmaker schuldig was en het verzoek om de achterstallige huur te betalen dat mijn huisbaas die ochtend onder de deur door had geschoven toen hij het zat werd om erop te bonken. De volgende keer zou hij een van zijn zoons langssturen met een sleutel en een paar mannetjes om me te helpen mijn spullen op straat te zetten.

We stopten in het station waar ik moest overstappen als ik me wilde drukken, en bijna kwam ik overeind, maar ik had nog nooit een voorstelling overgeslagen om te gaan gokken. Alleen verslaafden zetten hun werk op het spel.

De club bleek een besloten geval te zijn, in Soho. Ik vond de straat, liep langs drie blokken, maar constateerde toen dat ik er al voorbij was en rechtsomkeert moest maken. De ingang bevond zich op straatniveau, een neutrale groene deur zonder uithangbord of koperen plaat waaraan de club te herkennen was, alleen een nummer bij een zoemer zonder verdere indicatie. Ik drukte op de knop en ergens in het gebouw kondigde een mechanisch gegons mijn aanwezigheid aan.

Het duurde even tot er achter de deur wat gestommel hoorbaar werd en een kijkluikje knarsend openging. Achter een minuscuul smeedijzeren hekwerkje verschenen twee groene ogen die met smaragdkleurige glitter en valse wimpers waren opgemaakt. Ze staarden me aan zonder te knipperen, als die van een exotische kluizenaar.

Ik zei: 'Joe heeft me gestuurd.' En het kijkluikje werd dichtgesmeten. Toen me duidelijk werd dat de deur niet open zou gaan, drukte ik weer op de zoemer. Ditmaal vertelde ik hoe ik heette toen het luikje werd opengeklapt, en aangezien ook dat geen reactie opleverde voegde ik eraan toe: 'Ik ben de illusionist.'

'De wat?'

De stem praatte Cockney, klonk jonger dan ik had verwacht, en vol minachting. Ik trakteerde haar op de William Wilson-grijns en zei: 'De goochelaar.'

De ogen bekeken me van top tot teen, en leken niet onder de indruk. De stem zei: 'Lollig is dat, ik dacht dat je zo'n vervloekte grappenmaker was.' En ze zoemde me naar binnen. 'Je bent te laat.'

De deur bood rechtstreeks toegang tot een krap halletje dat door een balie in een receptie en een garderobe was verdeeld. De vloer, het plafond en de wanden waren voorzien van zwart tapijt. Een felle tl-buis maakte tussen de gitzwarte stof schroeiplekken van peuken en andere viezigheid zichtbaar. Ik had het vermoeden dat zo'n designgoeroe van de tv er niet gecharmeerd van zou zijn, maar zodra het licht gedimd werd zou het geheel ongetwijfeld garant staan voor een muffe wat-zal-de-nacht-ons-brengen-sfeer.

De groene ogen behoorden toe aan een grote, bleke meid die zich in een rood-met-zwart jurkje had gewurmd waarvan het lijfje met zijn rijgsluiting de controle over haar borsten dreigde te verliezen. Ze was het soort vrouw waar oude heren graag in knijpen: rijp en groot, met een huid die haar als gegoten zat. Zodra je haar harde blik voorbij was, zou ze een prima kussen tegen de wereld vormen. Haar haar was één grote berg hoogblonde, hoog opgestoken krullen die van boven haar hoofd weer naar beneden vielen. Een zachte gloed donshaartjes streek over haar wangen. Het totaalplaatje was voluptueus, hoerig, en op de een of andere manier ook Victoriaans. Mijn grootmoeder zou haar hebben uitgemaakt voor een snol, maar naar mijn idee zag ze er te goed uit voor deze tent.

Het meisje trok een klep in de balie omhoog en liet deze tussen haar en mij zakken.

Ik glimlachte en vroeg: 'Helemaal alleen?'

Mijn insteek was vaderlijk over te komen, maar het klonk als een vraag die Dr. Crippen had kunnen stellen. Het meisje ging er niet op in en knipte de Tiffany-lamp op de balie aan, waarna ze de plafondspots dimde.

'Wat zit er in de koffer?'

'Mijn rekwisieten.'

'Heb je een konijn?'

'Yep, maar da's onzichtbaar.'

Ze wierp me een blik vol walging toe die plotseling de tiener onder de make-up te zien gaf.

'Bill zit boven te flirten met onze dellen.'

Ik had de indruk dat ze gewend was aan griezels en overwoog iets te zeggen om haar te laten merken dat ik niet in die categorie viel, maar wist niets beters te verzinnen dan: 'Misschien moest ik me maar even gaan voorstellen.'

Ze schokschouderde met een blik waaruit sprak dat ze niets anders had verwacht, en wees naar een stel klapdeurtjes. 'De kleedkamers zijn de bar door, de trap op.'

De bar was een grotere, spaarzamer verlichte versie van de foyer. Een discobol weerkaatste weifelend een kleurenwaaier op de muren, en een hitje uit de jaren tachtig dat ik me vagelijk herinnerde van een klus tijdens een vakantiekamp op Kos schetterde over een wel heel krappe dansvloer. Een paar mannen die er te ernstig uitzagen voor dansambities zaten te drinken aan tafeltjes met een blad van hamerslagkoper. Ik mocht dan te laat zijn, de party wilde nog niet echt swingen. Toen ik hen passeerde dempten ze hun stem, me volgend met hun ogen. Het leken me lastige mannen om te entertainen, lastige mannen *tout court*. Ik knikte hun toe, maar ze bleven staren; de blik van elke man was inwisselbaar voor die van zijn kompaan. Ze deden me aan een school vissen denken, zoals ze op elkaar ingespeeld waren, één blok, dwalend door een donkere oceaan. Ik vroeg me af of Rich had bedoeld twee-vijftig voor of na aftrek van zijn deel. Ik vergat het altijd te vragen.

In eerste instantie leek Bill het type doorsneeportier. Brede schouders, platte neus en een smoking. Hij leunde tegen een kaptafel, met zijn armen over elkaar en gekruiste benen. De deur was half dicht, maar ik zag de twee slanke meisjes weerkaatst in de spiegel achter hem, de ene Aziatisch, de andere een blondine à la Jean Harlow. Het blonde meisje was kleiner dan het andere, maar ze leken sprekend op elkaar, als uniseks zusjes, met hun haar in hetzelfde krulstaartje, hun spijkerbroek en T-shirt die niet identiek waren maar genoeg op elkaar leken om inwisselbaar te zijn. Ik was geen groot balletliefhebber, maar ik zou er niet vies van zijn om hen te zien dansen.

Bill liet zich langzaam iets onderuitzakken, zodat ik een goed beeld van zijn lange gestalte kreeg. Hij zei in een soort namaakkostschool-Engels dat me het idee gaf dat hij tijdens de vossenjacht zijn neus had gebroken: '… en iedereen vermaakt zich prima.'

Ik knalde mijn koffer tegen de trapleuning om te voorkomen dat ik de rest van zijn instructies zou horen. Meteen duwde hij de deur met de punt van zijn keurige zwarte schoen rustig open, waarbij in een flits een zoolijzertje zichtbaar werd. De neus van de schoen was slank, maar ik had zo'n vermoeden dat er staal in zat.

Bills beweging was soepel en ongehaast, maar zijn gezichtsuitdrukking veranderde razendsnel van opgewekt naar waakzaam en toen weer naar opgewekt zodra hij eerst mij ontwaarde en daarna mijn koffer met zijn opdruk van gouden sterren, zodat hij wel kon raden wie ik was. 'Mister Magic, we zaten ons net af te vragen wanneer je zou opdagen.'

'We dachten dat je misschien wel uit een rookwolk zou komen stappen,' zei het blonde meisje snedig.

Ik zei: 'Daar is nog alle tijd voor.'

En we begonnen allemaal te lachen.

Bill kwam overeind met de souplesse van een insluiper. 'Laat me je voorstellen aan Shaz' – hij drapeerde een arm om het middel van het Aziatische meisje – 'en Jacque.' Zijn vrije arm schoof rond de kleine blondine. Bill kneep zijn gijzelaars in de zij, zodat ze lichtjes begonnen te steigeren op hun hoge hakken. Hij glimlachte. 'Prachtig. Zo, ik denk dat we jullie nu maar even je neus moeten laten poederen, dames.'

Hij gaf ze allebei twee zoenen, op z'n continentaals. Daarna trok hij de deur voorzichtig achter zich dicht en viste hij een witte zakdoek te voorschijn waarmee hij gedachteloos zijn mond afveegde, om hem daarna in een volmaakte driehoek te vouwen en terug te stoppen in zijn borstzakje. Hij stak zijn hand naar me uit. 'Meneer Williams.'

'Wilson.' Ik vond het niet prettig, de manier waarop hij het gevoel van het meisjesvlees van zijn lippen veegde. Ik vroeg me af of hij mijn handdruk van zijn palm zou wassen. Ik overwoog dat met de zijne te doen.

'Meneer Wíl-son.' Hij bleef op de eerste lettergreep van mijn naam hangen alsof hij het grappig vond dat ik de moeite nam hem te corrigeren. Alsof hij me wilde laten weten dat het hem niet uitmaakte wie ik was, of misschien dat in zijn wereld iedere naam inwisselbaar was. 'De meisjes hebben onze enige kleedkamer geconfisqueerd, maar ik heb nog wel wat andere plekjes in de aanbieding, mocht u zich willen omkleden, of' – hij wachtte even, glimlachend – 'iets aan uw make-up willen doen.'

'Probeert u me te vertellen dat mijn mascara is uitgelopen?' Hij wierp me een haastige, peilende blik toe, en begon te lachen. Ik ging verder: 'Ik zou het wel prettig vinden om ergens mijn uitrusting te kunnen checken.'

Billy ging me voor naar een aftandse slaapkamer voorzien van twee eenpersoonsbedden met oranje-bruine bloemetjesspreien en polyester draperieën waar alle fut allang uit was. Hij leunde tegen de deurpost. Tegen tafels en deurposten leunen leek Bills favoriete bezigheid te zijn. Hij keek toe terwijl ik de koffer op een van de bedden legde en de gesp losmaakte.

'Zit u in Londen, meneer Wilson?'

'Ealing.'

'Veel reizen?'

'Als 't moet.' Ofwel Bill probeerde een gesprekje aan te knopen, ofwel hij was op zoek naar een uithuizig type dat een paar pakjes kon wegbrengen. Ik legde een set speelkaarten op het bed en schakelde over op een ander onderwerp. 'En, hoe gaan de zaken? Veel werk hier in de club?'

'Genoeg. Het voorkomt dat ik domme dingen doe. Nu we het daar toch over hebben,' – hij maakte aanstalten om weg te lopen – 'kan ik nog iets voor u halen voordat ik me tussen de genodigden begeef?'

'Een wit wijntje zou er wel in gaan.' Ik klopte op mijn buik. 'Ik moet m'n gezondheid een beetje in de gaten houden.'

Bill glimlachte. 'Ik zal een fles naar boven laten brengen.'

Ik draaide me weer om naar mijn koffer. Eigenlijk hoefde ik helemaal niets voor te bereiden, maar Bill bleef op de drempel staan.

'Een tip voor vanavond.' Ik keek hem weer aan. 'Die lui komen hier voor de drank en de meiden. Voor de meesten ben je een onverwachte bonus.'

'Aardig om te horen dat je denkt dat ik drank en meiden naar de kroon kan steken.'

Bills glimlach kwam over als een dreigement. 'De inspecteur die met pensioen gaat heeft als bijnaam de Magiër. Volgens mij ben je eerder een soort *inside joke*.'

'Fijn om te horen.'

'Als je maar weet dat dit geen kinderfeestje is. Als ik jou was zou ik het kort en krachtig houden.'

'Wees niet bang, ik ken m'n plek.'

'Goed, altijd fijn als iedereen mekaar begrijpt. Ik schat dat ze er over zo'n halfuur klaar voor zijn, dus neem alle tijd die je nodig hebt.'

'Als het maar minder is dan een halfuur.'

Bill glimlachte. 'We willen niet dat de mensen ongeduldig worden.'

Ik had verwacht dat het meisje dat me had binnengelaten de wijn naar boven zou brengen, maar toen er geklopt werd verscheen er een bekend gezicht.

'Sam?'

'De enige echte.' Sam Rosensweet glimlachte. Hij glipte de kamer in, tezamen met een dienblad voorzien van twee glazen, een kurkentrekker en een fles witte wijn. 'Hoe gaat-ie?'

'Fantastisch.' Ik kwam overeind en gaf hem een klap op zijn rug. 'Goed je te zien, man.'

'Hé!' Sam bewoog het dienblad de lucht in, als de ober van een cruiseschip die zich een weg tussen de passagiers door baant. 'Kijk uit voor deze handel.'

Ik schoof de lamp op het nachtkastje opzij, om ruimte te maken voor Sams dienblad. 'Hoe is het dan met je?'

Sam begon de kurkentrekker in de kurk van de fles te draaien en grinnikte. 'Beter dan ooit.'

'Mooi kloffie.'

Hij wierp een blik op zijn kostuum. 'Tja, nou.' Sam trok de kurk uit de fles en schonk voor ons beiden een glas in. 'Nog uit Rome.' Hij reikte me mijn drank aan. 'En jij dan, William? Nog altijd verslaafd aan de paarden?'

'Je kent me: eens een dierenvriend, altijd een dierenvriend.'

Hij schudde het hoofd. 'Ik weet niet of je meteen een Sint-Franciscus wordt door viervoeters te volgen. Ook blijf je er 's nachts niet van warm. Hou daar nu eens mee op en zorg dat je een leuk mokkeltje aan de haak slaat.'

'Moet jij vooral zeggen.'

Sam grinnikte.

'Je weet wat ik bedoel. Hoe is het met de ouwe Fagin? Heb je hem de laatste tijd nog gezien?'

'Deze schnabbel komt van hem.'

'Aha.' Hij ging op het eenpersoonsbed tegenover me zitten en nam een slok van zijn wijn. 'Daar sla je de plank mis. Je hebt de klus van de dag aan die ouwe Sam-I-Am te danken.'

'O ja?' Ik probeerde dankbaar te kijken. 'Daar heeft Rich niks over gezegd.'

'Waarom zou hij ook, niet? Wil zeker zijn van z'n tien procent, die ouwe vrek.'

'Proost, Sam.' Ik bracht bij wijze van toost mijn glas omhoog, waarna ik het aan mijn lippen zette en een slok nam. De lage temperatuur wist de goedkope zure smaak niet te verbloemen. 'Bedankt.'

'Geen dank, jij en ik kennen mekaar al zo lang.'

'Dus…?'

Sam lachte. 'Het kan wezen dat je met meiden en paarden minder goed weet te goochelen…'

'En vergeet de honden niet.'

'Ah, William.' Sam schudde het hoofd, wat hem de aanblik gaf van een priester die twijfelt tussen verdriet vanwege de zonde en de blijdschap nog een paar extra onzevaders uit de zondaar te kunnen persen. 'Hoeveel zwaktes je ook kent, uiteindelijk, als puntje bij paaltje komt, ben je niet op je achterhoofd gevallen. Oké, misschien is dit avondje wat minder onschuldig dan je in eerste instantie zou denken. Maar doe gewoon je ding en alles loopt op rolletjes.'

Sam was een jonge komiek die ook onder Rich' weinig subtiele vleugels had verkeerd. We hadden samen een lang zomerseizoen doorgebracht, waarna hij had geconcludeerd dat hij beter af was met een andere impresario. Ik had hem al een jaar niet meer gezien, misschien nog wel langer. In die tijd was hij magerder geworden, wat hem niet misstond. Hij tikte met zijn glas tegen het mijne en sloeg het laatste beetje wijn achterover. 'Ik kan maar beter opkrassen. Bill heeft jaloerse neigingen. Hij is nu al achterdochtig waarom ik jou heb voorgesteld.'

'Je bedoelt dat jij en hij…?'

'Precies.' Sam begon te stralen. 'Zou je niet zeggen, hè, als je hem zo ziet?'

'Nee, inderdaad.'

'Yep, het is een gevaarlijke flikkerkiller. Ik hoef maar naar een vent te kijken of die zit al tot aan z'n nek in het beton.'

'Misschien moet je dan de deur maar opendoen, zodat hij ziet dat hij zich nergens zorgen om hoeft te maken.'

Sam lachte. 'Dat gezicht van je, William. Wees maar niet bang. Ik ben je enkel wat aan het dollen. Nu hij je gezien heeft zal hij zich vast geen zorgen meer maken.'

'Wat bedoel je?'

Sam ging staan en liep naar de deur. 'Dat vind ik nu zo prachtig aan jou, William, dat je altijd om jezelf kunt blijven lachen. Ik zie je na de show wel, oké? Bill vindt het prettig als ik achter het toneel blijf als hij de tent vol heeft, maar laten we met z'n drieën wat drinken nadat jij je set hebt gedaan.' Hij grinnikte nog eens naar me; ik meende een nieuwe, hardere Sam te ontwaren onder de grappenmaker van vroeger. Je kon je nauwelijks voorstellen dat deze fonkelnieuwe versie er problemen mee zou hebben lastige toeschouwers de mond te snoeren, waar ik de oude Sam zo mee had zien worstelen. Hij zei: 'Stel me niet teleur. Ik heb je de hemel in geprezen.' Daarna trok hij de deur zachtjes achter zich dicht.

Ik bleef even zitten nadat Sams voetstappen op de trap waren weggeëbd, me afvragend in welke situatie ik nu weer was beland. Daarna pakte ik de fles bij de hals, glipte de gang op en roffelde op de deur van de kleedkamer waar de meisjes zaten. Een vrouwenstem zei: 'Wel godverdegodver!'

Zo te horen begon een andere vrouw te lachen, waarna de Indo de deur opende. Ik hield de fles wijn omhoog. 'Ik dacht: misschien hebben jullie zin in een slokje.'

Shaz leunde tegen de deurpost, waarbij haar linkerheup mijn kant uit stak en haar rechterarm de deur langzaam heen en weer duwde tegen haar lichaam. 'We hebben zelf, bedankt.'

Door de deuropening kon ik de blondine aan de kaptafel zien zitten, turend naar haar spiegelbeeld. Allebei de meisjes waren gehuld in lange katoenen ochtendjassen en voorzien van zware, show-dikke make-up. Shaz' glimlach verdween achter de deur. Ik stak mijn voet ertussen, waarop haar glimlach wegebde. Ze zei kalm: 'Jacque, wil je even de bar beneden bellen om te zeggen dat we hier een rukker hebben?'

29

Jacque keek weg van de kaptafel. Ik stak een hand de lucht in als teken van overgave, maar hield mijn voet waar hij was. 'Nee, ho es even, ik wil jullie een voorstel doen.'

Jacques stem klonk vermoeid. 'Mocht je het nog niet doorhebben: we hebben op dit moment werk zat, schat.'

'Precies.' Het andere meisje bleef rustig, maar in haar stem klonk een rafeltje door dat er eerder niet was geweest. 'We hebben er onze handen vol aan.'

'Een van jullie twee kan er snel mee scoren.'

'Onmogelijk, vriend.'

'O, vraag toch wat-ie wil, Shaz.'

Ik keek langs de poortwachter naar het meisje in de spiegel. 'Puur zakelijk.'

Ze bleef zich op haar spiegelbeeld concentreren, waar ze een moedervlek op haar jukbeen stiftte, ter hoogte van haar ooghoek. Ze grimaste vanwege de druk van het potlood op haar huid. 'Er zit niets in je mouwen?'

Ik glimlachte en schoof mijn mouwen omhoog. 'Kijk zelf maar.'

Ze wierp haar spiegelbeeld nog een laatste blik toe, waarna ze het potlood neerlegde en haar stoel een draai gaf. Haar gezicht zag er harder uit dan in de spiegel, of misschien begon ze genoeg te krijgen van ons gesprek.

'Laat hem naar binnen, Shaz.'

Shaz beet op haar lip. 'Zolang hij maar begrijpt dat wat-ie ook wil geld kost. We zijn hier niet voor de liefdadigheid.'

'Volgens mij begrijpt hij dat wel.'

'Natuurlijk begrijp ik dat.'

Het lange meisje boog zich iets naar achteren, zodat ik er net tussendoor kon. Ik glipte naar binnen, haar lichaamswarmte onder de stof van haar kamerjas negerend.

Als ik niet geweten had dat we allemaal voor één avond waren in-gehuurd, zou ik gedacht hebben dat de meiden al wekenlang in hun kleedkamer hadden gebivakkeerd. Het snoer van een krultang kronkelde langs potjes make-up, en de gehavende kaptafel was bedekt met een laag foundation. Midden in deze puinhoop stonden een bijna lege fles witte wijn en twee glazen. Hun dagelijkse kleding hadden ze achteloos op het bed gegooid. Uit het zijvak van een sporttas stak een witte envelop vol bankbiljetten. Zo te zien zaten zij op een beter tarief dan ik, maar zij waren dan ook de hoofdact, terwijl ik maar een inside joke was.

Shaz deed de deur dicht, waarna ze tegen een afbladderende radiator aan de overkant van de kamer ging staan, haar blik op mij gericht. Ik maakte een vegend gebaar ter hoogte van mijn neus, en na een korte aarzeling keek ze vluchtig in de spiegel en klopte ze het laagje wit poeder weg dat rond haar neusgaten was achtergebleven. Daarbij ademde ze diep in, alsof ze probeerde alle wegvliegende deeltjes terug te halen.

'Jullie weten dat het de Old Bill is, die tent daar beneden?'

Ze ging weer rechtop staan en keek me wezenloos aan. 'Wat heb jij daarmee te maken?'

'Zo min mogelijk.'

Het andere meisje gluurde via de spiegel mijn kant uit, met een pluizig, roze make-upkwastje over haar jukbeen strijkend. 'De oude Bill heeft hem de jonge Bill in de maag gesplitst.'

Het lange meisje wierp haar een felle blik toe, waarop ik me afvroeg of het misschien wel echt zusjes waren.

Ik glimlachte. 'Fijn om te horen.'

Jacque concentreerde zich weer op de spiegel, maakte een vinger nat en streek een niet-waarneembare oneffenheid in haar wenkbrauw glad.

'Moest je ons maar niet gewoon vertellen wat je wilt?'

Ik spreidde mijn armen als een ouderwetse spreekstalmeester en zei: 'Charmante dames, wie van jullie zou mijn assistente willen zijn?'

Jacque lachte.

Shaz schudde het hoofd, boog zich naar voren en nam de fles van me over, die ze aan haar lippen zette. 'Ben je gek?' Ze gaf hem door aan Jacque, die een scheut in haar glas kiepte. 'Bill zou woest worden als we te vroeg naar beneden kwamen. Dan zou er niets overblijven van de grote verrassing.'

'Is hij dan jullie manager?'

Het woord 'manager' kwam er verkeerd uit, en allebei de meisjes wierpen me een fronsende blik toe. Jacques stem klonk bits. 'We "managen" onszelf.'

'Het was niet kwaad bedoeld. Ik zit ergens mee in m'n maag. De truc die ik op het oog heb kan ik alleen doen met behulp van een charmante assistente, en het publiek schijnt volledig uit lelijke smerissen te bestaan, dus het heeft geen nut om een vrijwilliger op het toneel te vragen.'

De blondine schonk me een vermoeide blik. 'Je hebt een lekker wijf nodig om te voorkomen dat onze klanten het zien wanneer je er een zootje van maakt.'

'Zo zou ik het niet meteen formuleren...'

'Ja, dus?'

'Glamour maakt deel uit van de show, inderdaad.'

'Vraag het dat dikkerdje van beneden, ik wil wedden dat ze het voor vijftig wel wil doen.'

Shaz lachte. 'Voor twintig doet ze het ook.'

Shaz begon opnieuw te giechelen toen ik vroeg of ze familie van elkaar waren, sloeg een arm om de blondine heen en nam een pose aan alsof ze geportretteerd zouden worden. 'Misschien is het je nog niet opgevallen, maar we lijken niet echt op elkaar. *Ebony* en *ivory, together*, soms *in harmony*.' Ze woelde door de krullen van de blondine, en ik meende te begrijpen wat ze van elkaar waren.

'Zeg, multi-etnisch Brittannië, ik zie niet waarom jullie niet bij elkaar zouden kunnen horen.'

'We hebben alleen de drank met elkaar gemeen.'

Jacque gaf een tikje op Shaz' hand en begon haar kapsel te fatsoeneren. Ik liet mijn blik een laatste keer door de kamer gaan en nam de her en der verspreide kleren in me op, de make-up, het slordige bed met zijn versleten chenille, en zei: 'Als jullie snel vertrokken willen zijn, dames, dan zou ik jullie willen adviseren je spullen alvast in te pakken en klaar te zetten bij de deur.'

Shaz was begonnen haar nagels van hetzelfde felle rood te voorzien als haar lippen. Ze keek me aan. 'Wees niet bang. Jij mag hier dan misschien de goochelaar zijn, over verdwijntrucs kun je ons niet veel leren.'

Uit het geroezemoes van mannenstemmen dat me tegemoetkwam toen ik de trap af liep, kon ik afleiden dat het drukker was geworden in de lounge. Ik ontdekte het portiersmeisje; het bleek dat ze Candy heette, maar ik betwijfelde of ze altijd zo had geheten. De meisjes hadden het goed gezien: ze hapte meteen toe, op een kribbige manier. Ik legde uit wat ik haar wilde laten doen en liep toen weer terug naar de lounge. Bill was niet de enige die zich onder de genodigden moest mengen.

De discolampen gloeiden wazig op achter de wolk van sigarettenrook die door de lucht trok. Het vertrek rook naar alcohol, testosteron en zweet. Er waren zo'n twintig mannen. Ze hadden de vierpersoonszitjes langs de wanden links laten liggen en ervoor gekozen midden in het vertrek bij elkaar te klitten, als een kwetsbaar bondgenootschap waar niemand uit durfde te stappen, bang om voor verrader te worden uitgemaakt.

Ik stapte op de bar af en bestelde een dubbele maltwhisky, waarna ik keek of ik Bill zag. Al snel ontdekte ik dat hij aan een tafeltje in het midden zat te praten met een kleine man. Ik keek tegen de zijkant van zijn hoofd aan, maar hij had het gezichtsveld van een scherpschutter. Hij draaide zich een kwartslag om, ving mijn blik op en stak drie vingers in de lucht om aan te geven dat hij zo bij me kwam. Ik knikte en bracht het glas naar mijn lippen, liet de whisky traag een weg door mijn keel branden en observeerde intussen het publiek.

Een willekeurige toeschouwer zou daar veel samenhang in hebben ontwaard, een vorm van geestelijke solidariteit. Maar toen ik me in hun midden begaf, kwamen de breuklijnen in beeld als tussen de stukjes van een puzzel. Ze vielen af te lezen aan de houding van deze mannenlichamen, een half weggedraaide rug, een vijandige schouder. Het groepsgevoel stoorde zich niet aan leeftijdsgrenzen, maar hun kleding en kapsels vertoonden minder eensgezindheid.

Vrijwel midden in het vertrek bevond zich een hecht kluwen van strakke, donkere pakken, het type dat je 's ochtends vroeg in een hoekje van de metro de *Telegraph* zag lezen, hoewel forensen doorgaans minder vaak een kaalgeschoren schedel en een gebroken neus hadden. Om hen heen bevonden zich tafels waar het er luidruchtiger aan toeging en meer kameraadschap leek te heersen. Deze jongens stonden eerder op om de nieuwe aanvoer van drank te verwelkomen. Hun gezichten waren roder, hun wangen glommen meer. Dit waren degenen die je in de gaten moest houden, mannen zonder zelfbeheersing die hun dure vrijetijdskleding droegen met de ongemakkelijkheid van mensen die gewend zijn aan een uniform. Ik constateerde dat een glas of twee via hen bij de pakken belandden. De plengoffers leken maar één kant uit

te gaan, maar misschien waren de rondjes terug me gewoon ontgaan. Het verst verwijderd van de centrale tafels zaten de mannen
die ik als would-be Serpico's betitelde. De kleding van deze jongens straalde een nonchalant, kostbaar soort modieusheid uit. In
hun gelach klonk arrogantie door. Als ik in een onbekende stad
bij een bar naar binnen was gestapt en dit gezelschap had aangetroffen, dan zou ik ergens anders iets zijn gaan drinken.

In de lounge was het niet langer rustig, en zelfs bijna rumoe-
rig. Ik had een speciaal middeltje voor machopubliek. Een trits
onleuke grappen die ik op aandringen van Richard bij wijze van
investering had gekocht van een van zijn uitgerangeerde komieken. Ik haatte ze, het waren gore, studentikoze moppen die niemand grappig vindt maar waar iedereen om lacht, in het geval
van jongens onder mekaar. Ik oefende ze in stilte, waarna ik de
tijd doodde met te bepalen voor welk soort misdaad deze mannen het meest geschikt waren.

De man die links van me van zijn pils zat te drinken had perfect
voor een ouderwetse bankrover kunnen doorgaan. Geen subtili-
teiten, gewoon een afgezaagd geweer en een starende blik waaruit
sprak dat hij gek genoeg was om het te gebruiken. De sluwe vos
naast hem zou ongetwijfeld zakkenroller zijn. De breedgeschouderde chagrijn achter Bills metgezel zou ideaal zijn voor het stoer-
dere werk. Ik haalde er zwendelaars en drugsdealers uit, pooiers
en inbrekers, waarna ik me focuste op de man met wie Bill praatte. Hij was gedrongen voor een politieman, duidelijk nog maar
net binnen de officiële marges. Halverwege de vijftig, gestoken in
een blauwgrijs pak met een blauw overhemd en een roze das die
goed bij zijn ogen kleurden. Wat zou hij zijn? Het was onmisken-
baar de Baas, de redelijk gemanierde bendeleider die stijve pakken droeg, vsop-cognac dronk en zijn vijanden met een knik van
zijn hoofd liet afmaken.

Bill begon zich een weg mijn kant uit te banen, waarbij hij handen schudde, in schouders kneep en een gemaakte grijns toonde die een en al tanden was. Hij tikte ergens in de buurt van mijn elleboog op mijn arm, een gebaar dat een antropoloog waarschijnlijk als dominant zou typeren, waarna hij me nog iets te drinken aanbood.

'Nee, bedankt, één helpt, twee hinderen.'

'Misschien na afloop dan.'

Ik wilde 'm smeren voordat de meisjes aan hun act begonnen, maar ik glimlachte en zei: 'Zo je wilt. Maar vertel, wie is de jarige Job?'

'Detective-inspecteur Montgomery, de man waarmee ik zat te praten. Hij en m'n vader kenden elkaar van heel vroeger, hij heeft hem door een moeilijke periode heen geloodst.' Bill glimlachte droogjes. 'Ik noemde hem altijd oom Monty, dus ik heb er persoonlijk belang bij dat hij de benen neemt.'

'Jong om nu al achter de geraniums te gaan zitten.'

'De sterke arm betaalt goed.' Bill produceerde een sluwe grijns. Hij sloeg zijn drankje achterover en zette het lege glas op de bar. 'Ze hebben een officiële partij gehad met echtgenotes en vrouwelijke agenten, oorkondes en meer van dat soort dingen. Vanavond is het échte feest. Hos maar gewoon lekker mee.' Ik knikte en Bill grijnsde, blij dat ik niet moeilijk zou doen over wat er stond te gebeuren. 'Mooi, laten we de muziek maar uitzetten en jou 's flink in de spotlights zetten.'

'Waarom niet?'

Bill knikte naar de barman. 'Crowther, zet die herrie uit.'

Crowther was al bezig Bills glas bij te vullen. Hij aarzelde, zich afvragend welke opdracht hij eerst moest uitvoeren, waarna hij ze allebei tegelijk deed door met zijn ene hand het drankje op de bar te zetten en met zijn andere korte metten te maken met de muziek. Bill keek hem niet aan en liet het roerstaafje in zijn cognac met spuitwater ronddraaien.

'Denk erom: hou het kort. Een set van maximaal veertig minuten... Dertig zou nog beter zijn.'

Hij nam een laatste teug van zijn drank en baande zich een weg naar het kleine podium om me aan te kondigen. Er werd niet om stilte gevraagd, niet met bestek tegen glazen getikt. Bill ging er gewoon staan, waarna het stil werd in de zaal. Ik wierp een vluchtige blik op Montgomery. Op zijn gezicht tekende zich een vaag glimlachje af. Het soort dat Stalin volgens de overlevering liet zien als hij een goede week achter de rug had.

Bills stem sneed door de stilte. 'Heren, dit is een bijzondere avond: de pensionering van James Montgomery, een eersteklas politieman die ik tot mijn genoegen al lang geleden heb leren kennen en die, daarvan ben ik overtuigd, een van uw prettigste collega's is geweest.'

Sommige mannen aan de tafeltjes mompelden instemmend en riepen: '*Hear hear!*' Een paar van hen die rond Montgomery zaten, bogen zich naar hem toe en klopten hem op de rug. Montgomery knikte; over welke kwaliteiten hij ook mocht beschikken, bescheidenheid hoorde daar niet bij. Ik vroeg me af hoe oprecht Bill was, waarom híj een toespraakje hield en niet iemand van de politie.

'Ik weet dat u woensdag al een chic samenzijn hebt gehad, in het gezelschap van de hoofdcommissaris, dus u zult uw portie speeches voorlopig wel gehad hebben.'

Hier en daar werd gelachen. Iemand riep: 'Juist ja!'

'Dus hebben we voor vanavond, om het u eens lekker naar de zin te maken, The Divines uitgenodigd.' Het publiek begon te joelen en sommige mannen produceerden een laag, nerveus gelach. Bill stak bezwerend zijn hand op. 'Twee bijzonder knappe, jonge…' – hij aarzelde, alsof hij naar het juiste woord zocht – '… danseressen.' Opnieuw gelach. 'Maar voordat we met hen kennismaken hebben we een heel speciale gast. Het is algemeen bekend dat inspecteur Montgomery een wonderboy is. Ja, het is een man met zulke fantástische ideeën dat hij de Magiër genoemd wordt. Dus, als eerbetoon aan het welverdiende pensioen van inspecteur Montgomery zou ik willen zeggen: een applausje voor William Wilson, mentalist en illusionist.'

Hier en daar in het zaaltje werd lauwtjes geklapt. Plotseling bedacht ik dat ik maar beter feestjes voor kinderen kon gaan doen. Die geloven tenminste nog weleens in magie. Na een lichte aarzeling startte de barman de cd die ik hem gegeven had, waarop mysterieuze muzak het vertrek vulde. Ik liep het podium op en bleef daar een ogenblik zwijgend, met gebogen hoofd en gevouwen handen staan en liet de soundtrack zijn werk doen. Vervolgens bewoog ik langzaam mijn kin omhoog, waarbij ik onverstoorbaar voor me uit bleef staren en mijn mond in de plooi hield. Ik had graag een lieftallige assistente gehad die met haar blote benen wat druk van de ketel kon halen. De muziek stierf weg en ik liet mijn blik het zaaltje rondgaan, even ernstig als Vincent Price in de rol van Van Helsing die de kijker op de vampiers attendeert.

'Welkom.' Ik stopte even en maakte met zo veel mogelijk toeschouwers oogcontact. 'Heren, er zijn mysteries waar we geen grip op krijgen, wonderen waar zelfs de grootste wetenschappers hun tanden op stukbijten. Vanavond ga ik een blik op het onbekende werpen en een aantal van deze merkwaardige, verbluffende fenomenen onderzoeken.' Het publiek bleef stil, ik stapte van het podium en liep naar een man die vrijwel vooraan zat. 'Meneer, zou u misschien voor mij willen opstaan?' De man kwam overeind. Hij was lang en spichtig, had een wijkende haargrens en een goedmoedig gezicht waaruit bleek dat hij geen geheelonthouder was.

'Hoe heet u, meneer?'

'Andy.'

'Aangenaam, Andy.' Ik gaf hem een hand, waarbij ik hem aanstaarde en ongemerkt zijn horloge losmaakte. 'Goed, Andy, wat ik je wil vragen: geloof je dat er krachten zijn die ons verstand te boven gaan?'

'Ik geloof in het Openbaar Ministerie.'

De zaal lachte en ik glimlachte vriendelijk. 'Ik zie dat je getrouwd bent, Andy.'

Hij knikte, niet onder de indruk.

'Hoe wist ik dat?'

Hij stak zijn linkerhand met een gouden trouwring omhoog.

'Inderdaad, de kunst van het observeren.' Ik liet mijn glimlach het zaaltje rondgaan, zodat hij even op adem kon komen, waarna ik op luidere toon zei: 'Maar vanavond zal ik u dingen onthullen die ook ons observatievermogen niet aan het licht kan brengen.' Ik sloeg een minder dramatische toon aan. 'Andy, ik stel me zo voor dat je in jouw vak niet zonder een goed ontwikkeld observatievermogen kunt?'

Andy knikte. 'Dat klopt.'

'Een goed geheugen voor gezichten?'

Hij knikte opnieuw. 'Ik denk het.'

'Zijn we elkaar al 's eerder tegengekomen?'

Hij schudde langzaam het hoofd, behoedzaam als een man die een getuigenverklaring aflegt. 'Niet dat ik weet, nee.'

'Je hebt me nooit gearresteerd?'

'Kan ik me niet herinneren.'

'Dus je zou verbaasd zijn als ik je vertel welke rang je hebt?'

Hij haalde zijn schouders op. 'Misschien.'

'Kom eens wat dichterbij, wil je, Andy?' De man keek om zich heen naar het grijnzende publiek. Ik zei: 'Niet bang zijn, de Kracht is met je.' En hij stapte een paar centimeter naar voren. 'Mag ik mijn hand op je schouder leggen?' Hij aarzelde, waarop ik zei: 'Wees maar niet zo verlegen.' Het publiek lachte, mijn vrijwilliger knikte even en ik bracht mijn hand omhoog en legde deze kalm op zijn rechterschouder. 'Ik zou zo zeggen, Andy... dat je...' – ik stopte weer even – '... sergeant bent.' Ik haalde mijn hand weg en hij knikte in de richting van het publiek, dat me beloonde met een kort applausje. Ik boog, maar bleef ernstig kijken. 'Dat lijkt al heel wat. Maar ik had het kunnen afleiden uit je leeftijd en het feit dat je er best slim uitziet. Laat ik dus nog een stapje verder gaan.' Uit het publiek steeg een 'Ooo' op. De man deed wankelend een stap naar achteren, zogenaamd van zijn stuk gebracht. De mannen aan zijn tafeltje lachten en ik schudde quasi verontwaardigd het hoofd. 'Rustig aan, sergeant. Ik heb gezegd dat je getrouwd bent, maar aangezien je daarnet te kennen gaf dat we elkaar nooit eerder hebben ontmoet, kan ik met geen mogelijkheid weten hoe je vrouw heet.'

Vanuit het publiek werd geroepen: 'Tenzij je d'r naam op de muur van de herenplee hebt zien staan.'

Andy schreeuwde: 'Hela, pas op, jij.' Hij zag er de humor wel van in.

Ik stak mijn hand omhoog om de rust te doen weerkeren. 'Ik zie een knappe vrouw...' De mannen begonnen weer plichtmatig 'Ooo' te roepen, en ik tekende een sexy s in de lucht, als een cartooneske weergave van een vrouwenlijf. 'Ze heet... Sarah... nee, niet Sarah, iets wat erop lijkt... Suzie... Suze... Susannah.' De man keek aangenaam verrast. Hij knikte en het publiek klapte. Ik stak mijn hand in de lucht om het tot stilte te manen. 'Je hebt kinderen... Twee prachtige dochters... Hai... Hail... Hailey en Re-e-e-e... Rebecca.' Andy glimlachte ditmaal en knikte richting de zaal. Opnieuw was daar het applaus en opnieuw stak ik mijn hand op om het te doen stoppen. 'Je hebt ook een hond?' Dat was riskant, want honden gaan eerder dood dan vrouwen en kinderen, maar het groepsportret dat ik uit zijn portefeuille had getrokken zag er behoorlijk recent uit, met de namen van alle geportretteerden keurig op de achterkant genoteerd. Andy knikte. 'Je hond heet...' Ik aarzelde net even langer dan de zaal verwachtte, en die deed er het zwijgen toe, deels hopend dat ik het zou weten, deels hopend dat ik op mijn gezicht zou gaan. 'Je hond heet... Peeler!' De weinige toeschouwers begonnen enthousiast te klappen, waarop ik boog, opgelucht dat de politieagent even onnozel bleek als de rest. 'Hoe laat leven we, sergeant?' Andy keek naar zijn pols en daarna naar mij.

'Weet iemand hoe laat het is?' De mannen die ik eruit gepikt had begonnen verontrust te mompelen toen ze ontdekten dat ze hun horloges kwijt waren. 'Ach, laat ook maar, ik weet het al.'

Ik schoof mijn linkermouw een stukje omhoog en liet het vijftal horloge zien dat ik om mijn pols had gedaan. Tot dusver deden ze het prima, als publiek. Ik voorzag ze van nog wat meer feiten uit gegapte portefeuilles, erop lettend dat ik het kort en schunnig hield, waarna ik overstapte op de *grande finale*.

'Goed, ik weet dat u reikhalzend naar The Divines uitkijkt.' Sommigen begonnen met hun voeten op de vloer te stampen en een hele zooi handen roffelde op de tafeltjes. 'Ik kan u verzekeren dat ze werkelijk góddelijk zijn. Maar eerst wil ik u graag voorstellen aan een andere lieftallige jongedame. Beste mensen, een hartelijk applaus voor de zalige, de meer dan appetijtelijke Miss Candy Flossy!'

Candy, die zichtbaar haar best deed om als een echte vamp over te komen, sloop het toneel op. Ze zou er beter hebben uitgezien als ze geglimlacht had, maar goed, ze hielp me uit de brand. Ik greep haar bij de lurven, schoof achter haar volumineuze lijf en wierp om het publiek een lol te doen een wellustige blik over haar schouder. 'Candy is zo aardig me een handje te helpen.'

Een paar mannen begonnen te janken als een wolf en te joelen.

'Mij mag je ook wel een handje helpen, schatje.'

'Je mag m'n gummiknuppel wel even vasthouden, hoor.'

'Heb je mijn nieuwe uitschuifstok al gezien?'

'Probeer m'n handboeien eens.'

'Wil je met mijn helm spelen?'

En ik bedacht dat ze bij nader inzien misschien toch niet zo'n leuk publiek waren.

Je kunt een dame op allerlei manieren in tweeën snijden. Als je over de middelen beschikt kun je kakelbonte lijkkisten met een zwik toeters en bellen in elkaar draaien en een meisje inhuren dat zichzelf zo goed kan dubbelvouwen dat het zonde is om haar in een kist te stoppen. Maar mijn genre effectbejag stoelde op een wat minder onschuldig uitziende, vooroorlogse cirkelzaag van het type dat je weleens in zo'n ouderwetse zaagmolen ziet. Het gaf de schijn van penetratie daar waar anderen leken te snijden. Maar het soort toeschouwers dat ik mocht vermaken kon dat wel waarderen.

Ik sloeg een plechtige toon aan en zei: 'Mijn laatste truc is zo gevaarlijk dat slechts een zeer beperkt aantal leden van de Magische Kring de geheimen erachter onthuld krijgt. Mocht tijdens de uitvoering ervan mijn concentratie op enig moment verstoord worden,' – Candy huiverde, ik legde een hand op haar schouder – 'dan zou deze jongedame weleens een van haar liftallige ledematen kunnen verliezen.' Ik stak de punt van mijn toverstokje onder de zoom van Candy's jurk en schoof hem omhoog. Ze mepte mijn hand weg voordat ik bij haar knieën was gearriveerd. Ik gaf het stokje quasi geërgerd een tik. 'Het spijt me. Mijn stokje gaat soms zijn eigen gang. Maar, heren, ik weet zeker dat het dramatisch zou zijn als deze fraaie stelten enig letsel zouden oplopen.' Aan de tafeltjes was men zo hoffelijk instemmend te reageren. 'Daarom wil ik u om absolute stilte vragen terwijl wij ons voorbereiden op deze verbluffende act.'

Deze mannen waren meer gewend bevelen te geven dan ze op te volgen, maar ze kwamen enigszins tot bedaren; de drinkers aan de bar gaven hun bestellingen fluisterend aan de barman door.

Ik salueerde even door licht te buigen en begon vervolgens met veel misbaar aan de nepketting van de zaag te trekken, waarbij ik onmerkbaar op de knop drukte die het geluidseffect in werking zette. De herrie was even oorverdovend als een motor die van zijn knaldemper is ontdaan. Ik had Candy ervoor gewaarschuwd, maar ze deinsde toch een stukje achteruit. Tekenen van nervositeit waren prima, maar ze moest niet op de vlucht slaan. Ik greep haar arm stevig beet en siste: 'Denk aan wat ik je gezegd heb. Het is een en al show.'

De borsten van de stevige meid trilden, ze wierp een steelse blik in de richting van de bar, vanwaar Bill haar toeknikte. Ze fluisterde: 'Beloof me dat het geen pijn doet.'

'Denk je nou echt dat ik je in tweeën ga snijden waar de wouten bij zijn? Nee, tuurlijk niet. Het is een en al rook en spiegels, honnepon.' Candy huiverde, maar ze stond toe dat ik haar op de tafel liet zitten. Ze trok haar benen op, haar rok kuis tegen zich aan gedrukt, maar kon niet voorkomen dat in een flits haar netkousen zichtbaar werden, wat het publiek een kortstondig fluitconcert ontlokte. Terwijl ze zich op haar rug liet zakken meende ik tranen in haar ogen te zien glinsteren. Ik gaf haar een knipoog en vergrendelde een kleine kist om haar middel, richtte me tot de politiemannen en brulde boven het kabaal uit: 'Degenen onder u die veel nachtdiensten draaien vinden het wellicht interessant om te horen dat dit ook als kuisheidsgordel fungeert.' Ik ging met de zaag aan de gang in de wetenschap dat het er vanuit hun positie uitzag alsof ik door het meisje heen ging. Candy's ogen traanden nu echt, maar ze glimlachte iets dapperder. Ik trok gekke bekken, in een poging over te komen als het geflipte type dat daadwerkelijk in staat is vrouwen doormidden te zagen, maar ging met een vinger geruststellend over haar middel. Ik liet de zaag zijn taak volbrengen en trakteerde het publiek op een satanisch 'ha ha'. Candy keek me aan, zich afvragend of men erin trapte. Ik knipoogde weer, ook om te voorkomen dat ze iets zou zeggen.

Het applaus zwol aan, waarna het gejoel begon.

'Ik weet al welk stuk ik wil.'

'Kom 's bij mij langs en geef het vrouwtje ook zo'n beurt, die andere helft heb ik toch niet nodig.'

'Mwah, die van mij kletst ook uit d'r reet.'

Ik ontgrendelde de kist, greep een enorme zijden, met rode en zwarte vlammen beschilderde vlag, en dekte er Candy mee af terwijl ze zichzelf bevrijdde en overeind kwam. Ik zwaaide drie keer met de vlag heen en weer en liet haar een buiging maken.

'Shit, hij heeft haar weer in mekaar gezet,' zei een benevelde stem ergens in de zaal.

Ik duwde een briefje van twintig in haar hand en ze zette weer koers naar haar jassen, terwijl ik een laatste buiging maakte.

*

Bill schoof in een vierpersoonszitje met uitzicht op de dansvloer. Ik installeerde me tegenover hem, met mijn rug naar de actie. De spiegel die meeboog met de muur boven Bills hoofd ving de zaal in zijn bolle kromming en slingerde hem terug als een vervormde gloed van licht en kleur. Ik nipte van mijn drankje. Een nummer met een Arabische sound zwol aan, een en al percussie en snerpend hout. Bill zette zijn glas neer en keek langs me heen naar het podium. 'Heb je je hierop verheugd?'

Ik haalde mijn schouders op en vroeg me af waar Sam was gebleven. Alle hoop om nog de laatste metro van die avond te halen was in rook opgegaan.

Twee lange, zwarte schaduwen gleden over de dansvloer. In eerste instantie begreep ik niet wat ze voorstelden. Misschien dat het publiek er ook van opkeek; het was rustig geworden, de mannen aan de bar waren ermee gestopt pokerface Crowther met rondjes te bestoken.

Bill lachte. 'Jezus, dadelijk krijgen we een fatwa op ons dak.'

Hij schudde geamuseerd het hoofd, zo te zien vol vertrouwen dat hij een eventuele aanval kon afslaan. De schaduwen gleden naar het midden van de vloer, waarop ik me realiseerde dat het Shaz en Jacque waren, die zich in boerka's hadden gehuld. Daar stonden ze, zwart als nonnen, met alleen voor hun ogen een stukje gaas voor het zicht, te wiegen en rond te draaien op de muziek. Het oogde als een traditionele dans, maar waarschijnlijk hadden ze het zelf verzonnen. Je kon niet zien wat hun lijven onder de gewaden deden, maar ik wilde wedden dat het er lenig en soepel aan toeging. Het enige onbedekte deel van hun lichaam waren hun voeten, die geruisloos en bevallig over de dansvloer gingen.

Op hetzelfde moment bewogen de meisjes hun rechterhand omhoog en maakten ze met een sierlijke beweging het gaaswerk dat hun ogen versluierde los. De glitters van hun opzichtige oogschaduw weerkaatsten het licht, helemaal tot in onze donkere hoek. Shaz' opmaak was zuiver smaragdgroen, die van Jacque flitste heen en weer van azuurblauw naar diamantachtig. Voor het eerst sinds het duo het podium had betreden lieten de mannen van zich horen, middels lage aanmoedigingskreten.

De meisjes dansten alsof ze alleen waren, met zwaaiende boerka's, die ik er trouwens van verdacht dunner te zijn dan gewone. Ze golfden langs hun in netpanty's gehulde enkels en voeten, waarvan de nagels gelakt waren; zilveren enkelbanden rinkelden en trilden bij iedere stap.

Bill wierp een blik op zijn horloge. Plotseling, alsof de meisjes merkten dat de aandacht van het publiek verslapte, pakten ze elkaars donkere gewaad bij de heupen vast. Het duurde even – een aarzeling van het klittenband – tot de benen van de danseressen ontbloot werden, rank, in netkousen gestoken, de glitterende jarretelles die hun fonkelend omrande ogen naar de kroon staken.

De mannen brulden. Bill nam een trek van zijn sigaret en keek weg van de dansvloer. 'Niet echt wat ik me ervan had voorgesteld.'

Ik knikte naar de groep politiemannen. 'Zij lijken het wel te kunnen waarderen.'

'Da's het belangrijkste.'

In de spiegel boven zijn hoofd draaiden de meisjes onverminderd in het rond. Hun gesluierde gezichten en bedekte bovenlijven contrasteerden sterk met het lillende vlees van hun blote dijen boven de donkere netkousen.

Het leek Bill niet meer te kunnen boeien. 'Jij was beter dan ik had verwacht.'

'Fijn zo, maar normaal ben ik nog veel beter.'

Op de dansvloer had Shaz het bovenstuk van Jacques boerka weggetrokken, waarachter een zwarte brassière te voorschijn kwam: beparelde franjes, een en al fonkeling. Jacque vergastte de toeschouwers op een *shimmy shake* waarop haar boezem meedeinde, waarna ze zich naar haar vriendin toe draaide en haar een koekje van eigen deeg gaf. De beha van Shaz was identiek, maar dan zilverwit. Hun act was smakeloos, maar hij werkte wel.

Ik zei: 'Het is smakeloos, maar het werkt wel.'

Bill grimaste. 'Je zou het inderdaad smakeloos kunnen noemen, maar ik vond dat jíj echt iets te bieden had. Met de juiste griet zou je een heel eind kunnen komen.' Hij keek weer naar de danseressen. Jacque had een vinger bevochtigd en drukte die tegen Shaz' dij. Ze trok hem haastig terug, alsof ze zich gebrand had. 'Laten we er geen doekjes om winden, met die dikke koe kom je nooit fatsoenlijk aan de bak.'

'Ze was oké.'

'Ze ziet er nu wel aardig uit, maar die hoogblonde meiden zijn binnen de kortste keren op.' De meisjes waren inmiddels met de voorsluiting van hun beha aan het spelen. Jacque boog zich over een tafeltje op de eerste rang heen en liet een potige kerel die van haar losmaken. Haar borsten schoven naar voren en ze bewoog er plagerig mee over zijn kale kop. 'Ik zag hoe je die kerels hun horloge gapte. Je hebt daar een stel rappe vingers. Nooit last mee gekregen?'

'Een paar keer, als kind.'

'Maar nooit veroordeeld.'

'Ik heb geleerd om er m'n voordeel mee te doen.'

'Toch nam je daar best een risico met die dienders.'

'Denk je?'

'Nee, niet echt, maar je weet hoe ze kunnen zijn, er zitten een paar lichtgeraakte knakkers tussen.'

'In mijn vak ontwikkel je daar een instinct voor.'

Bill nam een slok van zijn drank. 'Dat zal best. Ongelooflijk, dat je al die gegevens zomaar op kunt dissen.'

'Het is maar een truc, Bill.'

'Dat weet ik wel... maar toch. Je zat telkens goed. Misschien dat je voor zo'n truc toch meer nodig hebt dan je denkt.'

Het was wel eerder voorgekomen dat iemand vingervlugheid en een goed observatievermogen voor iets anders aanzag, maar van Bill had ik dat niet verwacht. Hij reikte me een sigaar aan. We staken hem allebei op en deden er in het doorrookte halfduister van de vierzitter het zwijgen toe. Bill zat er ontspannen bij, met een milde glimlach op zijn gezicht. Een onoplettende voorbijganger zou ons hebben aangezien voor twee oude vrienden die gemoedelijk zaten te keuvelen. Ik nam zijn ontspannen houding over en wachtte tot hij ter zake kwam.

Sam kwam langs de rand van de dansvloer aangelopen, op veilige afstand van het rumoerige mannelijke gezelschap, en schoof naast Bill op diens bankje. Hij knikte in de richting van The Divines. 'Heel erg *Tales of the Unexpected.*'

Bill keek hem aan. 'Voor mij een beetje te artistiek.'

Sams ogen werden groot van gespeelde ontzetting. 'We hebben een verrassing,' ging hij verder. Hij keek nu ernstig. 'Heb je het hem al verteld?'

Bill zei niets, als een man die zich afvraagt hoe te reageren. Ik verwachtte min of meer dat Sam hem nu zou aansporen, maar de stilte tussen ons drieën werd bijna even oorverdovend als de bonkende muziek en het gelach van de politieagenten. Uiteindelijk slaakte Bill een zucht en legde hij zijn sigaar op de asbak. 'Ik zou graag iets willen weten.'

Hij speelde met zijn glas, nam er geen slok van, staarde slechts naar de bruine vloeistof alsof het antwoord in de alcohol te vinden was. Nieuwsgierigheid en een gevaarlijke, vage hoop op een gemakkelijke schnabbel hielden me op mijn plek. 'Ga door.'

'Ik wil graag weten wat inspecteur Montgomery van mijn vader te goed had.'

De zin bleef in de lucht hangen als een brug tussen Bills wereld en de mijne. Een brug waarvan ik niet wist of ik eroverheen wilde. Ten slotte zei ik: 'Waarom vraag je het hem niet?'

'Zo eenvoudig is dat niet.'

48

'Heel vervelend voor je.' Ik greep naar mijn jack. 'Ik zit in de entertainmentbusiness. Lastige kwesties zijn niet mijn ding.'

'Niet zo haastig.'

Sam zei: 'Luister dan op z'n minst naar het hele verhaal. Als je niet blij wordt van wat hij te vertellen heeft, dan even goeie vrienden.'

Mijn halflege glas stond voor me op tafel; de sigaar die Bill me had gegeven stuurde nog steeds rookslierten de lucht in. Ik zuchtte. 'Oké. Ga door.'

Bill glimlachte droogjes. 'Politie en zakenlui – het is een publiek geheim dat de één soms de ander z'n handen in onschuld wast.'

'En toch willen ze maar niet schoon worden.'

Hij haalde zijn schouders op. 'Het is alweer lang geleden. Mijn pa en inspecteur Montgomery hadden iets onderling beklonken, zoals ik al zei. Monty heeft m'n pa in een hondsmoeilijke periode uit de brand geholpen; hij was hem iets schuldig, en oude banden zijn taai.'

'Dus?'

'Pa is drie maanden geleden gestorven.'

'Vervelend voor je, wat vreselijk.'

Bill nam een slok. 'Hij was pas achtenzestig. Het gebeurde heel onverwachts.'

'Natuurlijke doodsoorzaak?'

'Je zit hier nou niet bij Moordzaken, Scotty, dit is de gewone mensenwereld. Hij kreeg een hartaanval. Het was meteen voorbij.'

'En wat heb ik hiermee van doen?'

Sam glimlachte nerveus. 'Het gaat er enkel maar om...'

Bill onderbrak hem. 'Jij bespaart me een onaangename ervaring: dat ik een politieagent op leeftijd bij zijn lurven moet grijpen.'

Bill bestelde weer een rondje. De muziek op de dansvloer was overgegaan in r&b. De meisjes hadden hun jarretelles en kousen nog aan, maar inmiddels hadden ze allebei hoge hakken aangetrokken en paradeerden ze tussen de mannen door, zwaaiend met portemonnees, om hen te verleiden te betalen als ze wilden dat het niet hierbij bleef.

Tegenover mij zei Sam tegen Bill: 'William is rechtdoorzee. Vertel hem het complete verhaal en hij zal je helpen. Toch, William?'

Ik haalde mijn schouders op.

'Zie je?' Sam glimlachte. 'Ik zei je toch dat-ie geknipt is voor deze klus.'

Bill schudde het hoofd. 'Wat maakt het ook uit? Binnenkort zijn we hier toch weg.' Hij nam nog een trek van zijn sigaar en vervolgde zijn verhaal. 'Ik heb je verteld dat Monty en mijn pa elkaar van vroeger kenden?' Ik knikte. 'Goed, ze mochten elkaar niet. Sterker nog: je zou zelfs kunnen stellen dat ze een pesthekel aan elkaar hadden, maar ze hielpen elkaar uit de brand. Ik heb m'n pa één keer gevraagd waarom, en toen ging hij op een ander onderwerp over. Ik ging ervan uit dat het gewoon een zakelijke kwestie was.' Bill staarde naar de dansvloer, maar ik kreeg de indruk dat hij de halfnaakte meisjes niet zag die nog altijd bezig waren de dronken politiemannen uit te dagen. 'Een week geleden laat Monty me een envelop zien en zegt dat mijn pa een boel geld betaalde om de inhoud ervan niet bekend te laten worden. Als ik blijf betalen, kan ik het ook onder de pet houden.'

'Wat zat er dan in?'

Nu kwam Sam tussenbeide. 'Dat heeft hij niet gezegd.'

Bill wierp Sam een bestraffende blik toe. 'Hij genoot ervan. Zei dat het iets was wat ik van mijn vader niet te weten mocht komen, maar nu, na zijn dood, was het aan mij om te beslissen of ik er al dan niet achter kwam.' Bill nam een teug van zijn drankje. 'Mijn pa was geen lieverdje, maar…'

'Maar je gelooft niet dat hij iets duivels op zijn kerfstok had.'

Bill haalde zijn schouders op. 'We gaan allemaal weleens de fout in. Wie weet? Maar ik denk van niet, nee. Toen mijn moeder er niet meer was is hij behoorlijk bijgetrokken. Hij deed wat-ie moest doen.' Bill wierp een blik over zijn schouder naar de plek waar Montgomery met Shaz op zijn knie zat. 'Maar mijn pa wist altijd tot hoe ver hij kon gaan.'

Ik speurde in Bills ogen naar de glazige blik van dronkenschap, maar zijn grijze oogopslag maakte een heldere indruk. Ik vroeg me af waarom hij me dit alles vertelde. 'Misschien moest je er nog maar een nachtje over slapen.'

'Dit is de laatste avond dat deze tent open is. Ik heb hem verkocht.' Hij grinnikte. 'Ik smeer 'm, heb een jacht gekocht. Sam en ik gaan het er eens lekker van nemen voordat we besluiten wat onze volgende stap is. Deze avond was bedoeld om de weg te effenen. Mijn vader moest alles op alles zetten om een boterham te verdienen, maar hij heeft me een prima opleiding gegeven en een mooie erfenis nagelaten. Ik snijd de oude banden door, en dat betekent niet dat ik een of andere diender iedere maand zwijggeld stuur, van hoe vroeger hij en m'n ouwe elkaar ook kenden.'

'Koop die envelop dan van hem en verbrand hem.'

'Da's een optie.' Hij keek me aan.

Het begon me te dagen wat Bill in gedachten had, maar ik zei: 'Wat heb ik met dit alles te maken?'

Sam zei: 'Hij zit in de linkerbinnenzak van zijn colbert.'

Ik herinnerde me Montgomery's glimlach, gemeen als een gebroken scheermesje, en voelde aan mijn keel. 'Het spijt me, jongens, maar jullie hebben de verkeerde goochelaar te pakken.'

Sam klonk alsof ik hem gekwetst had. 'Kom op, William...'

Bill legde hem met zijn blik het zwijgen op. 'Kappen, Sam. Hij doet het vrijwillig of helemaal niet, hadden we afgesproken.'

'Maar...'

Sams ogen schoten mijn kant uit als bij een man die zich verraden voelt, maar Bill legde zijn hand vriendelijk op die van zijn minnaar. Zijn stem klonk mild. 'Haal eens vanachter de bar een fles Moët voor William, wil je, Sam? Dit kost hem allemaal tijd, daar moeten we iets tegenover stellen.'

Ik zei: 'Dat hoeft niet, hoor.'

Sam deed nog één poging. 'Kom op, William. Ik heb je weleens heftiger klusjes zien opknappen. Zie het als een weddenschap.'

Bills stem klonk bars. 'Haal die champagne nou maar, ja?' Hij viel even stil en sloeg toen een wat mildere toon aan. 'Alsjeblieft.'

Sam stond op en liep zonder me aan te kijken weg van de tafel.

'Bedankt voor de drank en de sigaar.' Ik trok mijn jack aan. 'Ik heb niets extra's nodig. Veel succes met je nieuwe leven. Ik zou graag willen helpen, maar ik heb al genoeg zorgen van mezelf.'

Bill wierp een steelse blik op de bar om zich ervan te verzekeren dat Sam buiten gehoorsafstand was, waarna hij een hand in zijn zak stak en het stapeltje schuldbekentenissen te voorschijn haalde waarvoor ik maandenlang stevig bij mijn bookmaker had verloren. Zijn stem klonk kalm en sympathiek, als van een verpleegster die op het punt staat een naald in een bijzonder gevoelig lichaamsdeel van een patiënt te prikken. Hij zei: 'Zijn er daarvan soms een paar van financiële aard?'

*

Zakkenrollen is niet zo eenvoudig als sommigen je willen doen geloven. Het meeste baat heb je bij een mensenmenigte, waar een beetje fysiek contact nauwelijks opvalt, zoals een bomvolle metro of een lift op het spitsuur. Wat ook meehelpt is afleiding. Gelukkig voor mij vond de grootste afleiding ter wereld pal voor de neus van de inspecteur plaats: seks. Jacque baande zich een weg naar ons zitje. Ze liep ietwat wankelend en in haar ogen ontwaarde ik iets glazigs, wat het gevolg kon zijn van drank, drugs of een poging tot nonchalance, of misschien wel van alle drie. Ze schudde met het tasje, dat er niet bepaald leeg uitzag; het zat barstensvol biljetten.

Bill zei: 'Niet doen, Jacque.'

Maar ik haalde mijn portefeuille te voorschijn en gooide er een briefje van vijftig in.

Jacque tikte mijn bijdrage krachtig tussen de rest. 'Dat geld had je je kunnen besparen, het grut daarginds heeft al voor hem betaald.' Ze wierp een blik over haar schouder. 'Ze zijn allemaal 'tzelfde.'

Terug op de dansvloer werden Shaz en zij toegejuicht toen ze de restanten van hun uitdossing afstripten. Ze hadden het scheermes gehanteerd en zagen er kwetsbaar uit, tussen de pakken en gemaakte nonchalance van de mannen. Bill zei: 'Ik denk dat ik je nu maar hier achterlaat om de koe bij de hoorns te vatten. Als je zover bent, Sam en ik zitten boven in m'n kantoor.'

Jacque en Shaz hadden zich op de grond laten zakken. De mannen dromden rond hen samen, zodat ze uit het zicht waren verdwenen. Ik vroeg: 'Gaat dat wel goed daar?'

Bill antwoordde: 'Het zijn hoeren. "Goed" is in hun geval multiinterpretabel.' En weer werd er gejuicht. Jacque stond voor Montgomery en maakte zijn stropdas los. De mannen om hem heen hadden een stap terug gedaan. Ik keek hoe de mannen Jacques bewegingen volgden, langs het lichaam van de inspecteur naar beneden. Ze schoof de stropdas tussen haar benen. Ik dronk mijn glas leeg en begon me een weg naar de bar te banen, alsof ik op zoek was naar meer drank. Toen ik ter hoogte van het groepje mannen was, boog ik me naar opzij, greep Jacque bij haar middel en trok haar naar me toe. 'Zullen we dansen, popje?'

Zoals ik had gehoopt kwam Montgomery omhoog en duwde hij me opzij. Ik wankelde naar rechts, zonder mijn greep op het gladde want bezwete meisje te laten verslappen; mijn hand schoot in zijn zak, ik voelde de envelop, wipte hem er snel en trefzeker uit, tussen mijn duim en wijsvinger geklemd, draaide hem rond in mijn hand en verhuisde hem naar mijn eigen zak, tegelijkertijd het naakte meisje naar hem toe duwend. 'Hé, ik bedoelde het niet kwaad, vriend,' zei ik met een aangedikt, beneveld accent.

Een van de mannen gaf me een por. 'Stomme Schotse eikel.' Maar het tafereel nam al snel weer zijn oude vormen aan, terwijl Jacque me een felle, verwarde blik toewierp waar mogelijk wantrouwen, teleurstelling of misschien wel gewoon afschuw uit sprak. Ik schonk haar mijn meest vluchtige glimlach en vertrok om de buit af te leveren.

Glasgow

De eerste paar maanden na mijn terugkeer naar Glasgow meed
ik het daglicht. Ik sliep langer dan ik voor mogelijk had gehouden en werd met dikke ogen wakker uit wegijlende dromen. Het
kostte me weinig moeite me overdag schuil te houden. Afgezien
van de ochtenden waarop de vertrektijden van de trein me ongeschoren en met knipperende ogen uit mijn nest sleurden en ik
met mijn koffer het matineuze donker in wankelde, ben ik zelden
vóór twaalven mijn bed uit gekomen.

Al vroeg in mijn carrière perfectioneerde ik mijn praktijkken-
nis, vanaf ongeveer mijn negende, toen ik in de lokale bibliotheek
op *De Goochelgids voor Jongens* stuitte. De jongen op het omslag
trekt nog steeds hetzelfde konijn uit dezelfde hoed, en naast hem
ligt hetzelfde boek met dezelfde afbeelding naar boven, hoewel
die inmiddels meer weg heeft van een vlek.

Als ik de spiegels van mijn moeders kaptafel in een bepaalde
hoek zette, kon ik hetzelfde effect bereiken: ik die tot in het onein-
dige werd gereflecteerd. Het gaf me een vreemd gevoel, de aanblik
van al die andere Williams die mijn handelingen imiteerden. Ik
merkte dat als ik uit het beeld stapte, de andere jongens hetzelfde
deden en hun eigen wereld betraden, waar alles het spiegelbeeld
van de mijne was en die Williams de held of de schrik van hún
school waren.

Het was een eenzaam genoegen. Iedere dag zette ik na schooltijd de spiegelende panelen in exact de juiste hoek, als een vroeg-rijpe tiener op het masturbatiepad, waarna ik aan het werk toog. Onder mijn supervisie werkte het leger klungelende Williams steeds dezelfde trucs af, net zo lang tot we er één perfect onder de knie hadden. Ik was de prins der illusie. Het kon best zijn dat deze dubbelgangers in hun wereld stoerder of populairder waren dan ik in de mijne, maar in deze spiegelwereld zwaaide ík de scepter.

Mettertijd verouderde de reflectie tot een 33-jarige oplichter die oog in oog met alziende hotelspiegels onhoorbaar zijn tekst afraffelde. Soms vergat ik te fluisteren en baste mijn stem door de lege kamer, de levenloze hotelgang in.

In Glasgow verlangde ik eerder naar deze praktijkoefeningen dan naar gezelschap of geld, want terwijl ik het gewend was om zuinig met mijn honoraria om te springen en in anonieme hotel-kamers te slapen, zou ik nooit wennen aan het wegvallen van het repetitieritueel.

De kamer waar de taxichauffeur me naartoe had gebracht keek uit op het zuiden; de middagzon zou er naar binnen hebben ge-schenen als het gebouw aan de overkant niet zulke schaduwen had geworpen. Toen ik er aankwam besloot ik er voorlopig niet meer weg te gaan en mijn gedachten op een rijtje te zetten. Maar meteen de eerste nacht al kwamen de muren op me af als bij een martelkamer in een slechte Hammer-horrorfilm, en voor ik er erg in had was ik bezig mijn schoenen en mijn jas aan te trekken om de duisternis in te stappen.

Ik ging niet ver, een paar blokjes om; hoewel ik prima de weg wist, sloeg ik elke afslag in mijn hoofd op. Bij het Tron Theatre aangekomen bleef ik even staan om een blik omhoog op de spits ervan te werpen. Een moment lang meende ik de gestalte van een man te ontwaren die aan het raam onder de toren bungelde. Daar hing hij, roerloos en donker onder de punthoed van het gebouw.

Maar misschien herinnerde ik me alleen maar dat dit het district was waar ze in het verleden misdadigers ophingen, want toen ik opnieuw omhoogkeek zag ik alleen nog schaduwen die zich tegen de muren aan drukten.

Ik liep vlak langs de gevel, met mijn blik op de stoep gericht. Vervolgens sloeg ik een zijstraat in. Aan de overkant van de weg gloeide de neonverlichting van een tattooshop ijsblauw op. Ik dacht aan mijn eigen tatoeage: vier azen die uitwaaierden boven een lachend doodshoofd in een hoge hoed. Het zetten ervan had evenveel pijn gedaan als een brandwond van napalm, maar ik vond het toen de pijn wel waard. Inmiddels zou ik hem met plezier wegsnijden. Ik leunde tegen het aluminium hek dat de deur afschermde en zocht in mijn jaszak naar mijn peuken. Boven mijn hoofd draaide een reclamebord rond – TATTOO/ARTIST, TATTOO/ARTIST, TATTOO/ARTIST – maar toen staakte het plotseling zijn omwentelingen, twijfelde even en koos de tegenovergestelde richting: ARTIST/TATTOO, ARTIST/TATTOO, ARTIST/TATTOO.

De glazen pui van het theatercafé ertegenover lichtte op in de nacht. Ik zag het publiek samendrommen in de ruimte. Zelfs vanwaar ik stond bespeurde ik de opgewonden pauzesfeer, de meningsverschillen en oordelen over de voorstelling. Even dacht ik tussen het publiek Sylvie te ontwaren, maar ik was aan dat soort visioenen gewend geraakt en negeerde de huivering in mijn maag. Het meisje draaide zich om, en ik zag dat de hoek van haar kaak niet klopte. Ze had zo'n ander gezicht dat er met geen mogelijkheid sprake kon zijn van enige gelijkenis.

Ik stond net een peuk aan te steken toen een slanke gestalte de portiek in schoof, zodat ik tegen de muur werd gedrukt. Het bleek een graatmagere knul te zijn met een jas aan die nog ouder was dan de mijne en haar dat langer en vettiger was; hij stonk naar pis en verwaarlozing. We stonden tegenover elkaar in de gloed van de aansteker, en ik vroeg me af of ik naar mijn toekomstige ik stond te kijken, de oude Scrooge die oog in oog staat met de Ghost of Christmas Future. Ik doofde de vlam, haalde mijn sigaretten te voorschijn en bood hem er een aan om me van het beeld in mijn hoofd te ontdoen. Waarop ik het effect tenietdeed door te zeggen: 'Aftaaien, makker, ik heb geen behoefte aan gezelschap.'

De jongen nam de sigaret ongeduldig aan, zonder te bedanken, en stak hem achter zijn oor. Hij boog zich naar me toe, en al pratend dempte hij zijn nasale zeurtoon tot deze meer weg had van geweeklaag. 'Er staat een grietje om de hoek dat in is voor een nummertje, dertig pop per keer.'

'Sodemieter op.'

'Ze is clean.'

Zijn lichaamsgeur drong door de nicotine heen. Ik trok de brandende sigaret tussen mijn lippen vandaan en gooide hem op de stoep. Rood opgloeiende asdeeltjes vlogen alle kanten uit terwijl hij de goot in viel. De junk volgde hem in zijn val. Ik had verwacht dat hij voorover zou buigen om de peuk op te rapen, maar hij bleek die moeite niet te nemen, zoals het een echte heroïnespuiter betaamt. Hij staarde me aan; met zijn hand streelde hij aftastend over de revers van mijn jas. 'Als ik het vraag doet ze het ook wel voor een vijfje.'

'Sodemieter op.'

Ik probeerde hem weg te duwen, maar hij bleek een volhouder; zijn handen betastten mijn lichaam nu met de doeltreffendheid van een dronken douanier. 'Kom op, chef.'

Hij was de eerste sinds tijden die me aanraakte. Er trok een rilling van afkeer over mijn rug, en ditmaal duwde ik harder. Ik wilde alleen maar van hem verlost worden, maar de jongen was fragiel. Hij verloor zijn evenwicht en wankelde naar achteren. Even leek het erop dat hij zijn evenwicht weer zou hervinden, maar toen schoot zijn hak van de stoep, kreeg de zwaartekracht de overhand en stortte hij zo hard achterover dat zijn hoofd tegen de keien smakte met een geluid als van een jachtgeweer dat afgaat. De knal weerkaatste door de straat. Ik zag dat hij roerloos bleef liggen, werd overvallen door een misselijkmakende gedachte en stapte naar hem toe. Mijn bewegingen werden aan de overkant van de straat weerkaatst in de glasplaten met daarachter de felle lampen. In die spiegelwereld van kleur en warmte kwam een meisje overeind dat naar me begon te wijzen. Een man keek in de richting van haar vinger, schudde het hoofd en zette zijn *pint* aan zijn lippen.

Ik ging naast de jongen staan, boog voorover om zijn pols te voelen, waarna ik iemand hoorde schreeuwen. Tegen het felle licht van Argyle Street tekenden zich de silhouetten van twee politieagenten af. Plotseling schoot ik overeind en was ik aan het rennen; mijn laarzen roffelden over het wegdek. Voordat ik de hoek om schoot wierp ik haastig een blik over mijn schouder, in de hoop de junk te zien bewegen, maar het enige wat ik zag was dat een van de politieagenten zich over hem heen boog en dat de ander mijn kant uit sprintte. Ik kreeg de indruk dat hij niet al zijn energie in de achtervolging stak, want ik rende te gemakkelijk van hem weg.

Anderhalve week lang bleef ik op mijn kamer. Ik durfde alleen de trap af te lopen om bij de kruidenier langs te gaan voor wat eerste levensbehoeften, en dan alleen tegen sluitingstijd. Ik leefde op zachte broodjes, ham en chips, een combinatie die ik wegspoelde met melk of donker bier, af en toe aangevuld met een blended whisky. De *Evening Times* was mijn orakel. Ik worstelde me door verdrinkingen en brandstichtingen heen, door diefstallen en steekpartijen. Ik wist van elke moord en ieder ander geweldsdelict dat in de stad gemeld werd. Ik was doodsbang mijn misdaad zwart op wit te zien, maar voelde me nooit opgelucht omdat dat uitbleef.

Uiteindelijk begonnen de muren van mijn kamer hun eerdere spelletje te spelen; ze schoven net zo lang naar elkaar toe tot de kamer de afmetingen van een lijkkist had. Ik concludeerde dat een gevangenis nog meer ruimte te bieden had en waagde me buitenshuis, net zo bang voor een hand op mijn schouder als een puber tijdens zijn eerste winkeldiefstal.

Het duurde een week voordat ik hem weer zag. Een sneue, onderuitgezakte figuur in een portiek aan Argyle Street, met de grauwe restanten van een ziekenhuisbehandeling nog om zijn hoofd. Hij keurde me geen blik waardig, tot ik een tientje in zijn hand stopte. De uitdrukking op zijn gezicht werd er een van pure liefde.

Londen

Het kantoor van Bill bevond zich op driehoog, boven in het pand. Ik gaf een harde roffel op de deur, waarna Sam de sleutel omdraaide en hem opende. Hij grijnsde. Bill was op zachte toon met iemand aan het bellen. Hij gebaarde dat ik binnen moest komen en wees naar een stoel, zonder zijn gesprek te onderbreken. Sam deed de deur achter me op slot. Ik ging aan de ene kant van het bureau zitten, Bill bleef aan de andere kant. Zijn zoveelste sigaret lag in de asbak naast hem te smeulen. Sam leunde met een zelfvoldane blik op zijn gezicht tegen de muur naast Bill.

Het kantoor was waarschijnlijk ergens rond de kroning van koningin Elizabeth voor het laatst onder handen genomen. Uit de lichte rechthoeken op de muren – waar ooit foto's hadden gehangen – viel vagelijk af te leiden hoe het vertrek er indertijd had uitgezien. Het behang was toen nog wit met banen vorstelijk rood fluweelpapier. Maar het fluweel was met de jaren donkerder geworden. Hier en daar was het kaal, elders bekrast en gescheurd, en de ooit witte achtergrond vertoonde de koffieachtige tint die oude mannen en papier aannemen na decennialang nicotine te hebben geïnhaleerd. Het tapijt was erop uitgekozen om bij de muren te kleuren: hoogpolige effen rode vloerbedekking die ooit klasse had gehad en nog best te pruimen zou zijn als iemand de moeite nam er met een stofzuiger overheen te gaan. Bills bureau zag er zeewaardig uit, een stijlvol mahoniehouten geval dat te groot was voor de kleine ruimte. Of Bill had onlangs dieven op bezoek gehad, of hij was inderdaad bezig te verhuizen. De kamer was min of meer leeggehaald. Er stonden alleen nog maar een zootje kartonnen dozen, uitgezakte, halflege vuilniszakken en afgedankte dossiermappen. Achter het bureau gaapte een lege kluis. Hoog boven Bill, op een van de bijna volledig ontruimde planken, stond een foto van een jonge koningin Elizabeth in volle glorie, op haar verleidelijkst, dat wil zeggen voor de helft minder paard.

Bill sprak op zachte, ernstige toon. 'Precies, vertel ze maar gewoon dat ik weg moest. Wegens omstandigheden.' Hij stak de sigaret tussen zijn lippen. 'Iedereen betaald, iedereen blij?' Hij zei even niets, luisterde naar degene aan de andere kant van de lijn. 'Nee, die neemt Crowther voor z'n rekening. Wacht nou maar tot de laatsten weg zijn en doe dan de deur achter je op slot. Neuh, maak je niet druk om het opruimen. Da's ons probleem niet meer. Oké, tot kijk, Candy, hou je haaks.'

Bill zette de telefoon terug op zijn plek en ik reikte hem de envelop aan. 'Missie volbracht.'

Heel even verstrakte zijn gezicht. Ik begon me af vragen of het hem nu al speet dat hij me zo veel verteld had, toen hij zijn mond in een grijns plooide. 'Oké, prima.' Hij draaide zich om naar Sam. 'Heb jij Williams beloning?' Sam haalde een witte envelop uit zijn zak en reikte die Bill aan. 'Asje.' Bill schoof hem over het bureau mijn kant uit. 'Ik denk dat dit je inspanningen wel vergoedt.'

'Bedankt.'

'Van hetzelfde.' Hij woog het pakje dat ik hem gegeven had in zijn hand, en heel even dacht ik dat hij het zou openmaken, maar die gedachte verdween weer toen hij het voorzichtig op het bureublad legde. 'Oké, ik denk niet dat het nodig is, maar ik zeg het toch maar: dit akkefietje van vanavond blijft volledig onder ons.'

Sam trok zijn wenkbrauwen op. Ik negeerde hem en zei: 'Oké, begrepen.'

'Goed, er weten dus maar drie mensen van: jij, ik en Sam. Dus als het bekend wordt weet ik wie er gelekt heeft.'

Ik stopte de beloning in mijn zak. Sam legde zijn hand op Bills schouder. 'Had je voor dat nieuwe jacht van je al een kapiteinspet en een zweep gekocht?'

Bill lachte goedmoedig. 'Goed, goed, ik vat 'm. Oké.' Hij stak zijn hand uit. Ik schudde die, waarna Bill er de schuldbekentenissen in drukte. Hij knipoogde even. 'Fijn zaken met je gedaan.'

'Insgelijks.' Ik meende het. Ik was die avond zwaar in de schulden gearriveerd en vertrok met cash op zak. Ik kwam overeind en lichtte mijn rekwisietenkoffer van de grond.

Bill kwam achter zijn bureau vandaan. 'Ik loop met je mee naar de achteruitgang. Hoef je niet langs onze vrinden daar beneden.'

Sam stapte opzij en Bill opende de deur van iets wat ik had aangezien voor een muurkast.

Ik zei wat me al had dwarsgezeten sinds ik de envelop uit Montgomery's zak had geplukt. 'Je loopt de kans dat hij een kopie heeft van wat erin zit.'

Sam grinnikte, en plotseling was hij weer die komiek met wie ik talloze avonden in de bar had gezeten. 'Bill draait hem z'n nek om als dat zo is.'

Ik lachte, maar Bill knikte instemmend. 'Hij staat op glad ijs. Hij weet hoe de zaken ervoor staan. Ik heb het nu op een aardige manier in m'n bezit gekregen, omwille van wat er ook tussen hem en mijn pa heeft gespeeld, maar de volgende keer ben ik minder geduldig.'

'En als hij het nu ontdekt en naar boven komt?'

'Binnen vijf minuten zijn we hier weg.'

'Veel succes.'

Ik stond al met één voet over de drempel toen er vanuit de gang werd geklopt. Bill verstrakte, keek me aan en bracht een vinger naar zijn lippen.

'Ben je daar, Bill?'

We verroerden ons niet en zeiden geen woord, als kinderen die in bed liggen en hun vader horen thuiskomen uit de kroeg.

'Leuk geprobeerd, maar je hebt daar maar de helft van het verhaal, Billy boy.'

Er klonk twijfel in de stem van de politieman door, waaraan ik hoorde dat hij loog. Ik fluisterde: 'Hij bluft, ik weet het zeker.'

Maar Bill schudde het hoofd. Hij riep: 'Effe wachten.'

Sam zei: 'Je hebt het me beloofd, Bill: geen gekissebis.'

Bill slaagde erin zijn stem zowel woedend als smekend te laten klinken. Hij fluisterde: 'Kutkolere, Sam, hij zit me te dollen.'

Sam zei op zachte maar vastberaden toon: 'Ik weet het, en je hebt het volste recht om je daar kwaad over te maken, maar ik zweer je, Bill, als je hem neerknalt verdwijn ik met William via die deur daar.'

Bill keek me vuil aan, waarop ik zei: 'Volgens mij bedoelt-ie tegelijk met mij.'

Sam schudde zijn hoofd. 'Godsamme, William, doe normaal.'

En weer werd er op de deur geklopt. 'Ik weet dat je daar bent, Bill. Dit is je enige kans om achter de waarheid over je moeder te komen.'

Sam pakte de envelop van zijn minnaar af en drukte hem mij in de handen. 'Kijk, hij kan zoeken wat-ie wil, hij vindt niks. Een betere keus dan William kun je nu niet maken.'

Ik siste: 'Ik wil hier verder niets meer mee te maken hebben.'

Bill zei op zachte maar vastberaden toon: 'Wees niet bang, ik zorg ervoor dat het de moeite loont.' Hij grijnsde. 'En als je hem openmaakt, kom ik dat gegarandeerd te weten en mag je als bewijs daarvan met je ballen gaan knikkeren. En nou wegwezen, tijd voor wat abracadabra. Dit is je cue om te verdwijnen.'

Bill legde een hand op mijn schouder en duwde me krachtig de kamer uit. Sam schonk me over de schouder van zijn minnaar een laatste glimlach, waarna de deur achter me dichtging en de sleutel zachtjes werd omgedraaid. De overloop was donker en muf. Links van me bevond zich een wastafeltje, en daarnaast een steile trap naar beneden. Ik kwam even op adem, in stilte vloekend, met de envelop in de ene hand en mijn koffer in de andere, en probeerde niet te hard te hijgen, uit angst dat de kleine man me zou horen.

Achter de deur hoorde ik Bills stem, die even hartverwarmend klonk als een glas cognac in een koude nacht. 'Inspecteur Montgomery.'

Terwijl ik de stenen trap af sloop hoorde ik Montgomery iets zeggen, waarna een compagnon van hem, of misschien wel Bill, op de woorden van de politieman reageerde. Ik vroeg me af of ik moest blijven wachten, of ik er iemand bij moest halen. Waarna ik voorzichtig verder afdaalde, erop lettend dat mijn fluwelen pak niet langs het schilferende pleisterwerk schuurde. Beneden aangekomen drukte ik de stang van de uitgang naar beneden en stapte ik de nacht in. De envelop met de geheimen van Bill senior hield ik stevig tegen mijn borst geklemd.

De volgende dag werd ik gewekt door mijn mobieltje, dat me van-onder het kussen met 'De tovenaarsleerling' bestookte. Die ring-tone had ik van een ex-vriendin gekregen. Ik was er nooit gechar-meerd van geweest, maar waarschijnlijk hield ik eraan vast omdat ik niet vaak cadeaus kreeg, zelfs geen sarcastische. Terwijl ik naar het telefoontje grabbelde vroeg ik me af of ik er geen hersentu-mor van kreeg door erop te slapen, en waarom het weksignaal zo vroeg was afgegaan. Maar toen realiseerde ik me dat het niet het weksignaal was.

'Hopelijk stoor ik je niet in je schoonheidsslaapje?' Richards stem kwam te hard binnen voor tien uur 's ochtends.

Ik zei: 'Ik heb vannacht gewerkt.'

'Weet ik. En, waren ze een beetje goddelijk?'

'Bel je me daarvoor?'

'Ik toon gewoon wat belangstelling, als vriend.'

Ik tastte naar mijn bril, zette hem op, wachtte even tot ik de wereld weer scherp voor ogen had, stapte uit bed en liep naakt naar de bezemkast die dienstdeed als keuken. Rich' belangstelling voor mijn non-existente seksleven begon irritant te worden. 'Wil je alsjeblieft ter zake komen?'

'Dat interpreteer ik maar als een ontkenning.'

'Heel goed, maar ik heb wel iets met de eigenaar gedronken.'

'O ja, Bill junior de geveltoerist.'

'Ken je hem goed?'

'Ik heb z'n vader gekend.'

Ik liet de waterkoker vollopen en stak de stekker in het stopcontact. Rich riep: 'Je valt weg.'

'Sorry.' Ik liep terug naar de kleine zitslaapkamer en vroeg: 'Wat was dat voor iemand?'

'Een ploert. Hoezo?'

'Ik toon gewoon wat interesse, als vriend.'

De envelop met geld die Bill me gegeven had lag op het bijzettafeltje. Ik schudde hem leeg. Duizend pond in briefjes van twintig; niet slecht voor een paar uur werk, maar ik had het gevoel dat ik dit geld nog moest gaan verdienen. Montgomery's manilla envelop lag onder het kussen op de bank. Ik haalde hem eronder vandaan en tuurde naar het zegel. Het zou niet zo moeilijk zijn om het netjes te verbreken, maar op de een of andere manier voelde ik me daar niet toe geroepen.

Rich blèrde door de ether: 'Zeg, heb je een paspoort?'

De biljetten knisperden tussen mijn vingers. 'Ergens wel, ja. Hoezo? Wil iemand het kopen?'

'Ik heb iets voor je... Berlijn.'

'Berlijn?'

'Precies, Berlijn, hoofdstad van Duitsland, ooit een gescheiden stad, nu weer gelukkig in de echt verbonden.'

'Ik weet waar het ligt. Ik vroeg me alleen af wat ik daarmee moet.'

'Ik heb een kennis die er een kennis heeft die een man kent die op zoek is naar een goochelaar voor zijn club. Snoezig geval, "Schall und Rauch", oftewel Lawaai en Rook. Helemaal jouw ding, William.'

'Misschien. Wat schuift het?'

'Een beetje enthousiasme zou wel fijn zijn. Ik zeg "Berlijn". Een centrum van entertainment, makker. Bakermat van het cabaret. Je weet toch nog wel wat Duitsland voor de Beatles heeft betekend?'

'Als ik me niet vergis werd een van hen het land uit gegooid.'

'De betaling is oké. Het is me gelukt er tien procent extra uit te poeren, boven op wat je nodig hebt voor je levensonderhoud. Bovendien betalen ze je vlucht en regelen ze onderdak voor je.'

Het klonk als het beste aanbod sinds maanden, maar toch was er iets waardoor ik twijfelde. 'Ik weet niet, Richard. Het is een beetje plotseling allemaal.'

'Je weet wat ze over gegeven paarden zeggen.'

'Laat dat van een Trojaan staan?'

'Het is aan jou, maar hier heb ik momenteel weinig voor je in de aanbieding.' Het was even stil. In de tussentijd treurden we allebei om mijn vroegere veelbelovende ik. 'Ik heb met die knul in Berlijn gesproken en het lijkt allemaal wel koosjer. Ze hebben een website en meer van dat soort grappen.'

'Je vertrouwen in moderne technieken ontroert me.'

'Je mot met je tijd mee, Will.' Het gesprek viel weer even stil, ik nam een slok koffie en Rich stak een peuk op; ik hoorde hem diep inhaleren, en op dat moment greep ik naar mijn eigen pakje sigaretten. Toen Rich weer begon te praten klonk zijn stem afgemeten. Ik zag voor me hoe hij het dossier van zijn volgende artiest over zijn bureau naar zich toe trok, compleet met pasfoto. 'Aan jou de keus, ouwe. Je hebt een uur om te beslissen. Wat het ook wordt, ik zal er niet wakker van liggen.'

Ik wierp een blik op mijn gehuurde studio, het onopgemaakte bed, de boeken en cd's die overal en nergens lagen, de berg vuil wasgoed, het stapeltje rode aanmaningen op de vensterbank. Ik hoefde maar één ding te weten. 'Per wanneer willen ze me hebben?'

'Zo mag ik het horen. Ze hebben er haast mee. Iemand heeft het bijltje erbij neergegooid. Zorg dat je morgen op tijd bent voor de show en je hebt die baan.'

Ik zei ja op het voorstel om Mrs. Pierce een vlucht te laten boeken en zat vervolgens een poos naar Bills geheim te staren. Ik concludeerde dat ik er niets mee te maken had. Toen maakte ik een grote fout. Ik schreef een briefje, liep naar het postkantoor, kocht een envelop die groot genoeg was voor die van Bill, plakte hem zorgvuldig dicht en liet hem wegen en frankeren. Daarna schreef ik er het veiligste adres ter wereld op en deed hem in de brievenbus.

In mijn kamer aangekomen zette ik water op, rookte nog een peuk en begon te pakken.

Berlijn

De baas van het cabaret was een Duitser die Ray heette. Hij was het tegenovergestelde van Bill: een dikbuikige boom van een vent met een pafferig gezicht. Hij had blond haar met grijze lokken erin die er te gelikt uitzagen om natuurlijk te zijn. En een wat geforceerde grijns, overgroeid door een woeste snor die ik maar aanzag voor een blijk van Duitsheid, maar die me thuis zou hebben ingefluisterd dat hij een homo met retroneigingen was.

Ik stak mijn hand uit, die hij na een korte aarzeling een fractie van een seconde schudde. 'Hoe was je reis?'

'Prima.'

Ray knikte. 'Fijn.' Hij monsterde me van top tot teen. 'Ik had gehoopt dat je met de rest van het gezelschap mee zou kunnen doen in ons openingsnummer, maar…' Hij schudde treurig het hoofd en glimlachte als een man die genoeg teleurstellingen had meegemaakt om te weten dat er nog veel meer zouden volgen. 'Laat maar zitten.'

'Ik wil best een poging wagen.'

Hij schudde het hoofd. 'We redden ons er wel uit. Goed, dan lijkt het me het beste dat je nu het theater te zien krijgt.' Ik liep achter hem aan, via het minuscule kaartjesloket de zaal in. 'Dit is ons podium.'

Ray wachtte even, benieuwd hoe ik zou reageren na mijn eerste kennismaking met zijn koninkrijk.

Ik ben gewend aan de desolate sfeer die overdag in lege theaters hangt. Verlaten door het publiek verliezen ze hun glans. Als de zaalverlichting aangaat kunnen de meest grandioze kroonluchters onder de spinnenwebben blijken te zitten, de fraaiste goudomrande spiegels vertonen opeens ouderdomsvlekken en barsten. De roodfluwelen stoelen vanwaar theaterbezoekers zichzelf avond aan avond in gedachten op het podium zien staan, geven aftandse gouden versierselen en sleetse plekken te zien. Maar ik wist ervan, net als van de hoofdrolspeler die met zijn grijze stoppels en slechte adem komt aanlopen, of de *femme fatale* die er niet voor terugdeinst om zonder make-up met haar pokdalige gezicht op de middagrepetitie te verschijnen; goede theaters staan klaar om hen tot goddelijke hoogten op te stuwen zodra het doek opengaat.

Toch had ik over Schall und Rauch zo mijn twijfels. Toen ik hem had teruggebeld om te laten weten dat ik definitief ja zei, had Rich de revue voorgesteld als een combinatie van de Royal Festival Hall en de Hot Club de France. Ik wist wel dat hij overdreef, maar zo sterk, dat had ik niet verwacht.

De zaal rook naar schimmel, tabak en vochtige jassen. De smoezelige grenen planken lagen nog bezaaid met de rotzooi van de avond ervoor. De tafeltjes stonden in diagonale rijen opgesteld, onder de spetters rood kaarsvet, met Thonet-stoeltjes eromheen. De slagorde was het resultaat van een optimistische poging iedereen onbelemmerd zicht op het podium te bieden, maar op mij maakte hij de indruk van een wanhopig leger dat zich voor het laatst schrapzet.

Het brandscherm was omhoog, het verlaten toneel lag bezaaid met willekeurige rekwisieten: een grote bal, een paar op elkaar gesmeten hoepels, en ergens achterin stond een trampoline. Het toneel was diep en helde sterk, maar vooral aan het plafond kon je zien dat dit ooit echt een imposant gebouw was geweest. Hoog boven onze hoofden speelden gipsen cherubijnen op luiten en trompetterden de engelen, omgeven door perkjes vol ontluikende gipsen bloemen. Restjes witte verf verluchtigden een paar mollige orkestleden nog, maar het merendeel was weggezonken in hetzelfde drabbige grijs dat de rest van het plafond bedekte. In het midden, deels verscholen achter de brug met het licht, bevond zich een bladderende maar desondanks zichtbaar barokke rozet die ontsierd werd door een half dichtgeplamuurd gat waarin, zo vermoedde ik, ooit de ketting van een gigantische kroonluchter was geschroefd. Vanuit de gehavende rozet liepen meerdere barsten tot aan de randen van het plafond. Ze waren niet allemaal onderling verbonden, maar toch leken ze één groot netwerk te vormen, als halsstarrige riviertjes die gedwongen worden onder te duiken omdat de aarde opdroogt, maar altijd weer boven weten te komen.

'Ga zitten.' Ray trok een stoel naar zich toe en liet zich erop zakken. 'Kun je zien hoe het is om in het publiek te zitten.'

Ik pakte een stoel, en draaide me om toen ik het holle geluid hoorde van voetstappen op de houten vloer. Een slank meisje met donker haar stapte naar binnen en begon de tafeltjes af te nemen. Alle verfrommelde tissues, achtergelaten folders en lege sigarettenpakjes die ze tegenkwam gooide ze in een metalen emmer. Ik glimlachte naar haar, maar ze negeerde me en wierp Ray een vuile blik toe. Ray probeerde een glimlach te produceren.

'Dus... Wat vind je ervan? Misschien minder groot dan je gewend bent, maar zeker niet onaardig, toch?'

Het meisje voorkwam dat ik hierop moest antwoorden door iets in het Duits door de zaal te roepen. Ray gaf meteen antwoord, waaruit ik niet kon opmaken of hij het vriendelijk of nors bracht. Terwijl ze van hem wegdraaide zei ze iets op matte toon, waarna ze het doekje in de achterzak van haar spijkerbroek duwde en naar de uitgang liep. Ray schudde het hoofd. 'Vrouwen. Overal zijn ze hetzelfde, onmogelijk en onvervangbaar.' Hij streek traag zijn grijze snor glad, alsof hij tot rust moest komen. 'Ik weet dat je impresario een paar dagen vrij voor je heeft bedongen, voor je begint...' Ik voelde hem al aankomen: de opgeleukte slechte boodschap waarmee de directie je om de oren slaat om je een beetje ontvankelijk te maken voor het niet-nakomen van nog wat afspraken. '... Maar in deze business moeten we flexibel wezen.'

Hij wachtte even en ik schonk hem een nietszeggende glimlach. Achter hem begon op het toneel een goedgebouwde man in een joggingbroek met afgeknipte pijpen aan een warming-up; na een paar rustige kniebuigingen bewoog hij een been balletachtig hoog in de lucht. Ik knikte zijn kant uit en zei: 'Ik weet niet of ik tot zó veel flexibiliteit in staat ben.'

Ray fronste zijn wenkbrauwen, draaide zich om en keek naar de man. 'Acrobaten zijn de moeite niet waard. Je investeert in ze, wringt je in alle mogelijke bochten om ze te kunnen helpen, waarna ze precies hetzelfde doen, maar alleen wringen zij wat te hard en breken ze hun rug. Kolja heeft talent, maar acrobaten leven maar kort; voor z'n dertigste loopt hij met een stok of geeft-ie gymles bij de kinderopvang.'

'Dat klinkt hard.'

Ray haalde zijn schouders op. In gedachten zag ik hem met zo'n zelfde schouderophalen een tienjarige op pad sturen om een zak katjes te verdrinken.

''t Is een feit. Die kids gaan naar de circusschool. Ze kennen de risico's maar denken dat ze het eeuwige leven hebben. En ook dat is logisch.'

Op het toneel stopte Kolja met zijn rek- en strekoefeningen om ons gade te kunnen slaan. Ik meende geamuseerdheid op zijn gezicht te ontwaren, maar hij keek zo snel weer de andere kant uit dat ik het niet goed kon zien. Misschien zag Ray het ook wel en was dat de reden waarom hij zich van me wegdraaide om de atleet iets in het Duits toe te roepen. De jongeman gaf geen antwoord, maar zijn mond nam de vorm aan van een houterige grijns terwijl hij van het podium klauterde.

'Je hebt nu geen tijd meer om naar je logeeradres te gaan. Hij zet je bagage wel in de kleedkamer.'

Ik stond op. 'Ik doe het zelf wel.'

Kolja liep voorbij zonder ons een blik waardig te keuren, zodat ik wat ontredderd naast het tafeltje bleef staan. Ik ging weer zitten en stak een sigaret op. Ray schokschouderde. Hij klonk vermoeid. 'Hij is trots op z'n spieren, laat hem ze maar gebruiken. Kom op, we maken onze ronde af, en misschien heb je daarna behoefte aan wat voorbereiding.'

'Misschien.'

Ray glimlachte en ging me voor naar zijn kantoor. 'En dit is dan mijn toevluchtsoord. Wanneer je ook naar me op zoek gaat, altijd hier beginnen.'

Rays toevluchtsoord was krap. Tegen de achterwand stond een lange werktafel die schuilging onder stapels papier en een verrassend nieuwe computer plus toebehoren. Een klein raam boven de werktafel keek uit op het kaartjesloket waar het meisje dat even daarvoor de tafels had afgenomen nu achter het bureau in de weer was. Achter haar zag ik de lege foyer en een openstaande deur die toegang gaf tot de tuin. De muur achter mij was bedekt met een mozaïek van foto's, sommige in kostbare lijsten, andere nonchalant met tape tegen de muur geplakt. Ik keek naar een fraai ingekaderde foto van een man in vol avondornaat die zijn hoofd in de bek van een ijsbeer stak. De man had zijn hoge hoed voor de act afgezet en zwaaide ermee met zijn rechterhand. Tussen de puntige berentanden was nog net zijn eigen grijns te zien. Ray zag me kijken en zei: 'Mijn opa.'

'Verbluffende foto is dat.'

'Nog verbluffender dan je zou denken. Buiten de piste was mijn opa boterzacht. Ze zeiden dat z'n kinderen een loopje met hem namen, maar als het op dieren aankwam was hij de baas. Hij temde leeuwen, tijgers, ijsberen zelfs, dertig jaar lang, zonder dat hij of zij ook maar een schrammetje opliepen.'

'Een dappere man.'

'Ja, hij kende de risico's.' Ray richtte zijn aandacht op zijn bureau en ging een stapel papieren af, duidelijk naar iets op zoek. 'Op het moment dat die foto werd genomen viel de beer hem aan – misschien dat hij agressief werd van de flits. Mijn oma was zijn assistente. Zoals iedere avond stond ze met een geladen pistool bij de kooi. Ze schoot de beer neer, maar je hebt meer dan één kogel nodig om zo'n beest dood te maken.' Hij wierp een blik achterom op de foto. 'Dat is iets waar we ons allemaal bewust van zouden moeten zijn. Zelfs al stop je je hoofd niet in de bek van een beer, de showbizz is een riskant vak.' Hij glimlachte. 'Het is een treurige foto. Ik zal je er een laten zien waar je om kunt lachen. Daarna kun je langsgaan bij onze toneelmeester om door te geven wat je nodig hebt.' We stonden op en Ray liep met me naar de kleine foyer. 'Kijk.'

Achter een glazen plaat hing een grote posterversie van een publiciteitsfoto die Rich drie jaar geleden van me had laten maken. Ik had er al een tijd niet meer van zo dichtbij naar gekeken, en deze opgeblazen variant maakte duidelijk dat de tussenliggende jaren een hogere tol hadden geëist dan ik had verwacht. Het pak dat ik daar droeg paste me niet meer, en ofwel de fotograaf was met de airbrush in de weer geweest, ofwel mijn gezicht was sinds ons laatste samenzijn flink wat roder en een fractie kreukeliger

geworden. De man op de foto zag er jonger uit, slanker, scherp-
zinniger dan ik in mijn herinnering ooit was geweest. Het kon
zelfs zo zijn dat hij wat meer haar had dan ik. Ik streek met een
hand over mijn hoofd en vroeg me af of ik kaalheid aan mijn collectie problemen moest toevoegen. Rays mond ging schuil achter zijn grijze snor, maar zijn stem klonk bezorgd. 'Wat vind je
ervan?'

Ik keek naar de rode letters die in superlatieven kriskras over de
poster liepen. Mijn Duits mocht dan non-existent zijn, ik kon wel
raden wat '*Genial!*' betekende. Ik richtte mijn blik op de posters
die naast mijn staaltje opschepperij hingen, en plotseling begon
het me te dagen waarom Ray had vastgesteld dat ik niet met de
rest op het toneel kon. De cast van Schall und Rauch spatte opgewekt lachend van de foto, in hun strakke pakjes die de indruk-
wekkende vormen van hun lichaam benadrukten. Het besef dat
Ray gelijk had stak me, maar opeens diende zich nog een nijpend
probleem aan. Onder de foto stond in fonkelende blauwe letters:
EROTISCHES KABARETT!

*

De toneelmeester bleek het meisje te zijn dat ik eerder de tafeltjes
had zien afnemen. Terwijl ze lusteloos het kaartjesloket uit slof-
te, streek ze een paar slierten van haar zwarte, niet bijster schone
haar uit haar gezicht die ontsnapt waren aan het knotje achter op
haar hoofd. Ze keek alsof ze wekenlang niet geslapen had, maar
die blik stond haar goed. Plotseling leek Berlijn niet zo'n naar-
geestige omgeving meer, ondanks het afgeleefde theater en de
hint dat mijn basisuitrusting tekortschoot voor een erotische
show. Ray stelde haar aan me voor als Ulla; ik stak mijn hand uit
en ze schudde die vriendelijk. Haar handpalm was koud, droog

en ietwat vereelt. Ik probeerde niet al te gretig te kijken en vroeg: 'Doe je soms alles hier?'

Ulla fronste haar wenkbrauwen. 'Ik doe m'n werk.'

In haar Engels klonk iets meer accent door dan in dat van Ray. Ik vond het mooier. Ze maakte ook een plezieriger indruk, zelfs als ze fronste. Ik liet heimelijk de stofdoek die nog uit de achterzak van haar spijkerbroek bungelde in de mijne verdwijnen.

Ulla ging me voor door een deur waar PRIVAT op stond en die naar de kleedkamers voerde. Haar zwijgzaamheid had na de reis een zegen moeten zijn, maar ik wilde dat ze met me praatte. Ik stak een hand in mijn zak en trok er de oude stofdoek uit, die nu midden in een bos felgekleurde zijden doekjes figureerde, en bood het geheel haar met een zwierig gebaar en een lichte buiging aan. 'Ik had geen tijd om bloemen te kopen.'

Ulla nam de sliert sjaaltjes zonder een lachje aan. 'Van de clowns krijg ik continu bloemen.'

'En daarom denk je dat ieder boeketje water in je ogen spuit?' Ze reageerde niet en trok kalm haar doekje eruit terwijl ze ons door de doolhof achter het toneel loodste. 'Ik hoop dat ik je schema niet al te zeer in de war gooi.'

Ulla retourneerde mijn gekreukte zijden sjaaltjes zonder me aan te kijken. Ik volgde haar blik en zag wat haar aandacht trok. De kloeke atleet die belast was met het wegbrengen van mijn koffer kwam onze kant uit gebeend met een grote kartonnen doos nonchalant onder zijn arm geklemd. Bij ons aangekomen stopte hij en bracht Ulla haar gezicht naar het zijne voor een vluchtige maar innige kus. Ik stond er wat stuntelig bij en zag hoe hij iets in haar haar fluisterde wat haar aan het lachen maakte, waarna ze het hoofd schudde en mij schielijk een blik toewierp. Kolja trok zijn mondhoeken naar beneden, kneep haar met zijn vrije hand vlug in haar zij en vervolgde zijn weg door de gang. Ulla volgde hem heel even met haar ogen en wendde zich toen weer tot mij.

'Kolja is bij de tweeling ingetrokken, dus je kunt zijn kleedkamer wel nemen.'

Het leek zinloos tegen te werpen dat ik het gewend was om te delen. Uiteindelijk leek ik gedoemd om Kolja dwars te zitten. De kamer die Ulla me had toebedeeld had iets van een nauwe gevangeniscel die het zelfs zonder tralievenster moest doen. Ik ging in de enige aanwezige stoel zitten en keek naar de foto's van Kolja die op de spiegel geplakt waren.

Hij was een knappe vent. Hier stond hij op het podium te balanceren met een ondersteboven gekeerde collega-atleet op zijn hand. En daar zag je hem naakt, op een zwemshort na, met zijn handen in de zij en daarboven twee opgezwollen armen die prachtig harmonieerden met zijn uitgedijde borstkas. Had Kolja deze memo's nodig om zich van zijn atletische vermogens te vergewissen? Of vond hij het gewoon fijn om naar zichzelf te kijken? Ik vroeg me af waarom hij de foto's niet had meegenomen naar de cel van de tweeling. Het waren er veel, maar niet te veel voor Kolja's gespierde armen. Mogelijk had hij er te veel haast mee gehad, of misschien dacht hij dat ik niet lang genoeg zou blijven om alles over te hevelen. Wat de reden ook mocht zijn geweest, ik hoopte niet dat ik Kolja's woede had opgewekt. Hij zag eruit alsof hij me in een handomdraai kon verpulveren.

Buiten hoorde ik begroetingen over en weer. Ongetwijfeld het theaterpersoneel en de artiesten die aankwamen voor de voorstelling van die avond. Ik verbeeldde me dat ik het wintervocht op hun jassen kon ruiken. Ik negeerde de geluiden, probeerde me niets aan te trekken van de verwijtende blikken van alle mogelijke Kolja's en concentreerde me op de voorbereiding van mijn act.

*

De snor van Ray begon een beetje te trillen toen hij me een halfuur voor aanvang van de show het theater zag verlaten, maar hij
wist dat hij een artiest vlak voor zijn act maar beter niet kon storen. Sommige lui houden er vreemde rituelen op na, en wie durfde te beweren dat ik niet altíjd even naar buiten ging voordat ik
op moest?

Op de binnenplaats stond een kraam waar ze soep verkoch-
ten, tjokvol noedels en ballen. Ik kocht een kom soep, nam er een
biertje bij en ging op een houten bank zitten met uitzicht op de
theateringang, vanwaar ik toekeek hoe het publiek arriveerde.

Behalve als je voor kinderen optreedt, zal je publiek nooit geloven dat je bij je voorstelling gebruikmaakt van echte magie. Ze
willen een professionele show zien. Door oefening kan iedereen
het genoegen smaken om met zijn handen het touw zodanig te
draaien dat het op de gewenste manier uit elkaar valt. Het is niet
zo moeilijk om de juiste kaart uit het stapeltje te wippen, of een
blinkende zilveren munt met je vingertoppen te voorschijn te to-
veren. De kunst is deze handelingen tot een voorstelling te smeden.

Ik heb altijd behoord tot de strak gepakte, brutale, praatzieke
goochelaarsbrigade; over het toneel stuiteren, al improviserend
de koers van je show uitstippelen. Mime had ik al lang geleden
naar de afdeling Poppen en Clownerie verbannen. Ik was niet
soepel genoeg voor een act zonder tekst. En al die overdreven ex-
pressie van gezicht en lijf, de glimlachjes en grimassen à la Marcel
Marceau – ik gruwde ervan. Terwijl ik daar zo voor dat Berlijnse
theater zat, begon ik te beseffen hoe belangrijk tekst voor mijn act
was en hoopte ik dat alle buitenlanders inderdaad Engels verston-
den.

Het publiek dat ik naar binnen zag gaan oogde jong en was vanwege de kou in donkere jassen gehuld, verlevendigd door felgekleurde mutsen en sjaals. Ik sloeg hen gade terwijl ze naar binnen schuifelden en wenste dat ik daar liep, lekker een avondje uit met een knappe meid, op weg naar een onderhoudende show. Ik stond op en bracht mijn lege kom en halfvolle fles bier terug naar de kraam. Het werd tijd voor wat concentratie.

Eenmaal binnen kocht ik een tweede biertje, ik liet me ergens achterin op een stoel zakken en keek toe hoe een oude vrouw in een zwarte jurk tussen de tafels door liep en probeerde de opwindbare speeltjes op haar dienblad te slijten. Het zat haar niet erg mee. Ik wenkte haar en vergooide twaalf euro aan een blikken eendje. Ik wond hem op en liet hem tussen de asbak en mijn bier klepperen.

Op dat moment werd het licht gedimd, het geroezemoes van het publiek stierf weg, en hoog op een platform, meters boven het podium, verscheen een vrouw met het zwarte haar en de rode lippen van Morticia Adams die grijnzend de witte toetsen van haar babyvleugel rustige, kabbelende klanken ontlokte. Zonder de muziek te onderbreken stak ze haar rechterhand uit en beroerde ze een enorme holle trommel die omlaag kwam zeilen en mysterieus boven het toneel bleef hangen.

Het gezelschap van de poster kwam uit de coulissen gerend, het vrouwvolk in heuplange jurkjes, de heren in nauwsluitende korte broeken. Kolja kwam als laatste opgedraafd, met een strakke tronie en voor de gelegenheid extra opgepompte spieren. De *troupe* zwaaide naar de toeschouwers, nam het applaus in ontvangst en bleef toen stokstijf staan, als de bemanning van een ruimteschip die ieder moment kan worden opgestraald. In de tussentijd zakte de glanzende trommel verder omlaag, tot op het podium, waar hij hen opslokte, zodat hun silhouetten zich aftekenden tegen de bleek oplichtende zijkant ervan. Een voor een ontdeden de donkere vormen zich van hun kleren en werden hun blote lijven in het zwart zichtbaar, waarna ze traag begonnen rond te draaien, als een levende toverlantaarn. Na iedere ontkleedsessie volgde een beleefd applausje, dat door de artiesten beloond werd met een nieuwe pose; om beurten vormden ze weer een andere creatie, van atletisch tot romantisch, van Charles Atlas tot de *Kus* van Rodin. Je zag geen ongelukkige uitstulpingen, geen jammerlijke stijlbreuken, zodat bij mij het vermoeden rees dat die naaktheid maar schijn was; ongetwijfeld werden hun lichamen door een nauwsluitende bodystocking in toom gehouden. Kolja was het makkelijkst te herkennen. Hij had de grootste borstkas, de stevigste dijen. Hij was degene die twee schijnbaar naakte meisjes op zijn schouders nam en ze als een menselijke weegschaal in balans hield. Ook was hij degene die het meest geestdriftige applaus kreeg toen hij met zijn gestalte een reeks bodybuilderposes doorliep. Al met al gaf het een leuk, lief-erotisch effect, ongeveer even ondeugend als een Edwardiaanse ansichtkaart.

De eerste deelnemer die solo in actie kwam was een lenig, in lycra gekleed meisje met een blonde paardenstaart dat haar hoepel de liefde leek te willen bewijzen. De zaal keek verwachtingsvol in stilte toe hoe ze hem om haar lichaam liet zwiepen; hij tolde rond haar middel, bovenlijf en nek, en viel plotseling in een vlaag van nederigheid naar haar enkels, wat hem onverbiddelijk tot stilstand leek te zullen brengen maar slechts het voorspel bleek voor een slangendans terug langs haar lichaam naar boven, tot aan haar rechterarm. Haar hand greep een tweede, rivaliserende hoepel beet terwijl de eerste doorging met zijn dans om haar rondingen. Het meisje leek maar geen genoeg van haar hoepels te kunnen krijgen. Ze wipte ze een voor een van een stapel zo hoog als zijzelf, tot ze haar kleine lijf in een spiraal van uitwaaierend plastic had geschroefd. Het kleine aantal toeschouwers ging uit zijn dak en mijn blikken eendje klepperde dat het een aard had.

Ik hoopte dat Kolja nu zou komen, maar het hoepelmeisje werd gevolgd door een drietal jonglerende clowns. Ze stuiterden het toneel op, gestoken in felgekleurde slobberbroeken en bovenmaatse shirts. De blikken eend staarde me treurig aan, ik nam een slok van mijn bier en knikte naar hem terug. De zaal klapte enthousiast, maar de kolderieke komieken zagen er te weldoorvoed uit om mij aan het lachen te kunnen brengen. Ik was altijd verknocht geweest aan Kinky The Kid-Loving Clown, een stevig drinkende olijkerd die zijn complete schmink op zijn gezicht heeft laten tatoeëren.

Ergens zette een viool een wals in, waarna de drie op het toneel hun stokken sierlijk, op de maat van de muziek, door de lucht lieten vliegen. Het tempo werd hoger en hun stokken bleven in de pas bewegen, net zo lang tot de muziek klonk alsof een vioolduivel aan een straatconcours meedeed en de clowns hun stokken als razenden afschoten, wegdoken om een collega te laten meedoen en dit spelletje lieten uitlopen op een kruip-door-sluip-door-race waar geen peil op te trekken viel. Het tempo nam nog verder toe, een paar stokken gingen verloren – per slot van rekening moet een kunstje nooit te gemakkelijk lijken – en net toen het publiek gewend begon te raken aan hun vaardigheid, werd de complete lading aan de kleinste van de drie overgedragen, die de stokken met zijn handen, armen, benen en voeten opving en het laatste exemplaar een schuinse blik toewierp alvorens het behendig met zijn mond op te vangen. Het publiek begon te juichen. De drie beantwoordden het applaus met een serie synchroon lopende achterwaartse salto's, waarna ze het toneel af renden en met een gemene grijns op hun gezicht weer terugkwamen, zwaaiend met een cirkelzaagblad. Ik kwam overeind en ging op weg naar het podium. Ik liet de eend op de tafel achter. Het was een prettige gedachte dat tenminste iemand in het publiek me zou aanmoedigen.

*

De clowns zetten een punt achter hun weinig komische act en flikflakten toen het podium af onder begeleiding van een deun die een onwaarschijnlijke mix was van hoempa- en punkmuziek. De zaal klapte en stampte op het ritme ervan, en de niet te stuiten lolbroeken kwamen al radslagen makend terug voor een toegift, wierpen elkaar met dramatische nonchalance cirkelzaagbladen toe, om dan eindelijk – onbeschadigd – definitief in de coulissen te verdwijnen.

De kleinste liet in het voorbijgaan zijn zaag vlak langs me cirkelen. Ik mompelde: 'Hopelijk verlies je je vingers.' En hij wierp me een valse grijns toe, begeleid door iets in het Duits waarvan ik niet wist of het 'succes' of 'eikel' betekende.

Twee als ninja verklede toneelknechten draafden het podium op om de troep van de clowns op te ruimen en mijn rekwisieten neer te zetten. De mysterieuze muzak die ik Ulla had gegeven begon aan zijn vijfde maat. Ik haalde diep adem en beende de rechtercoulisse uit toen de toneelknechten links afgingen. Het applaus voor de clowns hing nog in de lucht. Ik proefde ervan, peilde de temperatuur van het publiek – behoorlijk hoog – en realiseerde me dat ik nu eindelijk eens niet de opwarmer was.

Ik tilde een iel perspex tafeltje boven mijn hoofd, liet het als een majorettestok boven mijn hoofd rondtollen, maakte vervolgens daaronder met mijn hand een Mefisto-achtig gebaar en knipte een spel bovenmaatse speelkaarten te voorschijn. Voorbij de rand van het podium was het één grote leegte, een duisternis die hier en daar moest wijken voor de gloed van een kaars. God keek het uitspansel in en zag niets. Toen knipte hij met zijn vingers en schiep hij de wereld. Ik maakte een zuinige buiging en ging verder.

*

Ooit een film gezien van een oceaanstomer die klaarligt om een lange reis te aanvaarden? De mensen zien er zo tegenop hun geliefden te moeten achterlaten dat ze vanaf de dekken wimpels naar de kade gooien. De zeevaarders in spe hebben het ene uiteinde vast, de achterblijvers-in-de-dop op het vasteland het andere. Zodra het schip wegvaart komen de wimpels onder spanning te staan, beginnen te trillen en breken.

Datzelfde beeld had ik van de aandacht van mijn toeschouwers: tere kleurstroken verbonden hen met mij. Ik wilde ze daar houden waar het lint maximaal onder spanning stond, en het mocht pas breken bij mijn laatste buiging.

De muziek stierf weg; het echte startsein voor mijn optreden. Ik was halverwege de eerste truc toen ik gefluister van gesprekken hoorde. De breekbare linten die me met het publiek verbonden knapten en ik voelde me als een eenzame ziel op het bovenste dek met een bos wimpels in zijn hand, zonder dat ook maar een briesje er wat beweging in wilde brengen.

Waar glazen werden bijgeschonken klonk het gerinkel van glas tegen glas. Dissonant gelach waar de stilte van *suspense* had moeten heersen. Ik deed het enige wat ik kon doen, namelijk blijven glimlachen en doorploeteren tot het moment waarop het zaallicht werd aangedaan. Nu kon ik de gezichten van mijn publiek zien, te vaak van opzij. Ik stapte naar voren, als een man die het schavot betreedt, en vroeg om een vrijwilliger.

Later zou Sylvie me laten zien dat dit de verkeerde aanpak was. Maar die avond bleef zelfs het oude vrouwtje met het blikken speelgoed staan, in afwachting van mijn vernedering. Ik wachtte drie hartslagen langer dan aangenaam was, niet in staat om een slachtoffer tussen het publiek te ontdekken, en moest alles op alles zetten om niet te gaan smeken. Het leek alsof het toneellicht begon te flakkeren, de toeschouwers vervaagden en zelfs de gloed van de kaarsen leek te dimmen. Een zweetdruppel daalde af langs mijn ruggengraat. Toen ging er een jonge vrouw staan en wist ik dat alles op zijn pootjes terecht zou komen. Wat ook zo was. Een tijdje.

Door het zelfvertrouwen waarmee het meisje het podium op sprong, begon ik plotseling te vrezen dat het publiek haar zou aanzien voor mijn handlangster. Die vrees bleek ongegrond. Terwijl ik toch degene met de trucs en de pandjesjas was, wilde zelfs die eerste avond iedereen vooral zien wat Sylvie zou doen.

*

Mijn vrijwilligster was een slank meisje in een ouderwets jurkje dat haar vormen accentueerde, met daaronder hooggehakte laarzen. Ze had sluik, kortgeknipt haar en haar lippen waren vampachtig rood gestift, zodat ze glansden in het toneellicht. Ze draaide zich om naar het publiek. Er sprak zelfvertrouwen uit haar blik, uit haar mond geamuseerdheid; ik besefte dat ik haar nooit het podium op had moeten vragen. Ik slikte, plooide mijn gezicht tot iets wat op een glimlach moest lijken en begon mijn praatje.

'Zo, schoonheid, hoe heet je?'

'Sylvie.'

Ze had een Amerikaans accent, een en al Coca-Cola, Coors-bier en Marlboro's: een neutrale, niet-streekgebonden doorsneestem.

'En wat voert jou naar Berlijn?'

Sylvie haalde haar schouders op en staarde de duisternis van de zaal in. 'Het leven?'

Het publiek lachte en ik produceerde een glimlach, hoewel ik er de grap niet van inzag. 'Fijn zo. En zou je me willen helpen met een truc?'

'Waarom niet?'

Ook dit zei ze weer met een onverstoorbaarheid die een golf van gelach onder het publiek teweegbracht. Ik mocht er dan de humor niet van inzien, ik was er wel blij mee. Het was afgelopen met het glasgerinkel en geroezemoes en alle ogen waren op ons gericht. De zaal hing aan Sylvies lippen, in afwachting van het moment waarop zij de touwtjes in handen nam.

Ik draaide haar naar mij toe, keek in haar grijsgroene ogen en grijnsde. 'Oké dan, vooruit met de geit.'

Thimblerig is een stokoude truc die ook wel bekendstaat als vrouwenjagen en als balletje-balletje. De man die het me leerde liet zijn instructies voorafgaan door een waarschuwing: 'Het is een truc zo oud als Egypte, waarschijnlijk zelfs nog ouder. Hij heeft al heel wat mensen van de hongerdood gered en veel anderen kwamen er diep door in de schulden te zitten, of in de bak. Wie verstandig is stuurt het spel aan en laat het raden aan anderen over.'

Mijn oude leraar had gelijk, maar je hoeft geen meesterbrein te zijn om in te zien dat je er goed aan doet scherper te zijn dan het proefkonijn, dus mijn variant kende een extra dimensie die de truc een andere wending kon geven.

Met mijn linkerhand wapperde ik met drie bruine enveloppen, en mijn rechter toonde een foto van de Britse kroonjuwelen. Ik hield die hoog in de lucht zodat ook het publiek hem kon zien. Mijn verwachting was dat zo'n royalistisch tintje bij de Duitsers wel goed zou vallen, omdat het Britse koningshuis tenslotte Duits bloed had. Ik schoof de foto in een van de enveloppen, zodanig dat Sylvie en de zaal goed konden zien in welke.

'Sylvie, lijkt het je iets om de Britse kroonjuwelen te winnen?'
Droogjes antwoordde ze: 'De echte of die foto?'

Ik wierp haar een quasi-beledigde blik toe. 'Deze bepaald niet onaardige foto.' Sylvie lachte en het publiek volgde haar hierin. Ik hield diezelfde gekwetste toon in mijn stem aan. 'Wat? Je wordt er niet opgewonden van?'

Ze schudde haar hoofd in reactie op mijn geveinsde verontwaardiging – 'Nee' – en draaide een kwartslag om het podium te verlaten.

'Hé, wacht effe.' Ik tikte haar op de schouder en pal daarop draaide Sylvie dezelfde kwartslag in tegenovergestelde richting, alsof we dat wekenlang gerepeteerd hadden. 'En wat als ik je nou eens…' Ik boog me naar voren en toverde met een knip van mijn vingers drie briefjes van honderd euro ergens achter haar oor vandaan. Het was zo'n goedkope truc die je oom na een stevig kerstdiner met veel drank ook kan ophoesten, wat niet wegnam dat ik nu voor de eerste keer die avond echt applaus kreeg.

'Ja,' zei ze op haar onderkoelde theatertoon met een hoog wat-kan-mij-het-verrekken-gehalte. 'Ja, dan wordt het een heel ander verhaal.'

Ik schoof het geld in de envelop met de weinig begeerde foto en plakte hem stevig dicht. 'Goed, Sylvie, als je nu dan voor mij deze enveloppen zou willen bekijken.' Ik overhandigde haar alle drie de exemplaren. 'Zijn ze hetzelfde?'

Ze nam rustig de tijd, draaide ze een voor een om, bestudeerde de kleppen nauwkeurig, ging met haar vingers langs de randen. Eindelijk keek ze dan op en knikte. 'Ja, ze zijn identiek.'

'Goed…' Ik stond opeens met een zachte, zwartfluwelen kap in mijn handen. 'Wat dacht je van een beetje SM?'

Sylvie trok een gezicht alsof ze geschokt was en iemand in de zaal slaakte een kreet.

Sylvie trok met krachtige vingers de kap over mijn hoofd. Ze strikte het touwtje achter in mijn nek vast, waarna ze haar vingertoppen over mijn gezicht liet glijden en ze een moment tegen mijn oogleden drukte. Ik ervoer de tinteling van volslagen duisternis en ademde de ietwat doordringende, muffe lucht in die altijd in de fluwelen zak hing. Als ik inademde vlijde de stof zich tegen mijn gezicht aan, zodat mijn gemaskerde trekken zich in het fluweel aftekenden. 'Ik wil dat je deze enveloppen pakt en ze naar eigen goeddunken schudt.' Het publiek begon te lachen. Ik vroeg me af wat ze deed en vroeg: 'Klaar?'

'Ja.'

'Goed, dan ga ik je nu vragen in welke envelop het geld zit. Je mag liegen, je mag me de waarheid vertellen of, als je de stoute meid wilt uithangen, je zegt niets. De keus is aan jou.' De zaal hield zich koest en hoopte dat ik in het zand zou bijten. 'Oké, Sylvie, ik wil dat je de enveloppen nu een voor een de revue laat passeren. Maar omdat ik niets kan zien zul je er wat commentaar bij moeten leveren, dus vertel me alsjeblieft hun naam terwijl je ze omhooghoudt. Hoe zullen we ze noemen...' Ik deed alsof ik diep nadacht. 'Nummer één, nummer twee en nummer drie. Oké, ga je gang.'

Sylvie wachtte een tel, waarna ze met luide, heldere stem zei: 'Nummer één.'

Ik richtte mijn hoofd op en ademde diep in, in de hoop dat mijn verborgen gezicht er onverstoorbaar, waardig uit zou zien, als zo'n beeld op Paaseiland. 'Zit de foto hierin?'

Ik wachtte. Sylvie gaf geen antwoord.

'Aha, ik dacht al dat jij zo'n meisje bent dat het fijn vindt om mannen te kwellen.'

Geen toeschouwer die het zal zijn opgevallen, maar Sylvie hapte heel even naar adem. Ze herstelde zich snel en zei op dezelfde kalme, vlakke toon: 'Nummer twee.'

'Zit hij daarin?'

Deze keer gaf ze wel antwoord. 'Nee.'

'Aha, je bent een ondoorgrondelijke meid, Sylvie. Ik heb zo'n vermoeden dat je weleens behoorlijk goed zou kunnen liegen.'

Om mij heen was het zo stil dat het leek alsof ik daar moederziel alleen stond. Ik voelde de warmte van mijn eigen adem in de zak, waarna Sylvie zei: 'Nummer drie.'

Ik wachtte. Ditmaal was het mijn zwijgen dat de zaal in zijn greep had. 'Oké, als ik me vergis ga je ervandoor met mijn loon van een week. Zit hij in deze?'

Een nauwelijks waarneembare aarzeling later gaf Sylvie antwoord. 'Nee.'

Die aarzeling deed het 'm. Ik waagde het erop, trok de kap van mijn hoofd en greep de laatste envelop, scheurde hem open en haalde er het geld en de foto uit. Het publiek klapte en ik riep boven hun applaus uit: 'Dank je wel, Sylvie, je was een fantastische assistente. Mensen uit Schotland hebben de naam gierig te zijn, maar die slechte reputatie is nergens op gebaseerd, en om dat te bewijzen zal ik ervoor zorgen dat je hier niet met lege handen weggaat.'

Ik bood haar de foto van de kroonjuwelen aan. Sylvie hield hem voor haar hoofd en maakte een charmante buiging naar het publiek. We gaven elkaar een vluchtige kus, waarna ik toekeek hoe de duisternis en het applaus haar slanke lijf opslokten.

Ik dacht dat dit het laatste was wat ik van haar zou zien.

Glasgow

Het verleden is als een bejaarde rottweiler. Negeer hem en hij zal je hoogstwaarschijnlijk met rust laten. Staar hem aan en hij springt op om je te bijten. Het was puur toeval dat er een gezicht van vroeger uit de duisternis opdoemde, maar het voelde alsof ik, door half in het verleden te leven, de dagen van weleer had uitgedaagd zich los te maken uit de schaduwen.

Ik had besloten me aan geen enkele bar te hechten. Glasgow heeft op iedere hoek van de straat een drankgelegenheid en nog heel wat andere daartussen, dus waarom zou je jezelf tot één lullige tent beperken als er keus te over is? Ik had tijdenlang stad en land afgereisd, dus ik verruilde het ene café voor het andere voordat een of andere klaplopende Jimmy, Bobby of Davie die zijn leven op een barkruk sleet zover was dat hij me herkende en kon gaan raaskallen. Ik was een schipper op volle drankzee, terwijl zij maar gewone landrotten waren.

Het liefst had ik pubs die er alleen maar op uit waren het geld uit je zak te kloppen, je vol te tanken met gal en je tegen sluitingstijd op straat te smijten. Ik had geen tijd voor quizzen en karaoke, kroegvoer en Sky Sports. Meer ontspanning dan een fruitmachine en ik was weer vertrokken.

Die avond had ik mijn hengel wat verder uitgeworpen. Van de buitenkant zag het eruit als een tent naar mijn hart: brave vaders, geen thema's, geen muziek, geen blije kudde kroegtijgers die elkaar op de rug slaan of zitten te azen op een ouderwetse knokpartij.

De illusie hield stand toen ik naar binnen stapte. De enige decoratie bestond uit reclameborden voor drank, maar mijn radar had alarm moeten slaan: ze stamden uit campagnes die alweer tijden in de mottenballen lagen: 'My Goodness, My Guinness', 'Martini & Rosso', 'Black and White Whisky'... Er was zelfs een groene fee die door de kracht van absint omhoogschiet uit een glas. De toog was een vierkant eiland midden in het vertrek. Alle remmen gingen los. Dit werd mijn derde pub en de vierde pint. De avond was nog jong. Eens zien of ik zover kon komen dat ik de tel kwijtraakte.

Ik hield mijn blik naar beneden gericht; mijn aandacht werd getrokken door de rode vloerbedekking. Gebiologeerd tuurde ik naar een abstract motief dat eerst één groot waas leek te worden en zich vervolgens omvormde tot een mozaïek van grijnzende duivels. Ik vroeg me af wat anderen in het patroon zagen. Bloemen? Eindeloze steden? Goddelijke meisjes? Die gedachte hield me bezig, en ik had de tap al bereikt voordat het tot me doordrong dat dit een ander soort tent was dan ik had gedacht.

Het viel af te leiden uit de biersoorten. Naast het onvermijdelijke pisbier Tennents Lager hadden ze een collectie *ales* voor de fijnproever en een pretentieus zwikje single malts. Het was een intriest themacafé, een would-be remake van de traditionele Schotse *howf*, maar dan zonder het basisingrediënt: ellende.

Maar zelfs uit een vreselijke pub ren je niet zomaar weg. Ik bestelde een pint bier, ging tegen de smetteloze bar staan en telde de groene tegels waarmee de flessenwand bedekt was. Tegen de tijd dat mijn pint voor driekwart leeg was zat ik op honderdvijftig stuks, inclusief het geschatte aantal uit losse stukken bestaande exemplaren. Op datzelfde moment voelde ik hoe een hand weinig zachtzinnig tussen mijn schouderbladen terechtkwam. Ik verstijfde, zette me schrap voor een confrontatie, draaide me om en stond oog in oog met Johnny Mac.

Mijn eerste opwelling was weg te lopen, maar dat idee kwam en ging, en nog steeds stond ik daar. Ik had hem zeven jaar geleden voor het laatst gezien, maar Johnny was niet veel veranderd. Rond zijn ogen waren een paar rimpels zichtbaar, en misschien dat zijn haargrens zich iets van zijn slapen had teruggetrokken. Maar hij was nog steeds zo mager als een lat, zijn donkere haar was nog steeds onmodieus lang, maar kort genoeg om te voorkomen dat zijn krullen hun veerkracht verloren. In de tijd dat we met elkaar optrokken waren tweedehandsjassen in de mode. Ik droeg toen een tweed jas met visgraatmotief die in vochtige toestand begon te stinken en Johnny was bijna vergroeid met een olijfgroene legerjas die 's nachts dienstdeed als extra deken.

Waarschijnlijk was het niet aan mij om er een oordeel over te vellen, maar naar mijn idee had Johnny die gewoonte achter zich gelaten. De oude legerjas was vervangen door een marineblauwe parka met een kleine scheur in een mouw die leek te zijn gerepareerd met een fietsbandenplakset. Onder de parka droeg hij een T-shirt met een abstract motief waar ik geen chocola van kon maken. Zijn spijkerbroek was versleten en bezaaid met dezelfde verf die op zijn afgetrapte gymschoenen zat. Johnny's mond krulde tot een brede grijns; ik ontwaarde een gat waar vroeger zijn linkersnijtand had gezeten.

'Ik dacht al dat jij het was. God, ik geloof m'n ogen niet.' Achteloos legde hij een arm om mijn schouder en trok hij me mee in een omhelzing die zijn West Coast- en Schotse afkomst verloochende. 'Houdini, man, tijd niet gezién. Alles kits met de trucs?'

De barman ving Johnny's blik op en voorkwam dat ik antwoord moest geven. Johnny liet zijn arm wat vieren, zodat ik me los kon rukken terwijl hij vooroverboog naar de bar en stamelend een paar drankjes begon te bestellen. Hij was bezopen, maar alleen de allerberoerdste pub zou hem de laan uit sturen. Iedereen die Johnny Mac in de ogen keek wist dat hij niemand tot last zou zijn, dronken of nuchter. Hij rondde zijn bestelling af met een knik mijn kant uit.

'En… geef hem hier… ook wat.'

'Nee, doe mij maar niet, ik wilde net opstappen.'

'Nou effe nie eikelen.'

'Nee, Johnny, ik moet ervandoor.'

De barman was gewend aan dit soort amicaal getouwtrek. Hij veegde zijn handen af aan een theedoek en wachtte tot ik me had laten overhalen. Misschien dat hij deelde in de winst, want toen Johnny commandeerde: 'Geef 'm een pint', tapte hij meteen een glas pils voor me.

'We hebben daarginds een tafel.' Johnny knikte naar een uithoek van de pub.

'Ik zei toch: ik moet weg.' De woorden kwamen er barser uit dan mijn bedoeling was. De barman wierp ons tersluiks een blik toe; misschien vroeg hij zich af of hij Johnny verkeerd had ingeschat en het toch op een vechtpartij zou uitlopen. De drank zakte wat weg uit Johnny's ogen, en nu leek hij me voor het eerst echt te zien.

'Wat scheelt eraan?'

'Ik moet ergens naartoe.'

Hij wierp een blik op de wijzers van de caféklok, die kwart over tien net achter zich hadden liggen. Zijn stem klonk iets meer ontspannen. 'Aha, nou, blijf nou nog tien minuten. We hebben mekaar in geen tijden meer gezien. Hoe lang? Zes jaar?'

'Zoiets.'

''Schien wel langer.' Johnny pakte zijn glas Schotse *heavy* vast en slurpte de schuimkraag eraf. Wat hem een witte snor op zijn bovenlip opleverde, die hij wegveegde. Hij nam nog een slok en keek me over de rand van het glas aan. 'Goed… Wat heb jij allemaal uitgevreten?'

'Niet veel.'

'Je doet nog steeds aan zwarte magie?'

'Nee, daar ben ik mee gestopt. Zinloos gedoe.'

'Nooit gedacht dat uit jouw mond te horen, Billy boy.'

Om mijn uitdrukking te verbergen bracht ik mijn glas naar mijn lippen, en ik nam een paar grote, haastige slokken om maar zo snel mogelijk weg te kunnen. 'O, nou, 't is anders wel waar.'

Johnny leek vergeten te zijn dat hij een rondje moest afleveren. Hij bleef staan, in afwachting van het moment waarop ik hem vertelde waarom ik mijn roeping had verzaakt. Ik liet hem wachten. Johnny Mac was nooit goed geweest in stiltes.

'Ik liep vorige week in de stad je ma tegen het lijf.' Johnny aarzelde, wachtte even of ik zou reageren, waarna hij de stilte weer verbrak. 'Ze zei dat het niet zo goed met je ging.'

'Ik zou niet weten waar ze dat vandaan heeft.'

'Alles oké dan met je?'

Ik strekte mijn armen. 'Dat zie je toch.'

Johnny leek niet overtuigd. 'Gelukkig maar.'

Ik forceerde een glimlach. 'Met mij gaat het prima. Je weet hoe m'n moesje is. Ik vat een koutje en zij denkt meteen dat ik op sterven lig of zo. Altijd al zo geweest.' Ik rekte mijn glimlach nog wat verder op. 'Zoals we al zeiden: de geruchten over mijn dood waren flink overdreven.'

Johnny knikte zonder zijn blik van me af te wenden. 'Blij het te horen.'

Aan de overkant van het vertrek ontwaarde ik een slanke vrouw met donker haar die me ergens eind twintig leek. Zelfs voordat ze onze kant uit kwam wist ik dat ze bij Johnny hoorde. Johnny's donkere lokken en goedlachsheid werkten als een magneet op de vrouwen, maar hij was altijd voor keurige katholieke meisjes gegaan, blozende madonna's die weigerden het bed met hem te delen. Johnny had zijn geloof achtergelaten bij de schoolpoort, maar indertijd had het er alle schijn van dat de kerkelijke dogma's voorbestemd waren zijn seksleven te bepalen. Johnny's vriendin maakte een onbezoedelde, nuchtere indruk, maar had een geamuseerde blik in haar ogen. Ze schoof een hand om zijn middel, zijn grijns kwam terug en ik concludeerde dat vanaf een bepaalde leeftijd zelfs keurige katholieke meisjes de bloemen buiten zetten.

'Aan dat tafeltje daar zitten een paar mannen te klagen dat hun keel gesmeerd moet worden.'

Johnny sloeg met de rug van zijn hand tegen zijn voorhoofd. 'O, sorry, Eilidh, schatje. Ik kwam William hier tegen en die hield me aan de praat.' Hij wierp me een snelle blik toe. 'Een enorme kletskous, dat ist-ie.'

Eilidh glimlachte. Het predicaat 'charmant' verdiende ze niet; ze had een eenvoudig kapsel, met haar lange haar in een scheiding aan de zijkant. Haar glimlach voorkwam dat ze lelijk moest worden genoemd. Haar glimlach én haar ogen, die van een paarsblauw waren dat ik ervan had verdacht geretoucheerd te zijn als ik haar op een foto had gezien. Ik vroeg me af wat voor werk ze deed. Hoe dan ook, Johnny geloofde in haar. Ik nam haar laaggehakte bruine laarzen in me op, haar bijpassende rok en jasje die net niet als mantelpakje konden worden aangemerkt, en gokte op onderwijzeres of maatschappelijk werkster.

'Kom je bij ons zitten?'

Ik schudde het hoofd. Om de een of andere reden kostte het me moeite haar in de ogen te kijken. 'Sorry, maar dat zal niet gaan.'

Eilidh deed geen moeite me over te halen, schudde slechts gespeeld verontwaardigd het hoofd en reikte langs Johnny naar de bar om de drie resterende pinten te pakken met handen die te klein leken om de glazen te kunnen omvatten. 'Aangenaam kennis met je te maken, William.' Ze glimlachte naar Johnny. 'Ik geef je nog tien minuten. Veel langer mag je niet wegblijven, hoor.'

Johnny gaf haar een kus die bijna slecht uitpakte voor de glazen. 'Je bent een fijn poppeke.'

'Ik weet het.' Eilidh glimlachte weer. 'Barbie is er niets bij.'

Johnny keek toe hoe ze voorzichtig terugliep naar hun tafel. 'Wie had gedacht dat ik nog 's zo onder de plak zou zitten?'

Hij leek het eerder fijn dan pijnlijk te vinden. Ik volgde zijn blik en zag hoe de tengere vrouw de drank op de tafel neerzette.

'Een knappe meid.' Johnny keek me ernstig aan, half spottend maar niet minder gemeend, en ik voegde eraan toe: 'De tijd dat ik vrouwen aan de haak sloeg is voorbij.'

'Da's je aan te zien. Maar je mag de moed nog niet opgeven. Niks wat op kan tegen de liefde van een goeie meid. Zolang ze de jouwe is.'

'Ai, die zit.' Ik sloeg mijn bier achterover en stak mijn hand uit. 'Leuk om je weer eens gezien te hebben, Johnny.'

'Van hetzelfde. Misschien kunnen we 's wat gaan drinken als je meer tijd hebt.'

'Ik blijf niet lang in de stad.'

Johnny keek me aan op een manier alsof hij wist dat ik loog, maar hij ging er niet tegen in. In plaats daarvan deed hij een graai in zijn broekzak. 'Wacht, ik geef je m'n nummer. Het lijkt me leuk om wat bij te kletsen.' Hij haalde zijn portemonnee te voorschijn en keerde hem binnenstebuiten. 'Fuck, m'n kaartjes zijn altijd op als ik ze nodig heb.' Het idee dat Johnny Mac met visitekaartjes rondliep vond ik wel grappig en ik begon onwillekeurig te glimlachen. 'Hier.' Hij haalde er een stukje papier uit en krabbelde een paar telefoonnummers en een adres erop. 'Nu kun je me op het werk, thuis of onderweg te pakken krijgen. Mobieltjes, hè? Die waren nog *yuppen only* toen wij het nachtleven hier onveilig maakten.'

Ik keek even naar het stukje papier, zag een vagelijk bekend adres staan en stopte het briefje in mijn zak met het idee het weg te gooien zodra ik buiten stond.

'Nee, nee.' Johnny schudde het hoofd om aan te geven dat hij begreep waar ik op uit was. 'Ik heb de moeite genomen om dat op te schrijven, dus het minste wat je kunt doen is het netjes opbergen.'

Ik viste het papiertje uit mijn zak, zocht naar mijn portemonnee en schoof het daarin. 'Zo goed?'

'Niet helemaal, maar we zullen het ermee moeten doen.'

'Zie je later dan, Johnny.'

'Ja,' zei hij. 'Daar hou ik je aan, want anders weet ik je te vinden.'

Ik zette koers naar buiten. Eilidh zwaaide even toen ik haar tafeltje passeerde. Ik keek strak voor me uit en deed alsof ik haar niet gezien had.

*

Het verbaasde me niet dat mijn moeder en Johnny Mac elkaar tegen het lijf waren gelopen. Hoezeer het zich ook inspant een stad te zijn, Glasgow is gewoon een groot dorp. Ik wist wel dat het niet lang zou duren voordat iemand me herkende, en het bericht van mijn terugkeer sijpelde via de M8 naar de seniorenbungalow in Cumbernauld. Dat was een van de redenen waarom ik het maar een maand na mijn terugkomst wist uit te zingen voordat ik haar belde; dat en de bruine envelop uit een grijs verleden die ze voor mij bewaarde. Een dag nadat ik haar had gebeld kwam ma langs, precies zoals ik verwacht had.

De klok voor het busstation van Buchanan Street is een kitsche-
rige sculptuur, een werkende klok op hoge aluminium poten die
de indruk moet wekken dat hij naar de ingang rent. Ik vroeg me
af wat zich het eerst had aangediend: het beeld of de titel ervan,
De tijd vliegt. Wat trouwens maar al te waar is.

Bij nader inzien was het busstation waarschijnlijk niet het beste
trefpunt. Het was een paar jaar eerder gerenoveerd, maar sinds-
dien had niemand de moeite genomen het bij te houden, zodat
het pand nu de opknapbeurt alweer bijna van zich af had geschud.
Ik arriveerde er te vroeg of de bus was te laat, dus ging ik maar op
een van de koude geperforeerde metalen banken zitten die aan
de rand van het plein staan, onbeschermd tegen de elementen. Ik
stak een sigaret op en keek hoe de bussen hun halteplaats in en uit
reden en als roekeloze oceaanstomers over het voorplein zoefden.
Uit het verst verwijderde vak vertrok een bus met een waas van
passagiers achter de beslagen ramen. Terwijl deze met hoge snelheid optrok, schoot een tweede bus vanuit Buchanan Street het
plein op, die recht op de vertrekkende bus in reed. Ze naderden
elkaar als beeld en spiegelbeeld, en terwijl ik hun parcours volgde
bereidde ik me voor op een crash. Net toen een botsing onvermij-
delijk leek, haalde een van de twee chauffeurs, ik zag niet welke,
bakzeil en vlogen ze elkaar onder het uitwisselen van een haastige
groet voorbij, de een met twee vingers, de ander met één.

Een vrouw van ongeveer mijn moeders leeftijd zat aan het uiteinde van mijn bank. Ik glimlachte haar minzaam toe en zei: 'Dat
zouden ze op muziek moeten zetten.' Ze wierp me een vuile blik
toe en draaide zich van me weg. Ik mompelde: 'Zak in de stront,
oud vel', en wel zo hard dat ze het kon horen. Daarna gooide ik
mijn peuk op het beton, liep naar de rand van het platform en
keek uit over het plein. Op die open vlakte had de wind vrij spel.
Hij kwam aanwaaien vanuit de Necropolis, langs het ziekenhuis,

de snelweg over, om de steile heuvels heen, tot hij zijn doel bereikte en zand de armzalige wachtruimte op kon blazen. Ik wreef in mijn ogen. In een uithoek van mijn geest rijpte een illusie, klaar om voor den dag te komen.

'Sorry, makker.' Links van mij stond een oude man. 'Kun je ons een handje helpen met de overtocht naar Aberdeen?'

Ik zocht in mijn zakken naar wat kleingeld. In de tussentijd zag ik de illusie in mijn hoofd steeds vanuit een ander perspectief.

'Kijk eens.' Ik drukte vijftig penny in zijn hand. Hij wierp een steelse blik op de munt alvorens zijn vingers er krachtig omheen te krommen, als een kind dat bang is zijn zakgeld kwijt te raken voordat hij bij de Woolworth's is aangekomen.

'Ik moet namelijk uit deze godvergeten stad zien te weg komen, terug naar de beschaving, zie je?'

'Nou, ik hoop dat je het redt.'

'Dit is een verdorven oord, vriend; Sodom en Gomorra waren niets vergeleken bij Londen. Tjokvol vervloekte heidenen.'

'Je bent hier niet in Londen,' zei ik, afgeleid van mijn beelden van botsingen en bussen die in rook opgaan.

'Dat weet ik, ik ben verdomme niet op m'n achterhoofd gevallen.'

'Gelukkig maar.'

Ik had het helemaal gehad met alle illusies, of ze nu van magische of van filosofische aard waren. Ik bande alle berekeningen uit mijn gedachten en wilde teruglopen naar de banken, maar die waren nu allemaal bezet. De wind werd guurder, voerde een kilte aan die erop duidde dat het snel zou gaan regenen. Ik ging onder de overkapping tegen de wand staan en de oude man liep me achterna, onder het mompelen van iets wat ik niet verstond. De wind was fel, maar niet hard genoeg om de stank van de man helemaal weg te nemen. Ik vroeg me af wanneer hij zich voor het laatst had gewassen. Misschien wel in Londen. Ik haalde mijn halflege pakje sigaretten te voorschijn. 'Als ik je een saffie geef, ga je dan weg?'

'Da's nou typisch die vervloekte yuppen.' De stem van de oude man zwol aan. 'Jullie denken verdomme dat je iedereen kunt kopen en verkopen. Nou, Jackie McArthur is mooi niet te koop.'

De mensen op de banken keken naar ons. Het kon me niets schelen; misschien was dit wel de laatste keer dat ik anderen vermaakte. Ik bood hem het pakje aan. 'Nou, fijn zo. Hoe dan ook mag je er een van me hebben, als je je volume wat zachter zet.'

Jackie nam een sigaret. 'Stomme Londense kloteyuppen. Nergens meer plek voor een hardwerkend mens.'

Misschien was hij echt wel helemaal vanuit Londen hiernaartoe gekomen. Hij leek het accent van ginds te hebben.

Een volgende bus schoof een terminal in, maar die uit Cumbernauld schitterde nog steeds door afwezigheid. De mensen die op de banken hadden zitten wachten begonnen een rij te vormen. Ik keek achterom naar de klok in de centrale hal en zag een kleine besnorde man in een marineblauw fleece jack onze kant uit lopen. Om zijn nek hing een zilverkleurig kaartjesapparaat als een soort insigne behorend bij zijn functie. De vrouw die vooraan in de rij stond begon haar kleingeld te tellen met het oog op een kaartje. Ze staakte haar activiteit toen de conducteur ter hoogte van haar was, maar hij negeerde haar en liep langs de rij wachtenden naar mijn nieuwe maat Jackie McArthur.

De kaartjesknipper gebaarde met zijn duim naar Jackie. 'Wegwezen.'

De oude man keek op; zijn vechtlust verdween bij de aanblik van het uniform en de snor. De kaartjesknipper kwam wat dichterbij en bracht zijn gezicht tot vlak voor dat van de oude man. 'Ik zei: wegwezen, verdomme.'

Ik telde tot tien, maar toen ik klaar was stond de oude man nog steeds voor zich uit te mompelen en stond de kaartjesknipper nog steeds met hoog opgezette borst voor hem, als een bantam-tegenover een vedergewicht.

'Je hoeft niet zo'n toon tegen hem aan te slaan.'

'Disnie Zwerver Centraal.'

Jackie begon te grommen: 'Nergens meer plek voo'n hardwer-kend mens.'

Ik probeerde geen hoge toon aan te slaan. 'Hij staat enkel op de bus te wachten.'

'Nee, niet dus. Hij staat 'r gewoon vanwege de warmte.'

'Dan houdt-ie zichzelf flink voor de mal, niet? Je wordt nog warmer van m'n opoes flamoes, en die is al vijftien jaar dood.'

Iemand in de rij begon te lachen, waarop de conducteur van kleur verschoot. 'Pas op je woorden. Er zijn dames bij.' Hij wend-de zich tot de oude man. 'Waar moet je naartoe?'

'Weg van Londen, maat. Stad van dwazen en moordenaars.'

'Hij is op weg naar Aberdeen.'

'Waar 's je kaartje?' Toen de oude man op de zakken van zijn jack begon te kloppen, herhaalde de beambte langzaam zijn vraag, met ingehouden agressie: 'Ik zei: waar is je kaartje?'

De man stopte met zoeken, waarop de ogen van de conducteur vuur spuwden. Hij veranderde iets aan de instelling van zijn ap-paraat. 'Dat wordt dan vijftien pond, meneer, alstublieft.'

Jackie leek van zijn stuk gebracht. Hij stak een hand in zijn zak en haalde de vijftig penny te voorschijn die ik hem gegeven had. Met schelle stem richtte hij zich tot mij: 'Ik zei je toch: 'k heb geen geld.'

De tandwielen van het apparaat begonnen te ratelen toen de conducteur aan de hendel draaide. 'Nou, flikker dan op en sta hier niet onze tijd te verdoen. Of moet ik soms de juten bellen om je mee te nemen?'

Ik haalde mijn portemonnee te voorschijn. 'Godsamme, laat mij dan maar betalen.' Ik trok er een tientje uit. De oude man begon te glimlachen en nam het voorzichtig van me aan. Het viel me op hoe mooi zijn hoorngele nagels bij de nicotinetint van zijn vingertoppen kleurden.

De stem van de kaartjesknipper klonk nasaal en schel. ''t Is vijftien pond, alstublieft, *meneer*.'

'Wacht even.' In navolging van de oude man betastte ik nu mijn zakken, op zoek naar kleingeld, maar ik had me die ochtend net weer voorgenomen om me tot mijn uitkering te beperken en het besmette geld in mijn rekwisietenkoffer onder mijn bed met geen vinger aan te raken. Te laat herinnerde ik me dat het tientje het laatste was wat ik cash op zak had. Ik keek naar de rij. 'Zeg, deze ouwe knakker hier is een beetje in de war. Hij komt vier-vijftig te kort voor een kaartje naar Aberdeen.' Ik wachtte even omdat ik niet stond te springen om door te gaan met wat ik op het punt stond te doen, maar zeker weten dat ik sterker zou blijken dan deze schreeuwlelijk. Ik ging de gezichten voor me langs. Derde in de rij was een mager roodharig meisje in een groene jas. Ze zag eruit als een student maar haar jas was nieuw en haar tas niet goedkoop. Anderen wendden hun blik af, niet wetend hoe snel ze hun betere ik moesten wegmoffelen, maar het roodharige grietje stond met één been buiten de rij naar ons te kijken. Ik gokte erop dat ze wat geld bij zich had. Zodra ik haar blik opving, bewoog ze al aarzelend een hand naar haar tas. Ik liet haar blik niet los en zei: 'Jij wilt deze oude man gráág helpen.'

Dat zetje had ze nu net nodig; terwijl ze haar handtas openritste stapte ze rustig op ons af.

Jackie deed zijn muts af en begon te zingen. '*The northern lights of A-a-berdeen are home, sweet h-o-o-me to me.*'

Een paar wachtenden begonnen te grinniken, maar het meisje

zocht onverstoorbaar naar haar portefeuille. Ik glimlachte, hield mijn blik op haar gericht en spoorde haar in gedachten aan voort te maken.

Opeens begon iedereen in de rij te lachen. Het meisje keek onzeker op; een blos gloeide op haar wangen.

Jackie zette een flesje whisky aan zijn lippen. Hij slikte de vloeistof door, bracht de tien pond naar zijn mond, kuste die, zwaaide vervolgens met het briefje en huppelde terug het station in, richting uitgang. *'The northern lights of Aberdeen are where I want to be.'*

'Nie vergeten, maat,' schreeuwde hij over zijn schouder, nuchterder dan je van een dronken, dansende vagebond met geld in zijn hand zou verwachten. 'Nie vergeten dat je weg moet blijven van Londen. Moordenaars en dwazen, 't zit er vol mee.'

'Nou, da's nog eens een advies voor je dure geld,' zei de kaartjesknipper. 'Goed, wilde jij nog dat kaartje naar Aberdeen?'

'Wat denk je?'

'Ik denk dat je maar beter op kunt lazeren.'

Jackies lied ijlde na via de uitgang. *'I've been a wanderer all my life and many a sight I've seen, but God speed the d-a-a-a-a-y when I'm on my w-a-a-a-a-y to Aberdeen…'*

Ik twijfelde tussen de impuls de oude man achterna te rennen en het verlangen de kaartjesknipper een pak slaag te geven.

Ik zei: 'Wie denk je godverdomme wel dat je bent?'

Hij schudde het hoofd en liep terug naar de rij wachtenden. Ik stond op het punt hem achterna te gaan toen een kleine gestalte in mijn blikveld verscheen. Ik draaide me ernaartoe en zei: 'Hoi, mam.'

*

We slenterden langs de stalinistische gevel van de concertzaal richting centrum. Ik stak mijn hand uit naar het draagtasje van mijn moeder, maar ze trok het tijdig weg. De laatste keer dat ze was langsgekomen had ik haar meegenomen naar een Italiaans restaurant waar ik tijdens de vlucht vanuit Londen over had gelezen. Ditmaal had ik niet eens geld genoeg voor een kop koffie. Terwijl we naar het café van haar keuze liepen was de verandering voelbaar.

Ik heb van Manhattan tot Inverness bij Starbucks koffie gedronken, maar het heeft nooit willen klikken. We gingen in de rij staan, deden onze bestelling, ma betaalde, waarna we wachtten om te zien waar we voor betaald hadden. Hoezeer het koffiebedrijf ook zijn best deed, het kon geen bediening met een glimlach garanderen. Wat misschien iets over de ontembaarheid van de menselijke geest zei. Degene die ons hielp zag eruit alsof hij flink was doorgezakt. Zijn huid was zo bleek als een schaap en rond zijn ogen zaten rode kringen die van kleine uurtjes en rokerige ruimtes getuigden. Hij kwakte onze kopjes zo hard op een schotel dat de romige koffie over de rand gutste.

Ik nam het dienblad mee en zei: 'Ooit wel 's bedacht dat je de verkeerde baan te pakken had?'

'Continu, kerel.' Hij boog zich naar me toe en fluisterde, zo zacht dat andere klanten het niet konden verstaan: 'Het liefst had ik iets waar ik niet met rukkers van doen had.' Zijn hart luchten leek de jongen goed te doen. Hij glimlachte en ging over op zijn normale volume. 'Pas maar op en nog een fijne dag.'

Ik wilde iets terugzeggen, maar ma drukte haar hand tegen mijn onderrug. Ze had uitsmijter bij een nachtclub moeten worden. Die druk daar beneemt je iedere lust om te ruziën. Ik beet op mijn tong en we zetten koers naar de enige nog beschikbare plekken: twee ranzige stoelen aan een tafel die bezaaid lag met een keur aan sandwichpapier en vieze kopjes. Ik schoof het dienblad de rommel in. Plotseling kreeg ik zin in bier.

Ma zette onze kopjes op tafel en begon de troep naar het lege dienblad te verhuizen. Een plastic sandwichverpakking sprong open en ze drukte die met een verbeten grimas weer dicht. 'Moet je nou per se met iedereen die je tegenkomt ruzie maken?'

Ik keek toe hoe ze het dienblad met de souplesse van een *fly half* die een rugbybal passt aan een passerende medewerker overhandigde. Het ene moment was de jongen nog beschikbaar en onbelast, een seconde later was het gedaan met zijn vrijheid.

'Ik heb een hekel aan slechte manieren,' reageerde ik.

Ma vouwde een servetje dubbel en legde het tussen kop en schotel om geen last te hebben van de gemorste koffie. Ze veegde met een papieren zakdoek de restanten van onze voorgangers weg, waarna ze haar boodschappentas tussen de cappuccino's op tafel zette. 'Ik ben degene die met pensioen is, niet jij.'

'O ja, sorry.'

Ze glimlachte om aan te geven dat het bij deze reprimande bleef, waarna ze haar handtas pakte en een envelop te voorschijn haalde met daarop haar adres in mijn handschrift.

'Ik kan je dit maar beter meteen geven, voordat ik het vergeet.'

'O, oké.' Terwijl ik de envelop van haar aannam, voelde ik hoe het koord dat van mijn pens naar mijn lies lijkt te lopen strak kwam te staan.

'Je zei dat het verzekeringspapieren waren.'

'Klopt.'

Ik liet Montgomery's envelop in mijn binnenzak glijden, me afvragend of hij een verzekering bevatte of een inleiding op mijn ondergang.

'Je vader zei altijd dat je ondanks al die malle fratsen van je een pientere knul was.'

'Bedankt, mam.'

'Ik heb iets voor je meegebracht.' Ze trok de plastic zak open en haalde er een set van drie paar donkerblauwe sokken uit. 'Ik dacht dat je deze wel zou kunnen gebruiken.'

'Bedankt.' Ik pakte ze op en deed mijn best me te interesseren voor de mix van tachtig procent wol en twintig procent acryl. 'Prachtig.'

'Ze waren in de uitverkoop bij de Asda. Hoe gaat het met je broeken?'

'Prima.'

'Ik heb er nog bijna een voor je gekocht, maar toen herinnerde ik me van de vorige keer dat je zei dat je liever een andere had.' Ik zag nog vagelijk een met biesjes afgezet geval voor me waar ik toen vreesde mee te worden uitgelachen. 'Ik heb wel deze nog voor je meegenomen.' Ze overhandigde me een blauw shirt dat nog in het cellofaan zat. 'Ik heb het voor je vader gekocht, maar hij heeft niet de kans gekregen het te dragen.'

Het was zo'n soort shirt dat goed zou passen bij een confectie-pak van Slaters, een shirt voor een negen-tot-vijf-man, het soort shirt dat ik nooit draag. ''t Zou wat te groot voor je kunnen we-zen, maar ik dacht dat het misschien wel leuk zou staan onder een pullover.'

Ik nam het in mijn handen en streek het ietwat bros geworden cellofaan glad. 'Nou, met dit weer komt het schitterend van pas.'

'Dat dacht ik ook. Zo kil als dat het is.'

We deden er een poos het zwijgen toe. Geen van ons beiden raakte de koffie aan.

'Ik heb het voor je vader gekocht met het oog op Lorna's brui-loft, maar hij piepte 'm al voordat het zover was.'

Ik boog het hoofd. Telkens als de dingen tegenzaten rakelde ma mijn vaders dood op, alsof ze zichzelf gerust wilde stellen met het besef dat ze het ergste al achter de rug had.

Ze pakte haar lepeltje en begon het vel weg te halen dat zich op haar koffie vormde. 'Bijna twee pond per stuk, die koffie, en we hebben er nog geen slok van gehad.' Ik bracht mijn kopje naar mijn mond en nam een slok. 'Ik heb hem bijna in dat shirt begraven, maar toen besloot ik hem toch maar helemaal in het wit te steken. Ik weet niet waarom, blauw stond hem altijd beter. Maar wit leek me beter bij een begrafenis passen.'

'Het heeft geen zin om je er nu over op te winden. Ik zal het aandoen onder een trui.'

'Ja, nou.' Ze legde het lepeltje neer en keek me recht in de ogen. 'Of zou 't beter wezen om het ingepakt te laten voor je eigen begrafenis?'

'Waar slaat dát nou weer op?'

'Moet je jezelf nou toch eens zien, jong.'

'Ik voel me prima.'

'Da's je niet aan te zien.'

'Nou, het is wel zo.' Ik ging iets rechter zitten, in de hoop dat een betere houding haar zou overtuigen. Maar ik wist wat ze bedoelde. Ik had voor mijn vertrek nog even in de spiegel gekeken en gezien dat mijn gezicht nog pafferig was van de avond ervoor, mijn huid bleek zag van dagen binnen zitten en mijn wangen boller stonden dan in Berlijn.

'Waarom ben je hier, William?'

'Wat een leuke vraag.'

Haar gezicht gaf dezelfde strenge blik te zien die ze altijd had gebruikt om me de waarheid te ontfutselen wanneer ik stout was geweest. 'Je zit toch niet in de penarie, hè?'

Heel even wilde ik dat ik haar alles kon vertellen. Een gedachte waar ik bijna om moest lachen. Het was zoiets als de neiging om je vinger in het stopcontact te steken of voor de metro te springen. Ik wist dat het rampzalig zou uitpakken, maar de verleiding werd er niet kleiner op. Ik nam een slok van mijn koffie, keek haar recht in de ogen en zei: 'Natuurlijk niet.'

Die strakke blik bleek niet beter te werken dan in mijn jeugd.

'Het heeft toch niks met drugs van doen, hè? Je vader maakte zich altijd zorgen omdat je in de showbizz zat. Ik zei dan dat je een verstandig menneke was, maar hij zei dat de drugs daar altijd op de loer lagen. Ik bedoel, kijk nou naar Elvis.'

Ze glimlachte bij de gedachte aan die malle vader van me, maar deelde desondanks diens bezorgdheid.

'Het is niks met drugs, mam, wees niet bang.'

'Heus waar?' Ze nam nog een slok van haar koffie, niet vrij van twijfel, vol verlangen te worden gerustgesteld.

'Heus waar.' Ik probeerde niet geïrriteerd te klinken. 'In mijn vak moet je je kop erbij houden.'

'Ja, da's natuurlijk wel waar.'

'Hoe gaat het met Bobby?'

Haar gezicht klaarde op. 'Dat menneke van mevrouw Cowan laat hem uit als-ie van school komt.'

'Ik wist niet dat ze tegenwoordig honden op scholen toelieten.'

Het was een slechte grap, maar ze was zo aardig om te lachen. 'Je begrijpt wel wat ik bedoel. Hoewel hij even slim is als sommige lui die ik ken.'

'Ongetwijfeld intelligenter dan dat menneke van mevrouw Cowan.'

'Ah, wat ben je toch erg, William. Hij gaat al richting eindexamen.'

'Daar ben ik blij om.' Ik dronk weer wat van mijn koffie, blij dat het gesprek zich naar neutraal terrein had verplaatst. Ik had beter moeten weten. Mam liet me even tot rust komen en bestookte me toen weer met het bekende verbale een-tweetje.

'Is het een meisje, m'n jong?'

Ik zei het zo onbewogen mogelijk. 'Er was een meisje, mam, maar dat is er niet meer.'

Ze glimlachte. Romantiek was een goed probleem.

*

We verlieten Starbucks en liepen richting centrum. Ma wilde zien waar ik woonde. Ik zei dat er geschilderd werd, maar beloofde dat ik het haar zou laten zien zodra het opgeknapt was. Ze vroeg me naar de kleuren die de schilders hadden gekozen en ik loog een dramatische combinatie bij elkaar die ze hoofdschuddend aanhoorde. We kuierden de Marks & Spencer in, waar de prijzen haar klokkende geluiden ontlokten en ze mijn ellende probeerde te verzachten met afgeprijsde kleren.

'Het is mijn stijl niet, mam.'

'Je wordt te oud voor stijl, m'n jong. Moet je voelen wat een prachtige wol.'

'Ik zou hem nooit aandoen.'

Met tegenzin liet ze de mouw van de trui los die ze me ter inspectie had aangeboden. ''t Is zo'n mooie kleur. Hij zou prachtig bij je gezicht staan.'

Mij deed de kleur aan hondenkots denken. Maar ik glimlachte en zei: 'Waar wil je nu naartoe?'

Ze duwde de haken van de hangers recht, zodat dat ze allemaal dezelfde kant uit wezen. 'Toch vind ik deze een koopje.'

'Niet als ze in de kast blijven liggen.'

'Vast niet, nee.'

Vanachter de rekken hield een keurig geklede verkoopster ons in de gaten. Ze wendde haar blik af toen ik haar in de ogen keek. Ik vroeg me af of ze de winkeldetective was of gewoon een irritant schaap dat niets beters te doen had. Ik controleerde of ma's rug naar me toe was gekeerd en liet mijn lippen onhoorbaar maar duidelijk de woorden 'Flikker op' uitspreken. Ma gaf me een harde por tussen de ribben.

'Wat is er?'

'Dat weet je best. Zo heb ik je niet opgevoed.'

'Sorry. Ze stond ons aan te staren.'

'Maakt het uit? Laat 'r staren.' Ma dirigeerde me naar de uitgang. 'En jij bent een waardeloze goochelaar. Ik zag je toch zeker in de spiegel?' Ze begon te lachen. 'Maar het klopt dat het een irritant, wanstaltig, overjarig takkewijf was.' Nu moesten we allebei lachen. Ma veegde haar ogen droog. 'Werkelijk, jij wordt nog eens m'n dood.' Ze keek vrolijker dan ze tot dusver had gedaan. 'Kom op.' Ze gaf me haar boodschappentas. 'We hebben nog een uur voordat mijn bus vertrekt. Heb je zin in een borrel?'

De kroeg was een voormalige bank. Ma keek vol bewondering naar het plafond en haar mond viel open vanwege het formaat van haar glas wijn, maar het lukte haar stoïcijns te blijven kijken toen het meisje achter de bar zei wat haar bestelling kostte, en ze betaalde zonder een krimp te geven. Ik liep met de drankjes naar een tafel in de hoek met vrij uitzicht op de rest van het café. De dag was nog jong, maar de laatste zonnestralen priemden al zachtgeel door de gezandstraalde ruiten van de oude bank. Als ik ooit iets heb meegemaakt wat op een religieuze ervaring leek, dan was het in het café. Her en der zaten een paar kantoorbeambten die hun levenslust op peil probeerden te houden met behulp van goedkope flessen wijn en aanbiedingen als twee pils voor de prijs van één. Ik heb altijd gezegd dat ik mezelf nog liever van kant maak dan dat ik op een kantoor ga werken. Ik vroeg me af of ik gedoemd was in hun voetsporen te treden of dat ik zou vasthouden aan mijn principes.

Ma vouwde haar jas dubbel, legde hem op de stoel naast haar, nam een slok van haar wijn en vroeg: 'Waarom kom je niet weer eens een poosje bij me wonen, William? Gewoon, tot je weer een beetje op de been bent.'

'Je hebt er de ruimte niet voor.'

'Die ene bank is een slaapbank. Slaapt lekker hoor, ik heb erop gelegen toen je vader ziek was.'

'En waar moet Bobby dan slapen?'

'Hij mag niet op de bank.'

'O ja. Wedden dat-ie er op dit moment op ligt te slapen?'

'Heel eventjes maar, William.'

'Ik heb het hier prima naar mijn zin, mam.'

Ze wierp me zo'n zelfde blik toe als nadat ik had verteld dat ik met studeren stopte om me op het goochelen te concentreren.

'Ik wou dat ik het kon geloven. Wat is er nou aan de hand, m'n jong?'

'Niks, ik doe het gewoon even wat rustiger aan.' Ik sloeg mijn laatste slok bier achterover. 'Het is een populaire eenentwintigste-eeuwse manier van leven, een echte trend.'

'Voor degenen die het zich kunnen veroorloven, misschien.'

Mijn lege portemonnee brandde in mijn broekzak. Ik vervloekte dat idiote geweten van me, dat het geld uit Duitsland tot overbodige ballast had uitgeroepen. Het was getuige geweest van mijn gestage teloorgang in de pub en het wedkantoor. Talloze keren had ik me voorgenomen het nooit te zullen aanraken, maar ik ging nooit zover dat ik het weggaf. 'Wil je nog wat drinken?'

'Nee.' Ze begon haar spullen te pakken. 'Bobby raakt in de war als ik hem te lang alleen laat.'

We aanvaardden de terugtocht naar het busstation. De klok in

Buchanan Street was nog steeds roerloos op de vlucht, zijn lange benen bevonden zich op exact dezelfde plek, maar zijn wijzers waren een paar keer rondgegaan. De bus naar Cumbernauld stond al klaar; een nieuwe buschauffeur verkocht kaartjes aan de wachtende passagiers. Ma wierp een blik op de rij om zich ervan te vergewissen dat ze genoeg tijd had om in te stappen, waarna ze zich met een ernstig gezicht tot mij richtte. 'William, ik weet dat het op dit moment niet goed met je gaat, maar je weet, wat je ook dwarszit, 't kan nooit zo erg wezen dat je het niet met je ouwe mamsie kan delen.'

Ik knuffelde haar. Het kostte me moeite me voor te stellen dat ze ooit groter was geweest dan ik en overal een antwoord op had gehad. Ze grabbelde in haar handtas naar haar portemonnee, haalde er een briefje van twintig pond uit, duwde mijn hand eroverheen en drukte die dicht.

'Ach, mam, dat hoeft niet.'

'Uh uh, mondje dicht. Alleen voor deze ene keer. Je mag me later terugbetalen.'

Ik boog me naar voren en kuste haar op de wang.

'Je weet: wat je ook doet, je mammie zal altijd van je blijven houden.'

Ik zei: 'Ik weet het, mam.'

Nooit zou ik het haar kunnen aandoen om te vertellen wat ik gedaan had. Dat speelde door mijn hoofd terwijl ik wachtte tot de bus vertrok, rechtsomkeert maakte en terugliep naar de Gallowgate.

Pas laat die nacht ging ik vanuit de pub terug naar huis, het twintigje dat ma me gegeven had lichter. Sinds ik hem in mijn binnenzak had gestoken had ik de envelop in mijn borst voelen branden; inmiddels had ik mezelf voldoende verdoofd om de confrontatie met de inhoud ervan aan te gaan. Ik ging op bed zitten, nam de envelop in mijn handen en verbrak het zegel voor het eerst sinds Bill hem mij had overhandigd, een jaar geleden. Er zat een kaart in. Ik vouwde hem open. Een stuk oever van een meer in een park was met rode balpen omcirkeld. Ik zette mijn bril af en wreef in mijn ogen. Vervolgens stak ik mijn vingers in de envelop en haalde er het enige wat er nog in zat uit: een foto.

Twee jonge mannen met een grimmig, vermoeid gezicht stonden aan de rand van een meer. Het was tegen zonsonder- of -opgang, zo te zien op een dag in hartje zomer. Maar dit was geen vakantiekiekje. Een van de mannen was Montgomery, met meer haar en minder pens, maar wel herkenbaar. De andere man was langer, breder en krachtiger gebouwd. Ik had hem nooit eerder gezien, maar concludeerde uit een eerdere gebeurtenis dat het Bill senior was, de vader van Bill de homofiele gangster annex Sams minnaar. Montgomery hield een krant van die dag in zijn hand. Er viel geen druppel bloed te zien, geen geweld, geen afgeslacht lichaam of toegetakeld gezicht, maar het beeld had iets afschuwelijks dat me dwong ernaar te kijken. Deze foto had me in Berlijn heel wat leed bezorgd. In zeker opzicht was hij verantwoordelijk voor alles wat er daarginds was gebeurd, en ik had geen idee wat de betekenis ervan was. Ik stak een hand in mijn zak, op zoek naar mijn aansteker. Het zou een fluitje van een cent zijn geweest om de foto te verbranden en zo een punt achter de hele kwestie te zetten.

Ik liet de aansteker eindeloos lang in mijn hand opwippen, waarna ik hem terugstopte en de foto en de kaart weer in de envelop deed. Uit mijn rekwisietenkoffer pakte ik wat tape waarmee ik hem onder mijn bed plakte. Ik kon later altijd een betere verstopplek bedenken. Misschien dat ik tegen die tijd wist wat ik verborgen hield en wat ik ermee moest doen.

Berlijn

Toen ik die avond het theater verliet stond Sylvie in de streep geel licht die door de openstaande artiesteningang viel. Ze bracht haar hand omhoog en glimlachte als een diva die op het punt staat een begin te maken met haar openingsnummer. Wat in zeker opzicht ook het geval was, lijkt me zo. Ik aarzelde een moment, waarop ze haar ogen afschermde tegen het felle licht. Ik liet de deur in het slot vallen, zodat de lichtstraal in stilte wegvloeide en wij tweeën in de somberte van de parkeerplaats achterbleven.

Sommige goochelaars die ik ken beweren dat hun kunsten hun goed van pas komen waar het vrouwen betreft, en wie weet is dat ook zo, maar bij mij heeft het nooit gewerkt.

'Hoi.' Haar stem klonk iets bruiner dan in mijn herinnering, wat heser, als gevolg van de nevel en de kou.

'Hallo.' Ik aarzelde, vroeg me af waarom ze daar stond. 'Bedankt dat je vanavond wilde meedoen.'

Sylvies gezicht ging schuil achter de duisternis, maar haar stem klonk alsof er een glimlach op te zien zou zijn geweest. 'Graag gedaan.'

'Eh, ja, je hebt me een afgang bespaard.'

'Ik vond het leuk.'

Aan mijn geestesoog trokken natte dromen uit mannenbladen voorbij. Ik zette mijn koffer neer en vroeg: 'Sta je op iemand te wachten?'

'Ja.'

In de nachtelijke schaduwen oogde haar ranke gestalte kwetsbaar. Er hing een kille, desolate sfeer op de parkeerplaats. Hier en daar stonden nog een paar auto's in de parkeervakken. Hun koplampen waren uit, de ramen zagen zwart; wie weet wie erin zat toe te kijken, te wachten tot ik het meisje alleen zou laten. In gedachten zag ik in een flits haar gezicht op het moment dat er zich een glimlach op vormde, tijdens een of ander feest, een glimlach die niet strookte met de grimmige noodzaak van getuigen. Ik zette het beeld van me af en weerstond de verleiding te vragen of ze het wel in haar eentje zou redden. Zij was de kapitein op haar schip, ik op het mijne. Trouwens, ik had het gevoel dat ze me weleens zou kunnen uitlachen.

'Ik moet maar eens gaan. Nogmaals bedankt, en een fijne avond nog.' Ik trok het handvat van mijn koffer omhoog, klaar om mijn last naar de dichtstbijzijnde taxistandplaats te rollen om van daaruit mijn hotel op te zoeken.

'Vraag je me niet op wie ik hier sta te wachten?'

Op dat moment wist ik het natuurlijk, maar ik wilde het haar graag zelf horen zeggen.

'Dat gaat me niets aan.'

Ze deed een stap naar voren, waarop er weer een flard natte droom voorbijschoot. 'Ik stond op jou te wachten.'

Ik liet de koffer los, niet omdat ik haar meteen in mijn armen wilde sluiten, maar in ieder geval wilde ik mijn handen vrij hebben. 'Heel vleiend.'

Nu kon ik haar gezicht wel zien; haar heldere oogopslag was zowel open als ondoorgrondelijk.

'Je weet nog niet wat ik van je wil.'

Het ongemakkelijke gevoel was terug. Ik wierp een haastige blik op de leegstaande auto's, me afvragend of mijn aandacht getrokken was door iets wat daar had bewogen. 'Ik ging er logischerwijs van uit dat het mijn lichaam was.'

Haar glimlach werd breder. 'Jullie Ieren zijn ook allemaal hetzelfde.'

'Schotten.' Er verscheen een rimpel op het voorhoofd onder de strakke pony, zodat ik eraan toevoegde: 'Maar mijn opa was Iers. Misschien dat dat helpt.'

'Volgens mij zou je zelfs zeggen dat je een Klingon was, als dat zou helpen.'

'Alleen als ze daar geen dienstplicht hebben.'

Ze begon te lachen. 'Off-stage ben je grappiger.'

'Dat krijg ik wel vaker te horen.' Ergens verderop in de duisternis ging een tram piepend over de rails. Ze schudde het hoofd, en op datzelfde moment lichtten een paar regendruppels op die haar donkere haar tooiden. Ik wachtte tot ze ging zeggen wat ze dan wel van me verlangde, maar vervolgde, toen dat uitbleef: 'En waarmee kan ik je dan wel van dienst zijn?'

'Zal ik je dat onder het genot van een drankje vertellen?'

'Ik dacht dat je het nooit zou vragen.' Ik keek even naar mijn koffer. 'Vind je het vervelend om eerst langs mijn hotel te gaan, zodat ik daar even kan binnenlopen om dit geval te dumpen?'

Ze glimlachte, waarbij ze haar parelwitte Amerikaanse perfectie ontblootte. 'Misschien dat we daar iets kunnen drinken?'

'Waarom niet?'

Ik beantwoordde haar glimlach maar hield mijn tanden binnenboord. Casanova had het niet beter voor elkaar kunnen boksen, zo dacht ik, waarbij ik vergat dat ze me niet verteld had wat ze van me wilde.

*

Sinds mijn aankomst was de omgeving veranderd. Het was nog steeds druk, maar het tempo lag lager. We bevonden ons op een nachtelijk kruispunt. Huiswaarts ging een stroom theater- en restaurantbezoekers, die doorsneden werd door drommen jonge clubgangers voor wie de avond – en al het overige – nog jong was. Sylvie voerde me door een straat met aan weerskanten bars en restaurants, en ik ving flitsen op van lachende stelletjes en groepjes vrienden, gevangen in de spots. Ik waande me bijna in Londen, maar bevond me toch echt in het buitenland. Misschien dat het gewoon posttheatrale vermoeidheid was, aangevuld met een snufje dislocatie, maar hoe dan ook zag het er voor mij allemaal te goed, te keurig, te mooi uit om te kunnen ontspannen. Het deed me denken aan zo'n scène in een film vlak voordat de slechteriken binnenstormen.

We wachtten tot een tram de hoek om was gerammeld, waarna ik de stoep voor de straat verruilde.

'Hé, rustig aan, jij.' Sylvie legde haar hand op mijn arm en knikte naar het rode voetgangerslicht.

'Sorry.' Ik grinnikte en stapte achteruit, de stoep weer op. 'Waar ik vandaan kom zijn de stoplichten alleen voor bejaarden, gehandicapten en homo's.'

Het licht sprong op groen, we staken samen over en Sylvie vroeg waar ik logeerde. Ik vertelde het haar, waarop ze zei: 'Dat is niet ver van hier, dat kunnen we best lopen.'

'Is het iets?'

Sylvie haalde haar schouders op. 'Ik ben er nog nooit binnen geweest.' Ze wierp me een glimlach toe. Haar hakken tikten energiek tegen het beton. 'Ik ben dol op onbekende hotelkamers, jij niet?'

'Ik heb ze te vaak vanbinnen gezien.'

'Ik niet.'

We lieten de bars en restaurants achter ons door een zijstraat in te slaan die gedomineerd werd door het skelet van een half voltooid gebouw. Met het blauwe plastic dat tussen de draagbalken wapperde deed het me denken aan een gigantisch spookschip dat met wapperende zeilen door de nacht voer, tegen de storm in. Sylvie stapte op de rand van de nog opengebroken stoep. Ons tempo viel terug omdat ze de rand wankelend bleef volgen en af en toe stilhield om haar evenwicht te hervinden, als een koorddanseres op het hoogst mogelijke koord. Ik liep naast haar. De wieltjes van mijn koffer gingen snorrend over het nieuwe asfalt van de straat. Sylvie strekte haar armen, schommelde overdreven geconcentreerd met haar bovenlijf heen en weer en legde toen de vingertoppen van haar rechterhand op mijn schouder voor extra evenwicht.

'Als ik het ooit nog eens maak ga ik in een hotel wonen. Iedere dag schone lakens, een minibar vol gekoelde drankjes, roomservice, kabel-tv, een douche met reteveel waterdruk…'

We bereikten het einde van de stoep. Ze aarzelde, zwaaide lichtjes naar voren en naar achteren, alsof het een heel eind naar beneden was; ik pakte haar hand vast, ze sprong soepel de diepte in en maakte beneden een kleine revérence. Ik zei: 'En iedere ochtend een uitgebreid ontbijt.'

'Een uitgebreid ontbijt, wanneer je maar wilt. Midden in de nacht, als je er zin in hebt, én' – ze wachtte even om zich ervan te verzekeren dat ze mijn volledige aandacht had voordat ze er haar *pièce de résistance* aan toevoegde – 'gratis toiletgerei.'

In de tussentijd hadden we de grote straat weer bereikt. Een jong stel kruiste ons pad en liep een bar in, zijn arm om haar schouder, haar arm om zijn middel.

'Weet je, als je tegen deze tijd in Glasgow rondloopt zouden de straten vergeven zijn van de dronkenlappen.'

'O? Waarom dat dan?'

'Ik weet niet. Zo is het nou eenmaal.'

'Waar ik vandaan kom bezuipen alleen de grootste losers zich.'

Ik rechtte mijn rug. 'Is dat zo?'

'Yep, alleen de kerels die te erg hebben lopen klooien om nog speed te kunnen scoren. Dronken worden is iets voor sukkels.'

'Bofkonten, die sukkels. Waar kom je dan vandaan?'

'Laten we maar zeggen dat ik van hier ben, nu.'

'Het hier en nu?'

'Ik zou het maar geloven, als ik jou was.' De hakken van haar laarzen gaven een laatste tik en ze kwam voor een deur tot stilstand. 'We zijn er. Hotel Bates. Het ziet er niet erg bewoond uit.'

Ik wierp een blik op de luiken voor de ramen, de gesloten dubbele deur en de gedoofde neonreclame. 'Volgens de reisgids was dit een stad die dag en nacht leefde.'

'Dat is het ook, maar alleen daar waar het de moeite loont om laat open te blijven.'

Ik belde aan, staarde naar de deur en spitste mijn oren of ik de voetstappen van een portier hoorde, waarna ik opnieuw aanbelde en me afvroeg of ik ergens in de krochten van het pand iets hoorde rinkelen, of dat de bel ergens tegen de tijd dat de portier naar bed ging was uitgezet. Ik liet de knop los en luisterde. 'Heb jij iets gehoord?'

Sylvie schudde het hoofd. Ik begon hard met mijn vuist op de deur te bonken. Maar de klappen leken door het hout te worden geabsorbeerd; het enige wat het me zou opleveren was pijn aan mijn hand. Achter me galmden drie noten als de aanzet van een toonladder op een xylofoon vol barsten. Ik draaide me om in de richting van het geluid en zag Sylvie haar mobieltje aanzetten, waarbij haar gezicht oplichtte door de groene gloed van het toestel.

'Misschien moeten we ze maar 's bellen.'

Ik tuurde naar het adres dat Ray me had gegeven. 'Ik heb het nummer niet.'

Maar Sylvie drukte al op de toetsen van haar mobieltje. Ze knikte naar een handgeschilderd bord boven de portiek. Ergens achter de vergrendelde deur begon een telefoon te rinkelen. We wachtten tot hij twintig keer was overgegaan, waarna Sylvie de verbinding verbrak, het nummer opnieuw intikte en we hem weer twintig keer hoorden rinkelen. Ik vloekte binnensmonds. Toen sprak Sylvie de woorden die iedere vrijgezel en menig getrouwd man die zo-even een aantrekkelijke jonge vrouw is tegengekomen graag wil horen.

'Ik denk dat je maar beter met mij mee kunt gaan.' Waarna ze er de domper op zette waarvan we allemaal hopen dat die maar voor de vorm is: 'Ik heb nog wel een bed over.'

*

Ik had verwacht dat Sylvie een compacte, moderne woning zou hebben, een appartement dat even helder en overzichtelijk was als de bars die we gepasseerd waren. Maar toen ze de deur opendeed werd meteen wel duidelijk dat de jaren Sylvies flat geen goed hadden gedaan.

Het ongeboende linoleum en het beige behang van de hal hadden in de Sovjet-Unie niet misstaan. Op een tafeltje lag een berg ongeopende post en tegen de muur stond een oude fiets zonder ketting geparkeerd. Over het stuur ervan was een afgedragen leren herenjack gegooid. Het had iets triomfantelijks, als de *bullbar* voor op de pick-up van een conservatieve Amerikaan waarop het getroffen wild was vastgesjord. In het appartement hing de armoedige, vergankelijke sfeer van een woning die aan een heel scala aan huurders onderdak heeft geboden en daar geen onderhoud voor heeft teruggekregen.

Sylvie wierp een ongeïnteresseerde, vluchtige blik op de post. 'Nou, daar zijn we dan. Oost west, thuis best.'

'Prachtige plek.'

Ze lachte. 'Wij vinden het hier prettig.'

Ik vroeg me af of de andere helft van die 'wij' iets te maken had met het leren jack. Sylvie begon haar jas uit te trekken. 'Koffie?'

'Volgens mij heb ik iets beters in de aanbieding.' Ik ritste mijn koffer open en haalde er de fles belastingvrije Glenfiddich uit die ik erin had gestopt. 'Ik wist wel dat ik die kolerekoffer niet voor niets met me meesleepte.'

'Dat ziet er lekker uit.'

'Ik dacht dat je zei dat alcohol iets voor sukkels is?'

'Ik zei dat alcohol in Amerika iets voor sukkels is. We zijn nu in Europa.'

'Aha, Amerika, dat maakt het een stuk concreter.'

Sylvie keek me aan. 'Nieuwsgierig typje.' Ze drapeerde haar jas op het jack van de *mystery man*, pakte vervolgens mijn regenjas aan en hing die keurig op, zodanig dat hij zich tegen die van haar aan vlijde. 'Ga jij je maar even voorstellen aan oom Dix, dan pak ik wat glazen.'

'Aan wie?'

Ze liep naar de keuken. Ik bleef in de gang staan en zag haar in de kastjes turen alsof ze niet precies wist wat ze zocht.

'Oom Dix.' Ze keek mijn kant uit en trakteerde me weer op dat perfecte gebit en wees naar de overkant van het halletje.

Ik mompelde: 'Casanova ammehoela.' En liep de spaarzaam verlichte zitkamer in, hopend dat oom Dix een kat was of desnoods een hondje van het niet-bijtgrage soort.

Degene die de kamer had geschilderd had er weinig tijd voor uitgetrokken, of misschien was er gewoon te weinig verf geweest om alles te doen. De muren en het plafond vertoonden een losgeld-briefrood; de verf was met ongelijkmatige streken aangebracht, wat het beeld opleverde van een woeste, onvoorspelbare rode zee met roze schuimkoppen, of van de binnenkant van een gesprongen bloedvat.

Een kleine bureaulamp belichtte het plafond, en op een ongebruikte schouw gingen een stuk of vijf theelichtjes hun einde sputterend tegemoet. De wanden zogen het licht op en maakten zo de schaduwen in de kamer donkerpaars, als slagaderlijke vlekken op het toneel van een moord.

De man die naar mijn inschatting oom Dix moest zijn, zat in een bruine skaileren leunstoel. Eén armleuning van de stoel vertoonde een scheur die met gaffertape was afgeplakt. Degene die de reparatie had uitgevoerd was er waarschijnlijk niet van uitgegaan dat het spul lang zou blijven zitten. En inderdaad. Oom Dix zat rustig aan de rand van de tape te pulken, alsof hij de kleefkracht ervan testte, en wanneer de strook het opgaf en zijn kant uit krulde, streek hij hem rustig weer terug over de scheur, drukte er stevig op en begon zijn volgende fluwelen aanval. In de hoek stond geen tv te flikkeren, op zijn schoot geen omgeklapt boek of uitgevouwen krant, alleen een diepe asbak vol uitgedrukte shagpeuken op de bijzettafel naast hem. Oom Dix was ofwel een man met een hoofd vol gedachten, ofwel een man die zijn hoofd wat rust gunde.

We schatten de leeftijd van anderen op basis van veel meer dan hun gezicht. We kijken naar hun kleren, de toestand waarin hun lichaam verkeert, het gezelschap waarin ze zich bevinden. We kijken naar hun haar, de manier waarop ze praten, en dat allemaal tijdens de eerste paar seconden na het contact, en zonder ons er zelfs maar van bewust te zijn. Ik ben best goed in het bepalen van andermans leeftijd. Het hoort bij mijn werk. Ik schraapte mijn keel, de man in de stoel verplaatste zijn blik van de opengescheurde armleuning naar mij, en ik constateerde dat hij ergens tussen de negenendertig en de zestig kon zijn. Hij vergastte me op een langdurige, ongeïnteresseerde blik. Het soort blik dat een man werpt op de nieuwste aankoop van zijn vrouw die shopaholic is.

'Hallo, ik ben William.' Ik stak mijn hand uit. Hij wachtte net te lang om nog beleefd te zijn en schudde hem toen kalmpjes, zonder uit zijn stoel omhoog te komen.

'Dix.'

Zijn stem had het roestige karakter van oude sleutels en vastgelopen sloten. In de smoezelige gloed van de kamer viel de kleur van zijn haar lastig in te schatten, maar het leek op staalgrijs, mogelijk zwart. Zijn gezicht was bezaaid met stoppels, het resultaat van twee dagen niet scheren, onderweg naar de derde nacht, leek me zo. Hij droeg een ruime joggingbroek en een tot halverwege dichtgeknoopt overhemd waaronder een zweem krullend borsthaar schemerde. Dix maakte een ongekamde, ongewassen indruk en torste een kilo of vijf aan overgewicht met zich mee, maar ik had zo'n donkerbruin vermoeden dat hij het soort man was dat vrouwen aantrekkelijk vinden.

Ik liet mezelf op de bank zakken en hoopte dat Sylvie zou opschieten. 'Sylvie komt zo, ze schenkt even wat te drinken in.'

Oom Dix hield zijn ogen op mijn gezicht gericht, maar zijn hand was alweer aan het pulken. Opnieuw duurde het even voordat hij iets terugzei, alsof we elkaar over een satellietverbinding met bijbehorende vertraging spraken.

'Daar ben je weer.'

Vergeleken bij het hese gefluister van Dix klonk Sylvies stem als het heldere klokgelui voor de zondagochtenddienst. 'Ziet er wel naar uit, ja.'

Sylvie hield met de vingers van haar ene hand drie – verkeerde – glazen vastgeklemd, terwijl ze met haar andere mijn fles whisky bij de hals vasthad en er nonchalant mee zwaaide. Ze ging in kleermakerszit tussen ons in op de grond zitten, zette de fles en de glazen op de bijzettafel en zorgde ervoor dat de overvolle asbak in het centrum van deze opstelling kwam te staan. Ik bespeurde wat onenigheid – recent of tijdelijk onderdrukt – tussen de twee en bedacht dat ik misschien alsnog een hotel moest gaan zoeken.

Sylvie zei: 'William is dakloos.' En ze wierp me een onthutsende glimlach toe.

Ik schroefde de dop van de fles en begon drie glazen vol te schenken. 'Tijdelijk dakloos.'

'Zijn hotel heeft hem buitengesloten.'

Oom Dix richtte zijn ogen op mij. Ze waren gezwollen en waterig, maar hij kon er prima mee zien. Opnieuw vroeg ik me af hoe oud hij was, en ik keek toe hoe hij van zijn whisky nipte. Hij grimaste goedkeurend, nam nog een slokje en zei: 'Pech gehad.'

Het klonk als een onzalige toost. Ik hief mijn glas. '*Prosit.*'

Sylvie bracht het hare omhoog. '*Bottoms up.*'

Dix' hand liet de gaffertape los, verdween in zijn zak en kwam weer te voorschijn met een pakje vloeitjes erin. Ik pakte mijn eigen sigaretten en bood die de andere twee aan. Sylvie schudde het hoofd, maar Dix nam er een en stak hem achter zijn oor voor later.

'Niet wat je noemt een veelbelovende start van mijn eerste nacht in Berlijn.'

Misschien dat het door de whisky kwam, door de sigaret of het gezelschap, maar Dix leek uit zijn schemertoestand te ontwaken. Hij trok een paar vloeitjes uit het pakje en vroeg: '*You just arrived?*'

Voor het eerst hoorde ik een Amerikaans tintje in zijn verder vooral Duits aandoende Engels. Ik vroeg me af of hij een tijd in de vs had gewoond, of dat het trekje het gevolg was van zijn omgang met Sylvie. Of misschien had hij het wel van MTV. Ik vroeg me af hoe lang ze al samenwoonden en wat ze van elkaar waren. Bij het horen van mijn naam schrok ik op uit mijn overpeinzingen.

'Will was de ster van de show waar ik vanavond ben geweest.'

Ik nipte van mijn drank en beantwoordde het compliment met een knikje. 'Jij was de ster.'

Dix begon weer in zijn broekzak te wroeten. Hij keek Sylvie verstrooid aan. 'Hebben ze je een baan gegeven?'

'Nog niet.'

Dix graaide nu achter het kussen van zijn rugleuning, grommend van ergernis. Toen het zover was dat hij van de stoel dreigde te glijden, deed Sylvie een greep onder de bijzettafel en haalde een zakje wiet te voorschijn. Dix gaf iets te zien wat bij hem nog het meest een echte glimlach benaderde, nam het zakje van haar aan en haalde de knoop bovenin los. De geur van verse skunk overspoelde de kamer. Ik vroeg Sylvie: 'Wat doe je voor werk?'

'Ik ben danseres.'

'Wat voor danseres?'

'Wat je maar wilt.'

'Ze danst goed.' Dix had zijn joint bijna gebouwd. Hij likte het vloeipapier dicht, stak hem aan en nam een paar lange halen. Hij boog zich over de bijzettafel en gaf hem aan mij. 'Hier, lekker bij whisky.'

Sylvie lachte. 'Lekker bij alles.'

'Gezondheid.' Ik inhaleerde diep, zoog de rook recht mijn longen in en begon te kuchen, zo heftig was het. 'Goed spul.' In mijn stem klonk dezelfde droge toon door als in die van Sylvies 'oom'.

'Beter is er niet.' Hij knikte.

Ik nam nog een paar trekjes. Ik voelde het tot in mijn botten, krachtiger dan een massage ooit zou kunnen.

Dix keek met half toegeknepen ogen naar Sylvie, door alle rook heen. 'Dans eens iets voor hem.'

Sylvie kwam overeind, en weer viel het me op hoe tenger ze was, en hoe recht haar houding. Ze stak haar hand uit, pakte het stickie over, gooide het hoofd in de nek en nam een lange hijs van de sigaret, waarbij ze haar kleine lichaam een pirouette liet maken. Ze kwam wankelend en lachend tot stilstand. 'Moet je ook eens proberen, Will, daar word je nog veel higher van.'

'Als ik nog higher word kom ik nooit meer beneden.'

Weer zei Dix: 'Dans eens iets voor hem.' Hij keek naar mij. 'Hebben ze in die tent van jou nog danseressen nodig?'

'Ik weet het niet. Ik zou het eens kunnen vragen.' Ik keek naar Sylvie. 'Het hoeft niet.'

'Maar ik zou het wel leuk vinden.' Ze liep naar een cd-speler en bekeek een handvol cd's die daar op de grond lagen. 'Ik heb het ook nodig om in vorm te blijven.' Sylvie liet haar stem dalen om een kunstenaar te parodiëren: 'Na mijn vorige contract had ik éven behoefte aan wat lucht.'

'Ze heeft de brui aan haar baan gegeven.' Oom Dix glimlachte trots. 'Zei dat ze hem ergens mochten stoppen waar het zonlicht niet komt.'

Sylvie keek weg van de cd in haar hand. 'Dat soort banen kun je overal krijgen.'

Dix haalde zijn schouders op; hij was alweer een volgende joint aan het rollen.

Ik vroeg: 'Wat voor soort werk doe jij?'

Door de manier waarop hij me aankeek vroeg ik me af of hij mijn vraag niet goed had begrepen, maar toen begon hij te grinniken en zei: 'Ik bemoei me met m'n eigen zaken.'

'Dix is een duizendpoot.'

Sylvie vond de cd die ze zocht en legde hem in de speler. Ze trapte haar laarzen uit, deed een paar rek- en strekoefeningen, sloeg de rest van haar whisky achterover en drukte op PLAY. De cd begon met een lome saxofoonsolo. Sylvie bewoog al, achteruit, over de kale vloer; ze wiegde met haar heupen op het syncopische ritme, bewoog haar armen met de melodie mee omhoog, rolde met haar ogen alsof ze in extase was en draaide zich vlak voor Dix en mij weer om. Ze gaf haar heupen de ruimte om één lange wiegende beweging te maken, als een Hawaïaans meisje bij wie wat soma in haar kokosmelk was gedaan. Daarna begon een slagwerker krachtig te roffelen en maakte Sylvie een achterwaartse handstand, traag en sexy, die de lengte van haar benen benadrukte, een flits intieme naad liet zien. Ze kwam weer op haar benen terecht en bracht haar armen omhoog tot ze erbij stond als Jezus aan het kruis, en begon ritmisch te schuddebuiken, een oude, primitieve beweging. Sylvie versnelde haar dans glimlachend tot hij synchroon liep met de muziek. Ze ging als een ballerina op haar tenen staan, gooide een been als een stripteasedanseres in de lucht en liet zich vervolgens op de grond vallen, waar ze op een ondefinieerbare manier avant-gardistisch begon te kronkelen. Dix knikte instemmend en ik moest moeite doen niet naar mijn voeten te kijken. Uiteindelijk stopte de muziek. Dix en ik begonnen te klappen; Sylvie ontspande zich na een laatste pose en liet zich op de grond zakken alsof ze er geen druppel zweet om had gelaten. Ze glimlachte en zei: 'Dat was mijn toelatingswerk.'

Ik werd 's ochtends wakker met angst voor mijn eerstvolgende performance, hoofdpijn, een droge keel en slechts een vage herinnering aan de laatste momenten van die nacht. Ik rolde op mijn zij, in de ijdele hoop dat ik Sylvie met haar donkere haar naast me zag, maar de rest van het bed was leeg en de lakens lagen erbij alsof ik hevig had liggen woelen, hoewel mijn stijve rug er eerder op wees dat ik volkomen knock-out was geweest.

Na de dans van Sylvie had ik een fuifnummer mogen opvoeren. Sylvie had een spel kaarten opgeduikeld en vroeg me of ik iets leuks ten beste wilde geven. Ik had de kaarten heimelijk verruild voor het spel in mijn zak en mijn gastheer en -vrouw op een paar eenvoudige trucs getrakteerd. Zij had veel o's en ah's geslaakt en was vol overdreven bewondering geweest, maar Oom bleef on- aangedaan en keek alsof hij het allemaal al eens eerder had gezien. Na een poosje had hij gevraagd: 'Gebruik je kaarten alleen om trucjes mee uit te halen of kun je er ook serieus mee spelen?'

'Zoals?'

'Zoals poker.'

Hij hield zijn hoofd iets scheef, met zo'n uitgestreken smoel dat het me moeite kostte om niet te gaan lachen. Waarschijnlijk was tegen die tijd de wiet gaan werken. Ik onderdrukte het gegiechel en zei: 'Soms.'

'Kun je het een beetje?'

Met een knip van mijn vinger vormde het spel kaarten een fraaie waaier. 'Te goed om om geld te spelen als ik gebruik maak van jullie gastvrijheid.'

'Aha, zo goed.' Hij pakte het spel van me over, deelde het in tweeën en liet de kaarten keurig in elkaar schuiven. 'Toch zou ik je graag eens zien spelen.'

'Mij best, als we de inzet leuk houden.'

Dix keek geamuseerd, waarop ik me afvroeg of hij me ervan verdacht op zijn stuff of zijn vriendinnetje uit te zijn – voor zover ze inderdaad zijn vriendinnetje was. Maar toen liep Sylvie naar haar tas en wierp ze een paar luciferboekjes op de tafel. Even ge- beurde er niets. Ik pakte er een van en begon de iele papieren luci- fers af te scheuren. Het flapje was glanzend zwart met een goudkleurige opdruk. Een vrouw met alleen een slipje en kousen aan was in een hippe cocktail getuimeld en daar lachend blijven zitten. Haar boezem was even rond en uitbundig als de bubbels die in het glas opstegen. Ze had haar lange benen opgewekt over de rand gelegd en gooide haar armen als een revuedanseres de lucht in: 'Ta da!' Op het flapje stond EIN ENCHANTED NACHTREVIEW.

Dix onderbrak mijn gedachten. 'Zit je vaak in het casino?'

Ik schudde het hoofd. Had ook geen zin om hierop door te gaan. Mijn hand bewoog onwillekeurig naar het kleine litteken bij mijn linkeroog. 'In mijn jongere jaren.' Ik keek hoe hij uitdeelde. 'Maar bij casino's zijn ze erop getraind om achterdochtig te zijn.'

Dix legde de laatste kaart op tafel en legde de rest van het spel met de afbeeldingen naar beneden, naast de asbak.

'Ze vinden het niet fijn als je te veel wint.' Ik pakte mijn kaarten en sorteerde ze snel. 'Het zal nooit veel opleveren.'

We speelden een paar potjes met de azen laag, min of meer in stilte. Ik zette zuinig in, hield de kaarten goed bij, onthield de series, wie wat in zijn handen had en wat er al uit was. De eerste twee potjes won ik dankzij een combinatie van inschatting en geluk. Maar bij het derde hield ik alles bij en speelde ik op het scherp van de snede, hoewel mijn stem onbewogen bleef klinken en ik me rustig, ontspannen bewoog.

Dix haalde mijn niveau niet. Ik had alle gelukjes die hem ten deel vielen meteen in de gaten, en zonder een monsterhand had hij evenveel kans te winnen als een jeugdcrimineel die hoopt te worden toegelaten tot Eton. Hij verloor met dezelfde bedaarde desinteresse die van al zijn handelingen die avond uitging, maar naar mijn indruk verrieden zijn lodderogen wat meer vuur, wat meer alertheid dan daarvoor. De whiskyfles was een kwart leger dan aan het begin. Ik vulde de glazen van mijn gastvrouw en

-heer en deed een klein scheutje in mijn eigen glas. Ik ving de blik op van Dix, die me vanachter zijn kaarten aankeek, en vroeg me af of het hem was opgevallen dat ik sinds we waren gaan spelen minder dronk en zo weinig inhaleerde dat het nauwelijks effect had. Sylvie begon verveeld te kijken. Achteloos vormde ze een waaier van haar kaarten. Ik zei: 'Sylvie, ik kan je kaarten zien.'

En ze drukte ze haastig tegen haar borst, als een koloniste die zich een rolberoerte schrikt. 'Zo doet-ie het dus, hij heeft röntgenogen.'

'Hè, nee, schatje.' Ik probeerde een ouderwets Amerikaans knauwaccent te imiteren. ''t Is alleen zo dat ik weet hoe je ze vasthoudt, wanneer je ze wegdouwt, wanneer je moet weglopen, wanneer je moet wegrennen.'

Dix negeerde ons gebabbel. Zijn stem had weer die roestige ondertoon. 'Volgens mij zit je ons iets te verzwijgen. Als ik jou was zou ik kappen met dat gedoe met die goocheltrucs en het casino in gaan.'

Ik staarde hem op dezelfde manier aan, legde mijn kaarten met een zwierig gebaar op tafel en won ook het laatste potje, zodat de andere twee achterbleven met de oude koffievlekken daar waar eerder hun lucifers lagen. Al had ik geen penny winst geboekt, het gaf een goed gevoel. Om mezelf aan mijn missie te herinneren zei ik: 'Ik ben een podiumkunstenaar.'

Dix schoof de rest van de luciferjackpot naar me toe. 'Zoals je wilt, man, maar mij lijkt het zonde. Met al die lucifers kun je een stevig vuurtje stoken.'

'Dat zou kunnen, maar het zou er wat heet van kunnen worden.'

Hij knikte. 'Ik begrijp het. Maar je hebt er talent voor, en het lijkt me verdomd jammer om daar niets mee te doen. Er zijn heel wat goede casino's in Berlijn. We kunnen nu meteen naar de Alexanderplatz vertrekken en meer binnenhalen dan je in een week verdient met azen in je mouw verstoppen.'

Ik boog voorover naar Sylvie, haalde zogenaamd een gouden munt achter haar oor vandaan en bood hem haar met een licht overdreven gebaar aan om te laten merken dat Dix' smalende opmerking over mijn kunsten me weinig deed. Sylvie begon te giechelen, maar hij leek niet onder de indruk.

'Misschien wil je niet in casino's spelen, en dat kan ik wel begrijpen.' Gedachteloos bracht hij een hand naar zijn oog, en voor het eerst viel me een deels al genezen reeks kleine wondjes aan zijn knokkels op. 'Maar er lopen heel wat rijke mannen op de wereld rond die zich vervelen. Als je iets vindt om ze te vermaken, iets bijzonders, een of andere privé-show, daar zou je flink aan kunnen verdienen.'

'Misschien dat we dat ooit nog eens gaan doen.'

'Je geeft maar een seintje.' Dix keek ernstig. 'Tot dusver verspil je je talent. Denk er nog eens over na. Je hebt een publiek dat naar je kijkt, misschien nog een mooie meid die je helpt, en wat doe je? Met een zwaai van je hand laat je haar verdwijnen of je knipt een touwtje in tweeën en maakt het vervolgens weer heel.' Hij schudde het hoofd, zo zinloos vond hij mijn act. 'Je handen zijn rap, je hebt een goed geheugen.' Hij grinnikte. 'Je kunt mensen dingen laten zien die er niet zijn. Dat is een fantastische gave. Mocht je van gedachten veranderen, laat het me weten. Ik heb in de stad prima connecties.'

Ik knikte, tikte de kaarten netjes recht en schoof ze in het doosje. Liever bleef ik verre van plannen om snel rijk te worden en van mijn herinneringen aan de problemen die mijn vlugge vingers me konden bezorgen. 'Maar vertel, is "oom" een eretitel of ben je er echt een?'

Hij haalde zijn schouders op. 'Natúúrlijk is het een eer.'

Sylvie verving de gedoofde kaarsjes op de schouw door nieuwe en we staken ze aan met mijn opbrengst. Het gesprek ging door en dat gold ook voor de nacht. In de tussentijd maakten we heel wat van Dix' wiet soldaat en zopen we de whisky op, net zo lang tot alles om me heen vaag werd.

Ik wist met moeite het bed uit te komen en constateerde toen dat ik weer met mijn contactlenzen in was gaan slapen. Die ijdelheid kostte me nog eens mijn ogen. Mijn broek en shirt lagen op een hoopje aan het voeteneinde. Het zag eruit alsof er een ruimtewezen was langsgekomen dat me had opgestraald voor een rectaal onderzoek, waarbij mijn kleren verschroeid op de grond waren achtergebleven. Ik luisterde of ik iets hoorde, doorbrak de stilte met een kuch, kleedde me aan en liep de gang in, waar ik me probeerde te herinneren welke deur ook alweer van de badkamer was.

De badkamer was niersteenvergruizend koud. Mijn blaas was halfleeg toen ik iets achter me hoorde en een blik over mijn schouder wierp. In de deuropening stond Sylvie, gehuld in een dunne ochtendjas met bloemetjes. Ze wreef in haar ogen en zei: 'Let maar niet op mij.' Vervolgens draaide ze de kraan open en begon ze haar gezicht te wassen. Het is lastig om nonchalant te pissen, maar ik deed mijn best.

'Lekker geslapen?' Ik gaf een laatste tik boven de pot en ritste mijn jongeheer weg.

'Eerder buiten westen gelegen dan geslapen.' Ze depte haar gezicht met een grauw ogende handdoek droog. 'En jij?'

'Net zoiets.'

Sylvie hing de handdoek terug en begon snel van de ene op de andere voet te hupsen.

Ik zei: 'Cool dansje.'

En ze grimaste. 'Heel grappig. Klaar daar?'

We ruilden van plek en ze ging zitten, waarbij ze haar lange ochtendjas tegen haar dijen drukte. Ze droeg dikke wollen sokken, maar ik had de indruk dat ze onder haar kamerjas niets aanhad. In de badkamer weerklonk een iel gedruppel. Ik was wel zo veel gentleman dat ik wegkeek, in de spiegel. Ik moest me nodig eens scheren en waarschijnlijk stonk mijn adem, maar verder was mijn gezicht de nacht redelijk ongeschonden doorgekomen. Opnieuw werd ik overvallen door gedachten aan de voorstelling. Ik moest snel weg zien te komen. Me ergens terugtrekken om te bedenken hoe ik mijn act aan dit publiek kon aanpassen.

Achter me zuchtte Sylvie. 'Da's beter.'

Ik draaide me naar haar om en wendde mijn blik snel weer af toen ik zag dat ze zichzelf aan het afvegen was. Mijn contactlenzen lieten mijn ogen los, zodat de wereld kon vervagen tot de toestand waarin alles er prima uitzag. Ik plensde wat koud water in mijn gezicht.

'Dix heeft een scheermes en zo, als je dat nodig hebt.'

'Ik red me wel.' Ik hield mijn toilettas omhoog. 'Vergeet niet dat ik al mijn wereldse goederen altijd bij me heb.'

'Da's nog niet zo verkeerd.'

Sylvie klapte het toiletdeksel naar beneden, ging erop zitten en keek hoe ik mijn tanden poetste.

'Precies.' Ik spuugde de tandpasta uit en spoelde mijn mond. 'Een ouwe clochard, vrij en vrijgezel.'

'Een clochard?'

'Een zwerver, een vagebond.'

'Maar je hebt een thuisbasis in Groot-Brittannië, neem ik aan? Een huis, kinderen en meer van dat soort toestanden?'

'Geen huis, geen kinderen, zelfs geen parkietje; geen geliefden, nee, in welke hoedanigheid dan ook.'

'Geen familie?'

'Nou, m'n ouwe mamsie is er nog, maar we zien elkaar niet vaak.'

'Wauw.'

Ik stak een hand uit naar de handdoek maar herinnerde me toen hoe grauw hij eruitzag, dus droogde ik mijn gezicht maar af met de onderkant van mijn shirt. Sylvies gezicht was een vage vlek, maar ik had de indruk dat ze glimlachte.

'Klaar?'

'Mijn normale ochtendritueel behelst ook een modderpakking en een masker van zeewier, maar ik denk dat ik dat vandaag maar zal overslaan.'

'Honger?'

'Ik ga van m'n stokje.'

'Wat?'

'Ik sterf van de honger.'

Ze lachte en duwde me plagerig de badkamer uit. 'Goed, laten we een deal sluiten. Jij laat mij hier even m'n gang gaan en ik laat me door jou trakteren op een ontbijt buiten de deur.' Ze duwde de deur achter me dicht. 'Soms heeft een meisje wat privacy nodig, weet je.'

*

Sylvie nam me mee naar een kleine Turkse bar op de hoek van haar straat. De bejaarde eigenaar begon te glimlachen toen hij haar zag en ze begroetten elkaar in een vlot, soepel klinkend Duits terwijl hij ons voorging naar een tafeltje op het terras. De oude man riep iets door de openstaande deur van het café, en niet lang daarna verscheen er een jonge ober met een dienblad voorzien van minuscule koffiekopjes en een hoge, barokke koffiepot. Hij overhandigde me een Engelstalige menukaart. Sylvie pakte die opgewekt van me af en begon voor ons allebei te bestellen. Daarbij zei ze iets wat de ober op de lachspieren werkte; hij wierp me een schuchtere blik toe en liep weer naar binnen om ons ontbijt te maken.

Ik masseerde mijn slaap ter hoogte van mijn rechterwenkbrauw en vroeg me af waarom mijn katers zich altijd daar concentreerden. Misschien was het een soort erfelijke afwijking die pas aan het licht zou komen nadat ik plotseling dood was neergevallen. Ik vroeg me af of ik op het podium zou sterven, tijdens een truc ineen zou zijgen zodat iedereen dacht dat het een grap was. Ze zeggen dat Tommy Cooper zo ook graag had willen gaan. Ik heb hem nooit gesproken, maar het lijkt mij een afgrijselijk einde. Het geluid van onzeker gegiechel en het publiek dat elkaar toefluistert dat je toch zo'n ongelooflijk ouwe zak geworden bent.

Daar zaten we dan, ineengedoken vanwege de kou. Sylvie schonk in, damp kronkelde uit de tuit en de weldadige geur van sterke, zoete koffie bond de strijd aan met mijn kater. We staken er allebei een op, zodat sigarettenrook en warme adem zich in de aromamix mengden.

'Je weet dat koeterwaals van hier aardig te raken.'

'Ik heb hier op school gezeten.'

'Uitkijken Sfinxie, je vertelt iets over jezelf.'

Ze glimlachte. 'Het is geen geheim of zo. Ik heb alleen zoiets van: wat moet je met het verleden? Dix zegt altijd dat we het los moeten laten, en daar heeft hij gelijk in. Wat voor nut heeft het om achterom te kijken? We leven in het nu.'

'Waar is Dix? Nog in bed?'

'Hoezo?'

'Niets. Ik was gewoon benieuwd. Wilde hem bedanken.'

'Dat doe ik wel namens jou.'

'Mag ik je daarvoor bedanken?' We moesten allebei lachen en ik zei: 'Nee, ik meen het: bedankt. Als jij er niet was geweest had ik vannacht over straat moeten zwerven.'

'Het was geen moeite.'

'Nou, ik sta bij je in het krijt.'

Ze plantte haar ellebogen op tafel en drukte haar puntige kinnetje tegen haar vuisten. 'Wil je iets voor me terugdoen?'

Opeens herinnerde ik me dat ze me om een bepaalde reden had staan opwachten. Mijn stem klonk behoedzaam. 'Als ik dat kan.'

'Wil je voor me vragen of er in die tent van jou werk is voor dansers?'

'Tuurlijk.'

De ober kwam met twee kleverige gebakjes naar buiten. Sylvie ging op een ander onderwerp over en vertelde me over haar Berlijn, de winkels en cafés die niet in de gids stonden, straten waar je moest zijn geweest en een paar waar je beter kon wegblijven. Ze praatte snel en rookte tussen de happen door afwezig haar sigaret op. Vaak lachte ze en maakte ze mij aan het lachen. Ze praatte met volle mond en wist er dan op de een of andere manier nog steeds goed uit te zien. Daar verscheen de ober weer, om te vragen of we nog iets wilden, en Sylvie bestelde nog een rondje koffie. We bleven getweeën op het terras hangen terwijl het eigenlijk te koud was om buiten te zitten. We rookten nog meer sigaretten en leverden commentaar op de voorbijgangers, mensen met een doel voor ogen, en allebei reageerden we quasi geschokt op de roddels die de ander over volslagen onbekenden ophoestte.

Na verloop van tijd werden mijn herinneringen aan de show van de voorgaande avond, die sinds ik die ochtend was opgestaan aan me getrokken hadden, te ondraaglijk om te negeren. Ik drukte mijn peuk uit en schoof mijn lege koffiekopje opzij. 'Laat ik maar 's gaan.'

'Mensen, dingen die je moet zien?'

'Een act die ik moet bijschaven.'

Ze glimlachte. 'Zo slecht was-ie niet.'

'Ook niet zo goed.'

'Het gaat je lukken. Je hoeft alleen maar de juiste invalshoek te kiezen.'

'Zoiets, ja.'

We wisselden 06-nummers uit en ik beloofde haar te zullen bellen als er een baantje voorbijkwam. Ik bedacht dat ik haar misschien sowieso wel zou bellen, maar toen verscheen oom Dix voor mijn geestesoog. 'Oom Dix' – hoe kwamen mensen aan dat soort idiote namen? Zich uitdossen als een soort Weimar-pooier. Wedden dat hij zich op dat moment nog steeds voor z'n kop sloeg dat hij zo laat naar bed was gegaan en zich moest haasten om op tijd te komen voor een of ander derderangs universiteitsbaantje? Nee, alle kans dat ik niet zou bellen. Ik zei haar nog een keer gedag, beende de straat op en hield een taxi aan, die me naar mijn hotel moest brengen.

*

Aan het begin van de middag liep ik naar buiten en zette ik koers naar het theater.

Daarvoor stond ik onder de douche toen de telefoon ging. Ik ging ervan uit dat iemand zich had vergist, maar omdat de telefoon bleef overgaan, schoot het door me heen dat het misschien iemand van Schall und Rauch was. Ik nam op met een handdoek half om me heen geslagen en vroeg me af waarom ik altijd naakt was als de telefoon ging, terwijl ik zeker wist dat ik toch echt in wakkere toestand bijna altijd kleren aanhad. Ik nam op en zei '*Bitte?*', ervan uitgaand dat degene aan de andere kant van de lijn mijn taalkundige inspanningen wel sympathiek zou vinden.

'William? Ben jij dat?' Mijn impresario dacht kennelijk dat hij nog harder moest schreeuwen als hij naar het buitenland belde.

'Vanwaar dat "Bitte"? Heb je je nou al laten naturaliseren? Voor je het weet zing je "Morgen behoort aan mij" en gaat het van "Sieg Heil".'

Ik begon me af te drogen. 'De geschiedenis heeft niet stilgestaan, Rich. Daar doen ze hier niet meer aan.'

'Eens een nazi, altijd een nazi. Maar goed, waar zat je toch?' Hij gaf me niet de kans te antwoorden. 'Luister je verdomme je berichten nooit af?'

Nu viel het me pas op dat het rode lampje op de hoteltelefoon knipperde. 'Je had me mobiel kunnen bellen.'

'Dat heb ik geprobeerd. Je mobiel stond uit, hè?'

'Afijn, zeg het 's.'

'Heb je vandaag al een Engelse krant gezien?'

'Nee.'

'Goed, koop effe de *Daily Telegraph* en bel me dan terug.'

'De *Telegraph*? Heb je je aandelen zitten checken?'

'Doe het nou maar. Ik spreek je weer over vijf minuten.'

De verbinding werd verbroken. Ik keek naar de hoorn, schudde het hoofd en belde naar de receptie om te vragen of ze me de krant in kwestie konden bezorgen. Ik maakte mijn onderbroken douche af en stond net weer de handdoek om mijn middel te binden toen er op de deur werd geklopt. Ik gaf de portier een fooi, deed de deur achter hem dicht, ging op het bed zitten en sloeg de krant open.

De foto zag ik het eerst. Het was het portret van een jonge, grimmig kijkende Bill dat een politiefoto kon zijn, of misschien was het gewoon een slechte pasfoto. Er stond ook een foto van de club bij, van de buitenkant genomen. Hij oogde enigszins gedateerd, maar ik wist niet precies waarom. Ook hadden ze – angstaanjagend genoeg – een kleine foto afgedrukt van Sam die op het toneel stond, van ongetwijfeld lang geleden. Hij zag er jonger uit, hoopvol, lachend, met het hoofd in de nek. Ik had hem vaak op die manier zien lachen.

Ik begon de tekst te lezen, hoewel de kop de essentie van het bericht al had weergegeven: TWEE DODEN BIJ SCHIETPARTIJ IN CLUB. De nieuwe eigenaren van het pand hadden bij een eerste inspectie Bill en Sam in het kantoor aangetroffen in een plas van hun eigen bloed. Tot dusver hield de politie het bij moord en zelfmoord, waarbij er naar Sam werd gewezen. Mijn ballen klommen richting mijn buik. Ik legde de krant op het bed, pakte uit de minibar een zinloos koude Famous Grouse, schonk die in, dronk hem op en las weer verder.

Het artikel strooide kwistig met foto's en was zuinig met feiten, maar het maakte wel melding van het feit dat Bill had gezeten wegens afpersing, en er werd van zijn vader gerept; de verslaggever noemde hem een zakenman, en wel in dusdanige bewoordingen dat niemand hoefde te twijfelen aan welke kant van de wet hij het liefst had geopereerd. De hele familie werd in beeld gebracht en de grootste plek werd ingeruimd voor zijn moeder, Gloria. Montgomery had beloofd om Bill de waarheid over zijn moeder te vertellen. Bill had gezegd dat ze weg was. Voor zover ik er een mening over had, zou ik het op dood of gescheiden gooien. De krant wist te melden dat ze ergens in de jaren zeventig was verdwenen en dat niemand wist wat er van haar was geworden, hoewel na al die tijd de meest voor de hand liggende conclusie luidde dat ze niet meer leefde.

Ik had het avontuur in Bills club in Soho keurig in een kist opgeborgen, ergens in een hoekje van mijn geest. Ik stelde me de kist voor. Het was een oude scheepskist van kurkdroog hout, rimpelig door de tand des tijds en beslagen met dunne banden van zwart staal. Er hing een stevig metalen hangslot aan dat muurvast was dichtgeklikt. Ik draaide de sleutel om, deed het deksel open en begon mijn situatie te bestuderen.

Ik dacht aan Montgomery, die voor de deur stond, en aan Sam, die de envelop in mijn handen duwde. Ik zag de envelop ongeopend ergens in mijn moeders bungalow in Cumbernauld liggen. Ik was ervan overtuigd dat Sam onschuldig was, een slachtoffer. Hij zou niet de eerste zijn die de hoogste prijs had betaald omdat hij was gevallen voor de charmes van een schurk. Misschien waren ze allebei slachtoffers. Wellicht zou Bill meer op zijn hoede zijn geweest als Sam niet zo op een vreedzame aanpak had aangedrongen. Maar misschien was die kwestie met Montgomery alsnog op een aardige manier geëindigd. Bill was een crimineel. Wie weet hoeveel vijanden hij had gemaakt? Misschien dat ze in de rij hadden gestaan om oude vetes uit te vechten voordat Sam en hij de zon tegemoet zouden zeilen.

Als Montgomery iets te maken had met de schietpartij, dan hoopte ik dat hij er geen flauw benul van had dat ik daar rondliep toen hij aanklopte. Dat betekende: geen van zijn maten bij de politie waarschuwen. Als hij niets te maken had met de moorden, dan kon ik de recherche in geen enkel opzicht van dienst zijn. Van welke kant ik het ook bekeek, het was het best me gedeisd te houden en degenen die ervaring hadden met dit soort dingen hun gang te laten gaan.

De telefoon kwam weer snerpend tot leven. 'Heb je het al gezien?'

'Ja.'

'Wat denk je?'

'Weet niet. Tragisch.'

'Ja ja, gestorven in de kracht van hun leven et cetera, maar dat bedoelde ik niet. Wat weet jij hiervan?'

Mijn stem klonk afwerend. 'Niets.'

'Wees niet meteen op je teentjes getrapt. Ik weet dat je je nooit zou inlaten met heavy stuff, William. Grappen en grollen met drank en vrouwen, oké, het bekende geklooi met drugs, misschien, maar heavy stuff, nee.' Er viel een stilte omdat mijn agent een flinke trek van zijn sigaret nam en de rook uitblies. Waarna hij zijn monoloog hervatte. 'Dus je hebt niet plotseling de neiging om je aan te geven bij de politie?'

'Nee.'

'Goed, want je schnabbel in Berlijn zou daarmee compleet naar de kloten zijn, zoveel is zeker.'

'Uhuh.' Ik deed mijn best mijn stem zo ontspannen mogelijk te laten klinken. 'Dat had ik ook al bedacht.'

Honderden kilometers verderop, in Crouch End, gromde Richard in de telefoon: 'Je weet wel hoe bruinwerkers zijn, William. Labiel.'

'Zo te horen weet je er behoorlijk wat van.'

'Tja, dat lijkt me logisch als je in mijn branche zit, niet?' Hij zuchtte. 'Ik heb niks tegen flikkers, William, maar het is apart spul.'

Plotseling walgde ik van Rich, van mezelf, van de hele treurige kwestie. Ik snauwde: 'Je hebt Sam toch gekend? Doet het je dan helemaal niets?'

Rich reageerde bits: 'Ik kies m'n eigen momenten om te rouwen, William.' En vervolgens, iets milder: 'Kijk, ik zeg niet dat het niet treurig is en ik wil niet beweren dat-ie het verdiende, maar Sam is altijd roekeloos geweest. Je weet toch nog wel hoe hij uit die zomertournee stapte?'

'Dat was niet bepaald hetzelfde.'

'Misschien niet, maar hij was niet wat je evenwichtig noemt. Ik bedoel, wat had-ie überhaupt bij types als Bill te zoeken? Ga met dat soort jongens aan de boemel en je weet wat je krijgt.'

'Dat zal best.'

'Maar goed, sta niet raar te kijken als je teruggeroepen wordt naar Blighty om een paar vragen te beantwoorden.'

Ik trok de handdoek rond mijn middel wat aan. 'Hoe kom je daarbij?'

'Al die klotejuten op een slemppartij van de politie? Enkel een kwestie van tijd eer een daarvan jou erbij sleept.'

'Daar had ik nog niet aan gedacht.'

'Nee? Nou, dat komt doordat jij aan het klunzen bent in Moffenland terwijl ik hier in een lekker warm kantoor zit en juffrouw Pierce het water opzet.' Hij nam nog zo'n astmatische hijs van zijn sigaret. 'Trouwens, over Moffenland gesproken: hoe gaat het met je schnabbel?'

'Vreselijk beroerd.'

'Niet zeiken maar doe er wat aan. Ik heb het je al eerder gezegd: je hebt wat glamour nodig. Ritsel ergens een leuke Fräulein die je doormidden kunt zagen en alles loopt weer op rolletjes.'

'Het zijn maar opstartproblemen. Je hebt me trouwens niet verteld dat het een erotische club is.'

Richard begon te lachen. 'O nee?'

'Nee, verdomme.'

'Goh, nou, hou je hand op dat pikkie van je en er kan je niks gebeuren.'

'Ik zal m'n best doen.'

'Brave jongen.' Ik hoorde een toetsenbord ratelen en wist dat het telefoongesprek zijn einde naderde. In de stem van mijn agent klonk een houterig meelevende toon door. 'Ik zal juffrouw P. laten uitzoeken wanneer Sam wordt begraven en er een fijne krans naartoe sturen.'

'Bedankt, Rich.'

'Wees niet bang, jochie, het gaat van jouw loon af. En nu zet je dit allemaal van je af en zorg je ervoor dat je goochelkunsten magie worden, oké?'

'Oké.'

'Mooi zo.'

Hij hing abrupt op, als altijd. Ik bleef een tijdje gedachteloos op het bed naar de muur zitten staren, knoopte de handdoek rond mijn middel vast, liep naar de kast, haalde mijn mobieltje uit mijn jaszak en zette het aan. Het scherm kwam loom opgloeiend tot leven. Richards onbeantwoorde telefoontjes waren er bijna beschuldigend in opgeslagen. Maar behalve zijn o zo bekende telefoonnummer kwam er een nummer naar boven dat niet in mijn adresboek figureerde, een Brits nummer dat ik niet herkende. Plotseling ging het toestel over. Ik liet het op het bed vallen en deed een stap achteruit, kreunde licht en keek met evenveel afschuw naar het apparaat als een klauwende afgehakte hand me zou hebben ontlokt. Al mijn instincten verzetten zich, maar nadat het toestel drie keer was overgegaan pakte ik het vast, drukte ik op de groene toets en bracht de telefoon naar mijn oor.

Een stem zei: 'Hallo?'

En ik hing op. Vrijwel meteen daarna liet het mobieltje weer van zich horen. Ik zette het uit, liep naar de badkamer, liet de wastafel vollopen en gooide de telefoon in het water. Er stegen minuscule luchtbelletjes uit op, bijna alsof het ding zijn laatste adem uitblies. Ik had gehoord dat de politie mensen via simkaarten kon lokaliseren, maar wist absoluut niet of dat overzees ook werkte. Misschien reageerde ik wat al te heftig. Misschien had Sam Bill van kant gemaakt en daarna zichzelf. Misschien was ik in Berlijn zo veilig als wat, en misschien was het niet de stem van inspecteur James Montgomery die ik daarnet aan de andere kant van de lijn had gehoord.

Glasgow

Alle waarschuwingen ten spijt leken de dodelijke effecten van drank nogal op zich te laten wachten, heel anders dan een mes in je buik of een kogel door je hoofd. Afgaand op de mannen die in de pubs rondom de Gallowgate leefden, kon je op een dieet van whisky, bier en zwartgalligheid wel zestig of zeventig worden. Maar misschien dat de alcoholisten die ik voor pensioengerechtigden aanzag wel afgeleefde dertigers waren, en zou ik er binnen afzienbare tijd net zo uitzien. Ik staarde in de spiegel en fluisterde: 'Kom maar op.'

Bij mijn middel was ik al dikker; tussen mijn vingers verschenen schilfers die 's nachts jeukten. Mijn huid vertoonde de bleekheid van een gevangene die zes maanden brommen achter de rug heeft. Ik was gestopt met futiliteiten als deodorant, aftershave en contactlenzen. Mijn bril maakte me drie jaar ouder, hoewel hij een tikje te hip was voor mijn toestand van dat moment. Ik vroeg me af of ik een andere moest nemen, een die me niet het uiterlijk gaf van een man die betere tijden had gekend. Ook was mijn haar langer. Ik presteerde het om het twee weken lang shampoo te ontzeggen. En mousse, gel of andere troep had ik niet nodig. Ik streek het met mijn vingers naar achteren en liet het verder zoals de natuur het wilde – wat zo te zien neerkwam op gorig bruin doorspekt met roos. Voeg daarbij de nieuwe oude kleren die ik bij de Paddy's Market had gekocht, en het viel niet te ontkennen dat ik voortvarend aan mijn eigen ondergang werkte.

Als jongen had ik als helden twee grote ontsnappingsexperts: Harry Houdini en Jesse James. Bij de bibliotheek leende ik boeken over hen, ik las alles wat er over hun daden was geschreven en staarde eindeloos lang naar zwart-witfoto's van twee mannen die zo handig waren dat ze alleen door lafaards gedood konden worden. In mijn fantasie was ik de cowboy-goochelaar; niets hield me tegen en ik was zo snel dat ik op het allerlaatste moment nog kon wegstappen van een stomp in mijn maag of een kogel in mijn rug.

Ik forceerde zo veel hang- en steeksloten dat mijn vader concludeerde dat we belegerd werden en de politie belde. Maar gaandeweg werd ik er handig in. Ik bevrijdde vastgeketende honden, opende de hangsloten van schuren, hekken en garages. Ik haalde het geknars uit oude fietskettingen en ontdeed draaischijven van telefoons van de slotjes die puberende zussen moesten dwarsbomen. Ik kocht een stel namaakhandboeien en leerde mezelf hoe ik ze kon losmaken met behulp van een uit elkaar gehaalde haarspeld die ik van mijn moeder had gepikt. Ik hing rond bij de slotenmaker, bedelde bij volwassenen om oude sleutels. Mijn vingers jeukten om hun behendigheid op een kluis te botvieren, maar bij ons in de buurt was niets het waard om zo veilig opgeborgen te worden, dus keek ik uit naar een dievenbende die behoefte had aan een jongen met vaardige vingers. Ze hoefden me geen zeeën limonade of bergen snoep te beloven; het enige wat ik wilde was een kans om die schijf naar de juiste combinatie te klikken. Ik zou hun stroman zijn, en als we gepakt werden, geen nood: ik zou de gevangenis open krijgen en we waren weer op vrije voeten. Maar er was geen schurkenbende die ooit mijn talenten opmerkte, en zodra je ze onder de knie had viel er aan soloacties weinig meer te beleven. Jesse had zijn achtervolgers, Houdini zijn toeschouwers. Dus besloot ik natuurlijk mijn eigen *great escape* in scène te zetten.

Jongens van tien hebben toegang tot meer sloten en kettingen dan volwassenen denken. Ik vroeg de kinderen bij mij uit de straat om alles wat ze konden vinden mee te nemen, behalve de sleutels. We troffen elkaar bij de spoorweg, in een verlaten seinhuisje dat ooit was dichtgetimmerd. Ze kwamen aanzetten met hondenkettingen, riemen en springtouwen. Ze kwamen aanzetten met roestige ijzeren kettingen die jarenlang om hekken hadden gezeten. Een van de jongens bracht een stel handboeien mee die hij, zo zei hij, in zijn ouders' klerenkast had gevonden. Ik hield een korte toespraak en vroeg vervolgens het knapste meisje van de groep om me te komen vastbinden. Ze bleek te verlegen, maar de jongens wilden wel en gingen me te lijf onder het slaken van primitieve, cowboyachtige kreten. Ik spande mijn non-existente spieren zoals Houdini dat volgens de boeken ook deed, en vertrok geen spiertje van mijn gezicht, hoewel ik de neiging had me te verzetten onder het geloei en het hardhandige gedrag van de jongens, die me stuk voor stuk dolgraag zo stevig mogelijk wilden vastbinden. Uiteindelijk waren ze dan klaar. Hier en daar voelde ik wat speling, maar waar mijn ketenen zich concentreerden voelde ik strak aangesnoerd metaal dat krachtig in mijn vlees drukte, door mijn kleren heen. Mijn handen waren met handboeien op mijn rug vastgemaakt. In mijn buik voelde ik een vreemd soort opwinding. De jongens stapten achteruit en ik eiste op lage toon dat ze me exact een kwartier lang alleen lieten; mijn publiek aarzelde, en op dat moment werden ze zich bewust van mijn kwetsbaarheid. Ik staarde ze langdurig, dwingend aan. Toen zei Ewan McIvor, de langste van de groep: 'Hij is zo geflipt als de neten.' Neil Blane zette het refrein in: 'Weirdo Wilson.' En het viel niet mee om afzonderlijke beledigingen te isoleren in de daaropvolgende stortvloed van verbale agressie. *Vieze vuile flikker... Sukkelige klootzak... Idiote mafkees... Homo... Spast eersteklas... Gekke Henkie...*

Ewan duwde me op de grond en begon samen met de anderen haastige trappen en stompen uit te delen, waarna de aanval even plotseling stopte als hij was begonnen. Ze draaiden zich om en renden joelend de zon tegemoet. De deur sloegen ze achter zich dicht.

Het was niet helemaal donker in het huisje. Door de scheef getimmerde latten aan de buitenkant sijpelde licht naar binnen, maar het was wel zo donker dat de oude seininstallatie een sinistere aanblik bood. Met horten en stoten wist ik in een zittende positie te komen, ik draaide mijn handen naar voren en pakte het metalen haakje dat ik onder mijn tong had verborgen. Vervolgens overviel me de tweede schok van mijn avontuur. Echte handboeien zijn minder gemakkelijk open te krijgen dan het namaakstel waarmee ik had geoefend.

Pas tegen etenstijd viel het mijn moeder op dat ik nog niet thuis was. Buurkinderen werden ondervraagd en al snel wist men wat me was overkomen. Mijn vader schudde het hoofd, leende een betonschaar en ging op pad om me te bevrijden. In Schotland duurt een zomerdag lang, en toen hij me vond schemerde het nog niet echt. Maar de schaduwen in het seinhuisje hadden zich uitgerekt tot de kleine ruimte helemaal zwart was. De duisternis was in mijn kleren gekropen, was doorgedrongen tot in mijn neus en mond en afgedaald in mijn oren tot ik niet meer wist of het ruisen en kreunen afkomstig was van de bomen en het gras buiten of van een of ander schepsel dat zich bij mij in het huisje bevond.

Mijn vader woelde door mijn haar en knipte langzaam mijn ketenen door, nu eens vloekend, dan weer met woorden van troost, tot hij me dan eindelijk, onder de pisvlekken, snotkorsten en tranen, bij mijn moeder afleverde. Die dag werd ik me voor het eerst bewust van een feit dat me sinds mijn terugkeer naar Glasgow is blijven achtervolgen: ik kan er niet tegen om opgesloten te worden en was niet voorbestemd een ontsnappingsexpert te worden.

*

Na een aantal van de bekende eenheden troost hield ik de pubs die ochtend voor gezien. Ik sloeg bij een winkel een picknick in en begaf me naar de Clyde om hem op te drinken. In Berlijn maakten de rivieren en grachten deel uit van het centrum; er werd gezwommen en gevaren, je had er rondvaartboten en riviertaxi's. Aan de oevers van de Spree lagen mensen te zonnen, ze tennisten er en speelden frisbee, en ik kwam er alleen als de zon scheen, dus in mijn herinnering is het er licht en prettig.

Aan de Clyde was het kil. De betonnen promenade was verlaten, maar er lagen tekenen dat anderen er vóór mij waren geweest: roestende bierblikjes, lege flessen Buckfast en oude pornobladen waarvan de vrouwen door een bries hun benen nog nadrukkelijker spreidden. Er waren een paar boten aangemeerd, maar het water lag er loodgrijs en doods bij. Als ik met plannen had rondgelopen om mezelf te verdrinken, zou ik ze die dag even in de ijskast hebben gezet. Het water was te koud om een poging te wagen. Het zou je verzwelgen en een boer laten zonder één woord van pardon.

Ik liep een poos langs de oever en probeerde nergens aan te denken. Ik ondernam geen poging de nog jonge dag het zicht op mijn afhaallunch te ontnemen. Die bungelde aan mijn hand, in zo'n plastic tasje dat volgens bevoegde verkopers geschikt is voor het transporteren van bier, terwijl iedere drankliefhebber weet dat het al uitzakt en scheurt voordat je een kilometer hebt kunnen lopen.

Een oude man met een kapsel in de stijl van Piet de Smeerpoets had zijn heil gezocht in de schaduwen onder de Jamaica Bridge. Hij had een hol gemaakt van een slaapzak type leger, aangevuld met een verzameling mottig ogende dekens en een paar gedemonteerde kartonnen dozen. Naast hem op de grond lag een aftands boodschappenwagentje met ruitmotief, op zijn kant, boordevol kranten. De oude man mompelde iets, waarop ik hem tussen de pilaren van de brug door een blikje bier aanreikte. Het was eerder een verzoek om extra karmapunten dan een blijk van medeleven, maar de oude zwerver bracht een hand naar zijn voorhoofd en fluisterde: 'God zij met je, vriend', met een stem schor van het slijm en de kou. Ik knikte en zei: 'Met jou ook.' Terwijl naar mijn idee welke god dan ook ons allebei al lang geleden had opgegeven.

Ik kwam een bankje tegen, schoof mijn voorraad onder de zitting, installeerde me met mijn eerste blikje en trok de kraag van mijn jack omhoog. Pal aan de rivier was het behoorlijk guur, maar ergens in de lucht gloorde een verre schittering, zodat het niet meer helemaal onvoorstelbaar was dat de lente zich ooit zou aandienen. Ik nam een slok bier. De drank bleek warmer dan de lucht om me heen, maar was van een betere kwaliteit dan het spul dat ik in de bar had staan hijsen. Die oude zwervers hadden er kennelijk verstand van. Wie weet wat ik van ze zou kunnen leren als ik me bij hen aansloot?

Berlijn

Nadat ik Montgomery's stem had gehoord was ik de straat op gegaan, Bill vervloekend vanwege zijn kinderachtige gedoe over schulden inlossen en gangsterspelletjes die mensen het leven kostten. Niets had deze hele affaire met mij van doen.

Ik had geld op zak; als ik wilde kon ik diezelfde middag nog een vlucht naar huis nemen. Ik haalde het papiertje te voorschijn waarop Sylvie haar nummer had geschreven. Het duurde even voor ik een telefooncel had gevonden, en vervolgens duurde het even voor ik de Duitse gebruiksaanwijzing had ontcijferd, maar ten slotte ging dan toch de telefoon aan de andere kant van de lijn over. Sylvie nam op en ik vroeg: 'Zoek je nog steeds werk?'

'Heb je nu al iets gevonden?'

'Lijkt het je iets om een tijdje als m'n assistente te figureren?'

Terwijl ik de telefooncel achter me liet klonk haar opgewonden gil nog na in mijn oren. Ik ging op weg naar het theater, me afvragend wat er in de envelop zat die ik naar huis had gestuurd.

Glasgow

Boven de Clyde krijsten de meeuwen. Ze voerden diepe, snelle, treiterende duikvluchten op het water uit, misschien als herinnering aan de tijd dat ze hun diner zelf bij elkaar visten, in plaats van vuilniszakken van restaurants open te scheuren en met stedelijk uitschot de strijd om achtergelaten afhaalmaaltijden aan te binden. Ik vroeg me af waarom ze ervoor kozen in deze stad te blijven, terwijl de kust in het noorden lange stukken wit zandstrand te bieden had, maar wie was ik om daarover te oordelen? Ik bracht mijn blikje omhoog en zei: 'Vliegen met die hap. Ga heen en schijt op zo veel mogelijk hoofden.'

Een groepje schorem kwam mijn kant uit, de promenade af. Ik sloeg mijn ogen neer en draaide mijn hoofd weg, zodat ze me er niet op konden betrappen dat ik hen in de gaten hield. Het laatste wat ik wilde horen was die onsterfelijke uitspraak: 'Hé lul, wat kijk je?' De inleiding op een Glasgowse kopstoot of erger. Het waren er vijf, met trainingsbroeken en sweatshirts aan, allemaal met hun capuchon op en de handen in hun zakken. Ze liepen met opgewonden, verende tred en hun hoofd naar beneden, waarbij hun bovenlijf ritmisch meegolfde met hun voeten. Aan het volume van hun opgefokte stemgeluid hoorde ik dat ze dichterbij kwamen. Ik kon mezelf wel voor m'n kop slaan dat ik op zo'n afgelegen plek was gaan zitten. Als ze wilden konden ze me zo tegen de grond drukken, aan stukken scheuren en me achterlaten als voer voor de meeuwen. Ik stopte het blikje bier in mijn jaszak en bleef naar de overkant van het water staren terwijl ik hen vanuit een ooghoek gadesloeg. Ze leverden op harde, nasale toon commentaar op een of ander recent avontuur.

'Die had je wreed vet te pakken.'

'Z'n harses compleet ingeslagen, als een kokosnoot.'

'Een sappige kokosnoot.'

'Sappig als een natte spleet.'

'Tering man, tyfusgoed.'

Een van de jongens wierp me een blik toe. Ik zag een nevel van roestbruine druppeltjes op zijn neus, alsof er een dun laagje sproeten op was gespoten. Zijn gezicht was net zo bleek als het mijne, maar anders dan mijn grafgrijs vertoonde het zijne het jeugdige melkwit van voordat de puisten toeslaan. In een ander leven had hij model of filmacteur kunnen zijn. Onze blikken haakten in elkaar en de jongen krulde zijn bovenlip tot een spottende grijns. Ik dacht: fuck, daar zul je het hebben, en zette me schrap voor de aftrap. Maar toen slaakte een van zijn kornuiten een kreet van zuiver enthousiasme en zag ik hoe een Miamiblauwe motorboot door het water sneed en twee grote wolken wit schuim in zijn kielzog meezoog. De jongens volgden hem met hun hoofd en begonnen even later te rennen om hem niet uit het oog te verliezen. Ik zag een van hen een stok oppakken en in het water gooien; hij wist dat hij de boot met geen mogelijkheid kon raken, maar wilde er toch op de een of andere manier bij horen.

Toen ik het blikje uit mijn zak haalde, merkte ik dat mijn handen trilden. Ik vroeg me af waarom ik die snijdende angst had gevoeld. Het waren gewoon een paar jochies en mijn misdaad was een grotere dan een van hen ooit zou plegen.

151

Berlijn

De portier van het theater zat onderuitgezakt achter een krant in zijn hokje bij de artiesteningang. Ik roffelde vriendelijk tegen het glas, waarop hij wakker werd, snuivend en rochelend als een oude hond die te lang voor de open haard heeft gelegen.

Al vroeg in mijn carrière heb ik geleerd hoe belangrijk het is om een goede relatie op te bouwen met dat almachtige bondgenootschap van conciërges, schoonmakers, uitsmijters en portiers, de mensen die je flyers kwijt kunnen maken en je repetitietijd tot minimale proporties kunnen reduceren, maar die je ook vrije toegang tot het gebouw kunnen verschaffen en je van roddels kunnen voorzien waarmee je al je conflicten met de directie kunt oplossen. Ik schonk de portier een van mijn aardigste glimlachjes en hij staarde me met een kille blik aan waaruit sprak dat hij types als ik al eens eerder was tegengekomen en dat hij er niet van onder de indruk was. De krant begon weer te stijgen. Zonder mijn glimlach te onderbreken roffelde ik opnieuw tegen het glas.

'*Guten Morgen.*' Ik knikte naar een poster met een jongere, frissere versie van mezelf. De portier wierp er een wezenloze blik op en staarde daarna mij weer aan. Zijn ogen hield hij opzettelijk emotieloos. De glimlach begon pijn te doen, maar ik ben een prof, ik hield hem keurig in de plooi en vroeg: 'Spreekt u Engels?'

De portier staarde me onvriendelijk aan. Ik greep naar het goedkope basiswoordenboekje Duits dat ik op Heathrow had gekocht, maar dat gaf geen vertaling voor: *Ik ben een goochelaar die hier vanavond moet optreden; wilt u me alstublieft binnenlaten zodat ik wat voorbereidingen kan treffen?* Ik ging bij de poster staan, wees ernaar en vervolgens naar mezelf, ervan overtuigd dat hij gewoon zat te zieken, maar ik weigerde mijn zelfbeheersing te verliezen. 'Dat ben ik... *Dass ist...*' Ik wees weer naar de poster. '*Ich bin...*'

De portier gromde en bewoog de krant naar boven. Op dat moment trok iets zijn aandacht. Hij ging rechtop in zijn stoel zitten, streek zijn haar naar achteren en toverde een glimlachje op zijn lippen. Ik volgde zijn blik en zag Ulla van haar fiets stappen. Ze had dezelfde versleten spijkerbroek aan als de dag ervoor, maar ze had haar haar in een keurige paardenstaart en haar blouse was schoon. Ze kon zo meedoen aan een reclame voor shampoo, maandverband of een ander product dat om frisse, vrouwelijke, sportieve schoonheid vraagt.

'Morgen.'

Haar glimlach was voor ons allebei bedoeld, maar volgens mij ging de warmte ervan grotendeels naar de portier. Hij groette terug en zei iets wat op mij betrekking had. Ulla begon te lachen, waarna de twee een gesprekje van een paar minuten aanknoopten dat een eeuwigheid leek te duren, terwijl ik zat opgescheept met mijn veelbelovender ik. Eindelijk drukte de man dan op de knop van de toegangsdeur; er klonk gezoem en we konden naar binnen. In het voorbijgaan vergastte ik hem op een vrolijk '*Danke*', maar de krant hing alweer in positie, zodat het licht uit de gang zijn gezicht niet bereikte.

Ulla leek haar voorraad glimlachjes te hebben verbruikt, maar haar stem klonk verontschuldigend. 'Sorry, ik had je gisteren een pasje moeten geven.'

'Geen probleem, en fijn dat je me door Check Point Charlie

hebt gekregen.' Ze keek me venijnig aan. Ik kon mezelf wel voor m'n kop slaan. 'Sorry.'

Voor ons in de gang doemde een splitsing op. Ulla aarzelde. Waarschijnlijk wilde ze eerst zien welke kant ik uit zou gaan, zodat zij de andere kon nemen.

'Zo... Heb je alles wat je nodig hebt?'

'Zo'n beetje. Maar ik zou het wel fijn vinden om effe te worden voorgesteld aan Geppetto.'

Ze keek me onzeker aan. 'Aan wie?'

'De meubelmaker, timmerman, jullie decorbouwer.'

Iets verder in de gang ging een deur open, waaruit Kolja te voorschijn kwam. Hij bleef zwijgend naar ons staan kijken, opnieuw in zijn joggingbroek, met ontbloot, glanzend bovenlijf. Ulla glimlachte en stak haar hand op bij wijze van groet. Ik mompelde: 'Watje', waarop zij zich naar me omdraaide.

'Sorry?'

'Niets.'

Ze wees me waar ik de afdeling rekwisieten kon vinden en liep toen weg om met Kolja te praten. Mijn ogen zakten onwillekeurig af naar haar pronte, in spijkerstof gehulde achterwerk. Hoe groot mijn beproevingen of moeilijkheden ook waren, mijn gevoel voor esthetiek raakte ik niet kwijt. Ik keek weer voor me, zag de atleet naar me kijken en stak mijn hand op als groet, maar wist dat die onbeantwoord zou blijven. Vervolgens ging ik op zoek naar mijn volgende slachtoffer en wenste ik dat uit de kluiten gewassen moffen en onhandigheid met vrouwen mijn enige zorgen waren.

De decorbouwer had een tijdje in Newcastle gewerkt en wilde graag weer eens Engels praten. We bleken in de theaterkringen van Newcastle wederzijdse kennissen te hebben en wisselden onze ervaringen met donker bier uit, waarna ik hem vertelde wat mijn wensen waren. Hij keek naar mijn ontwerpen, stelde wat

vragen, knikte om aan te geven dat hij het begrepen had en beloofde de daaropvolgende week alles klaar te hebben.

Sylvie was klein en slank, knap, grappig en slim. Met haar erbij
kon ik een act in elkaar zetten die in deze stad veel stof zou doen
opwaaien. Wat die andere kwestie betrof, ik kon me werkelijk niet
voorstellen dat ik er iets mee te maken had. Ik zou in Berlijn blijven tot mijn contract afliep, en met eventuele problemen zou ik
me pas bezighouden als ze zich daadwerkelijk aandienden.

Glasgow

Ik drukte het lege blikje dubbel, keilde het onder de bank, trok het volgende open en nam een grote teug. De Clyde lag er roerloos, slagschipgrijs bij, een fractie lichter dan de akelige lucht, een tint donkerder dan het drabbige beton. Het enige kleuraccent was afkomstig van het gifgele etiket op een lege fles goedkope wijn die in de berm was gerold. De kilte had inmiddels een extra dimensie gekregen. Zo meteen ging het regenen.

Problemen pas aanpakken als ze zich daadwerkelijk aandienen is een stompzinnige strategie. Als iemand me er nu naar zou vragen, zou ik zeggen: problemen altijd halverwege bij de hoorns vatten. Dan kun je misschien nog je voordeel doen met het verrassingseffect.

Het was koud geworden, daar bij de rivier. Ik vroeg me af hoe mensen het voor elkaar kregen om in leven te blijven terwijl ze onder een brug in die bemoste kilte lagen te slapen. Begon hun huid alvast grijsgroen uit te slaan en weg te rotten omdat hun lichaam dit voorspel op het graf aanzag voor het echte werk?

Ergens in de stad sloeg een klok drie uur. Vier blikjes hadden de eindstreep gehaald en het vijfde kon me misschien net daar krijgen waar ik wilde wezen. Net als de omgeving leken mijn benen wel van lood. Ik stond op en probeerde de verstijvingen te verjagen door ze los te schudden. Meteen daarna begon ik terug te slenteren; onderweg nam ik af en toe een slok van mijn laatste blikje.

Het hoopje vodden waaronder de man schuilging aan wie ik wat bier had gegeven, schurkte zich nog altijd tegen de voet van een van de brede stenen brugpijlers. Ik bleef aarzelend staan luisteren of er iets verstandigs uit zijn gemompel viel op te maken. Maar als hij al iets zinnigs zei, ging het verloren in het geronk van het spitsverkeer op de weg erboven.

Zak in de stront met je luisteren. Biechten heette goed te zijn voor je ziel, en hier was iemand tegen wie ik kon praten zonder bang te hoeven zijn voor oordelen of vergeldingsmaatregelen. Ik zou deze oude koning van de straat blij maken met een deel van mijn meest waardevolle aardse bezitting: mijn laatste blikje. Ik zou hem vertellen wat me hiertoe bracht, en misschien dat hij dan zijn ondergang met mij zou delen.

Voorzichtig daalde ik neer op zijn nest.

Ik zou de nieuwe, ongekroonde prins des verderfs zijn. Hij zou me zijn zweren nalaten, zijn schurftige, schilferende huid, de luizen die in zijn baard dartelden. Ik zou leren wat jeuk is. Ik zou meest jeukende jeukzwerver zijn die ooit een schoolkind de stuipen op het lijf had gejaagd, die ooit tegen het raam van een restaurant had getikt. Het stonk behoorlijk onder de brug, maar drank en kou verzachten de pijn voor je reukorgaan; ik had er geen last van.

'Hé, makker, alles kits?' Ik hurkte bij hem neer. Het hoopje vodden verroerde zich niet. Het enige wat ik zag was het opstandige aureool van grijs haar dat boven de deken uitstak. 'Ik heb hier nog een slokkie bier, als je wilt.' Het was nog steeds koud, maar de pijler bood wat beschutting tegen de wind. Voorbij de brug begon het te regenen. 'Prachtige stek heb je hier gevonden.' De oude man gaf geen kik. 'Geen zin om te lullen? Tja, nou, zo vreemd is dat niet.' Ik ging op de grond zitten, met opgetrokken knieën. 'Vind je het vervelend als ik je lapje grond effetjes met je deel?' Ik nam

weer een slok pils. Als hij sliep, hoefde ik het niet met hem te delen. 'Zeg het vooral als je er last van hebt, dan taai ik meteen af.'
Misschien dat ik hem had zien bewegen, maar het kon ook een af-
gedwaalde bries zijn geweest die de weg naar de schuilplaats had
gevonden en door zijn haar woelde. 'Jij bent mij.' Ik zocht naar de
juiste woorden om duidelijk te maken wat ik bedoelde. 'Jij bent de
kant die ik uit ga. Maar dat jij mij bent betekent nog niet dat ik jou
ben.' Ik nipte weer van het blikje. 'Jij had je eigen weg hierheen,
neem ik aan. Ik hoop dat die niet zo afschuwelijk was als die van
mij.' Ik begon te lachen. 'Jezus christus, man, ik zou je een verháál
kunnen vertellen.'

Het begon wat harder te regenen. Onder de brug was het warmer dan ik had verwacht. Het klopte dus; die oude landlopers waren zo dom nog niet. Het blikje was bijna leeg. Ik moest snel weer
verder, terug naar de echte wereld van auto's en verkeer, een pub
zien te vinden en nog even een pint of twee meepikken. Ja, hier
beneden maakte het warempel allemaal een heel wat gezelliger
indruk, uit de wind en de regen. Ik deed mijn ogen dicht. Het was
nog niet zo'n beroerde plek om even te blijven hangen. Ik luisterde naar het gekrijs van de meeuwen, dat aanzwol en weer afnam,
en naar het gelijkmatige ronken van het verkeer. Mijn laatste gedachte was dat ik me bijna aan de kust kon wanen. Toen deed ik
mijn ogen dicht en gaf ik me over aan de warmte en de duisternis.

*

Een wit licht maakte me wakker. Een zuiver, verzengend cocaï-
newit dat eerst mijn oogleden van elkaar trok en ze vervolgens
meteen weer dwong dicht te gaan. Achter de lichtstraal stond een
man. Zijn stem klonk streng maar had een vermoeide ondertoon
die me influisterde dat die strengheid gespeeld was.

'Kom op, je weet dat je hier niet kunt slapen.'

Terwijl ik achteruitdeinsde schermde ik mijn gezicht met mijn handen af, als een uitgerangeerde zakenman die zich onzichtbaar probeert te maken voor de flitsen van de pers. Achter het felle licht ontwaarde ik de gestalte van een politieagent. Mijn bril zat scheef op mijn hoofd. Ik duwde hem recht en fluisterde: 'Montgomery?'

Maar dat sloeg nergens op. Montgomery had geen uniform aangehad, en hij was sowieso niet zo groot als de man die zich naar me toe boog, mijn hand vastpakte en die woest begon te schudden.

'Kom op, vooruit met de geit.'

Ik probeerde overeind te komen, maar mijn benen zaten op slot. De politieman liet zijn zaklamp zakken en ik wrikte net zo lang tot ik op handen en voeten zat, ondertussen mijn hersenen pijnigend hoe ik ook alweer mijn ledematen kon aansturen. Ik begon me te herinneren waar ik was. Er zat een bittere smaak in mijn mond en mijn blikveld werd vertroebeld door een explosie van felle vlekken.

'Moet je zien hoe je erbij zit.'

Voor het eerst viel me de andere politieagent op, aan mijn linkerkant. Hij boog zich naar voren en tikte met zijn zaklamp tegen mijn kompaan. Het was een kalme, zakelijke manier van tikken. De oude man verroerde zich niet; zijn woeste krans van haar was het enige wat boven de deken uitstak.

'Geef die ouwe Leonardo even een por, wil je.'

De stank was nu niet te miskennen: een mix van stront, urine, bederf en nog iets, een geur als roestend ijzer die me bijna bekend voorkwam. Ik onderdrukte een opkomende misselijkheid, boog me naar hem toe en schudde mijn kompaan zachtjes aan zijn schouder. 'Kom op, maat, het wordt denk ik tijd om op te stappen.'

Ik meende de oude man te zien reageren, maar toen zakte hij langzaam, o zo langzaam weg naar opzij. Ik stak een hand uit om hem tegen te houden, voelde dat de ruwe stof van zijn deken zich daar vol vocht had gezogen, voelde hem tegen me aan schuiven: een misselijkmakende, hartverslappende omhelzing.

Ik zei: 'Gaat het wel?'

Toen troffen de zaklampen hem met de kern van hun straal en zag ik het gezicht dat op mijn schouder rustte, een Johannes de Doper-hoofd, bebaard en bebloed, een openhangende mond, een vers, kleverig rood dat als een waas over zijn bevroren gezicht lag. Het complete stilleven omlijst door het witte licht.

Ik krabbelde overeind en voelde dat een hand mijn arm stevig vastgreep en me uit de viezigheid omhoogtrok.

Alle speelsheid was uit de toon van de politieagent verdwenen. Zijn woorden kwamen naar buiten op een zucht van pure woede: 'Jezus, fuck! Wat heb je in gódsnaam gedaan?'

*

De politiearts die me onderzocht ging snel en zakelijk te werk. Hij schreef me een warme drank voor en verklaarde dat ik fit genoeg was voor een verhoor. Mijn kleren werden in plastic zakken gestopt en ik kreeg een witte overall toebedeeld. Ik had wel zo veel films gezien dat ik om een advocaat vroeg, en niemand probeerde me dat uit mijn hoofd te praten. Het was koud in de cel. Ik trok de deken van het bed en drapeerde die om mijn schouders, waarna ik een golf van misselijkheid voelde opkomen en boven de wc ging hangen. De sinaasappelthee van de politie kwam mee met een snelle, warme stroom vloeistof, gevolgd door een pijnlijk kokhalzen waarmee ik alleen een dun straaltje geel gal wist op te hoesten. Ik had de plaats delict met de rest van mijn maaginhoud bezoedeld nadat ik me had gerealiseerd waarnaast ik had liggen slapen.

Ik liet me weer op het bed zakken en trok de bruine kriebeldeken om me heen, zonder me erom te bekommeren wie er nog meer zijn zweet in het grove weefsel had achtergelaten. Inmiddels rilde ik. Ik trok mijn knieën op; de kilte van de rivier leek nog in mijn lichaam te zitten. Ik wreef over de deken. Er steeg een dierlijke lucht uit op, de geur van alle mannen die daar opgesloten hadden gezeten. Ik probeerde niet te denken aan het geluid dat de deur had gemaakt toen hij dichtging, de sleutel die werd omgedraaid in het slot. Zou ik iets recht kunnen zetten door te boeten voor een misdaad die ik niet had gepleegd in plaats van een andere die ik wel op mijn geweten had? Zo te merken zou ik al snel door slaap overmand worden. Hoe kon ik zitten dommelen terwijl ik de centrale figuur in een moordzaak was? Dat was mijn laatste samenhangende gedachte voordat de duisternis me kwam halen. Maar goed, diezelfde gedachte had iedere nacht door mijn hoofd gespeeld, al die lange maanden lang.

*

Ik werd gewekt door het geluid van een sleutel die de tuimelaars in het slot omdraaide. Iemand had in mijn hoofd een werkplaats ingericht, maar ondanks het gehamer in mijn schedel en de smerigheid van mijn eigen lichaam voelde ik me beter dan alle voorafgaande uren. Ik vroeg me af hoe laat het was. Ik had mijn horloge afgegeven bij de balie, en niets in de door tl-buizen verlichte cel wees erop hoeveel tijd er was verstreken. De deur ging open en een agent met een bikkelharde kop kwam met één been de cel in. 'Hier is je advocaat, Wilson. Ben je van plan je te gedragen, met haar erbij?' Ik kwam met een zwaai rechtop op de brits te zitten en knikte. 'Dat is je geraden.'

Hij draaide zich om en zei iets tegen degene die achter hem stond, waarna hij zich terugtrok zonder de deur los te laten.

Een slanke gestalte met donker haar stapte het vertrek in, en ik zei: 'Ulla?' Alle scherpte had me verlaten, zo voelde het. Toen zag ik dat het Ulla niet was. Naarstig vroeg ik me af waar ik haar ook alweer van kende. De wanhoop wist de juiste plaatjes aan mijn brein te ontrukken. Het verkapte themacafé dat meer trendy bleek dan ik had gedacht. Mijn oude studiegenoot. Twee paarsomrande ogen, en daar was haar naam weer. 'Eilidh.'

De vrouw keek me wezenloos aan.

'Ik ben een vriend van Johnny.'

Een golf van herkenning trok over haar gezicht. 'O ja,' zei ze. 'William.'

De agent stak zijn hoofd om de hoek van de deur. 'Alles oké?'

Eilidh schonk hem een beroepsmatige glimlach. 'Alles in orde.'

De deur viel achter haar dicht. Ik had gedacht dat ik immuun was voor gêne, maar sinds Eilidhs binnenkomst wilde ik het liefst de ranzige deken over mijn hoofd trekken en net zo lang zo blijven zitten tot ze weer weg was. Ik probeerde een glimlach te forceren. 'Het lijkt erop dat ik door eigen toedoen in een fijn parket ben beland.'

Eilidh grimaste heel even. 'Het geval wil dat je beschuldigd wordt van moord. Wat we moeten bepalen is: ben je van plan te bekennen of niet? Heb je het gedaan, ja of nee?'

'Ik heb het niet gedaan.'

'Oké.' Haar stem klonk koel, neutraal. Ik stelde me zo voor dat ze de verhalen over onterechte veroordelingen met de paplepel ingegoten had gekregen: de Guildford Four, de Birmingham Six, de Maguire Seven. Misschien dat die gerechtelijke dwalingen haar er zelfs toe hadden gebracht advocaat te worden – het idee te kunnen voorkomen dat onschuldige mensen het slachtoffer worden van de jurisdictie. Maar ja, geen van die mensen was ervan beschuldigd net zo lang in te slaan op een oude, weerloze man tot zijn hoofd op een rotte aardbei leek.

'Nee.' Ik sloeg een resolute toon aan. 'Ik heb het echt niet gedaan.'

'Oké.' De koele neutraliteit verdween niet. Zij zou als een van de eersten uit het publiek van een hypnotiseur worden verwijderd. 'Vertel me even snel wat er gebeurd is.'

Ik begon met de wandeling langs de oever van de Clyde, het blikje dat ik de oude man had gegeven, mijn drinkgelag op de bank, en tot slot dan die behoefte mijn laatste drankje te delen met de oude zwerver.

'Je gelooft me niet, hè?'

Eilidh keek op van de blocnote waarop ze aantekeningen had zitten krabbelen. 'Míj hoef je nergens van te overtuigen.'

*

De verhoorkamer was bleekblauw geschilderd, een kleur die naar ik aannam mensen rustig moest houden. Het leek te werken. In mijn borst voelde ik een soort doodsheid in plaats van paniek. Twee mannen in burger wachtten ons op: een roodharige met een rood gezicht – een dubbele prelude op een hartaanval – en een grote, hoogblonde man met een gebroken neus en een rossige snor die niet had misstaan bij een voetballer uit de jaren zeventig. De blonde man stelde hen beiden voor: hij was inspecteur Blunt, zijn collega inspecteur Thomas. Hij legde een stapeltje papieren op tafel en vroeg: 'Iemand behoefte aan wat water?'

Ik knikte, verbaasd dat ik niets wist uit te brengen.

Blunt keek Eilidh aan. Ze glimlachte. 'Ja, graag.' En ik kreeg zo de indruk dat ze op deze manier al vaak tegenover elkaar hadden

163

gestaan. De politieman haalde op de gang vier plastic bekertjes uit een waterkoeler van Water at Work. Thomas zette de cassetterecorder aan, stelde zich aan het apparaat voor en vroeg ons hetzelfde te doen. Mijn stem klonk slapjes en onbetrouwbaar. Ik stak mijn hand uit om een slok water te nemen en gooide daarbij het beoogde bekertje over de tafel. Blunt wist de cassetterecorder tijdig weg te trekken. Eilidh haalde een papieren zakdoekje te voorschijn en veegde de plas op. Niemand bood aan om een nieuw bekertje te gaan halen, en ik voorvoelde dat het zinloos was te vragen of ik er zelf een mocht pakken.

De hele kwestie voelde aan als een formaliteit. De politiemannen achter het bureau zagen eruit alsof ze al te veel kerels waren tegengekomen die geprobeerd hadden hun problemen weg te drinken en toen dat niet lukte hadden geprobeerd ze met een mes uit de wereld te helpen, om te verwachten dat het met mij anders was gesteld. Blunt wierp een blik op mijn schriftelijke verklaring en keek me vervolgens aan.

'Goed, meneer Wilson, ik geloof niet dat ik het helemaal begrijp. U zit zonder werk, u besloot een slokje aan de Clyde te nuttigen en toen kreeg u behoefte aan wat gezelschap, dus in plaats van een vriend te bellen, of desnoods een pub op te zoeken waar u misschien een bekende tegen het lijf zou lopen, besloot u' – hij tuurde even naar het vel papier voor hem – 'de overledene, de heer Michael Milligan, een teug aan te bieden van het bodempje dat nog in uw blikje zat?'

Hij keek me afwachtend aan en ik knikte mismoedig.

'De heer Milligan leek te slapen en u bedacht dat dat nog niet zo'n slecht idee was, dus u legde zich naast hem te rusten, onder de Jamaica Bridge, om een dutje te doen?'

Weer knikte ik.

'Alleen blijkt nu dat hij niet sliep, nietwaar?'

'Dat wist ik niet toen ik naast hem ging zitten.'

Nu liet rode Thomas voor het eerst van zich horen. Zijn stem had een onvast, hoog timbre dat niet leek te stroken met zijn brede torso. 'U schurkte zich 's lekker tegen een lijk aan en had dat totaal niet in de gaten?'

'Ik schurkte me niet tegen hem aan. Ik was dronken. Ik ben in slaap gevallen.'

Thomas' gezicht werd nog roder. Als er ooit heibel was op de Blochairn-markt, kon hij undercover gaan als cherrytomaat. 'Drinken, da's geen alibi.'

'Maar ook geen misdaad, verdomme.'

Inspecteur Blunt zuchtte; hij keek weer naar mijn verklaring en richtte toen zijn vermoeide ogen op mij. 'Volgens uw verklaring hebt u vijf jongeren over de promenade zien lopen rond de tijd dat de man mogelijk is aangevallen.'

Ik knikte.

'U suggereert dus dat zij schuldig zijn aan de moord op de heer Mulligan?'

'Ik weet niet. Het zou kunnen.'

'U begrijpt toch wel dat ik hier wat moeite mee heb, niet, meneer Wilson?'

'Ik kan me voorstellen dat het ietwat ongewoon is.'

'Het is ongelooflijk.'

Ik wierp een steelse blik op Eilidh, op zoek naar wat steun, maar ze staarde recht voor zich uit, met haar kaken stevig op elkaar.

Inspecteur Blunt boog zich naar me toe; de vermoeidheid leek van zijn gezicht te zijn verdwenen. 'Volgens mij bent u inderdaad langs de Clyde wezen kuieren, en ik twijfel er niet aan dat u heeft zitten drinken op een van de bankjes die er staan. Ik heb er zelfs wel enige fiducie in dat we iemand gaan vinden die deze activiteiten van u daar kan bevestigen. Maar ik geloof niet dat u zo vriendelijk was de heer Milligan uw gastvrijheid aan te bieden. Ik denk eerder het tegenovergestelde: u was kwaad en gefrustreerd en die arme oude man bevond zich op het verkeerde moment op de verkeerde plaats.'

'Ik was het niet.'

'Waarmee hebt u het gedaan? Een hamer?'

Ik stond op, met gebalde vuisten. 'Ik heb verdomme niets gedaan.'

Eilidh legde haar hand met kracht op mijn arm en ik ging weer zitten.

Zo te zien vond de dikke politieman het allemaal wel vermakelijk. Daar klonk zijn onvaste sopraan weer. 'U hebt zo te merken een pittig karaktertje, meneer Wilson. Bent u ooit eerder in dit soort problemen verzeild geraakt?'

'Nee.' Ik sloeg mijn ogen neer, zodat hij niet kon zien dat ik loog.

Er werd hard op de deur geklopt; een agent in uniform liep naar binnen en fluisterde iets in Blunts oor. De inspecteur wierp snel een blik op zijn horloge en richtte zich vervolgens tot de cassetterecorder. '23 uur 57, verhoor afgebroken, inspecteur Blunt en Thomas verlaten de verhoorkamer.'

Hij boog zich naar voren en zette het apparaat uit.

Voor het eerst sinds ze ja gezegd had op het glas water liet Eilidh weer van zich horen. 'Mag ik vragen wat er aan de hand is?'

'Dat mag u.'

'Mijn cliënt heeft er recht op om over eventuele nieuwe ontwikkelingen te horen.'

'Naar het zich laat aanzien is uw cliënt momenteel van meer op de hoogte dan ieder ander van ons.' Hij kwam zuchtend overeind, liep naar buiten en deed de deur achter hem en Thomas dicht.

Het vertrek van de politiemannen maakte een merkwaardige mengeling van hoop en onbehagen in me los. 'Wat is het, denk je?'

Bibliotheek Koksijde
Casinoplein 10
8670 Koksijde

Terminal:Uitleenstation Hoog

Lener:Vereecke, Odiel#M#19401018

Uitgeleend op 28-01-2015

Nr. 1: De kogelvanger

Barcode: 1022202
Inleverdatum: 25/02/2015
Beveiliging: OK

Materialen nog thuis

Nr. 1: Los Angeles

Barcode: 123403X
Inleverdatum:18/02/2015

Openstaand bedrag:EURO,00
Voor betalingen ga naar de betaalautomaat

Dank voor uw bezoek en tot ziens

Eilidh klonk zakelijk. 'Misschien heeft het niets met jouw geval te maken. Of misschien is er het een en ander aan nieuw bewijsmateriaal binnengekomen.'

'Zou dat goed of slecht nieuws zijn?'

Ze wierp me een matte blik toe. 'Het ligt eraan wat voor bewijs ze zouden hebben.'

We zwegen even. In films schuiven advocaten hun cliënten altijd een pakje sigaretten toe zodra ze in de verhoorkamer gaan zitten, maar ik schatte zo in dat Eilidh waarschijnlijk niet eens rookte. De hoofdpijn was teruggekomen en drukte zoals gewoonlijk op de plek boven mijn slapen. Ik vroeg me af of ik Eilidh om een pijnstiller kon vragen. Ik keek naar haar; haar gezicht vertoonde een grimmige uitdrukking, waardoor ik me afvroeg hoe mijn moeder zou reageren als deze kwestie verkeerd afliep.

'Hoe is het met Johnny?'

'Met Johnny gaat het prima, maar we kunnen ons maar beter concentreren op wat er hier aan de gang is.'

Het deed pijn, het besef dat ze er niet tegen kon om Johnny's naam van mijn lippen te horen komen. Op luide, kribbige toon zei ik: 'Ik heb niets gedaan.'

'Je bent slapend aangetroffen naast het lijk van een oude man die kort daarvoor was doodgeslagen. De snee in zijn nek was zo diep dat hij bijna onthoofd was. Je vingerafdrukken zijn gevonden op een bierblikje dat hij bij zich had en zijn bloed zit op je kleren. De politie heeft alle recht om je te ondervragen. Sterker nog: het zou nalatig zijn als ze het niet deden.'

'Ik heb het niet gedaan, Eilidh, ik was dronken en niet goed bij m'n hoofd, maar ik heb die oude man niet aangeraakt. Zoiets zou ik nooit doen.'

Ze schudde het hoofd en tuurde op haar horloge. Toen verscheen er een agent die me terugbracht naar het cellenblok.

*

Een hele tijd zat ik in de cel. Het wachten werd alleen onderbroken om me thee te brengen, die ik opdronk, en eten, waarvoor ik me te beroerd voelde. Zo nu en dan maakte het geluid van voetstappen de vage hoop in me los dat ik op het punt stond te worden vrijgelaten, maar ook de – concretere – angst dat er een of andere boosaardige dronkaard in aantocht was om me gezelschap te houden. Maar wellicht was dit een rustig nachtje voor de onderwereld, of misschien dat de gestreepte mannen van Celtic een paar punten rijker waren; hoe dan ook werd ik met rust gelaten en kon ik nadenken over de voorafgaande gebeurtenissen.

De politieagent die me ten slotte kwam ophalen zweeg in alle talen. Ik nam niet de moeite hem iets te vragen. Ik zou snel genoeg te weten komen wat me te wachten stond.

Ik werd door Eilidh opgewacht in dezelfde verhoorkamer waar we eerder hadden gezeten. Ik vroeg me af of ze al die tijd dat ik in de cel had vertoefd aan het werk was geweest én hoe ze het voor elkaar kreeg om midden in de nacht nog zo'n frisse indruk te maken.

'Ze geloven dat ze de jongens te pakken hebben die het gedaan hebben.' Van opluchting sloeg ik mijn handen voor mijn ogen. Eilidh kneep heel even in mijn schouder, zodat ik haar warmte door mijn politieoverall heen voelde. 'Ze doen een identificatierondje om te zien of jij ze herkent.'

Ik trok mijn handen voor mijn gezicht weg en voelde het bloed ernaartoe stromen. 'Dus nu ben ik gepromoveerd van aartsmoordenaar tot kroongetuige?'

'Wees blij.'

'O, reken maar, ik voel me alsof ik de loterij heb gewonnen, verdomd als het niet waar is.'

168

De volgende ochtend, in alle vroegte, trok ik dan eindelijk de deur van het bureau achter me dicht. Ze hadden me nog een paar uur in de cel laten afzien, maar de politieagenten behandelden me net even anders. Ze vonden me nog steeds een gore, stinkende eikel van een alcoholist, maar ze geloofden niet meer dat ik de oude man vermoord had. Uiteindelijk kreeg ik mijn kleren terug. Overal zat steengruis van onder de brug en op het voorpand van mijn trui zag ik een streep bloed waar het ingeslagen hoofd van de oude man op had gerust. Ik smeet de trui in een hoek van de cel, maar pakte hem toen weer op en propte hem onder mijn arm. Ik zou hem zelf wel weggooien; ik wilde niets achterlaten wat weggeborgen kon worden tot latere veroordelingen.

De jongens hadden er in het ongenadige licht van de *line-up* nietig uitgezien. Een aantal van hen zag eruit alsof ze gehuild hadden, en een van hen leek wel in trance te zijn geraakt. Weer een ander was op en top hanig. Ik vroeg me af of hij echt niet bang was, gestoord of misschien wel gewoon een volleerd acteur. Ik stond achter de doorkijkspiegel en noemde ze stuk voor stuk bij hun nummer. De jongens zagen er jonger uit nu de opwinding vanwege de aanslag uit hun lijf was weggeëbd, en ik herinnerde me hoe ze achter de boot aan hadden gesprint. En al had ik hen niet herkend, ik zou toch de beklaagden eruit hebben gepikt. Dat waren de jongens die een nacht in een politiecel hadden doorgebracht, degenen die vragen over de moord op een oude man hadden beantwoord met een maatschappelijk werker of hun moeder ernaast. Als ik hen niet herkend had zou de identificatieronde een farce zijn geweest, maar ik kende hun gezicht net zo goed als het mijne. Per slot van rekening ben ik een expert op het gebied van de herinnering.

Ik haalde mijn persoonlijke bezittingen af bij de receptie, in de verwachting een hand op mijn schouder te voelen en een stem krachtig te horen zeggen dat er nog iets anders aan het licht was gekomen waarover ze me wilden spreken. Terwijl ik stond te tekenen voor mijn horloge, portemonnee, sleutels en het beetje cash dat ik nog had, haalde de beambte achter het loket een witte envelop te voorschijn met in een gewoon, fris ogend handschrift mijn naam erop geschreven. 'Miss Hunter heeft me gevraagd of ik dit aan u wilde geven.'

'Miss Hunter?'

Hij reageerde kortaf: 'Uw advocaat.'

Ik wachtte met hem te openen tot ik buiten stond. Ik wist niet precies wat ik dacht aan te treffen – excuses dat ze niet overtuigd was geweest van mijn onschuld? Er zaten vijf bruine biljetten in, vijftig pond cash. Ik schoof het geld terug in de envelop en keek naar het briefje dat erbij zat. *Johnny vroeg of ik je dit wilde geven.* Ik schudde het hoofd, stopte de envelop in mijn broekzak en ging op zoek naar een rustige bar.

Berlijn

Het kan niet vaak genoeg gezegd worden: trucs maken niet de goochelaar. Iedereen met wat vrije tijd en enige aanleg kan een serie foefjes in elkaar flansen. Je komt ze vaak in cafés tegen: mannen die een servet tot iets stompzinnigs kunnen vouwen of een biljet van tien pond zogenaamd aan stukken scheuren en net voordat de eigenaar ervan ze op hun smoel slaat het weer ongeschonden teruggeven. Het zijn de types die je vragen een kaart te trekken, maakt niet uit welke, en met hun rug naar je toe gekeerd en hun ogen dicht weten te vertellen welke kaart het was. Overal op deze aardkloot heb je opa's en Don Juans die een munt uit het oor van hun kleine meid kunnen pulken, techneuten en zakenlui die uit een vervalst spel kaarten bewondering proberen te poeren. Maar zonder act zijn dat soort mannen net zo onderhoudend als een karaokefanaat.

Het draait allemaal om de performance. Bij de ware goochelaar gaat de honger naar applaus gelijk op met zijn vermogen ieder kunstje onder de knie te krijgen. Hij knutselt en tobt, verzint nieuwe listen om het publiek in vervoering te brengen, komt met variaties op zijn thema – smijten, breken, verdwijnen; olifanten, Mercedessen, vliegtuigen, complete gebouwen – tot het een bezoeking wordt om nog iets te vinden wat het waard is het middelpunt te zijn van een illusie. Hij stuurt de ogen van de toeschouwers, dwingt hen op het juiste moment van het podium weg te kijken. Ze volgen de hand die hij ze wil laten volgen, zien wat hij wil dat ze zien. Hoeveel uur je ook aan het perfectioneren van een truc besteedt, het is verloren moeite als hij niet in stijl wordt gebracht.

Een meestergoochelaar is een psycholoog die een hoogleraarschap verdient. Hij kan anticiperen op hebzucht en weet wanneer het fenomeen seks om de hoek komt kijken. Hij ziet aan de stand van je hoofd, de kromming van je schouders, de blik in je ogen of je liegt. Hij mikt op je zwakste plek, net als iedere oplichter. Hij schudt de kaarten en jaagt op harten, hij roept geesten op en stopt de geest weer in de fles, hij weet bij het dobbelen steeds weer de zes boven te krijgen. Hij kan tafels laten kloppen, vrijwilligers wegtoveren, zichzelf ophangen en weer doorgaan met de show. Hij kan een meisje doormidden zagen, haar weer aan elkaar smeden en haar vervolgens met messen doorzeven; en mocht hij daarbij een druppel bloed vergieten, dan kan hij die doorsturen naar een van Gods witte duiven. Een succesvol illusionist tart de zwaartekracht, dolt met de natuur, onttrekt zich aan elke dwang en is immuun voor de dood – zolang hij op het podium staat.

Ik had allang de hoop opgegeven dat ik in mijn vak ooit de top zou bereiken, maar om de een of andere reden voelde ik in Berlijn, met problemen in het vooruitzicht, de behoefte daar verandering in te brengen. Misschien verlangde ik er stiekem naar indruk te maken op Sylvie en Ulla, misschien wilde ik nog wat bereiken in het leven voordat ik er à la Sam uit zou stappen, of misschien was ik gewoon kwaad dat ik ergens in meegesleurd werd waar ik niets mee te maken had. In ieder geval leek de verwarrende situatie bevorderlijk te zijn voor mijn concentratie en werd mijn bewustzijn gaandeweg net zo lang aangescherpt tot ik vastbesloten was een act neer te zetten waarover de stad nog jaren zou spreken.

Sylvie leerde snel. We repeteerden overdag, en 's avonds kwam ik opdraven als de clowns van het toneel stuiterden, waarna ik haar ieder moment uit het publiek kon plukken zodra het tijd voor haar werd om mijn verlegen, dienstplichtige vrijwilligster te spelen.

Aanvankelijk was het een eenvoudig routineklusje. Sylvie stond aantrekkelijk met samengeknepen ogen in de brandende spots te staren, gestoken in een exemplaar van de reeks dunne jurkjes die ze speciaal hiervoor van de Flohmarkt had gehaald. Ze droeg er geen slip onder, zodat de felle lampen de vormen van haar lichaam aan het lager zittende publiek onthulden.

Ik heette haar hartelijk welkom en vroeg of ze een sieraad had dat ik kon gebruiken voor een truc. Sylvie schudde dan haar hoofd en fluisterde zachtjes van nee, waarbij ze haar armen op haar rug deed en maar een beetje verzet bood wanneer ik haar pols beetpakte en de hand toonde met daaraan de goedkope ring met een steen van geslepen glas dat feller schitterde dan een diamant ooit zou durven.

Mijn nieuwe assistente bleek beter dan ik had durven hopen. Toen ze verontwaardigd uitbracht dat die ring haar enige aandenken aan haar overleden oma was, vond ik dat ze de boel wat overdreef, maar het publiek reageerde niet minder verontwaardigd. Misschien dat Berlijners met hun geschiedenis van verlies en scheiding nog meer aan herinneringen hechten dan de meeste mensen.

Ik schoof de ring van haar vinger, hield hem voor haar mond en vroeg haar erdoorheen te blazen en daarna een wens te doen. Sylvie deed haar ogen dicht en tuitte haar lippen als een kind dat op het punt staat de vijf kaarsjes op haar verjaardagstaart uit te blazen. Ze blies een hapje lucht door de ring en ik verstopte hem snel. Sylvie deed haar ogen weer open; ik legde mijn handen op

173

haar schouders, draaide haar naar het publiek en vroeg haar met ronkende stem – zo ronkend dat hij helemaal tot achter in de zaal klonk en weer terug en niemand er nog aan twijfelde dat ik een enorme kloothommel was – haar mond open te doen en de ring van onder haar tong te halen.

Sylvie sperde haar ogen wijd open, ze voelde met haar vingers in haar mond, waarna ze een ingestudeerde paniekaanval kreeg, compleet met een waterval aan Duitse woorden, en ze me in de kracht van haar woede bijna van het podium duwde. De eerste avond kwam het publiek bijna in opstand. Ik moest mijn lachen inhouden toen ik zag hoe gemakkelijk de mensen het slikten, maar wist mijn toon gewichtig te houden terwijl ik mijn armen verontschuldigend strekte: 'Misschien heb je hem ingeslikt.'

Schuin onder ons klonk gegrom en Sylvie herhaalde het zinnetje langzaam, in het Duits. 'Misschien heb ik hem ingeslikt?'

Ik keek de zaal in en glimlachte een honderd procent duivelse glimlach. 'Wees niet bang, dat is wel vaker gebeurd en uiteindelijk kwam alles weer op z'n pootjes terecht.'

Vervolgens schoten de stroboscooplichten over het toneel, de band begon een melodie te knerpen die niet veel hysterischer kon en Sylvie sloeg op de vlucht, maar hoe snel ze ook was, aan mij viel niet te ontsnappen. Ik greep het meisje bij haar middel, slingerde haar op een tafel die tot dusver onopvallend achter op het toneel had gestaan. Sylvie gilde, ik lachte weer. Waarna ik haar hardhandig vastsnoerde met behulp van dikke leren riemen en ze lag te kronkelen als een ster uit de stomme film die is vastgebonden op de rails. Ik stond daar als een besnorde schurk smerig naar haar te kijken. Ik kwakte een servet op haar boezem, en terwijl ik inderhaast een operatieschort voordeed gaf ik de tafel op zijn zwenkwielen een snelle duw naar het midden van het podium.

Sylvies gegil sneed door de lucht; ik verwachtte min of meer dat

174

het publiek het podium zou bestormen, maar de mensen zaten er rustiger bij dan ik ze tot dusver had meegemaakt. Ik voelde hun aandacht, maar kon niet uitmaken of hun zwijgen een uiting van belangstelling of van afkeer was. Uit mijn bovenste zakje trok ik een scalpel te voorschijn, dat ik in een flits omhoogstak zodat het de lucht doorkliefde, even gretig als een haaiengrijns, waarna ik haar hard in haar zonnevlecht trof.

Rood en onverbiddelijk spoot het nepbloed uit de gelpacks die in het servet genaaid zaten, over mijn operatieschort, gezicht en haar. Ik begon te proesten vanwege de bittere smaak en lachte als een dolleman. Als een echo kwam er een golfje gelach terug uit het publiek. We hadden beet.

Sylvie lag als verstijfd onder mijn handen. Haar lieve jurkje was geruïneerd, haar sluike manen kleefden dramatisch goor aan haar hoofdhuid. Ze veegde met een hand over haar gezicht en vroeg in het Duits: 'Heb je hem al gevonden?'

Ik schudde het hoofd. 'Nog niet, maar maak je geen zorgen.'

Waarop ik mijn handen woest in de rode smurrie duwde en eerst de ene en dan de andere arm schouderdiep in haar open wond leek te verdwijnen. Ik trok er latex ingewanden en andere organen uit, tuitte mijn lippen bij de aanblik van haar lever, tuurde vol bewondering naar de vormen van haar nog kloppende hart, begon te joelen toen ik haar darmen over de volle lengte van het podium uit haar buik trok als een scheepstuiger die het want uitlegt over het dek. Het publiek lachte, verrukt vanwege deze *grand guignol*-achtige goochelact. Ik haalde een onmogelijke collectie voorwerpen uit haar slanke vlees: een fles champagne, een wassen hoofd dat ik op de afdeling rekwisieten had gevonden, een fietswiel. Stuk voor stuk werden ze door mij onthaald op wat snedig commentaar en door het publiek op applaus. Uiteindelijk vond ik dan de ring. Ik spuugde erop, boende hem schoon met de

zoom van mijn operatieschort en hield hem triomfantelijk omhoog. Op een brug hoog boven de zaal richtte de lichttechnicus
een spot op een discobol. Felle diamantjes wit licht waaierden
over het podium en schoten vervolgens daar voorbij om zich op
de toeschouwers te storten; ze dansten over hun gezichten alsof
de schittering van Sylvies ring de hele wereld verblindde.

Het was net zo smakeloos als het *tadaaa* aan het einde van een
slechte symfonie, maar zo wisten de mensen tenminste dat ze
moesten klappen. En dat deden ze; hier en daar werd zelfs gejoeld.
Ik bevrijdde Sylvie, hielp haar overeind en loodste haar naar het
midden van het podium. Het viel me op hoezeer de bebloede jurk
aan haar rondingen kleefde en hoezeer haar hand die de goedkope glazen ring aannam trilde. Ze grijnsde naar me, onder de
bloedspetters en mooi; ik glimlachte terug, legde een hand op
haar schouders en liet Sylvie een buiging maken alvorens ik een
tikje op haar wang gaf en haar liet terugkeren naar de zaal.

Alleen op het toneel achtergebleven trok ik het schort af, veegde
ik mijn gezicht in één soepele beweging zo schoon mogelijk en
nam zo, in mijn smoking en met gestrekte armen, het applaus
in ontvangst, in een poging eruit te zien als een triomfantelijke
James Bond na een gewelddadig treffen. Geen twijfel mogelijk: de
act was erin gegaan als koek. Maar niemand die het zou aanzien
voor een staaltje hogere goochelarij.

Ik friste me op en ging vervolgens een eeuwigheid backstage zitten wachten. Ten slotte stormde Sylvie dan toch de kleedkamer
in, buiten adem van plezier en onontkoombaar. Ik reikte haar een
handdoek aan, woelde door haar nog plakkerige haar maar hield
haar wel op een armlengte afstand. 'Kijk uit voor m'n pak.'

Ze nam de handdoek aan en wreef ermee over haar haar, nog
steeds lachend. 'Waarom heb ik al die jaren lopen klooien met

make-up en modieuze kleren? Het enige wat ik had hoeven doen was een emmer bloed boven mijn hoofd leeggieten en hup, daar kreeg ik alle aandacht waar ik behoefte aan had.'

Ik gaf haar een pakje gezichtsdoekjes. Ik had een paar teugen genomen van de fles whisky die in de kamer stond, maar eigenlijk had ik te veel dorst voor sterkedrank. 'Je was een behoorlijke mannenmagneet, niet?'

'Je zou 's moeten wéten.' Ze lachte uitbundig, bijna hyper. 'Ze vonden het prachtig, hè?'

'Ik geloof van wel.'

Sylvie glimlachte, blij dat ik net zo tevreden was als zij. Vervolgens draaide ze zich om en ritste ik haar jurk open. Het nepbloed wilde zich maar niet vermengen met haar zweet en hing in trillende druppels op haar bleke rug, als minuscule werelden gevangen op een microscoopglaasje. Ik onderdrukte de neiging met een vinger door de nevel op haar ruggengraat te gaan. 'Zin om een pilsje te pakken?'

Ze begon te lachen. 'Een man daar heeft me champagne aangeboden.'

Ik draaide me langzaam om naar de muur en vond mezelf vagelijk onfris toen ik in een kleine scheerspiegel boven de wasbak zag hoe haar spiegelbeeld zich van de bebloede jurk ontdeed. Ik haalde mijn peuken uit mijn zak uit en stak er een op. 'Tien jaar in deze business en niemand die me ooit champagne heeft aangeboden.' Ik nam een grote hijs. 'Ga je op z'n aanbod in?'

'Nee, het lijkt me dat jij en ik het samen moeten vieren.' Ze bracht een rode hand binnen mijn blikveld. 'Mag ik er ook een?'

Ik gaf haar mijn eigen sigaret en stak voor mezelf een nieuwe op. Sylvie trok een smoezelige kamerjas aan en inhaleerde diep, alsof ze een joint in haar handen had. 'Laat me nog even de volgende act zien en dan speel ik je assistente bij wat volgens mij je favoriete truc is: bier laten verdwijnen.'

Ik zei: 'Zolang we dat vanuit de zaal kunnen doen.' En ik dacht aan het koele pils dat ze daar tapten, in grote, vrieskoude stenen pullen.

'Afgesproken. Ga maar vast. Ik kom eraan zodra ik er weer wat toonbaar bij loop.'

'Met sint-juttemis, dus.'

Ze gaf me een tikje achter op het hoofd en rende naar de douche.

De zaal was armoediger dan hij vanaf het podium aanvoelde en ik wist probleemloos ergens in het midden een tafeltje te bemachtigen. Voor het eerst leverde mijn knik richting de serveerster direct resultaat op, en al snel kon ik achteroverleunen met een pul koud bier en een sigaret. Ik begon door te krijgen dat je de Duitsers een paar dingen moest nageven. Goed bier en een relaxed rookbeleid in openbare gebouwen stonden ergens bovenaan.

De tweeling Archard en Erhard hadden hun acrobatische toeren er bijna op zitten: een narcistische kijk-mij-eens-act met een overdaad aan uitsloverij waar een tafel kloeke nichten niet ver van mij wel pap van lustte. De broers waren voorzien van identieke tatoeages, maar dan in spiegelbeeld: groene kronkels, zwarte en rode figuren die vanuit hun strakke broek over hun borstkas kropen, tot op hun armen, zodat hun opbollende spieren – de essentie van hun wezen – extra goed uitkwamen.

Als de broers naar elkaar keken, zagen ze zichzelf, maar ik vond het niet moeilijk ze uit elkaar te houden. Het geheim school niet alleen in de richting van hun tattoos, maar ook in de kleine Griekse letters, de één een alfa, de ander een omega, amateuristische gevallen die in hun pols gegraveerd stonden en zo keurig aangaven wie als eerste en wie als laatste uit de baarmoeder was gekropen.

Ik zag hoe Archard behendig het bovenlijf van zijn broer beklom en een handstand op de naar boven gerichte handpalmen van zijn evenbeeld maakte, rustig zijn rechterhand ontkoppelde en de acrobaten hun vrije arm langzaam wegdraaiden tot deze een rechte hoek met hun lichaam vormde. Deze pose hielden ze even vast en mijn buren begonnen verheerlijkt te klappen. Het was een mooi effect. Net toen ik een blik op mijn horloge wierp, schoof een schone, citroenfris ruikende Sylvie bij mij aan tafel.

'Dat zijn nog 's sterke jongens.'

'Je weet bij wie je moet zijn als je het deksel van een pot augurken niet loskrijgt.'

'Ah, die daar zouden niet mijn eerste keus zijn.'

'Nee?'

'Nee, maar ze staan absoluut op de reservelijst.'

Ik wilde net vragen wie dan wel boven aan haar lijst stond, toen iedere kans op een gesprek verkeken was vanwege het gejoel van de tafel naast ons; de tweeling nam afscheid. En in hun kielzog kwamen de ninja's annex decorbouwers opdraven met een enorm plastic zeil. Ze ontvouwden het op het toneel, renden weg en kwamen terug met een badkuip en een stuk of tien emmers water. Boven het bad kwam een trapeze omlaag, waarna de volgende artiest opkwam en ik al wel kon raden wat er stond te gebeuren.

Kolja's ontblote bovenlijf glom van de olie; plechtig liep hij het toneel op, met opbollende borstspieren, de schouders naar achteren en een ruggengraat die kaarsrecht afdaalde tot aan de rondingen van zijn gespierde achterwerk. De bult aan de andere kant van zijn witte legging leek me abnormaal groot. Ik fluisterde tegen Sylvie: 'Zo te zien heeft-ie z'n hotdog ingepakt.'

Maar ze reageerde niet, gefocust op het beeld van Kolja die als een jonge Nurejev rondjes liep, klaar om het Bolsjoj in extase te

179

brengen. Hij bleef staan en wreef zijn handen omstandig in met wat talkpoeder, waarbij hij een hautaine blik op ons stervelingen in de diepte wierp, met een licht misprijzende grijns alsof zelfs medelijden hem te veel was. Maar ik wist dat de spots alles vóór het podium in duisternis hulden.

De trapeze leek ondoenlijk hoog te hangen, maar Kolja sprong moeiteloos ver de lucht in, greep hem met beide handen vast en begon net zo lang te schommelen tot zijn borstkas zich op gelijke hoogte met de rekstok bevond. Hij bleef een fractie van een seconde zo hangen, zodat wij zijn figuur konden bewonderen, waarna hij zijn benen het donker in zwiepte, steeds hoger, tot hij heel ontspannen doorsloeg naar de andere kant en zo een volledige cirkel beschreef waarvan zijn spieren extra opbolden. De mannen aan het tafeltje naast ons raakten hun drinken niet aan; ze knikten goedkeurend toen Kolja aan een snellere looping begon, en weer één; hij zwenkte tussen de kabels van de trapeze door, liet zijn handen van plek verwisselen en zijn slanke taille ging mee; zijn witte legging stak fel af tegen de zwarte achtergrond van het podium, zijn snelheid nam verder toe, net zo lang tot hij er niet meer als een man uitzag maar als een rondtollend waas pal boven het podium.

Ik stootte Sylvie aan omdat ik dacht dat ze de verrukt starende lichaamaanbidders naast ons wel grappig zou vonden. Maar ze legde een hand op mijn arm en drukte mijn elleboog op zijn plek. Ik keek naar haar en zag dat ze met halfopen mond toekeek, met haar tong tegen haar boventanden gedrukt. Ik gooide de laatste slok bier naar binnen en gebaarde naar de serveerster dat ik er nog een wilde.

Op het toneel viel te zien hoe Kolja schrijlings op de trapeze gezeten naar beneden werd gelaten totdat deze vlak boven het bad hing. Even bleef hij roerloos zitten, waarna ergens een naald in een groef viel en een rustig nummer de zaal vulde:

'In the heat of the night
Seems like a cold sweat
Creeping cross my brow, oh yes
In the heat of the night.'

Het toneellicht schakelde over op een koel, nachtelijk blauw, Kolja begon weer heen en weer te zwaaien, graaide naar de steunkabel en liet zijn spieren nog verder opzwellen tegen het donkere indigoblauw, waarna hij zich zo plotseling achterover liet vallen dat mijn maag zich omdraaide en Sylvie naar adem snakte.

'I'm a feelin' motherless somehow
Stars with evil eyes stare from the sky
In the heat of the night.'

Kolja greep de rekstok vast en strekte zijn lichaam, zodat het in lijn was met de badkuip, zonder acht te slaan op het applaus van zijn publiek, hoewel hij er ergens toch van leek te genieten. Daarna liet hij zich het water in zwiepen zonder de u van de trapeze los te laten. Zijn benen, onder- en bovenlijf kwamen er weer kletsnat uit te voorschijn en zijn pak zat nu nog strakker om zijn lichaam. De mannen naast ons gingen uit hun dak, en Sylvie klapte net zo hard mee.

'Ain't a woman yet been born
Knows how to make the morning come
So hard to keep control
Well I could sell my soul for just a little light
In the heat of the night.'

Kolja ging onverstoorbaar door. Hij zwaaide omhoog, ging rond, verdween deels onder water en kwam weer boven, onder de fonkelende druppels, alsof hij het allemaal voor zijn plezier deed.

'In the heat of the night
I've got trouble wall to wall
Oh yes I have
I repeat in the night
Must be an ending to it all.'

Toen liet hij dan toch de rekstok gaan en schoof hij het bad in. Zijn hoofd verdween onder water, onbereikbaar voor de blikken van de toeschouwers. Hij kwam weer boven en bleef zo naar het uitspansel boven zich staren, als een man met serieuze problemen aan zijn hoofd. De muziek ging door:

'Oh Lord, it won't be long
Yes, just you be strong
And it'll be all right
In the heat of the night.'

De laatste maat kwam krakend ten einde, het podium verdween in het donker. En net zo snel ging het toneellicht weer aan, buitelde Kolja het bad uit en stond hij zich met gespreide armen te warmen aan de ovatie van het publiek terwijl het water in stroompjes van hem af liep, op het plastic zeil. Ik draaide me om en zag Ulla in de gloed van het bordje UITGANG staan. Even ontmoetten onze blikken elkaar, waarna ze wegkeek.

Misschien was het de muziek, of misschien kwam het door het bier dat de euforie die met mijn eigen applaus gepaard ging versneld wegebde, maar plotseling, toen ik naar een buigende Kolja keek, kreeg ik een korte maar heftige aanval van melancholie.

Ik ving Sylvies blik op. Klappend en lachend boog ze zich naar me toe. 'Dat kan onze act nou nog wel gebruiken: wat meer sex-appeal.'

Even vroeg ik me af wat dat 'onze' te betekenen had, maar toen de vloerplanken begonnen te trillen onder het geweld van het stampvoetende publiek, realiseerde ik me dat ze weleens gelijk kon hebben.

*

Dix droeg een kostbaar donkergrijs pak dat van Armani, Versace of van dat mens van Chanel had kunnen zijn, wist ik veel. Het gaf hem hoe dan ook het aanzien van de jongere, rijkere broer van de stoppelige, ongewassen man die ik de keer ervoor onderuitgezakt in een aftandse stoel in Sylvies appartement had zien zitten. Hij stak zijn bier in de lucht en bracht een dronk uit. 'Op jullie samenwerking.'

Hij glimlachte geamuseerd. Om de een of andere reden irriteerde dat me.

Sylvie schonk haar glas vol met witte wijn uit een bedrieglijk chique fles en zei: 'Op onze samenwerking!' Om het grote glas vervolgens voor de helft achterover te slaan en weer bij te vullen.

Ik echode een 'samenwerking', zette mijn stenen pul aan mijn lippen en nam een grote, snelle teug, terwijl het door me heen schoot dat drie nooit mijn lievelingsgetal was geweest.

Dit was de vierde kroeg van Sylvie en mij, en Dix' eerste. Hij was nuchter maar wekte de indruk dat hij andermans stommiteiten voor lief zou nemen. Hij gebaarde naar de bar dat hij meer drank wilde, terwijl zijn eigen glas nog bijna vol was. Ik verschool me achter dat van mij en produceerde na iedere slok een glimlach, mezelf inprentend dat ik vooral niet moest afglijden tot het niveau van een Schotse huisvader die ook eens aan de rol is.

Sylvie was niet meer de angstige smekelinge die eerder die avond aan mijn genade overgeleverd was geweest. Haar haar fonkelde glanzend en glad rond een gezicht dat ze bleek-ivoorwit gepoederd had; alleen haar rode lippenstift deed nog denken aan de felgekleurde smetten waarmee haar lichaam bedekt was geweest. Sylvies nadrukkelijke make-up contrasteerde met de eenvoudige zwarte satijnen jurk die ze nu droeg. Het was een mooie combinatie, zoiets als een hoer die van moord wordt beschuldigd. Ze liet het vloeistofpeil in haar glas weer twee centimeter dalen en vroeg: 'Succesvol avondje?'

Dix glimlachte, maar hield het antwoord voor zich. Ik vroeg maar niet wat hem tot twee uur 's ochtends nuchter in het pak had gehouden.

Zo'n halfuur eerder waren we getweeën uit onze voorgaande bar vertrokken, op aandringen van Sylvie, die zei dat ik voort moest maken om de show niet te missen. Ik maakte korte metten met mijn glas bier, Sylvie haakte haar arm om de mijne en we zwierden de straat op, dronken van frisse lucht, drank en recente vriendschap. Sylvies rechte rug leek de mijne te rechten en we gingen vlug en trots over straat, als een rekruut en zijn bruidje op hun huwelijksdag.

Ik herkende de club aan de luciferboekjes die Sylvie tijdens onze eerste kaartavond als inzet had ingebracht. Het logo lichtte felroze op boven de ingang: EIN ENCHANTED NACHTREVIEW, met dezelfde opgewekte deerne die in hetzelfde driehoekige cocktailglas lag te luieren en met haar nonchalante toost elektrisch-roze belletjes de lucht in zond.

Als we niet gearmd hadden gelopen zou het me misschien niet zijn opgevallen dat Sylvie haar pas inhield toen de Nachtreview in zicht kwam. Hoewel haar zinnen nog net zo sprankelden als de neonreclame, merkte ik dat ze waakzaam werd en haar aandacht verplaatste van mij naar de ingang van de club. Ik paste mijn tempo aan het hare aan tot haar benen sterk vertraagden en vervolgens helemaal tot stilstand kwamen.

'Stop effe. Ik wil weten wie daar op wacht staat.'

Ze tuurde het halfduister in. De uitsmijter trok zich terug in de luwte van het portiek en kromde zijn hand om de punt van zijn sigaret, met samengeknepen ogen vanwege het felle licht.

'Perfect.' Ze trok haar arm los en stak opgewekt de straat over. 'Kom mee.'

In eerste instantie dacht ik dat ze de situatie verkeerd had ingeschat. De uitsmijter stond pal voor de ingang met zijn handen onwrikbaar op zijn rug en met een blik als een blok ijs, niet van plan zich te laten verleiden door de grappige manier waarop Sylvie tegen hem aan kletste, met nu eens wel en dan weer niet een glimlachje, en met als extra terugkerend element een van de weinige Duitse woorden die ik kende: '*Bitte.*'

Ik probeerde nuchter over te komen, me afvragend wat ik uitspookte in een land waarvan ik de drankwet niet eens kende. '*D'you spracken zie English?*'

'Laat maar, William. Sebastian en ik zijn oude vrienden.' Sylvie liet haar stem dalen. '*Bitte*, Sebastian.'

Ik stak een hand in mijn jaszak, kromde hem om twee briefjes van twintig euro, sloeg mijn arm om het middel van mijn nieuwe assistente en bood haar oude vriend het geld met vlakke hand aan. Hij wierp me een weifelende blik toe en deed daarna hoofdschuddend de deur open, eerder treurig dan kwaad. Sylvie raakte in het voorbijgaan zijn arm aan, waarop hij iets fluisterde wat klonk als een waarschuwing. Maar met het betreden van de club had Sylvie haar roekeloosheid hervonden. Ze begon te lachen en boog naar achteren om de portier op zijn wang te kussen. Ik verwachtte dat Sebastian op zijn besluit zou terugkomen, maar hij begon ook te lachen, veegde de lippenstift van zijn wang en gaf dezelfde waarschuwing af, ditmaal ontdaan van de strenge toon. Ik bedankte hem met een knik, waarop hij me heel even keurend aankeek alvorens weer in de schaduw te verdwijnen: een mengeling van sympathie en verachting. Het soort blik dat je een slachtoffer toewerpt.

Ik had grotere ruimtes vanbinnen gezien, maar de vormgever van de club had zich niet laten beperken door de afmetingen. Plafond en muren waren goud met dieproze dat naar onderen naar rood neigde, en vanaf de gebogen bar van koraalrood kwarts fonkelde je meer champagne tegemoet dan die van een kitschtent in Soho. Achter in het vertrek bevond zich een klein podium waarop een langbenige meid in een matrozenpakje waar lord Nelson van zou zijn gekapseisd zedig op een Thonet-stoel zat te zingen over haar mama, die dacht dat ze in het klooster zat.

Sylvie koos een tafeltje in de buurt van het podium en ik ging naast haar zitten, ervoor zorgend dat ik de act van het matrozenmeisje om beroepsmatige redenen goed kon volgen. Ik keek achterom naar de ingang, vanwaar de uitsmijter door het glas ons doen en laten volgde, alsof hij zich afvroeg of hij wel de juiste beslissing had genomen.

'Wat was er nou?'

Sylvie schudde afwijzend het hoofd. 'O, niets.' Ze keek om zich heen. 'Wat moet je volgens jou doen om in deze zaak iets te drinken te krijgen?'

Het matrozenmeisje op het podium draaide om haar stoel

heen. Nu ze stond zag ik pas hoe kort haar rok was. Ik vroeg me af of ze wel wist dat ze geen onderbroek aanhad.

'Da's een klassiek geschoolde ballerina.'

'Dat dacht ik al.'

Sylvie trok haar wenkbrauwen op, om meteen haar lippen in een oogverblindende glimlach te plooien bij de aanblik van de naderende alcohol.

De knal- tot zachtroze outfit van de serveerster sloot nauw om haar rondingen; hij rees en daalde rond een duizelingwekkend lijf. Ik trakteerde haar op mijn podiumgrijns en kreeg een glimlach van haar terug en daarmee alle clichés over botticelliaanse schoonheid, keurig op een dienblaadje. Maar toen ze Sylvie in de smiezen kreeg verkilde haar uitdrukking tot een zuiver zakelijk niveau. De serveerster nam onze bestelling met neergeslagen blik op en kwam even later terug om onze drankjes zonder een spoor van een glimlach bij ons op tafel te zetten.

Ik legde een hand op de arm van de serveerster, keek haar aan en zei: 'Danke schön', op milde, kalmerende toon.

Ze aarzelde, wierp een steelse blik op Sylvie alsof ze probeerde te bepalen of ze ter dood veroordeeld moest worden, waarna ze 'Bitte schön' mompelde en ons de rug toekeerde.

Ik tilde mijn glas pils op en tuurde door de lens van vloeistof naar het podium. 'Denk je dat ik deze vriend hier op arsenicum moet checken?'

Sylvie wierp de vertrekkende serveerster een giftige blik na. 'Hoezo?'

'Je lijkt hier niet bepaald populair te zijn.'

'Wees maar niet bang, trutten als zij neigen hun eigen ellende op anderen te projecteren.'

'Slecht karma.'

'Zoiets, ja.'

Op het podium verroerde de stoute nautische haar achterste-
ven zodat de plooien in haar rokje sidderden. De zangeres ging
schrijlings op de stoel zitten en mijn ogen dwaalden van de schaduwen onder haar lambrekijnlange rok naar haar gezicht, terwijl
zij het laatste couplet van haar lied eruit gooide:

> *'You can tell my papa, that's all right,*
> *'Cause he comes here every night,*
> *But don't tell mama what you saw!'*

Ze kantelde haar zeemanspet naar het publiek, nam glimlachend
het hier en daar opklinkende applaus in ontvangst en verliet het
toneel, waarbij ze onze tafel een steelse blik toebedeelde.

Onze serveerster nam haar plek in; ze had zich omgekleed en
glimlachte, geflankeerd door twee even dartele en pronte meiden.
Het trio was in identieke korte broeken gestoken, diep uitgesneden shirts en guitig scheefstaande bolhoeden. Ze sleepten alle drie
een stoel met zich mee en begonnen aan een nummer dat funest
voor hun dijen moest zijn. Ik maakte me geen illusies, de Duitsers
hoefden hun verleden niet te plunderen om zich te vermaken; dit
was bedoeld voor toeristen die op een snufje Weimar-decadentie
uit waren, maar ik moet zeggen dat ik niet ongevoelig was voor de
manier waarop het vlees van hun bovenbenen lilde terwijl ze hun
passen uitvoerden.

Sylvie scheen van die fascinatie geen last te hebben. Ze bietste
een sigaret en begon luidkeels over de kostuums te praten die ze
voor zichzelf aan het ontwerpen was. Het trio op het podium
wiegde syncopisch op en neer terwijl naast me Sylvie mijn aandacht probeerde te trekken met beschrijvingen van satijnen kor-
setten en tepelkwastjes. Het reizen verbreedde mijn horizon, geen
twijfel mogelijk. Sylvie begon nog een fractie harder te praten,

waarop ik mijn hand op de hare legde. Ze glimlachte opgelucht, blij dat ze me weer bij de les had.

'Waar denk je aan?'

'Dat we er door jou zo meteen nog uit gegooid worden.'

Ze wierp me een vuile blik toe, waarop ze plotseling overeind schoot en in de richting van de deur begon te zwaaien, en op dat moment zag ik Dix ook.

Dix was net zo onverstoorbaar als tijdens onze voorgaande ontmoeting, maar Sylvies euforie kreeg koortsachtige trekjes. Ze vertelde hem over de voorstelling, waarbij ze zowel haar als mijn bijdrage beschreef, onverschillig voor het feit dat Dix slechts knikte wanneer zij lachte, maar ze lachte dan ook hard genoeg voor ons alle drie. Haar ogen schoten heen en weer tussen Dix en mij, alsof ze bang was ons niet aan het lijntje te kunnen houden met al die afleiding om ons heen.

'Je moet morgen komen kijken, Dix, het is een superact. Ze vonden het práchtig.'

'Oké.' Dix keek langs Sylvie heen naar de meisjes op het podium. Zijn ogen volgden de bewegingen van hun benen zonder dat hij een spier vertrok, alsof hij hun act al eerder had gezien en vond dat ze weinig vooruitgang hadden geboekt. Hij richtte zich tot mij. 'Dus, William, wilden ze een goocheltruc zien of wilden ze zien hoe je haar opensneed?'

'Is dat niet wat *sick*?'

Dix' gezicht stond ernstig, maar door zijn bril kon ik niet goed zien wat er uit zijn ogen sprak. 'Misschien, maar dat betekent niet dat het niet waar is.'

Sylvie glimlachte gretig; haar tanden lichtten wit op in het halfduister van de nachtclub. 'Ze willen meemaken dat je me vermoordt, William.'

'O ja, de Meest Fantastische Show ter Wereld.'

Dix keek me recht in de ogen. Zijn stem klonk mild, en ik bedacht dat hij misschien echt meende wat hij zei. 'Er zijn lui die er heel wat geld voor over hebben om daar getuige van te zijn.'

'Zieke lui.'

'Rijke, zieke lui.' Hij drukte zijn sigaret uit in de asbak en zocht weer mijn blik op. 'Ze kunnen maar beter een truc zien dan een echte moord.'

'Ze kunnen zich maar beter laten behandelen.'

Hij haalde zijn schouders op. 'Misschien is het op zich wel een soort behandeling. Het uit hun denkpatroon krijgen. We moeten er echt eens over praten. Jij bent een illusionist. We vinden de juiste zieke lui en zorgen ervoor dat het net echt lijkt… Het kan weleens een goede manier zijn om rijk te worden.' Hij hield mijn blik gevangen. 'Je weet toch dat we in zeker opzicht allemaal ziek zijn, William?'

'Dat maak ik zelf wel uit.'

'Je bent stervende, William.' Sylvie boog zich naar me toe en zei, met een nadruk die voortkwam uit ernst of gewoon het gevolg was van de drank: 'Zodra we geboren zijn beginnen we dood te gaan.'

Ik stak een peuk op en reageerde: 'Des te meer reden om onderweg niet te veel druk op de ketel te zetten.'

Sylvie trok de sigaret tussen mijn vingers vandaan. 'Dit zullen we dus maar niet doen?'

En voor de eerste keer die avond lachten we alle drie. Maar nog terwijl we lachten – Sylvie die naar me grinnikte door de rook van de mij ontfutselde sigaret heen en Dix die een bijna hartelijke indruk wist te maken – vroeg ik me af of dit de enige nachttent in deze buurt was of dat ik er misschien tussenuit kon piepen naar een rustige bar. Sylvie en Dix begonnen afwisselend Engels en Duits te praten. Even luisterde ik ernaar, met mijn ogen op de dansende meisjes gericht, waarna ik opstond en met enige moeite koers zette naar de bar.

De smakelijke schippersmeid was neergestreken op een kruk bij de bar, in een pose die haar lange benen optimaal liet uitkomen. Ik vermoedde dat ze voor een ballerina inmiddels te lang was, maar ik had geen bezwaar tegen haar lengte. Ik keek op tegen lange meisjes. Aan de andere kant van de kleine bar stond de barman glazen af te drogen. Ik deed alsof ik belangstelling had voor de luciferboekjes die in een vissenkom naast de danseres waren gemikt, haalde er een uit en maakte opnieuw kennis met de champagnebaadster, me afvragend hoe dronken ik was. Ik sprong op een kruk, waarbij ik de rand van de bar vastgreep om niet mijn evenwicht te verliezen, en concludeerde dat ik 'm behoorlijk had hangen. Maar een man die nog in staat is een been over een barkruk te krijgen, hoeft niet te wanhopen. Ik vergastte het matrozenmeisje op een volle lading William Wilson-grijns en zei: 'Prachtig gezongen.'

Van dichtbij kreeg de dikke laag opmaak van het meisje iets onheilspellends. Poeder had zich in de lijntjes rond haar mond genesteld; het had zich opgehoopt in de rimpels die haar donkere ogen omgaven en hing tussen de donshaartjes waarmee haar wangen en bovenlip waren begroeid. Ze zag er tien jaar ouder uit dan op het toneel, maar desondanks maakte ik geen enkele kans. Ze knikte lichtjes, zonder een spoor van de aantrekkelijke glimlach die tijdens haar optreden geen moment van haar gezicht was verdwenen. 'Dank je.'

Haar accent was een warmbloedige combinatie van de spatzuiver afgestelde stembanden van Greta Garbo, Marlene Dietrich en Ingrid Bergman. De barman wierp me een geamuseerde blik toe, waarna hij het glas in zijn handen in het licht hield en het geconcentreerd schoonboende, zonder aanstalten te maken iets voor me in te schenken.

Ik zei: '*Ein Bier, bitte*', blij dat mijn Duits vorderingen maakte. Vervolgens richtte ik me tot het meisje met mijn beste versierzin. 'Wil je iets van me drinken?'

Ze aarzelde. Ik volgde haar blik naar het tafeltje waar Dix en Sylvie diep in gesprek waren gewikkeld, waarna ik haar met mijn ogen wist te dwingen mij aan te kijken.

'Ik kan me voorstellen dat je behoorlijk wat dorst krijgt van dat zingen.'

Met hypnose had het helemaal niets te maken; het was een laf misbruik van haar goede manieren, maar het werkte.

'Oké, dat zou wel lekker zijn.'

Ik vroeg me af of ze ondergoed had aangetrokken en of mijn nieuwe status van exotische buitenlander positief uitpakte voor mijn aantrekkingskracht. De ballerina zei iets tegen de man achter de bar en wendde zich daarop weer tot mij. 'Kom je uit Londen?'

'Via Glasgow.'

Ze reageerde weifelend, waarop ik zei: 'Schotland... Wind, sneeuw, regen, ruitjes, *haggis*, hei, kilts, en nog meer van dat soort ellende.' Ze knikte en ik voegde eraan toe: 'Onder onze kilts hebben wij ook niks aan.'

Ze lachte en deed alsof ze geschokt was door haar mond als een geisha achter haar hand te verbergen. 'Dan hebben we iets gemeen.'

'Yep, een kouwe reet.'

Het meisje giechelde. Ik telde mijn zegeningen. 'Ik heet William, William Wilson.'

Ik stak mijn hand uit, die ze zachtjes schudde. 'Zelda.'

Die naam misstond haar niet, en ik vroeg me af of ze al lang zo heette. De barman kwam terug met iets rozigs met bubbels in een hoog champagneglas en noemde een prijs waaruit je zou kunnen concluderen dat hij haar zo-even het levenselixir had aangereikt. Ik schoof een biljet van vijftig euro naar hem toe en ze hief zwierig het glas. '*Prost!*'

Zelda nipte van haar drankje en schonk me een glimlach die het geld wel waard was. 'Even een paar daagjes Berlijn?'

'Ik werk hier, ik treed op in Schall und Rauch.'

Ditmaal glimlachte ze echt. 'Dat ken ik.' Ze boende een denkbeeldige vlek op haar wang weg. Haar ogen schoten heel even richting Sylvie en Dix en toen weer terug naar mij. 'Danst Sylvie daar?'

In de vraag van het meisje hoorde ik een geforceerd soort terloopsheid, waardoor ik plotseling op mijn hoede was. 'Sylvie is mijn charmante assistente.' Ik glimlachte en waaierde een stuk of vijf luciferdoosjes uit mijn hand te voorschijn. 'Ik ben goochelaar.'

Zelda klapte, maar het kwam niet door mijn trucje dat ze haar matrozenogen opensperde. 'Sylvie danst niet meer?'

Haar toon had iets van leedvermaak, maar het kon ook gewoon verbazing zijn. Omwille van Sylvie speelde ik op safe. 'De act kent heel wat dans.'

'Aha.' Het glas ging weer naar haar mond en ik vroeg me af of ik genoeg cash bij me had om nog een drankje voor haar te kopen. 'Jullie samenwerking moet van recente datum zijn.'

'Vanavond hadden we ons eerste optreden.'

'Dus jullie hebben iets te vieren.'

'In één keer raak.'

Zelda gluurde naar de tafel waar Dix en Sylvie met een ernstig gezicht naar elkaar voorovergebogen zaten.

Ik vroeg: 'Kennen jullie elkaar?'

Op Zelda's lippen verscheen een zuinig glimlachje. 'Een beetje.'

'Kom dan bij ons zitten.'

Het glimlachje werd nog zuiniger. 'Dansers hebben veel slaap nodig. Eén drankje is wel genoeg.'

Ik nam een slok van mijn bier. 'Waar ik vandaan kom zeggen ze wel: beter te veel dan te weinig.'

Zelda sloeg het laatste beetje roze spul in haar fluitglas achterover. 'Je lijkt me een aardige man.' Ze aarzelde. 'Sylvie kan goed dansen en is een gezellige meid…'

'Maar?'

Zelda haalde haar schouders op. 'Er is altijd wel een maar.'

Lekker dier, voor jou gooi ik alle remmen los, dacht ik. Maar ik hield mijn gedachten voor me en zei plagerig: 'En dat is in Sylvies geval?'

Ze antwoordde niet meteen, waarop ik eraan toevoegde: 'Hou er rekening mee dat ik net met haar samenwerk.'

Zelda hield haar lege glas voor zich en tuurde naar de steel ervan om mij maar niet te hoeven aankijken. 'Met Sylvie erbij gebeurt er altijd van alles. Soms is dat leuk.' En eindelijk kon ik haar blik dan opvangen, waaruit sprak dat ze me de waarheid vertelde, dat Sylvie en zij samen lol hadden gehad.

'Maar soms is het niet zo leuk?'

Ze bleef me aankijken. 'Soms niet zo, nee.' Ze glimlachte. 'Ooit waren we vriendinnen. Begrijp me niet verkeerd.' Ze blikte weer even naar het tafeltje waaraan Sylvie en Dix een serieus gesprek voerden. 'Je weet hoe het in dit wereldje gaat: vriendschappen komen en gaan met shows, en Sylvie… Tja, door haar connecties is het voor wie dan ook moeilijk lang met haar bevriend te zijn.'

Ik knikte bij wijze van aanmoediging. Tegelijkertijd vroeg ik me af of het gif van persoonlijke of professionele aard was geweest. Zelda pakte een handtasje van de kruk naast haar. Een heer zou haar waarschijnlijk te hulp zijn geschoten om haar van haar hoge zitplaats af te helpen, maar terwijl ik nog aarzelde liet ze zich al elegant naar beneden glijden. Daarbij schoof haar rokje langs haar slanke dijen omhoog, waaruit bleek dat ze eronder nog altijd naakt was. Nu ze stond was Zelda langer dan ik, maar ik hield haar blik nog steeds gevangen.

'Sylvie heeft er dus de brui aan gegeven?'

Zelda keek vluchtig van me weg. 'Ja, inderdaad, ja.'

Haar blik hielp me een eindje in de goede richting. Om welke reden Sylvie dan ook was gestopt, ze had het niet vrijwillig gedaan. 'Je hebt waarschijnlijk geen zin om in details te treden?'

Zelda keek naar iets achter mijn linkerschouder. Ik draaide me om en daar stond Dix. Hij glimlachte, zei zachtjes iets in het Duits tegen Zelda en richtte zich vervolgens tot mij. 'Nog wat drinken?'

'Waarom niet?'

Hij keek de danseres aan, die het hoofd schudde. 'Ik moet ervandoor.'

Ik pakte de stenen pul die Dix me toeschoof aan en bedankte hem, maar in stilte vervloekte ik hem vanwege zijn timing. Het matrozenmeisje was bezig bij de barman een pakje sigaretten te bestellen. Ik boog me naar haar toe. 'Misschien vind je het leuk om m'n act eens te zien?'

'Misschien.'

'Ik breng binnenkort wel even een paar kaartjes langs.'

'Oké.' Zelda glimlachte koeltjes, afstandelijk, waaruit ik opmaakte dat ik geen moeite hoefde te doen. Misschien dat de teleurstelling van mijn gezicht af te lezen viel, maar hoe dan ook boog ze voorover en kuste ze me op de wang, terwijl ze fluisterde: 'Wees voorzichtig, William.'

Haar parfum rook lekker en overstemde een zweem van podiumzweet.

'Hé.' Ik grinnikte. 'Natuurlijk. Tenslotte ben ik een vreemdeling in een vreemde stad.'

Ditmaal kwam er geen glimlach retour. Ze wierp een haastige blik op Dix, die met zijn drankjes terugliep naar de tafel, en zei zachtjes: 'Misschien dat je het leven dan maar beter niet nog vreemder kunt maken door met vreemde mensen om te gaan.'

Ik keek toe hoe haar slanke gestalte van me wegsnelde. De uitsmijter deed de deur open, ze wierp me een laatste glimlach toe, draaide zich om en tilde schalks haar rokje op, zodat ik in een flits haar blote achterwerk te zien kreeg, waarna de deur dichtklapte en ze verdwenen was. Ik dronk mijn bier op aan de bar, bestelde nog een rondje en voegde me bij Sylvie en Dix.

*

Dix had voor Sylvie een verse fles wijn neergezet, maar zijn eigen glas was leeg. Ik zette een kroes bier voor hem neer, maar hij schudde het hoofd. 'Treurig genoeg moet ik ervandoor.'

'Dix heeft het druk, druk, druk. Hij moet kaarten delen en deals sluiten.' Sylvie klonk aangeschoten, maar haar eigen kaarten schermde ze af tegen de drank.

Door haar opmerking over kaarten en deals moest ik denken aan het casino op de Alexanderplatz waarover Dix tijdens ons eerste samenzijn was begonnen. Maar sinds mijn aankomst in Berlijn had ik geen enkel gokje gewaagd, en ik hoopte het zo te houden. Maar al zou ik er een onbedwingbare behoefte toe voelen, ik zou het niet in Dix' bijzijn doen, ook niet na zijn verhaal over perverse rijkelui die ons fortuin konden maken.

Op het podium stond nu de uitsmijter, gestoken in een vest met rode lovertjes en een strik. Hij glimlachte verlegen, waarop ergens een karaoke-apparaat werd aangezet en hij zijn tanden in 'Those

Were the Days, My Friend' zette. Hij bewoog zijn lichaam op de muziek, dat wil zeggen, hij schokte tegen de beat in als een blinde pianist-zanger die een nummer van Motown jammert. De zenuwen sloten zijn keel af, zodat de woorden er hoog en vals uit kwamen. Hij had beter die krachtpatserij even achterwege kunnen laten. Als er heibel kwam hoefde hij de ruziezoekers alleen maar toe te zingen.

Dix trok een duur ogende jas aan terwijl de uitsmijter op verontrustende wijze overschakelde naar een andere toonsoort. Ik knikte naar het podium. 'Hét moment om te vertrekken.'

Dix haalde zijn schouders op. 'Het moest sowieso.' Hij legde zijn hand een seconde lang op het fraaie hoofd van Sylvie, waarna hij hem opstak bij wijze van algemene groet. Zijn spaarzame gebaren hadden iets vrooms, wat me irriteerde.

Ik hield het ook kort. 'Tot kijk dan maar.'

En hij boog zich naar me toe voor een laatste opmerking. 'Denk aan wat ik gezegd heb. We moeten 's praten. Samen kunnen we centen verdienen.'

Dix streek over Sylvies haar, maar zij draaide haar hoofd weg, alsof hij met zijn besluit om te vertrekken al verdwenen was en verder afscheid daarmee overbodig was. Ze grijnsde naar me zonder ook maar één blik op Dix te werpen, die de deur uit liep. 'Arme Sebastian, hij vindt het zo fijn om te zingen.'

De portier gooide er nu het refrein uit:

'Zose were ze dayze, my friend,
I thought zyd neffer end.'

Met een Duits accent zo zwaar dat ik me afvroeg of hij de tekst fonetisch had geleerd. Maar hoe knullig zijn optreden ook was, het kwam in elk geval uit de grond van zijn hart. Een traantje baande zich een weg naar beneden over een wang vol poeder en rouge. De volgeschoten ogen van Sebastian waren opgeleukt met mascara, zijn mond was kersenrood gestift. Hij zag eruit als een ontaarde, oversized Pinocchio die verbannen was naar de grotemensenwereld en nooit meer verenigd zou worden met zijn Geppetto. Een idiote pop die op het podium was gezet om ons eraan te herinneren dat al onze goden dood zijn.

In Sylvies stem klonk een minzame arrogantie door. 'Ik vind Sebastian leuk, ook al is het een gewelddadige, valse nep-uitsmijter.'

Ze praatte steeds harder. Sebastian wierp een blik onze kant uit. Ik vroeg me af of hij ondanks de muziek kon verstaan wat ze zei, maar in elk geval bleef hij zingen en zijn lichaam bleef dezelfde spastische dans uitvoeren. Hij trok zijn colbert uit en toen pas zag ik dat zijn shirt alleen maar een voorhangsel was dat met dunne bandjes die elkaar op zijn rug kruisten op zijn plek bleef. Sebastian was inmiddels bij de 'da-da-da-da-da-da's'. Hij maakte de bandjes los en liet het borststukje naar de bar zeilen. Zijn borst was onbehaard, zijn tepels vertoonden een onnatuurlijk rode kleur, of misschien waren ze bijgewerkt met dezelfde jam-achtige gloss die zijn lippen sierde.

'Geef mij de danseresjes maar.'

Sylvie schudde het hoofd. 'Het wordt nóg mooier.'

Aan de overkant van het zaaltje nam een zwaarlijvige man afscheid van zijn maten en liep onhandig naar de uitgang.

'Ik heb mijn portie wel gehad... Kijk, er vertrekken al mensen.'

Sylvie hield haar blik op Sebastian gericht en legde een hand op mijn elleboog. Ik tuurde naar de deur om te zien of er een algemene exodus op gang kwam, en zag dat de dikke man op ons af koerste, wankelend als een schipper die zijn zeebenen is kwijtgeraakt. Sylvie bleef onverstoorbaar naar het podium kijken. 'Wacht maar tot je het *moneyshot* ziet.'

'Moet dat?'

Sebastian boog voorover en greep zijn broek bij de rand vast, waarna er een scheurend geluid klonk; de klittenbandsluiting liet los, met als gevolg dat hij nu in een rozc-cn-zwarte kanten panty voor ons stond, inclusief jarretelles.

'Wat een akelige kutshow.'

'Wees niet bang, William. Kutten krijg je niet te zien.'

Sylvie stopte abrupt met lachen. Ik voelde iets in mijn rug duwen. De dikzak leunde met zijn handen op mijn stoel terwijl hij zich vooroverboog naar Sylvie.

'Hé, Suze.' Zijn adem stonk naar bier, rook, hete specerijen en rottende ingewanden. 'Da's lang geleden, niet?'

Sylvie keek naar hem op met paniek in haar ogen maar zonder een spoor van herkenning in haar stem. 'U vergist zich.'

De man grijnsde verontschuldigend naar mij; de drank had zijn mond scheefgetrokken. Inmiddels steunde hij nu met één hand op de stoel van Sylvie. Hij deed een lijmpoging vanachter haar rug, waarbij hij mij op een knipoog trakteerde. 'Misschien mag ik haar even van je lenen. Een kwartiertje.' Daar schoot die grijns weer over zijn gezicht. 'Waarschijnlijk nog korter.'

'Je hebt d'r toch gehoord, makker? Je ziet haar voor een ander aan.'

De dikzak gooide zijn armen in de lucht. 'Hé, vergissen doe ik me niet, ik vergeet nooit een gezicht,' zei hij glimlachend. 'Of een mond, of een lekker kontje, of...'

Ik kwam overeind en duwde zijn hand van mijn rugleuning. Op het podium bracht Sebastian zijn armen omhoog, klaar om het publiek te dirigeren tijdens het refrein, grijnzend in antwoord op alle droefenis. Stijfjes begon hij te zwaaien, als een menselijke metronoom.

'Mevrouw zei: ze heeft geen belangstelling.'

'Hé... Als zij me vraagt op te stappen, dan doe ik dat.' De grijns van de dikzak was vochtig, zijn brede gezicht glad en roze als een lap gekookte ham. 'Er valt hier zat te kiezen, kop of kont, maakt mij niet uit, je zoekt er maar eentje uit.' Hij lachte. 'Pak je lul en smul.'

Sylvie zei: 'Wanneer heb jij je lul voor het laatst gezien, vette klootviool?', net op het moment dat ik de muis van mijn hand midden in zijn pens drukte. Ik duwde niet hard, maar de man was dronken. Hij wankelde achteruit en botste tegen het tafeltje achter ons, waardoor drank in een gerinkel van ijs en glas alle kanten uit vloog, pal daarop overstemd door de opstijgende protesten van de drinkers. Het leek erop dat hij tegen de grond zou smakken, maar dankzij zijn ervaring met waggelen wist de dikzak waar zijn zwaartepunt lag en hij hervond dan ook zijn evenwicht, uitslaand als een kegel die weigert om te vallen. En daar was de grijns weer, nog breder dan daarvoor. Op het podium stond een weifelende Sebastian. De dikzak haalde zijn schouders op en gebaarde met naar boven gedraaide handpalmen dat er geen vuiltje aan de lucht was. Ik zette mijn omgevallen stoel rechtop en hij richtte zich weer tot mij, op een toon alsof hij aangedaan was. 'Waarom zouden we ruziemaken om een hoer? Wie wil kan 'r krijgen.'

'Jij niet.'

Hij schokschouderde. 'Veel plezier ermee. Ze neukt lekker, voor een hoer.'

Sylvie kwakte haar wijn in zijn gezicht. De dikzak schudde met zijn hoofd als een labrador die het water uit zijn vacht schudt na te hebben gezwommen. Hij bracht zijn gezicht tot vlak voor dat van Sylvie en zei, vanwege mij in het Engels: 'Je kunt maar beter oppassen, Sweetheart. Ze zeggen dat je vrindje bij de verkeerde types in het krijt staat, en ik heb zo'n vermoeden dat jij degene bent die ze gaat betalen.'

Hij legde een hand op haar borst en kneep erin.

Achteraf bezien weet ik niet meer of mijn woede oplaaide vanwege dat knijpen of omdat de man Dix de vriend van Sylvie had genoemd. Hoe dan ook was er op dat moment geen sprake van samenhangende gedachten; ik zag slechts het oogverblindende rood van razernij.

Ik verkocht hem een vuistslag die in aanraking kwam met zijn kaak, waarop een stekende pijn door mijn knokkels schoot. Er ging een knal door de zaal toen Sebastian de microfoon liet vallen. Terwijl ik mijn getroffen rechterhand met mijn linker vastgreep, ondernam de dikzak pogingen me in een wurggreep te nemen. Sylvie begon met glazen te gooien. Een daarvan stuiterde over het podium. Zijn bonkende parcours werd opgepikt door de verweesde microfoon van Sebastian en knalde door de ruimte. Het volgende glas vloog op de dikzak af. Hij dook weg, maar te traag om een schampschot te vermijden; het bier golfde in zijn ogen, waar hij met zijn grote handen naar greep. Sebastian klauterde van het toneel af. Alles leek te vertragen, behalve Sylvie. Zij bleef in beweging, greep haar tas en jas en duwde me naar de deur.

'Kappen!'

We liepen struikelend naar de uitgang. Niemand ondernam pogingen ons tegen te houden, behalve Sebastian, die inmiddels het podium had verlaten. Maar zijn opmars werd gestuit door de stamgasten. Ik keek achterom en zag hem over een tafeltje springen, dreigender dan een man in damesondergoed zou mogen zijn.

We klauterden het trapje naar de stoep op en zo stonden we weer op straat. Niets ziend volgde ik Sylvie; ik snelde achter het geluid van haar hakken aan tot ik me eindelijk realiseerde dat niemand ons achtervolgde, waarna ik bleef staan. Voorovergebogen, met mijn handen op mijn knieën, nam ik grote happen nachtelijke lucht, me afvragend of ik ooit nog normaal zou kunnen ademen. Sylvie hoorde de echo van mijn voetstappen wegvallen. Ze draaide zich om, begon te lachen en hervatte haar sirenevlucht, met tikkende hakken over de stoep. Ik haalde diep adem en rende verder, in de wetenschap dat ik niet langer op de vlucht was voor Sebastian. Opeens schoot Sylvie weg van de hoofdstraat, een donker steegje in, en in het vuur van de jacht volgde ik haar.

Even dacht ik dat ik de verkeerde kant op was gegaan. Het straatje maakte een verlaten indruk. Toen hoorde ik Sylvie weer lachen en zag ik haar, in de beschutting van een goedereningang. Haar glimlach glansde me vanuit de duisternis tegemoet, en de woorden van de dikzak schoten door mijn hoofd. Haar stem klonk laag en plagerig. 'Je hebt gevochten voor mijn eer, William.'

'Was het de moeite waard?'

Haar stem zakte nog een octaaf. 'Kom maar hier, dan zul je het zien.'

Ik liep langzaam het steegje in tot ik oog in oog met haar stond. Heel even bleven we zo staan, waarna ik mijn handen voorzichtig op haar heupen plaatste en we ons vooroverbogen voor een kus die rustig begon en steeds inniger werd. Ik onderbrak deze omhelzing en liet mijn mond afdalen naar haar nek en voelde haar hand onder mijn jack glijden, warm, over mijn rug. Sylvie drukte zich tegen me aan, zodat haar onderlijf stevig in contact kwam met mijn erectie.

Ik vroeg: 'En Dix dan?'

Ze streelde met haar hand over mijn lies. 'Dit, bedoel je?'

'Je oom, of wie het ook mag wezen.'

Terwijl ik zoenen in haar nek drukte vroeg ik me af waarom ik hierover begon.

'Maak je om Dix maar geen zorgen. Die heeft wel eerder in de problemen gezeten. Hij komt er wel weer uit.'

Ik vroeg me af wat ze bedoelde, maar toen zochten haar handen mijn rits op en banden ze alle gedachten uit mijn hoofd. Haar vingers schoven in mijn broek en lieten me los. Ik had inmiddels haar jurk aan de voorkant losgemaakt. Haar borsten waren klein en rond, zacht en toch ook stevig. Ik liet mijn mond ernaartoe zakken en Sylvie kromde haar rug zonder de druk in mijn kruis te laten afnemen. Ik schoof mijn handen onder haar jurk en begon haar panty naar beneden te trekken; het kon me niet schelen als hij scheurde. Ze fluisterde: 'Neuk me.' En ik dirigeerde haar naar de muur, sjorde haar slip omlaag en voelde haar zachte vocht. Ik keek omhoog en zag haar bleke, gave gezicht, haar mond die iets openstond. Onder haar jukbeen tekende zich een schaduw af die oogde als een blauwe plek. Ze zag er jong en kwetsbaar uit, overgeleverd aan de ruwheid van mijn handen.

Ergens in mij ging een knop om en Sylvie fluisterde: 'Gaat het?'

'Shit,' fluisterde ik. Sylvie bewoog haar hand, in een poging me nieuw leven in te blazen, maar ik wist dat dat geen nut had. Ik duwde haar weg, lomper dan mijn bedoeling was, met als gevolg dat ze haar hoofd tegen de deurpost stootte.

'Sorry.' Mijn stem ging raspend door de duisternis.

'Geeft niks.' Sylvie wreef over haar achterhoofd en begon haar jurk dicht te knopen. 'Dat soort dingen gebeuren.'

'Heb ik je pijn gedaan?'

'Ik zou morgenochtend toch al koppijn van de drank hebben gehad.'

'Ik wilde je geen pijn doen.'

'Laat zitten, William, het geeft niks. Het was een ongelukje.'

Ik keek van haar weg en we fatsoeneerden onze kleren; onze onhandige ingetogenheid stond in schril contrast met onze intieme momenten van even daarvoor. Vanaf de hoek van het steegje kwam het geluid van stemmen; een paar jongeren liepen onze kant uit en ik werd me bewust van de waanzin van onze eerdere plannen. Een van hen zei in het voorbijgaan iets tegen Sylvie en ze reageerde met een kort zinnetje vol keelklanken dat me aan Glasgow deed denken.

Ik vroeg: 'Wat zei hij?'

'Niets.'

'Probeerde hij lollig te doen?'

Zonder te reageren trok ze haar jurk recht. Ik deed een greep uit mijn beperkte vocabulaire Duits om hun een belediging na te roepen. '*Shitzders!*'

De jongens keken achterom en riepen iets onze kant uit en lieten het daarbij. Sylvie klonk vermoeid. '*Shitzder?* Dat woord bestaat helemaal niet.'

'De boodschap is wel aangekomen.'

'Dat denk ik ook.'

Inmiddels bevonden we ons weer op de grote weg. Aan de rand van de stoep stonden vitrines waarin de prachtige spullen werden gepresenteerd die in de belendende winkels te koop waren: handtassen, sieraden, schoenen, accessoires voor uw accessoires – stuk voor stuk blinkend en kostbaar. Twee afgehakte hoofden op onwaarschijnlijk lange nekken tuurden vanuit een van de glazen kubussen naar buiten, met minuscule hoedjes die ternauwernood overeind bleven op de watergolven. Er lag een zekere arrogantie in hun blik, alsof ze de hoedloze voorbijgangers maar gewoontjes vonden, met al dat vlees als ballast. Een eind verderop zag ik het verlichte logo van het Mercedes Benz-gebouw langzaam ronddraaien in het nachtelijk zwerk. Verscholen achter het silhouet daarvan moesten de restanten van de gebombardeerde Gedächtniskirche zich bevinden, die glanzend waarschuwden voor oorlog.

In de verte kwamen de opgloeiende lichten van een taxistand-

plaats in zicht, een rij witte Mercedessen die op klandizie wachtten. We liepen naar de voorste in de rij, ik opende het portier en
Sylvie stapte in. 'Wil je een lift?'

'Nee, ik ga wel lopen, een beetje nuchter worden voordat ik bij
het hotel ben.'

Sylvie gaf me een laatste zoen. Haar ogen keken glazig van moe-
heid, drank en bijna-seks. Haar glimlach stak af tegen de schaduwen in de taxi. 'Gaat het wel?'

'Wees niet bang.'

'Tot morgen?'

Ik knikte en gooide daarna het portier dicht, me afvragend of ze
in de duisternis van de straat mijn gezicht kon zien.

Glasgow

Nog niet zo lang geleden, in de tijd dat Glasgow de scheepsbouw-hoofdstad van de wereld was, gingen bepaalde pubs vóór zons-opgang open om de dorst te kunnen lessen van de arbeiders die uit de nachtdienst kwamen. Terwijl rijke kerels sliepen en ook kinderen nog veilig in hun bed lagen, terwijl moeders zich voor-bereidden op de dag en postbodes hun brieven sorteerden, keken de mannen van de nachtdienst op de klok en likten ze hun lippen af. En niet ver van de fabriekspoorten poetsten kroegbazen hun glazen op, ze controleerden het peil in hun vaten en vergewisten zich ervan dat de vloeren geveegd waren, de tafels afgenomen, en dat de lade van de kassa soepel naar buiten rolde. Daarna keken ze op de klok en haalden ze de deur van het slot, in afwachting van mannen die zich door de nachtelijke uren heen hadden gewor-steld met het beeld van een goudglanzende pint op hun netvlies.

Ik liet het politiebureau achter me met Johnny's geld veilig op zak. Drank had me in de nesten geholpen en het leek erop dat al-leen drank me er weer uit kon krijgen. Ik kwam niemand tegen, behalve een eenzame hondenuitlater die bij het horen van mijn voetstappen de straat overstak. De regimenten mannen die ooit na hun ploegendienst de straten vulden zijn allang ontbonden. Maar nog altijd kun je rond die tijd de kroeg in, als je weet waar je moet zoeken.

Een artikel van de drankwet stelt dat deze bars een ontbijt moeten serveren als bodem voor de drank. Daarom hangt er altijd zo'n zware lucht van afgekeurde bacon, donkere pudding in de kleur van bloederige stront en rottende legkippeneieren. Dit alles gebakken in stokoude reuzel die nog een dag langer heeft staan verkleuren en 's ochtends opgewarmd wordt tot hij heet genoeg is om alle eventuele kakkerlakken mee te bakken die zich erin verschanst hebben voor een nachtelijk feestmaal.

Ik duwde de deur open en stapte weer de nacht in, terwijl ik wist dat het iets na zevenen was. Het was druk in de kroeg. In een hoek zaten een paar studentikoze types die het bier gebruikten om de naweeën van wat ze die nacht ook gedaan mochten hebben te neutraliseren. Een zakenman sloeg een matineuze brandy achterover. Een vent in een bruin leren jack dat ergens rond 1983 uit de mode was geraakt bestudeerde het wedstrijdformulier en zette kruisjes naast de paarden die hem wat leken; af en toe nam hij snel een slokje van een glas bier waar ik hem wodka bij had zien doen. Niemand zag eruit als een ploegenarbeider. Niemand zat te ontbijten. Niemand zei iets, want niemand was hier vanwege de gezelligheid. De jukebox braakte een oude hit uit, hoewel niemand er zat vanwege de muziek.

Iedereen was gekomen om te drinken.

Ik liep verder en bestelde een pint. Ik was ongewassen, ongeschoren, en op mijn broek zaten nog steeds bloedspetters van de oude man. De barmeid zette mijn bier op de toog zonder me aan te kijken. Ik wachtte tot ze haar hand uitstak om het geld aan te nemen, en toen die uitbleef legde ik een van Johnny's briefjes op de bar. Ze plukte het zonder iets te zeggen van de bar en smeet het wisselgeld voor mijn neus in de bierrestanten en de peuken. Ik was zo moe dat het me koud liet. Ik liet mijn pint een volle seconde neerslaan en zette hem vervolgens aan mijn lippen.

Het bier smaakte zo muf dat het uit een pispot leek te zijn geschept. Maar ik sloeg eenderde ervan in één grote teug achterover, waarna ik het wisselgeld in de sigarettenautomaat gooide. Ik stak er een op, dronk mijn glas leeg en bestelde een tweede biertje. Een blik om me heen leerde me dat ik prima op mijn plek was.

Ik begon net aan nummer drie toen het kapotgeslagen gezicht van de oude man in een flits voor mijn geestesoog verscheen, en daarmee de herinnering aan een ander gezicht, dat uit elkaar spatte, bloed en hersenen rondsproeiend. Ik zette mijn bril af en wreef in mijn ogen. Achter me zei een stem: 'Dat is je laatste voor vanochtend.'

Ik draaide me om en daar stond inspecteur Blunt, gestoken in hetzelfde pak dat hij tijdens het verhoor had gedragen.

'Arresteer je me?'

'Welnee, ik verbied je iets.'

'Godsamme, wat zijn we nú dan weer? De bierpolitie? De pils-patrouille?' Ik trok een sigaret uit het pakje en stak hem aan. 'Je zit nu niet op je bureau met die pafferige maat van je, dus taai maar fijn af en ga iemand anders aan z'n kop zeiken.'

'Is één bezoek aan de cel niet genoeg voor vandaag?' Inspecteur Blunt richtte zich tot de vrouw achter de bar. 'Mary, hij krijgt niets meer, begrepen?' De barmeid keek op van het glas dat ze aan het voltappen was en knikte. Hij draaide zich weer naar mij om; zijn rossige snor zag er droog en alcoholbelust uit. 'Je zult nog no-dig zijn als dit geval voor de rechter komt. Tot die tijd wil ik niets meer van je zien of horen.'

'Da's dan wederzijds.'

De barmeid zette een fraai getapte pint donker bier voor hem neer. 'Dit is er eentje van het huis, meneer Blunt.'

'Proost, Mary.' Blunt pakte een sigaret uit mijn pakje en stak hem aan met mijn aansteker. 'Als we per arrestant een bonus kregen hoorde je me niet klagen, maar momenteel hebben we het nogal druk, dus voorkom ik liever nodeloos papierwerk.' Hij plukte een sliertje tabak van zijn tong. 'Wat een kutpeuken. Ik zou maar snel korte metten maken met je trubbels, want zoals je nou bezig bent kun je maar twee kanten uit: de bak of het mortuarium. En nou wegwezen. En denk eraan: dit is mijn toko.'

Ik keek naar de aftandse inrichting, de uitgezakte mannen, de oncomfortabele stoelen, en vervolgens weer naar de politie-inspecteur, die om acht uur 's morgens van zijn eerste pint zat te slobberen, en zei het ergste wat ik kon bedenken. 'Nou, echt een tent voor jou.'

*

Ik zocht mijn kamer weer op, trok de kleren die ik had gedragen uit, stopte ze in een vuilniszak die ik in een tweede vuilniszak stopte, en zette ze in de hal. Ik bleef onder de douche staan tot het water koud werd, en daarna bleef ik net zo lang staan tot de kou gloeiend heet leek. Vervolgens ging ik op bed liggen om naar het plafond te staren en na te denken. De laatste tijd had ik te weinig nagedacht.

Blunt had gelijk. Wat ik ook deed, zo ging het bergafwaarts. Het had geen nut een lijk-in-wording schuil te houden. Het werd tijd om een paar dingen recht te zetten, en misschien kon ik maar beter voor wat gezelschap zorgen op de weg door het dal die ik ging inslaan.

De Mitchell Library is een gebouw als een suikertaart. Hij kijkt uit over de snelweg die de stad als een grote jaap doorsnijdt. Ik stond op de brug en keek het ravijn vol racende auto's in. Ik had verhalen gehoord over mensen die zo gehypnotiseerd waren geraakt door de voortsnellende lijnen van het verkeer dat ze zich van een dergelijke brug af hadden geworpen. Maar dat leek mij vrij onwaarschijnlijk. Niemand zal onder hypnose dingen doen die hij niet wil.

In de computerzaal van de Mitchell was het druk. Ik meldde me aan, vond een leeg hokje en ging tussen de studenten en de scholieren zitten, de gepensioneerden en werklozen, de asielzoekers en wetenschappers. Het was stil in de zaal, afgezien van het getik op toetsenborden, maar ik voelde een bijna elektriserende stroom van gedachten door de ruimte schieten. Iedereen was buiten zijn lichaam getreden, gefascineerd door zijn eigen project, opgeslorpt door de diepten van het oude Rome, zijn stamboom, een rechtszaak, of wat dan ook. Het was er multicultureler dan waar ook in de stad, en plotseling miste ik Londen.

Ik logde in en ging het internet op, waar ik op Bill senior joeg tot ik meende een idee te hebben waar ik verder moest zoeken. Vervolgens lukte het me een bibliothecaris zover te krijgen me uit te leggen waar de microfiches met oude kranten te vinden waren en begon ik met de kleine plastic kaarten te prutsen tot ik doorhad hoe het systeem werkte. Na een poosje drong het tot me door dat ik weleens resultaat zou kunnen boeken.

Het was na drieën toen ik de bibliotheek verliet en een bus naar het West End pakte om een van mijn schulden af te betalen.

Het werkadres dat Johnny me had gegeven was in University Gardens, een ondiep Victoriaans huizenblok waar ooit docenten hadden gewoond maar dat op een gegeven moment door de universiteit was omgebouwd tot kantoren en collegezalen. Ik liep alle deuren af tot ik bij het nummer kwam dat Johnny me had gegeven. De voorgevel van het pand ging schuil achter steigers die eruitzagen alsof ze er al een tijd stonden. Ik liep het trapje naar de voordeur op, de verwaarloosde poging tot voortuin door, de gang in.

Binnen stuitte ik op een mengeling van vocht, boenwas en boeken; plotselinge nostalgie naar tijden die ik bijna was vergeten vloog me aan. De hal was even donker als ik me hem herinnerde, een mededelingenbord op de muur dat behangen was met een wirwar van flyers en briefjes die melding maakten van colleges, opdrachten, studententheater, politieke bijeenkomsten en tweedehands boeken. Opeens zag ik mezelf weer de campus behangen met opzichtige, zelfgemaakte aankondigingen van mijn magische nieuwlichterij.

De geur van nostalgie moest het veld ruimen voor de lucht van terpentine en verf; de trappen waren afgedekt met ondergespat folie, en plotseling snapte ik waarom Johnny me dit adres had gegeven.

In het trappenhuis balanceerde een man in een witte overall op de bovenste regionen van een lange ladder, vanwaar hij zich uitstrekte naar een bijna onbereikbare scheve lat aan de onderkant van de trap. Ik liep naar boven, zijn kant uit. De treden kraakten onder mijn gewicht; ik hoorde een bijpassend gepiep in mijn borst dat er niet had geklonken toen ik vijftien jaar eerder in deze gebouwen had rondgelopen. De schilder tuurde omlaag en ik vroeg: 'Weet je toevallig waar Johnny is, m'n beste?'

De roller van de man bleef over de muur bewegen, wit over wit; hij leverde prima werk. 'Johnny?'

'Precies. Hij zei dat hij hier werkte. Waarschijnlijk is het een van je maten.'

'O, John.' De man wees met zijn roller naar boven. 'Tweede verdieping, eerste kamer rechts. Geef effe een ram op de deur voordat je naar binnen gaat; 't kan wezen dat ze de ladder d'rvoor hebben staan.'

'Okidoki.'

Ik liep verder naar boven. Johnny's pa was huisschilder geweest.

Ik vroeg me af of zijn zoon de zaak had overgenomen. Johnny was slim genoeg om te doen wat hij wilde, maar de hasj en drank hadden er altijd een rem op gezet. Ik was geen haar beter, want ik gaf het merendeel van mijn beurs in de sociëteitsbar uit tot ik halverwege het derde jaar opstapte. Ik had de tweede verdieping bereikt, liep naar rechts en roffelde op de grote, donker gelakte deur. Een stem riep: 'Oké, je kunt.' En ik liep naar binnen. Aan de overkant van de kamer stond een breedgeschouderde, kalende man boven op een ladder de muur felgeel te schilderen, maar in het schaarse licht oogde de kleur wat vaal. Zijn leerling zat op zijn knieën op de vloer om de plinten bij de deur een lik verf te kunnen geven.

'Ik ben op zoek naar John.'

De oudere man stopte halverwege een beweging en tuurde naar beneden. 'Je hebt hem gevonden. Wat kan ik voor je doen, jongen?'

Ik ging de naamplaatjes van een aantal deuren af tot een geüniformeerde werknemer met een stapeltje middagpost onder zijn arm me vroeg of hij me kon helpen. Ik stelde me voor hoe hij me waarschijnlijk zag – een sjofele nietsnut op middelbare leeftijd die een campus onveilig maakt – en trakteerde hem op een grijns om zijn nachtmerrie wat aan te wakkeren. 'Zeg, zit hier nog ergens een goeie pub?'

Terwijl de bewaker me de weg wees naar een van mijn oude studentencafés, staarde hij me aan alsof hij mijn signalement voor nader gebruik in zich opsloeg. Toen ik de trap af liep voelde ik zijn ogen in mijn rug priemen; ik verwachtte dat hij naar zijn walkietalkie zou grijpen zodra ik buiten gehoorsafstand was, om de rest van het beveiligingsteam te waarschuwen dat er een risicogeval rondliep. Ik keek omhoog naar zijn bezorgde gezicht dat turend boven de overloop hing, en stak mijn rechterhand op. 'De Heer zal u bewaren.' Waarbij ik met mijn wijsvinger een kruis in de lucht tekende, alleen om hem op de kast te jagen. Meteen daarna ging achter mij de hoofdingang open, zodat er plotseling een golf lentelucht naar binnen spoelde.

'William!'

Johnny's begroeting trof me halverwege een kniebuiging.

De bewaker schreeuwde naar beneden: 'Alles goed, doctor Mac?'

Johnny toverde de grijns te voorschijn die ongetwijfeld aantrekkelijke jonge studentes naar zijn colleges trok en knikte naar de bewaker. 'Ja hoor, bedankt, Gordon. Ik zal me over meneer Wilson ontfermen.' Mijn oude vriend richtte zich tot mij. 'Je hebt nog altijd een fantastische timing.' Johnny's haar was ietwat vochtig, zijn gezicht gloeide. Hij rook naar iets fris en sportiefs. 'Ik wipte even langs om dit hier te dumpen.'

Ik wierp een blik op de sporttas die hij bij zich had, en stond opeens met mijn mond vol tanden. Ik haalde een biljet van vijftig pond uit mijn broekzak – het bedrag dat hij me geleend had – en bood het hem wat onhandig aan. 'Ik kwam je dit teruggeven.'

'Ah, bedankt.' Johnny streek met zijn vingers door zijn nattige haar. 'Ik hoop dat je het niet erg vond...'

'Nee.' Ik deed een poging te glimlachen. 'Het was prettig om te weten dat iemand vertrouwen in me had.' Ineens voelde ik het gewicht van de uren die ik de afgelopen ochtend in de Mitchell had doorgebracht met het omspitten van oude krantenartikelen over wandaden en wreedheid. 'Ik was op weg naar een glas bier; doe je mee?'

John aarzelde. 'Zou wel willen, maar ik kan niet.'

Ik herinnerde me hoe Eilidh in de politiecel naar me gekeken had. 'Ik snap het.'

'Nee, dat is het niet. 't Is alleen dat ik beloofd had om vroeg thuis te zijn. Luister. Ik heb wat bier in de koelkast liggen. Waarom ga je niet met me mee?'

'Ik betwijfel of Eilidh het wel zo fijn vindt om me terug te zien.'

John ging weer met zijn hand door zijn haar. 'Doe niet zo mal. Als je niet langs was gekomen had ik haar je nummer gevraagd en je gebeld.'

'Ach, ik weet niet, John.'

'Nou, ik wel. Ik wil dat je me een lol doet en dit kun je me niet weigeren.'

De flat van John lag ter hoogte van Byres Road, nog geen kwartier lopen van zijn werk. Onderweg werd hij twee keer aangeklampt door studenten, en beide keren voerde hij mij als excuus aan om door te kunnen lopen.

'Zo te merken ben je populair hier, "doctor" John.'

Hij lachte. 'Tegen het einde van een trimester worden ze altijd aardiger; examentijd.'

Ik zei: 'Ik ben onder de indruk.' En besefte dat ik het meende. 'Hoe is het zo gekomen?'

John staarde onder het lopen naar de grond. 'Zo bijzonder is het niet. Ik ontdekte dat ik filosofie best leuk vond, schreef me dus maar in, deed examen en meldde me aan voor een promotieonderzoek. Meer valt er niet te vertellen.'

'Je had geen last van slechte gewoonten.'

'Doe niet zo stoer.'

Hij liep een hofje op. 'We zijn er.'

Johnny's appartement leek groot genoeg om er zes studenten in onder te brengen. Maar daarmee hield iedere overeenkomst met de semi-krotten waar wij ooit hadden gewoond op. De gang was geschilderd in een smaakvol ivoorwit dat het hoge plafond goed deed uitkomen, de muren van de kamers waren voorzien van fris behang en op de vloer lagen matten in de kleur van bleek zeewier. Hij ging me voor en riep: 'Ik ben er weer.'

Een keurig geklede vrouw die de zestig gepasseerd was stapte kordaat de gang in. 'Ssst, ik heb haar net rustig.'

'Oeps, sorry,' zei Johnny, een stuk zachter nu.

De vrouw glimlachte verwachtingsvol naar me, misschien in de veronderstelling dat ik een sjofele gastdocent filosofie was.

'Dit is William, een oude studievriend.'

De vrouw keek opeens iets minder gastvrij. 'Het zou kunnen dat Eilidh het over u heeft gehad.'

Ik knikte. 'Hopelijk was het allemaal positief.'

Maar de oude vrouw wierp me een doordringende blik toe die zei: ik ben niet van lotje getikt. Ze wendde zich weer tot John. 'Grace heeft gedronken, dus als het goed is slaapt ze nog wel even.'

'*Thanks*, Margaret.'

'Graag gedaan, zoals altijd.' Ze pakte haar jas van de kapstok. 'Sorry dat ik er meteen vandoor ga – vanavond leesclubje.'

John reikte haar een fraaie leren tas aan die nog bij de deur stond. 'Ik weet het. Veel plezier.'

'O, het is altijd interessant, zelfs al vind je het boek niet mooi.' Margaret had haar jas dichtgeknoopt en drukte John een vluchtige kus op zijn wang. 'Pas goed op mijn kleinkind.' Ze bond een zijden sjaaltje om haar nek en stopte het in de kraag van haar jas. 'Ik zie je morgen. En goeiedag, meneer...'

'Wilson.'

'Ja, dat was het, geloof ik. Waarschijnlijk zie ik u hierna niet meer. Hopelijk gaat het snel weer wat beter met u.'

Ik boog lichtjes. 'Dank u wel.'

Uit de manier waarop ze me toeknikte maakte ik op dat ik hierna maar beter uit haar buurt kon blijven, en ik glimlachte om aan te geven dat de boodschap was aangekomen.

John deed de deur achter haar dicht. 'Sorry voor dit akkefietje.'

'Personeel is dun gezaaid tegenwoordig.'

Hij glimlachte, blij dat ik het zo licht opvatte. 'Kom op, ik haal een pilsje voor je, en daarna moet ik effe naar de kleine kijken.'

De keuken was groot maar sober, met een grenen tafel in het midden. Even later stond ik er aan een fles slap Frans pils te lurken die Johnny me had gegeven, waarbij ik probeerde niet naar de babyfoon te luisteren die te horen gaf hoe hij tegen zijn slapende dochter praatte. Toen hij terugkwam glimlachte hij.

'Hoe oud is ze?'

'Tien maanden.'

'Gefeliciteerd. Voor je het weet ben je getrouwd.'

'Jij hebt altijd al griezelig voorspellende gaven gehad. De bruiloft is eind juni. Ga zitten. M'n aanstaande zal wel nog even wegblijven.'

Ik nam me voor op te stappen voordat Eilidh thuiskwam.

'Wat spook je allemaal uit, momenteel?'

'Niet veel.'

'Niet veel of helemaal niks?'

'Waarom zou je dat willen weten?' Ik haalde mijn sigaretten te voorschijn, maar begon vervolgens te twijfelen. 'Mag ik hier wel roken?'

'Eilidh heeft het liever niet, hier binnen.' Ik liet ze weer in mijn zak glijden. John keek me aan en lachte. 'Schiet me niet dood, William.' Hij liep naar een kast en pakte er een bord uit. 'Hier, gebruik dit maar.'

'Zeker weten?'

Hij deed het raam boven het aanrecht open. 'Tuurlijk.'

'Wil je er ook een?'

'Meer dan m'n leven me lief is, man. Trouwens, je hebt geen antwoord gegeven. Heb je werk?'

'Vanwaar die belangstelling?'

'Niet alleen om aardig te doen. Misschien heb ik een klus voor je.' Johnny leunde achterover op zijn keukenstoel en stak van wal.

Berlijn

De decorbouwer van Schall und Rauch had prima werk geleverd. De kist was perfect: glanzend metallic blauw, voorzien van fascinerende afbeeldingen van zonnestelsels en Saturnussen met veel ringen die de aandacht van het publiek zouden afleiden van andere bezienswaardigheden.

Sylvie stond in een lege zaal op het podium, naast Nixie het hoepelmeisje. Ik legde uit hoe de truc in zijn werk ging. 'Oké dames, dit is een klassiek geval van illusie. Ik ga mijn charmante assistente Sylvie hier doormidden zagen, en jij, Nixie, mag de benen van de hele onderneming spelen.'

Nixie keek me niet-begrijpend aan, Sylvie vertaalde het een en ander, waarop het hoepelmeisje begon te giechelen.

'Oké.' Ik rolde de kist naar voren en klapte het deksel open. 'Sylvie, hier ga jij erin. Je hoofd en handen steek je naar buiten door die poepgaten aan deze kant, je voeten mag je door die andere laten bungelen.' Sylvie en Nixie staarden naar de kist. 'Oké?'

Sylvie knikte. 'Oké.'

'Goed. Nixie.' Ik glimlachte naar het blonde meisje. 'Jammer genoeg zullen de mensen niet voor jou klappen, maar je hebt wel het geluk dat je een belangrijke bijdrage mag leveren aan het welslagen van een van de klassiekers uit de trukendoos van een illusionist.'

Ik keek naar Sylvie. Ze rolde met haar ogen en begon te vertalen. Nixie luisterde, ze sperde haar ogen steeds wijder open, om tot

slot in giechelen uit te barsten, met een hand op haar mond alsof
ze zelf geschokt was dat ze er zo hard om moest lachen.

Ik vroeg: 'Wat heb je gezegd?'

Sylvie keek heel onschuldig. 'Ik heb gewoon vertaald wat je zei.
Je bent erg komisch, William.'

Na ons drinkgelag hadden we geen last gehad van gêne. Sylvie had
enkel gezegd: 'Nou, dat hebben we dan ook maar weer gehad, lijkt
me zo.' En ik had instemmend geknikt, waarna we allebei moesten lachen, opgelucht dat de ander zich niet gekrenkt voelde.

Ik had haar naar de dikke man willen vragen. Hij had haar anders genoemd, maar het verschil tussen Suze en Sylvie leek me
niet zo groot en ik herinnerde me die flits van paniek in de ogen
van Sylvie; het kon verbazing zijn geweest, maar ook herkenning.
Ik hield mijn gedachten voor me, en hoewel ik al een week lang
om exact kwart over tien haar ingewanden eruit trok, was er niets
tussen ons gebeurd waar zelfs de ongetrouwde tante van de paus
ook maar iets van had kunnen zeggen. Wat niet wegnam dat ik de
herinnering aan Sylvies lichaam niet van me af kon zetten en dat
ik mijn ogen van haar afwendde toen ik overging op het volgende
gedeelte van mijn toelichting.

'Oké, laten we de zaal in lopen.' De meisjes volgden me naar beneden terwijl ze in het Duits met elkaar kletsten. 'Goed, wat zie je
daar naast Sylvies kist staan?'

'Ik lijk wel een papegaai,' zei Sylvie.

Ik keek haar aan, ze vertaalde mijn vraag en Nixie gaf antwoord.
'*Einen Tisch.*'

Monotoon vertaalde Sylvie: 'Een tafel.'

'Prachtig. Terug het podium op.'

De meisjes zuchtten, maar volgden me naar de plek waar de rekwisieten stonden. 'En wat zie je nu?'

'Aha.' Aan haar stem viel te horen dat ze het doorkreeg. *'Eine Kiste.'*

Ik keek naar Sylvie. 'Een kist.'

'Juist. Let op.' Ik opende een klep waarmee het compartiment onder het tafelblad zichtbaar werd dat het publiek niet kon zien vanwege de scherpe, zwarte hoeken aan de taps toelopende zijkanten. Zo werd duidelijk dat, hoewel de witgeschilderde rand van het tafelblad maar tweeënhalve centimeter dik was, er in het midden genoeg ruimte was om een slanke vrouw liggend te kunnen verbergen. 'Jij ligt daar, Nixie, uit het zicht. Ik leg de kist op de tafel en help Sylvie erin. Zij trekt stiekem haar knieën op tot aan haar borst en jij schuift je benen via de klep van de tafel omhoog en steekt je voeten door de gaten aan het voeteneinde van de kist, zodat het publiek denkt dat ze van Sylvie zijn. En voilà, ik begin te zagen' – ik greep de oversized zaag die naast me op de grond lag, bewoog hem heen en weer zodat het metaal hoorbaar begon te golven – 'en zaag het stukje balsahout door dat de twee gedeelten van de kist bij elkaar houdt' – ik begon het door te zagen, om ze te laten horen hoe het metaal langs het hout raspte – 'tot ik de twee helften van elkaar kan scheiden' – ik duwde de twee uiteinden van de kist van elkaar – 'zodat aan de ene kant een hoofd zit en je aan de andere kant wiebelende voeten ziet. Het publiek gaat uit z'n dak.' Ik stak mijn armen op naar de denkbeeldige toeschouwers en grijnsde naar de meisjes, maar Nixie fluisterde Sylvie hoofdschuddend iets in het oor. Ik vroeg: '*Was ist das Problem?*'

Sylvie zuchtte. 'Het domme schaap zegt dat ze niet mee kan doen. Ze heeft last van claustrofobie.'

Sylvie en ik gingen alle leden van het gezelschap langs, maar we wisten bij voorbaat al dat Nixie als enige klein genoeg was om in het tafelblad te passen.

'Goed, da's ook weer fijn naar de klote.'

'Kom op, William, het is niet mijn schuld.'

Ik gaf een trap tegen de trolley waar de nieuwe kist op lag, zodat hij naar de achterwand van het toneel zoefde. 'Het was toch een kuttruc, een cliché van heb ik jou daar.'

Sylvie liep naar het karretje en rolde het weer naar mij. 'Je verzint er wel iets op.'

Opnieuw schopte ik tegen de trolley, zodat hij regelrecht terugvloog naar waar hij vandaan kwam. Het kon me niet schelen waar hij bleef; het trappen luchtte op. Hij trilde hevig, verloor bijna zijn lading, maar hervond toen verrassend genoeg zijn evenwicht en koerste de coulissen in. Ik zei: 'Fuck.'

En ging net op pad om hem terug te halen toen er een kreet klonk en Ulla vanuit de coulissen kwam aanlopen, de trolley voor zich uit duwend. Ik stapte naar voren. 'Shit, sorry.'

Ulla wreef over haar arm. Ze zei op hoge, geërgerde toon: 'We moeten voorzichtig doen, hier.'

'Sorry, Ulla. Het was niet m'n bedoeling hem zo veel vaart te geven.'

'Er kan van alles misgaan op het podium.'

'Zeker, ik weet het, sorry.'

Ulla had een potlood achter haar oor gestoken en onder haar arm een stapel facturen. Haar boze blik had een rimpel tussen haar wenkbrauwen doen verschijnen. Ik vroeg me af hoe ze zou reageren als ik zou proberen hem weg te wrijven.

'Ik kwam even langs om te zien of jullie klaar waren met het toneel. Er zijn er nog meer die willen repeteren.'

'Ach, zeg maar dat ze nu meteen aan de slag kunnen.'

Ulla aarzelde, nu ze voor het eerst zag hoe neerslachtig we erbij stonden. 'Problemen?'

Sylvie deed een stap naar achteren en bekeek haar van top tot teen. 'Nee.' Ze legde een arm om Ulla's schouders en keek mij in de ogen. 'Volgens mij niet. Wat jou, William?'

Mijn ogen zakten af langs het lichaam van Ulla. Maar ik kende de lichamelijke proporties van het Duitse meisje goed genoeg om te beseffen dat Sylvie weleens gelijk kon hebben.

Ulla had de simpele act meteen door. 'Maar dit is een stokoude truc. Het publiek heeft die waarschijnlijk al heel vaak gezien.'

'Niet zoals William hem gaat brengen.'

Sylvie en ik hadden het nog niet over de toeters en bellen van het nummer gehad, maar haar vertrouwen was aanstekelijk. 'Precies, hij krijgt die typische Schall und Rauch-uitstraling, een supersexy variatie op het thema.'

Ulla keek zorgelijk. 'Moet ik een kostuum aan?'

'Nee, gewoon iets comfortabels wat je snel aan kunt schieten en' – ik voelde hoe mijn nek begon te gloeien – 'precies hetzelfde paar schoenen en kousen dat Sylvie kiest.'

'En die wórden me toch snoezig.'

Ulla had zich ontworsteld aan mijn assistentenaanpak, maar Sylvie had zich heilig voorgenomen haar aandacht vast te houden. 'Flessengroene netpanty's met de meest rode, hoge, glimmende, kinky naaldhakken die je ooit voorbij hebt zien komen.' Ze wierp me een haastige blik toe. 'Ik leen ze van een SM-shop in ruil voor vermelding in het programma.'

'Heel goed.' Ik richtte me tot Ulla. 'Wil je ons helpen?'

'Ik ben geen artiest.'

'Je hebt helemaal geen artistieke talenten nodig. Je hoeft alleen maar daar te gaan liggen, je benen op het juiste moment door de klep te steken en met je tenen te wiebelen wanneer ik dat vraag.'

Ulla aarzelde.

Ik deed een stap naar voren. 'Er is niemand anders.'

Ze zuchtte. 'Als het dan per se moet, voor de show.'

Sylvie omhelsde haar onstuimig. 'Ik wíst het wel!'

Ulla maakte zich los en ik probeerde haar blik op te vangen. 'Bedankt, je hebt ons het leven gered.'

Ik keek Ulla na terwijl ze terugliep naar het kantoor, en ontdekte toen ik me omdraaide dat Sylvie naar me stond te staren. In haar stem klonk sterk aangedikte verbazing door. 'William, je vindt haar léúk.'

Ik schudde het hoofd en begon onze rekwisieten op te ruimen, zodat ik mijn gezicht kon verbergen. 'Ik heb het nooit zo op bazige vrouwen gehad. En trouwens, ze is al bezet. Ze gaat met Kolja.' Ik probeerde nonchalant te klinken. 'Een hemels koppel.'

Sylvie grinnikte. 'Dan moeten ze uitkijken. Die hemelse koppels staan erom bekend dat ze zich snel in bekoring laten leiden.'

Glasgow

Johnny had niet veel tijd nodig om ter zake te komen. 'Ik organi-
seer een benefietvoorstelling en ik wil jou graag als hoofdact hebben.'

Ik nam een trek van mijn sigaret, peinzend dat ik beter niet met
hem mee had kunnen gaan. Ik tikte wat as op het bord en glimlachte om de pijn van mijn weigering wat te verzachten. 'Sorry,
John, maar ik treed niet meer op.'

Die glimlach was een vergissing. Johnny boog zich naar me toe;
het enthousiasme voor zijn nieuwe project droop van zijn gezicht. 'Dat heb je me inderdaad verteld, maar ik dacht dat je misschien wel voor één avond kan terugkomen van je pensioen.'

Ik vroeg me af waar hij de tijd voor benefietvoorstellingen vandaan haalde, tussen alle tentamens, fitness en baby's door.

'Ik wil best posters ophangen, kaartjes knippen, changementen
doen of de uitsmijter uithangen, maar vraag me niet zelf op te treden. Het gaat gewoon niet.'

Johnny praatte door alsof hij me niet gehoord had. 'Het is in
het Old Panopticon. Normaal is het niet open voor derden, dus je
hebt kans dat heel wat mensen al langskomen om het vanbinnen
te zien, maar ik heb meer moeite met het vinden van enigszins
fatsoenlijke acts dan ik had verwacht. Je komt als geroepen, William.'

Ik herinnerde me deze techniek van onze studententijd: John-

ny's watermarteltechniek. Die kwam erop neer dat hij onophoudelijk alle mogelijke tegenwerpingen overspoelde met een
spraakwaterval, net zo lang tot je liever ja zei op wat Johnny je
vroeg dan nog langer weerstand te bieden. Ik gaf mijn stem meer
buikspanning. 'Ik ben geen artiest meer.'

Hij schudde het hoofd, onvermoeibaar glimlachend, ervan
overtuigd dat ik met de juiste aanpak wel mee zou doen. 'Ik geloof
het gewoon niet, William.'

'Je zult wel moeten, want het is waar.'

Misschien dat er iets in mijn stem doorklonk, of mogelijk had
Johnny geleerd dat het toch niet altijd lukte de onwillige zijn
wil op te dringen. Hij leunde achterover op zijn stoel en woelde
met zijn hand door zijn haar. 'Poeh, maar zeg dan in elk geval
waaróm.'

Ik zei: 'Misschien dat het er ooit nog van komt.' Wetend dat dit
gelogen was.

Johnny keek ongelovig. Zijn donkere krullen stonden recht
overeind, als kleine boze punten. 'En dat is het dus? Voor het eerst
sinds jaren dat ik je om een gunst vraag, en niet eens een verontschuldiging, geen uitleg, gewoon een nee?'

Door het keukenraam viel een straal zonlicht die tussen ons
in op de houten tafel een patroon van goudkleurige vierkanten
vormde. Ik keek achterom naar de binnenplaats, waar de toppen
van de platanen meebewogen met een lentebries. Eerder in het
jaar had iemand bloembollen gepoot. Voor het raam stonden lila
hyacinten te huiveren in hun potten; hun geur werd naar binnen
geblazen. De keuken zou ongetwijfeld een perfecte ontmoetings-
plaats zijn. Ideaal voor een etentje met vrienden, samen rond de
grote tafel, in de wetenschap dat als de baby wakker werd, er binnen een paar seconden naar haar kon worden gekeken.

Ik schudde het hoofd en zei op kalme toon: 'Het is niet zo dat ik mijn carrière opgeef om jou te pesten, en voor alle duidelijkheid: ik heb je wel degelijk m'n excuses aangeboden.'

We werden onderbroken door het geluid van een sleutel die het slot van de voordeur opendraaide. Het duurde even tot de binnenkomer haar jas had uitgetrokken, en daar verscheen het hoofd van Eilidh om de hoek van de keukendeur. Ze had haar haar naar achteren gestoken, in een knotje, maar zo te zien had de wind er vat op gekregen, zodat een paar lokken zich zachtjes om haar gezicht krulden. 'Hoi.' Ze glimlachte naar Johnny, waarna ze mij pas opmerkte. 'O, William.'

Ik kwam overeind. Hopelijk zou mijn uitgedrukte sigaret na mijn vertrek niet voor ruzie zorgen. ''t Geeft niks, ik moet ervandoor.'

Eilidh liep de keuken in en wierp heimelijk een blik op het bord, maar begon er niet over. 'Zeker weten?'

'Jawel.'

Ze verplaatste haar blik naar de andere kant van de tafel. 'John?'

'Laat hem maar, Eilidh. William heeft nog het een en ander te doen.'

De vrouw keek van hem naar mij en weer terug. Ze bespeurde een zekere spanning maar wist niet waar die vandaan kwam.

'Hoe is het met Grace?'

John nam een slok van zijn flesje bier. 'Ik heb net nog naar haar gekeken, het gaat prima.'

'Mooi. Ik kijk nog eventjes nadat ik William eruit heb gelaten.'

John haalde zijn schouders op. Ik pakte mijn jack van de rugleuning. 'Ik red me wel.'

Maar Eilidh liep toch met me mee. In de gang hield ze me staande. 'Wat is er gebeurd?'

'John wil dat ik die schnabbel van hem doe, maar ik heb 'm gezegd dat ik niet kon.'

'Kon je niet of wilde je niet?'

'Ik kan niet.'

Ze keek me aan en legde haar hand zachtjes op mijn arm. Haar stem klonk vriendelijk, alsof ze me nu pas echt zag staan. 'Wat is er met je gebeurd, William?'

De manier waarop ze me aanraakte en haar kalme toon hadden iets wat de druk achter mijn ogen licht verhoogde. Ik stapte weg van haar hand. 'Niets. Het is alleen dat ik niet meer optreed.'

'Het is goed zo.' Eilidh glimlachte vriendelijk en ik vroeg me af of ze altijd al zo gemakkelijk had kunnen overschakelen van de harde professionele aanpak die ze bij de politie had gevolgd op deze empathie, die mijn emotionele pantser met één blik leek te kunnen doen smelten. 'Ik zal het er met John over hebben. Hij heeft heel wat aan zijn hoofd en... Tja, je weet hoe hij is als hij eenmaal beetheeft.' Ze schudde het hoofd. 'Iedere keer als je ons tegenkomt krijg je een staaltje slechtgemanierdheid te zien.'

Nu glimlachte ik ook, blij dat ze op een ander onderwerp overstapte. 'Niet die avond dat ik jullie tweeën in de pub tegenkwam.'

'Ik had de indruk dat je toen wat prikkelbaar was.'

'Zou kunnen.'

'Hoe dan ook ben ik blij dat ik je toen heb leren kennen. Ik wilde nog m'n excuses aanbieden voor de vorige keer. Ik had wat aardiger tegen je kunnen doen. Je had iets verschrikkelijks meegemaakt en ik was...'

'Ervan overtuigd dat ik schuldig was?'

'... niet zo meelevend als ik had moeten zijn.'

'Je praat als een advocaat.'

'Gelukkig maar, want tenslotte bén ik een advocaat.'

'Moet ik voorkomen?'

'Nee. Tenzij een van die jongens terugkomt op z'n bekentenis.'

'Dat is al heel wat.' Ik stak een hand in mijn zak en haalde mijn

sigaretten te voorschijn, die ik zenuwachtig liet ronddraaien tussen mijn handen omdat ik me herinnerde dat roken verboden
was. 'Eilidh, als…'

Ik aarzelde, want ik wilde niet dat de moeder van Johns kind in
welk opzicht dan ook bij mijn speurtocht betrokken raakte, maar
realiseerde me dat ze waarschijnlijk de enige juridisch adviseur
was die ik zou krijgen. Ze glimlachte bemoedigend. 'Ga door.'

'… als er lang geleden een misdaad is gepleegd, zou je dan nog
iets met oud bewijs kunnen aanvangen?'

Eilidh keek me verrast aan. In haar ogen vonkte nieuwsgierigheid, en weer ving ik iets op van de scherpzinnige advocaat die
me op het politiebureau had bijgestaan. 'Het is lastig om daar algemene uitspraken over te doen. Het ligt eraan wat dat bewijs is,
maar de techniek heeft een enorme vooruitgang geboekt. Sommige zaken die allang waren afgesloten, zijn afgestoft, opnieuw
onderzocht en opgelost met behulp van DNA en dat soort dingen.' Ze glimlachte. 'Heel wat schurken die dachten dat ze de dans
ontsprongen waren, zijn als de dood voor die roffel op de deur…
Hoezo?'

Het verlangen haar er deelgenoot van te maken was groot, maar
ik weerstond het. 'O, iets waarover ik aan het lezen was.'

Eilidh keek me aan alsof ze niet wist of ze me moest geloven.
Maar het was geen onvriendelijke blik. 'Johns benefietvoorstelling, wil je daar alsjeblieft nog eens over nadenken?' Haar bedaard
starende blik liet mijn roodomrande ogen niet los. 'Hij heeft bewondering voor je. Het zou veel voor hem betekenen als jij er je
medewerking aan verleende.'

'Ik zal er nog eens over nadenken. Maar ik beloof niets.'

'Dat is goed.'

Ze boog zich naar me toe en gaf me een afscheidskus. De dag
dat mijn moeder was langsgekomen niet meegerekend, was het

lang geleden dat een vrouw me had gekust. Het voelde iets te prettig.

Pas halverwege de trap naar beneden bedacht ik dat ik Johnny
niet had gevraagd wat het goede doel van zijn benefietvoorstelling was.

Berlijn

Sylvie en ik brachten de rest van de middag en een groot deel van een lange, drankloze avond na de show door met pogingen de supersexy insteek die we Ulla beloofd hadden te vinden. Tegen de tijd dat we hem te pakken hadden, was het ochtend. We deden nog even een repetitie à deux en zochten vervolgens ieder ons bed op, met dat zalige gevoel van uitputting dat je krijgt na een avondje stevig doorpakken.

De truc met de doorgezaagde dame vormde natuurlijk maar een klein deel van de nieuwe act, maar het scheiden van de vrouwelijke torso en haar benen was er om voor mezelf te bewijzen dat ik afstand had gedaan van het goedkope penetratie-effect waarin ik in Bills club mijn toevlucht had gezocht. We hadden een dramatische, doodsverachtende illusie bedacht die we bewaarden tot de finale, iets wat het publiek van Schall und Rauch naar mijn inschatting nooit eerder had gezien.

Het was negen uur 's ochtends en ik zat op mijn hotelbed de laatste hand aan een schema te leggen, nippend van een hartversterkende Grouse voordat ik eindelijk mijn hoofd te rusten zou leggen, toen de telefoon ging. De stem aan de andere kant van de lijn klonk even bot als een klantenlokker voor een speelautomatenhal. 'William, jongen, ik had dat klote antwoordapparaat van je verwacht.'

'Ha die Richard. Ik ben de hele nacht aan het repeteren geweest.'

'Braaf zo. Zeg, je mag nou even drie minuten naar mij luisteren.'

Ik hield de telefoon van mijn oor toen hij wat fluimen ophoest-te. 'Hoe staat het leven in *der Fatherland*?'

'Beter.'

'Staan ze je al toe te juichen?'

'Bijna.'

'Blij om dat te horen want ik heb goed nieuws voor je.'

'En dat is?'

'Zaterdag komt er een scout jouw kant uit om naar je show te kijken.'

'Zaterdag?'

'Jezus, je kunt ook té enthousiast reageren.'

'Nee, dat is fantastisch nieuws, Richard. Alleen is zaterdag de eerste avond dat ik m'n nieuwe act doe. Ik had graag de kans ge-kregen om eventuele plooien glad te strijken.'

'Wees maar niet bang, de adrenaline helpt je er wel doorheen.'

Richard rochelde nog eens flink en ik vroeg me af wat hij nou van adrenaline wist.

'Voor wie is-ie een scout?'

'Voor de tv. BBC3 om precies te zijn, een programma op de late uurtjes. Dit zou weleens precies datgene kunnen wezen waar je al die tijd op hebt zitten wachten.'

'Dus je wilt dat ik kennis met hem maak? Hapje, drankje?'

'Nee, hou je *Schnauze*. Hij blijft graag incognito. Heel wat be-langrijke scouts zijn zo. Maar een gewaarschuwd man… Kun je het niet verknallen.'

'Bedankt, Richard.'

'Niks te danken, jochie. Bedank me maar door nuchter te blij-ven en er geen puinzooi van te maken. Dit zou weleens de grote klapper kunnen zijn. Hij hield voet bij stuk: geen komieken, geen danseressen, geen zangers, hij wil enkel goochelaars. Flinke kans dat jij zijn man bent, Will.'

Glasgow

Uit mijn speurtocht door de archieven van de Mitchell Library bleek dat met name één kwestie telkens vermeld werd als de kranten schreven over de moord op de nachtclubeigenaar Bill Noon of over diens vader, Bill Noon senior. Bill had het er zijdelings even over gehad, de avond dat we elkaar spraken, en ik had erover gelezen in het artikel van de *Telegraph* naar aanleiding van de dood van Sam en Bill, maar bij die gelegenheden was het punt me ontgaan.

Op vrijdagmiddag 13 maart 1970 was mevrouw Gloria Noon om ongeveer kwart over twaalf van huis gegaan. Daarna is er nooit meer iets van haar gezien of vernomen. Niemand had haar zien vertrekken, maar Gloria had nog rond twaalven gebeld met haar zus, Sheila Bowen. Gloria had Sheila om het recept van een ovenschotel met varkensvlees en appel gevraagd. Toen Sheila een kwartier later terugbelde, nadat ze het beoogde kookboek had gevonden, werd er niet opgenomen, terwijl Gloria op haar telefoontje had zitten wachten.

Billy, het zesjarige zoontje van Gloria, werd niet afgehaald van school; haar auto stond roerloos op de oprit. Voor de spiegel van haar kaptafel lag her en der make-up, alsof ze gestoord was terwijl ze zich zat op te maken. Gloria had geen grote geldbedragen opgenomen en had ook geen kleren gepakt. Haar valium- en anticonceptiepillen had ze in het medicijnkastje laten staan. Haar sleutels, portefeuille en leesbril zaten nog in haar handtas, die geopend op het bed van haar en haar man stond. Haar paspoort lag onaangeroerd onder in haar la met ondergoed. Er waren geen sporen van een ongeluk of een handgemeen, er lag geen briefje, niemand had een vrouw die in de war leek over straat zien zwerven.

Sheila vertelde de politie dat haar zus en zij die ochtend niet alleen over recepten hadden gepraat. Gloria had eindelijk besloten haar man te verlaten, met medeneming van haar zoontje. Volgens Sheila had Gloria alleen vanwege de jongen het huwelijk niet eerder beëindigd.

Het stond vast dat Gloria twee weken eerder op de Eerste Hulp van het plaatselijke ziekenhuis was verschenen met de mededeling dat ze van de trap was gevallen. De arts die haar had onderzocht, had in zijn verslag genoteerd dat haar verwondingen hem eerder aan mishandeling dan aan een val deden denken. Haar zus beweerde dat Gloria geslagen was door haar echtgenoot en dat dit pak slaag – het laatste van een lange reeks – haar eindelijk had doen besluiten bij hem weg te gaan. Dit, en de aansporingen van haar minnaar.

Gloria had nooit verteld wie de man was voor wie ze Bill senior verliet, uit angst voor het gevaar dat hij zou lopen als haar echtgenoot achter zijn identiteit kwam, en ook omdat ze wist dat echtscheidingsrechters weinig sympathie konden opbrengen voor vrouwen die zich buitenechtelijke verhoudingen permitteerden, ook al betrof het vrouwen van dubieuze zakenlieden met losse handjes.

'Ze zou nooit iets hebben gedaan waardoor ze de voogdij over Billy zou kwijtraken,' had haar zus met nadruk gezegd. 'En hem zou ze nooit in de steek hebben gelaten.'

Maar deze affaire had natuurlijk wel Gloria's kansen om de

voogdij te krijgen verkleind. En ze had ontegenzeggelijk haar zoon in de steek gelaten. De vraag was: had ze het vrijwillig gedaan?

Als je een man op basis van geruchten kon laten hangen, zou Bill Noon binnen de kortste keren aan de galg hebben gebungeld. Maar hij had op dramatische toon verklaard dat hij op zijn achtergebleven zoontje na van de kwestie nog het meest van in de war en ondersteboven was. Hij ontkende iets van een buitenechtelijke relatie af te weten en zei met klem dat ze dan 'hun ups en downs kenden, zoals ieder getrouwd stel', maar dat ze, voor zover hij wist, niet van plan was geweest hem te verlaten. Gloria hield wel van een glaasje, net als hij, en hij mocht haar dan een paar keer een tik hebben verkocht, hij had haar nooit echt mishandeld. De glazen gin, en niet zijn vuisten, zaten achter haar val en verwondingen. Hij betwistte het verhaal van zijn schoonzus; volgens hem was ze jaloers op Gloria's levensstijl en wilde ze graag dat hun huwelijk op de klippen zou lopen. Het idee dat zijn vrouw haar zus iets zou toevertrouwen vond hij te bespottelijk voor woorden. Hij boorde zelfs het recept voor de ovenschotel met varkensvlees en appel de grond in.

Hoewel de kranten niet nalieten te vermelden dat Bill Noon alle betrokkenheid ontkende, was het wel duidelijk wie hun sympathie had, zelfs nadat hij een forse beloning had uitgeloofd voor informatie over zijn vrouw. Bill Noon staarde je vanaf het papier aan, even fotogeniek als een van de tweelingschurken Kray, terwijl Sheila, de zus van Gloria, er waardig bij zat, omgeven door pittoresk groen, of gefotografeerd was terwijl ze goudeerlijk en ijverig in de modezaak van haar man aan het werk was.

Een poos lang werd Gloria even vaak gesignaleerd als lord Lucan. Een vakantievierder meende haar te hebben zien lopen langs een strand op Majorca. Ze had haar haar bruin geverfd en liep hand in hand met een slanke, aristocratisch ogende man. Ze was gezien in een bus die door Margate reed, met zo'n hoofddoek die de Britse koningin graag draagt. Wandelaars waren Gloria tegengekomen op de top van een klif in Wales. Ze had een verwarde indruk gemaakt, en ze hadden haar willen vragen of het wel goed met haar ging. Pas later drong het tot hen door wie ze was. De pers verzuimde te onderzoeken waarom de verdwenen Gloria zich zo aangetrokken voelde tot kuststreken.

Na verloop van tijd werd Gloria steeds minder vaak gesignaleerd, hoewel er jarenlang meldingen binnenkwamen van mensen die beweerden haar evenbeeld te hebben gezien. Meestal nadat de pers haar verhaal nieuw leven had ingeblazen, iets wat zich altijd voordeed wanneer een keurige getrouwde vrouw werd vermist. Maar anders dan Gloria kwamen deze vrouwen altijd weer boven water, in een of andere vorm.

Gloria Noon was één geworden met haar verdwijning: een stapeltje krantenknipsels, een politiedossier, een hoofdstuk in true crime-boeken en een complete paperback, *De Verdwijning van Vrijdag de 13de*. De politie ontkende dat ze haar zaak hadden gesloten, maar zonder bewijs, getuigen of lichaam konden ze weinig beginnen.

De zaak had zijn meest spectaculaire wederopstanding beleefd toen Bill Noon senior twaalf jaar na het verdwijnen van zijn eerste vrouw hertrouwde. Diverse kranten hadden de trouwfoto gepubliceerd. Bill junior trad op als getuige. Op de groepsfoto stond hij vooraan, met zijn knappe gezicht, verstard en ondoorgrondelijk. En als je beter keek, viel er een jongere, slankere James Montgomery te ontdekken, op de achterste rij van het dapper lachende bruiloftsgezelschap, grijnzend als een man die zojuist met zijn neus in de boter was gevallen.

Ik pakte alle artikelen over de verdwijning van Bills moeder die ik had weten te kopiëren en legde ze op de vloer van mijn kamer. Hierna haalde ik de kaart en de foto die ik van Montgomery had gepikt te voorschijn en legde die naast elkaar. Ik nam de foto in mijn handen en tuurde naar de krant die Montgomery vasthield. Het waren kleine letters, maar desondanks kon je de kop nog lezen, evenals de datum: 13 maart 1970, de dag dat Gloria verdween. Ik keek weer naar de kaart en concludeerde dat daar de laatste rustplaats van Gloria Noon kon worden gevonden.

Bill had niets voor me betekend, Sam was een vriend die ik een jaar lang niet had gezien en Gloria een vrouw die al tijdens mijn kinderjaren van de aardbodem was verdwenen. Ik was hun niets verschuldigd en wat ik ook deed, ik zou ze er niet mee terugkrijgen. Maar misschien had ik hier de verklaring voor hun dood in handen, en misschien dat ik zelf wat tot rust zou komen als ik hun recht zou doen. Montgomery lag op de loer, speurend naar een kans het bewijs in handen te krijgen dat zijn ondergang kon betekenen. Rouwde ik om wat ik in Berlijn had gedaan? Of was ik niets meer dan een lafaard die zich schuilhield voor een man die al vóór mijn geboorte smerige spelletjes speelde? Ik was al tijden bezig mijn eigen graf te graven. Dit kon weleens dé kans zijn om mezelf nieuw leven in te blazen, of er à la *Butch Cassidy and the Sundance Kid* definitief een punt achter te zetten, tijdens een spectaculaire slotscène.

Ik liet alles verder onaangeroerd liggen, waste mijn gezicht, deed de deur op slot, knipte het licht uit en ging naar bed.

*

Toen ik halverwege de daaropvolgende ochtend wakker werd, lag de vloer nog steeds bezaaid met knipsels. Ik stapte eroverheen, ervoor zorgend dat ik niet op een foto van Gloria en Bill Noon ging staan, van lachende bruiloftsgasten of een keurig gekapte zus, waarna ik in de la van de toilettafel naar een ongeopend pak kaarten grabbelde en de rode sjaal wegtrok waarmee ik de spiegel had afgedekt. Ik bewoog mijn gezicht naar voren en keek voor het eerst sinds maanden aandachtig naar mezelf. Mijn ongeschoren wangen waren pafferig van de drank, mijn ogen keken me vanachter hun glazen boller aan dan vroeger. Ik woelde met een hand door mijn stekeltjeshaar en vroeg me af of de oude William voorgoed verleden tijd was. Daarna trok ik een stoel naar me toe, ik sneed het pakje open en gooide de jokers opzij. Ik schudde de kaarten en zette me aan een paar eenvoudige vingeroefeningen. Mijn handen waren eerst nog wat onwillig, maar na een tijdje begonnen ze zich de bekende trucs te herinneren en wist ik dat ze met wat oefening hun oude souplesse zouden terugkrijgen. Ik schoor me, nam een douche en ging de straat op om Johnny te bellen.

Eilidh klonk alsof ze er niet helemaal met haar gedachten bij was. 'O, William, John is op dit moment een beetje druk. Kan hij je terugbellen?'

'Ik bel vanuit een telefooncel.'

In de stem van Eilidh klonk een glimlach door. 'Da's wel apart, vandaag de dag.'

Ik keek naar de winkelende menigte die zich door Argyle Street haastte en bedacht dat het zaterdag was. 'Ja, nu je het zegt.' Ik wachtte even, in de hoop dat ze Johnny zou losrukken van zijn bezigheid van dat moment. Toen dat uitbleef zei ik: 'Ik bel alleen maar om te zeggen dat ik die schnabbel wel wil doen.'

'Wat fantastisch, William, daar is hij vast heel blij mee.'

Ik merkte dat ik chagrijnig werd. 'Goh, nou, misschien dat-ie minder in zijn nopjes is als hij me aan het werk ziet; ik ben niet bijster virtuoos, momenteel.'

'Wat een onzin. Hij heeft het er steeds maar over hoe geniaal je wel niet was toen jullie samen studeerden.'

Ik vulde mijn uitgeputte voorraad loftuitingen aan met dit mini-exemplaar. 'Johnny heeft me niet verteld hoe laat de aftrap is.'

'Het is vandaag over een week, om half vier in het Old Panopticon.'

'Een matineevoorstelling?'

De stem aan de andere kant van de lijn klonk bezorgd. 'Is dat een probleem?'

Ik aarzelde even, maar concludeerde toen dat het voor wat ik in gedachten had niets uitmaakte hoe laat de show begon. 'Nee, niet echt. Ik was alleen wat verbaasd, verder niets.'

'Er zullen heel wat kinderen zitten, gezinnetjes en zo, volgens mij wordt het heel leuk.'

'Ik zal m'n act wat kuisen.'

Eilidh lachte. 'Dat lijkt me verstandig.'

Eilidh bedankte me opnieuw. Zo te horen wilde ze ervandoor. De telefoon begon te piepen en ik gooide nog wat kleingeld in de gleuf om haar nog even aan de lijn te houden. 'Johnny heeft me niet verteld waarvoor het een benefietvoorstelling is.'

'O nee?' Eilidhs stem klonk opgewekt. 'We proberen fondsen te werven voor een dagverblijf voor kinderen als Grace.'

'Als wát?' Het kwam er op spottende toon uit, en meteen kromp ik vanbinnen ineen.

'Jullie hebben elkaar niet bepaald uitgebreid gesproken, hè?

Grace heeft het syndroom van Down.'

Even werd ik overmand door medelijden, vermengd met gêne. Voor ik het wist flapte ik de woorden eruit. 'Wat vreselijk.'

'Integendeel.' Eilidh klonk ernstig. 'We vinden dat we het erg getroffen hebben met haar.'

Berlijn

Gedrieën stonden we in de coulissen: Sylvie aan de ene kant van mij in een zijdeachtige kamerjas, Ulla aan de andere kant, gestoken in een nauwsluitend vestje en een strakke legging die bij de knieën was afgeknipt. De meisjes droegen dezelfde flessengroene netkousen en hooggehakte, glanzend rode sandaaltjes, precies zoals Sylvie had aangekondigd. Op het toneel begonnen de clowns hun cirkelzagen alle kanten uit te werpen.

Ik richtte me tot Ulla. 'Klaar?'

Ze knikte, en ik merkte dat ze zenuwachtig was. Ik maakte aanstalten om haar in het holle tafelblad te helpen, maar opeens stond Kolja naast haar. Hij tilde haar liefdevol op en liet haar veilig neer in het compartiment, als een sprookjesprins die zijn kersverse prinsessenbruid in hun huwelijksnestje legt. Sylvie boog zich naar voren om iets controleren, waarbij haar jurk openviel. Eronder was ze bijna naakt. De groene kousen werden opgehouden door rode satijnen jarretelles, die mooi kleurden bij haar hoog opgesneden broekje en de scharlakenrode kwastjes die op mysterieuze wijze ter hoogte van haar tepels bleven hangen.

Ulla maakte een geluid dat het midden hield tussen zuchten en spugen, waarop Kolja begon te glimlachen. Hij knipoogde naar me, alsof hij vroeg: wat moet je anders doen met vrouwen in de buurt? En boog toen voorover, kuste Ulla vluchtig op haar lippen en woelde even door haar haar. Ik had hem er nooit van verdacht gevoel voor humor te hebben, en de constatering dat hij er wel over beschikte had hem sympathieker gemaakt, ware het niet dat ik zag hoe hij Sylvie nadrukkelijk aankeek terwijl hij omhoogkwam van zijn kus.

Bij filmopnames achter de coulissen laten regisseurs altijd chaos zien. Half ontklede, kwekkende revuemeisjes die wegtrippelen voor de volgende act, getergde voorstellingsleiders die met de ene hand wat aanwijzingen geven en met de andere hun haar woest laten pieken. De realiteit ziet er voor een willekeurige passant waarschijnlijk niet heel veel anders uit. Het is als vanaf een zebrapad naar een brede, drukke straat kijken: je vraagt je af hoe al die auto's continu van rijbaan kunnen wisselen zonder elkaar te raken, maar als je zelf achter het stuur gaat zitten kun je er moeiteloos op overschakelen.

Het doek ging naar beneden, de clowns renden het toneel af en wierpen in het voorbijgaan Sylvie hitsige blikken toe. De toneelknechten ruimden de rommel op en schoven vervolgens de tafel tot achter het dichte doek. Daar klonk onze muziek, Sylvie trok haar kamerjas uit, ik pakte haar hand beet en we stapten het podium op om het publiek te begroeten.

Er was iets met haar hoge hakken waardoor Sylvies achterwerk naar achteren stak terwijl ze het podium betrad, met haar rug recht en haar kleine borsten fier in de lucht en op haar sluike haar een opzichtig glinsterend diadeem, bijna alsof ze onderweg was naar een missverkiezing. De zaal begon te joelen. Ik liet haar om haar as draaien en ze laafde zich aan het applaus. Ik voelde me een halve pooier die een blootshow op de planken brengt, maar het viel niet te ontkennen dat ik in geen tijden zo'n enthousiast onthaal had gekregen.

Sylvie wachtte tot het applaus wat afnam en onze muziek overschakelde op een langzamer tempo, waarna ze me een lege rode ballon aanreikte. Ik keek naar haar soepele lijf en liet het publiek zien hoe slap de ballon hing. Ze lachten, ik zette hem aan mijn lippen en begon te blazen.

De ballon nam de vormen aan van een reusachtige, donkerrode *Bratwurst*. Ik stopte, begon theatraal te hijgen en had er zogenaamd de grootste moeite mee weer op adem te komen. Ondertussen keek ik vol bewondering naar de priapische omtrekken van de ballon, richtte mijn blik naar boven en staarde vervolgens naar de tieten van Sylvie. Het publiek bulderde van het lachen.

Ik zette de ballon weer aan mijn lippen en ging door met blazen. Sylvie stopte haar oren dicht, in afwachting van de explosie. Net toen de spanning in de zaal dreigde weg te ebben knapte de ballon en vonkten de rode flarden alle kanten uit. Ik deed handig een stap achteruit en toverde uit de restanten een fles champagne te voorschijn, nog voordat de stukken rubber de grond hadden geraakt. De mensen klapten, vanuit de coulissen werden me twee champagneglazen toegeworpen, die ik behendig als een jongleur opving. Ik ontkurkte de fles, reikte Sylvie een gevuld glas aan en had het mijne achterovergeslagen tegen de tijd dat het applaus wegstierf.

Sylvie knikte naar de overblijfselen van de geknapte ballon die levenloos op het podium lagen en grinnikte. 'Dat doet me denken aan vannacht.' Ik keek haar woest aan en het publiek lachte. Sylvie knipoogde en fluisterde samenzweerderig, zodanig dat het tot achter in het zaaltje te horen was: 'Maar niet lang meer. Wacht maar tot je die grote atleet van de derde act ziet.'

'Dat had je gedacht.'

Ik haalde een toverstokje uit de binnenzak van mijn pak en richtte het op het publiek, dat voor op het podium een rode lichtflits zag. De muziek begon spookachtig te kreunen. Sylvie sloeg haar handen voor haar gezicht. De gordijnen achter ons schoven opzij om zicht te bieden op de tafel waarin Ulla lag opgesloten. Voordat het publiek de kans kreeg er te goed naar te kijken, kwamen twee van de ninja's opdraven wier trekken schuilgingen achter zwarte bandietensjaals die de onderkant van hun gezicht bedekten. Ze droegen allebei een helft van de fonkelend blauwe kist. De eerste ninja gaf me zijn helft, ik deed de klep open en liet het publiek zien dat er niets in zat, terwijl hij de tafel naar het midden van het podium rolde. Ik zette de halve kist erop, toonde dat de tweelingversie ervan ook leeg was en plaatste de twee helften met hun uiteinden tegen elkaar. Mijn ninjahulpjes trokken de voorkanten van beide kisten weg en maakten de twee helften aan elkaar vast, zodat er één lange kist overbleef.

Sylvie stond als aan de grond genageld.

Ik zei: 'Herinner je je de geruchten over mijn eerste vrouw?'

En toen, alsof ze zich plotseling realiseerde wat er stond te gebeuren, draaide Sylvie zich om en probeerde ze de coulissen in te rennen. De ninja's reageerden snel. Ze grepen mijn jonge, sexy assistente beet, tilden haar hoog boven hun hoofd en loodsten haar zo weer terug naar mij. Sylvies smeekbeden weerkaatsten door de ruimte. Haar lichaam stak wit af tegen het zwart van de ninjakostuums en het donkerblauw van het achterdoek. Ze wist één been los te wurmen en stond na een atletische beweging een fractie van een seconde rechtop op de schouders van een van haar kwelgeesten, als een instantbeeldje in art-decostijl, maar de ninja's grepen meteen in en trokken haar weer naar beneden. Handenwrijvend keek ik toe hoe ze het trappende, gillende meisje in de fonkelende kist lieten zakken, haar strak insnoerden met haar hoofd en handen net buiten de kist, als een heks in het blok. Haar voeten staken door de gaten aan de andere kant van de kist.

Sylvie draaide haar gezicht naar het publiek en keek het smekend aan. Ik dwong haar nepchampagne te drinken, liet vervolgens de tafel misselijkmakend snel ronddraaien en stopte op het moment dat het hoofdeinde naar het publiek was gericht. Wat voor de meisjes de cue was om die leuke voetenwissel te doen, nu het uiteinde van de kist uit het zicht was. Sylvie schreeuwde om hulp terwijl ze haar handen los probeerde te rukken, waarop ik de tafel een halve slag draaide zodat het publiek kon zien hoe Ulla als een bezetene met haar schoenen trappelde. Ik gaf een laatste ruk aan de tafel, zodanig dat de kist met de zijkant naar de zaal lag en de mensen het hele plaatje konden zien: Sylvies doodsbange gezicht en Ulla's trappelende voeten.

De lichten gingen uit en het podium werd in duisternis gehuld, afgezien van één gouden cirkel in het midden, waar de tafel stond. Plotseling zag ik voor me hoe de half ontblote rondingen van Sylvie boven op Ulla's ranke gestalte lagen. Bij de gedachte aan al dat opeengepakte vrouwenvlees schoot er een tinteling door me heen die tijdens de repetities was uitgebleven. Ik schudde de opwinding van me af, nam een flinke slok van het water in de champagnefles en slaakte een duivelse gil. Een van de ninja's kwam aandraven met een gigantische trekzaag. We lieten de zaag heen en weer wiebelen zodat het publiek de vervaarlijk blikkerende zaagtanden zag en togen aan het werk, hij aan de ene kant, ik aan de andere. In de zaal klonk alleen het geluid van metaal dat zich een weg door het hout baande en het verbijsterde snikken van Sylvie. Ulla wiebelde als een bezetene met haar voeten; de rode schoentjes fonkelden alsof ze wanhopig probeerden zich van een loden last te ontdoen en begonnen woest dansend hun eigen leven te leiden.

De zaag vrat zich door de laatste laag balsahout heen, ik bedankte de ninja met een knik en hij rende het toneel af, met achterlating van de zaag. Zoals het ding daar achteloos lag, zorgde hij voor evenveel opwinding als de uitgetrokken panty van een centerfold.

Langzaam, heel langzaam ging ik pal voor de kist staan; ik aarzelde een moment, reikte naar voren en schoof de twee helften rustig uit elkaar. Sylvie had haar donkere ogen wijd opengesperd, net als haar rode mond, die een ijselijke, onhoorbare gil slaakte. Bloed drupte uit de kist waarin de verweesde benen nog altijd lagen te dansen. Het publiek brulde van het lachen, maar ik keek vol afschuw naar de uitzinnige rode schoentjes. Ik schudde het hoofd en drukte de twee helften van de kist met een klap weer tegen elkaar, waarna ik de tafel net zo lang liet rondtollen tot ik het teken had gehad dat Sylvie en Ulla hun oorspronkelijke positie weer hadden ingenomen.

Sylvie gilde: 'Genade!'

En de ninja's overhandigden me zeven lange, zilveren zwaarden, maakten de gespen in de kist los en versleepten een schreeuwende Sylvie naar een andere kist, waarin ze haar ditmaal rechtop neerzetten. In de tussentijd hakte ik zeven ronde, groene watermeloenen doormidden en liet ik de toeschouwers hun rozerode vruchtvlees zien; de laatste gaf ik een wellustige lik voordat ik hem de coulissen in smeet. Er klonk tromgeroffel en ik stak in hoog tempo en met grote kracht de zwaarden de kist in, dwars door de onwillige materie aan de binnenkant heen, tot de scherpe punten zilver-rood aan de andere kant weer te voorschijn kwamen. Ik stak de klingen er kruiselings in, zodat er ogenschijnlijk met geen mogelijkheid aan het snijstaal te ontsnappen viel. Maar toen ik ze er weer uit trok en het deksel openklapte verscheen daar in plaats van een doorboord, bloederig lijk een triomfantelijke, ongedeerde Sylvie.

Ze zei: 'Laat je me nu dan gaan?'

Maar achter ons waren de ninja's al een nieuw gevaarte aan het opstellen: een rustieke, zwart geverfde plank met dezelfde afmetingen als een kist. De plank was verfraaid met het golvende silhouet van een vrouw, een silhouet dat uit concentrische zwarte en rode ringen bestond. Een schietschijf in de vorm van een vrouw met de roos ongeveer daar waar haar mond zich zou hebben bevonden. Aan de polsen en enkels van de figuur waren dikke leren riemen voorzien van metalen gespen bevestigd. Sylvie draaide zich om, zag de plank en hapte naar adem, maar opnieuw waren de ninja's mijn arme assistente te snel af. Ze bonden haar vast aan de plank en plaatsten een heldere glasplaat met de afmetingen van een deur tussen haar en het publiek. Ik haalde een revolver uit mijn zak en streelde het liefdevol. 'Dit is je laatste kans. Als je ook deze kruisweg overleeft zal ik je laten gaan. Zo niet… nou… aangenaam "kennis" met je te hebben gemaakt.'

Sylvie probeerde zich los te rukken. Ik klom het podium af en liep naar een tafeltje met mannen. 'Heren, wilt u toekijken terwijl ik mijn wapen met zes levensechte kogels laad?' Ze hielden mijn handen nauwlettend in de gaten terwijl ik de ammunitie op zijn plek drukte, waarna alle mannen knikten om aan te geven dat de cilinder volledig geladen was. Ik gaf hem aan de man die het dichtst bij me zat. 'Meneer, zou u deze revolver willen doorgeven aan uw vrienden? Ik hoor jullie graag allemaal bevestigen dat het magazijn voorzien is van zes kogels.' De mannen gaven het wapen aan elkaar door, wogen het in de palm van hun hand en tuurden naar de patronen die keurig in hun respectieve holtes zaten. Opnieuw knikten alle mannen, beurtelings. Ik vroeg: 'Zou u het hardop willen zeggen, zodat iedereen u kan verstaan?'

En de een na de ander bevestigde: 'Ja, het magazijn is vol.'

Ik richtte me tot de man die ik het eerst had aangesproken, een blonde jonge knul met een regelmatig, intelligent gezicht. 'Dank u wel, meneer. En nu wil ik vragen of u het magazijn wilt ronddraaien, zodat u me er niet van verdenkt een losse flodder voor de loop te hebben geplaatst.' Ik reikte de man de revolver aan, maar hij weigerde hem aan te nemen. 'Wat is er? Wilt u me niet helpen bij het neerschieten van mijn knappe assistente?'

'Nee.'

De jongen glimlachte onzeker. Verlegen schudde hij het hoofd, bang dat zijn vrienden hem zouden uitlachen, maar desondanks niet bereid het wapen te gebruiken. Ik strekte nonchalant mijn armen en begon te gebaren alsof ik vergeten was dat ik het vasthad. 'Niet lachen, dit is een serieuze kwestie. Hij heeft alle recht om me niet te helpen. Wie weet?' Ik liet een duivelse blik het zaaltje rondgaan. 'Wie weet is hij de enige van jullie die hier weggaat zonder medeplichtig te zijn geweest aan een moord.' Ik keek naar de revolver in mijn hand alsof ik me hem plotseling weer herinnerde. 'Goed, is er iemand wat minder bang uitgevallen dan mijn jonge vriend hier?'

Ik ging met mijn ogen het publiek langs en merkte daarbij Dix op, die me bleek en aandachtig vanaf een tafeltje in het midden zat te bestuderen. Zijn grijze ogen, even ijzig als altijd, keken in de mijne en ik overwoog naar hem toe te stappen, maar het was nergens voor nodig de illusie in gevaar te brengen door iemand te vragen in wiens gezelschap ik mogelijk was gesignaleerd. Ik vermande me en riep: 'Wie van jullie is dapper genoeg om me uit de brand te helpen?' De weigering van de jongeman had precies het juiste effect gehad. Alle hilariteit was uit het zaaltje weggeëbd en had plaatsgemaakt voor een spanning die ik niet eerder in Schall und Rauch had gevoeld.

Sylvie gilde: 'Je moet hem niet helpen.'

Waarop een man met een brede onderkaak overeind kwam en zijn hand opstak. Ik overhandigde hem de revolver en hij gaf met een rood aangelopen gezicht de cilinder drie felle tikken. Terwijl hij me het wapen teruggaf fluisterde hij, zo zachtjes dat alleen ik het kon verstaan: 'Schiet die teef maar een kogel door d'r hart.' Onverstoorbaar nam ik de revolver van hem aan. 'Dank u zeer, meneer.' En liep naar het midden van de zaal, zodat ik me recht tegenover de plek op het podium bevond waar Sylvie huiverend achter de doorzichtige glasplaat stond. De toneelknechten sleepten een enorme gecapitonneerde matras het toneel op en legden die links van haar.

Ik trok mijn stropdas los en liet de uiteinden ervan losjes op mijn witte overhemd hangen in een poging er als een verdoemde uit te zien. Vervolgens liet ik mijn blik het vertrek rondgaan en zei: 'Liefde is een vreemd en breekbaar iets.' Ik bracht het wapen omhoog en richtte het op Sylvie. Ze drukte zich angstig tegen haar plank aan. Ik haalde diep adem, oefende druk uit op de trekker en vuurde – BENG – in de matras, zodat een wolk van vulling als een kleine, donkere sneeuwstorm over het podium wervelde. 'Ik hield van die vrouw, maar ze heeft me mijn liefde afgepakt en...' – BENG. De matras kreeg weer een voltreffer en de geur van cordiet vulde de ruimte. '... Heeft het verknald.' Ik keek om me heen. 'Van die dingen waar een man...' – ik temperde mijn volume tot mijn stem de lage, kalme toon van een geestelijk gestoorde had – '... helemaal gek van kan worden.'

Ik draaide mijn lichaam, richtte mijn blik op het toneel, bracht mijn arm omhoog en vuurde. Het glas voor Sylvie spatte uiteen, ze klapte met haar hoofd tegen de plank en in de zaal slaakte iemand een kreet. Daarna was het stil.

Sylvie stond heelhuids overeind met iets tussen haar tanden geklemd. De ninja's draafden weer het toneel op en maakten haar los. Ze wreef over haar polsen, bracht een hand naar haar mond, haalde er een kogel uit en hield die in de lucht.

Vanuit het publiek kwam een stormachtig applaus; ik sprong het podium op, begeleid door gelach en gefluit. We bogen, het doek kwam omlaag en het licht ging aan, want het was pauze.

*

Gina zat duizelingwekkend hoog boven ons achter de opgehangen minivleugel, haar zwarte haar in een toef op haar hoofd, slanke benen pompend op de pedalen terwijl ze er een valsig klinkend nummer uit ramde. Ze bewoog haar hoofd wild mee met de muziek en tuurde tegelijkertijd glimlachend naar het gezelschap in de diepte.

De stoelen en tafels in de zaal waren naar de zijkant geschoven; een paar stelletjes hadden zich op de dansvloer gewaagd, maar de meeste mensen bevonden zich nog in het drankstadium. Ik stond tegen de bar geleund naar een van de clowns te luisteren, die vertelde over de nieuwe act die hij met zijn collega's aan het voorbereiden was, een mimenummer waarbij hij de rol van een opwindpop had. Het was een oude grap, maar een goede.

Als ik geweten had dat Ulla die dag jarig was, dan had ik een cadeau voor haar meegenomen. Het geslaagde optreden van die avond werd vergald door deze gemiste kans. Ik liet mijn drank walsen in mijn glas en vroeg me af wat ik voor haar zou hebben gekocht. Bloemen? Nee, die kreeg ze al zo vaak van de clowns. Sieraden? Misschien wat te veel van het goede. De volgende dag zou ik de Kurfürstendamm op lopen om een eenvoudig maar persoonlijk presentje te zoeken. Iets Schots? Nee, iets wat chic maar ook bescheiden was, iets waardoor ze anders naar me zou gaan kijken. Ik vroeg me af wat Kolja voor haar had gekocht. Misschien wel een leuk lijstje met nog weer een foto van hem erin.

Er waren vooral mensen van Schall und Rauch op het feestje.

Sommigen droegen nog hun kostuum, anderen hun dagelijkse kloffie, weer anderen half om half. Er liepen artiesten rond, overwegend twintigers. Ik keek om me heen en bedacht dat ik misschien maar eens een fitnesscentrum moest opzoeken om wat aan mijn conditie te doen. Of misschien moest ik maar lid worden van een bibliotheek en wat goede boeken lenen om de lange uren van eenzaamheid mee te vullen.

Erhard omhelsde Sylvie en achter haar verscheen zijn tweelingbroer Archard, zodat ze gesandwicht werd tussen hun getatoeeerde lijven. Mijn assistente zag eruit als de danseres die ze was, in een sierlijk zwart cocktailjurkje, een en al franje aan de onderkant, en ook nog een satijnen korte broek, die haar benen optimaal deed uitkomen. Naast me begonnen de clowns hun nieuwe mimeact te doen; ik lachte en zag in een ooghoek Sylvie glimlachen – waarbij ze haar volmaakte Amerikaanse tanden toonde – en zich loswurmen uit de omhelzing van de tweeling. Ik vroeg me af of de geruchten over het seksleven van de tweeling op waarheid berustten. Een boeiende gedachte.

Ik liet mijn blik het vertrek rondgaan, speurend naar Ulla, en constateerde dat het steeds drukker werd; allerlei mensen kwamen langs na afloop van een show elders. Ten slotte zag ik haar helemaal achterin staan, te midden van een groepje gasten die haar feliciteerden, met naast haar een glimlachende Kolja. Ze had de hoge rode schoenen verruild voor een paar gympen, maar droeg nog wel de afgeknipte legging en het vestje. Daardoor zag ze eruit als een armoedige heldin uit een mimevoorstelling. Ze lachte en keek omhoog naar Kolja. Ik nam een slok van mijn drankje en knikte, om aan te geven dat ik wel degelijk luisterde naar de clown, die het aluminium masker beschreef waarmee hij het publiek er hopelijk van zou overtuigen dat hij een mechanische pop was.

Ik voelde dat mijn arm zachtjes werd aangeraakt, draaide me om en zag Nixie naast me staan.

'Hallo, William.' Haar stem klonk zacht en aarzelend. De clown knipoogde naar me, hief zijn glas en mengde zich tussen de andere gasten. Nixie ging op haar tenen staan en kuste me voorzichtig op beide wangen. 'Sorry.'

'Hé, maak je niet dik.' Ik grinnikte. 'Uiteindelijk is alles nog prima op z'n pootjes terechtgekomen.'

Ze glimlachte. Ik zag de diep uitgesneden hals van haar balletpakje onder het doorzichtige gele shirt dat ze erover had aangetrokken. Ik twijfelde: Nixies Engels was even slecht als mijn Duits, maar misschien konden we op een andere manier met elkaar communiceren. Sylvie stond enthousiast te kletsen met een groepje mensen die ik niet kende. Ze keek mijn kant uit en fronste grappig haar wenkbrauwen toen ze zag hoe ik vooroverboog naar Nixie om te vragen of ze wat wilde drinken. Ik liet Sylvie lachen en wendde me tot de barman.

Terwijl ik Nixie een glas ijskoude witte wijn overhandigde, ontwaarde ik een bekende, lange, slanke gestalte die het zaaltje in liep. Het hoepelmeisje hief haar glas. 'Prost!'

Haar blonde haar was zacht en donzig, haar kleine lijf even strak en lenig als dat van een cheerleader in een highschoolfilm. Ze zag er gezond en lief uit en ze vond me leuk. Ik gaf haar een zoen, vroeg de barman om een glas champagne en baande me een weg tussen de mensen door.

Zelda had haar matrozenmeisjeskostuum verruild voor een uitgekookte *cowgirl*-look. Een strakke blauwe spijkerbroek en hooggehakte cowboylaarzen benadrukten de lengte van haar benen, haar openvallende witte blouse was kraakhelder en cool, een eenvoudig gouden kettinkje wees vanuit de holte tussen haar sleutelbeenderen naar de kloof tussen haar borsten. Het enige wat er nog aan ontbrak was een hoed, een revolver en een ezel. Hoeden hadden mij nooit zo gestaan en mijn blaffer lag tussen mijn andere rekwisieten, maar misschien kon ik haar wel helpen met de rijdierkwestie. Ze was voor het podium gaan staan, zonder iemand aan te spreken, en keek om zich heen, op een manier alsof ze eigenlijk liever niet was langsgekomen. Ik schoof haar dode hoek in en reikte haar het glas champagne aan. 'Drankje?'

Zelda glimlachte. 'Dank je.' Ze nam het glas aan en zette het aan haar lippen, zodat er even later wat lippenstift op de rand zat. 'Ik vroeg me al af of ik je hier zou tegenkomen.' Ik hield mijn gezicht in de plooi, in een poging niet al te verheugd over te komen. Zelda klonk geamuseerd. 'Ik hoorde dat er na mijn vertrek uit de Nachtreview wat gedoe was.'

'Zou kunnen. Een beetje.' Ik probeerde zo nonchalant mogelijk te klinken. 'Is Sebastian met je meegekomen?'

'Nee.' Ze schudde lachend het hoofd. 'Hij is kwaad op zichzelf omdat hij die avond Sylvie heeft binnengelaten.'

'Het was niet haar schuld, Zelda. Een man begon ruzie met haar te maken.'

'Ruzie te maken?'

'Haar lastig te vallen.'

Zelda haalde haar schouders op. 'En waarom, vraag ik me dan af.' Ze gaf me de tijd niet om voor Sylvie op te komen. 'Je had geen vrijkaartje voor me neer laten leggen.'

'Hopelijk heb je niet betaald?'

'Nee.' Ze maakte een vaag gebaar naar de andere gasten. 'Ik ken hier wat mensen.'

'Het was de eerste avond, dus het ging nog niet zo soepel als zou moeten.'

Zelda kende de artiestenetiquette van valse bescheidenheid,

ongeveinsde onzekerheid en loftuitingen die soms gemeend waren, soms niet, maar altijd welkom. 'Je hebt er talent voor.'

'Ik ben altijd al vingervlug geweest.'

Zelda schudde het hoofd en glimlachte. 'Dat heb ik gezien…' Ze keek van me weg, naar de dansvloer, waar ze met haar ogen de aanwezigen langsging. '… En dat martelgedoe, daar hou je wel van?'

'Nee.' Ik grinnikte. 'Nee, da's alleen voor de show. Ik ben…' Ik wist niet goed hoe ik verder moest gaan. '… Ik doe niet aan pijn.'

Zelda schoot weer in de lach. 'Misschien niet als het om jezelf gaat, maar je hakt vrouwen in tweeën, doorboort ze met messen en schiet ze vervolgens neer.'

In haar woorden klonk een scherpe toon door die ik niet had verwacht. 'Het is maar een act, Zelda.'

'O ja?' Ze nipte weer van haar champagne en keek me over de rand van het glas aan. 'Dus zolang het maar alsof is, is het oké?'

Ik leek mijn grip op het gesprek te hebben verloren. 'Ik geloof van wel, ja.'

Zelda glimlachte. 'Jij en ik hebben een verschillende kijk op de wereld, William.'

'Misschien kun je me een beetje bijscholen.'

'Zie ik eruit als een schooljuf?'

'Nee, maar ik kan me voorstellen dat je wel ergens zo'n kostuumpje hebt liggen.'

Een slanke vrouw in een zwarte spijkerbroek, een t-shirt en een leren jack in wie ik een van de ninjachangeurs herkende, maakte zich los van de mensenmenigte en schoof haar arm rond Zelda's middel. Ze zoenden elkaar, waarna Zelda haar champagne aan de lippen van haar vriendin zette. Het donkere meisje nam een piepklein slokje. Zelda glimlachte alsof de ninja-buiten-dienst daarnet iets slims had gedaan, en de twee meisjes gingen dicht tegen elkaar aan staan. Uit de kalme blik waarmee de ninja me aankeek leidde ik af dat ze me niet als een bedreiging zag. Het leek erop dat ik niet zou worden voorgesteld.

Ik draaide me om, klaar voor vertrek. 'Nog veel plezier.' Zelda hief haar glas. 'Bedankt voor het drankje. Je was goed, William. Maar je hebt geen vrouwenbloed nodig om te tonen dat je talent hebt.'

'Bedankt voor de tip.'

Ze schokschouderde. 'Gratis bij ieder glas champagne.'

Hoog in de lucht dwong Gina de toetsen van haar babyvleugel tot een pittig nummer. Het donkere meisje haakte haar arm om die van Zelda en voerde haar mee naar de dansvloer. Zelda keek achterom. 'Denk aan wat ik je gezegd heb: vreemde lieden, vreemde tijden.'

'Ja ja,' zei ik, plotseling geïrriteerd vanwege haar witte blouse, haar prachtig gestifte glimlach en de lange benen waarmee ze van me wegliep. Ik keek om me heen of ik Nixie zag en weer vaste grond onder mijn voeten kon krijgen. Op dat moment ontdekte ik Ulla, die zich langzaam tussen de drommen mensen door een weg naar het kantoor baande. 'Proficiat met je verjaardag.'

Ulla reageerde wat afwezig maar ze schonk me wel haar glimlach. 'Bedankt, William.'

'Als ik het eerder had geweten, had ik iets voor je gekocht.'

'Dat was helemaal niet nodig geweest.' Nerveus wierp ze een blik in de richting van het punt waarnaar ze onderweg was. Inmiddels waren er heel wat feestgangers en was het moeilijk om ergens te komen zonder groepjes mensen te verstoren.

'Bedankt dat je ons uit de brand hebt geholpen.'

'Je hebt me daarnet al bedankt.'

'Sorry.' Ik grinnikte. 'Wat ik eigenlijk wilde zeggen is...' – ik aarzelde, en Ulla keek zorgelijk – '... mag ik deze dans van u?'

Ulla lachte, maar haar blik dwaalde nog steeds af. 'Ik ben op zoek naar Kolja.'

'Hij kan altijd nog met je dansen.' Ik trok mijn mondhoeken naar beneden. 'Ik begin te geloven dat Duitse meisjes onaardig zijn.'

Ulla zuchtte, maar glimlachte toen. 'Oké, één nummer.'

Net toen we de dansvloer op liepen schakelde Gina over van het up-tempo nummer naar een Duitse hit die ik niet kende en waarvan ik het ritme niet te pakken kreeg. Ulla danste goed, lichtvoetig en met synchroon bewegende schouders en heupen. Ik probeerde zo ritmisch mogelijk mee te hupsen, in de hoop dat ze mijn onhandigheid wel schattig vond. Ik vroeg me af hoe Kolja danste, maar kon me hem niet met iemand anders op de planken voorstellen.

Daar klonk het volgende nummer alweer. Ik wilde verder dansen, maar Ulla dacht daar anders over. 'Bedankt voor deze dans, William.' Ze glimlachte. 'Maar ik ben bang dat het niet goed gaat met Kolja.'

'Wat een onzin,' zei ik, terwijl mijn voeten nog niet tot stilstand waren gekomen. Ik hoopte dat hij was verpletterd door een enorm decorstuk, gekidnapt door de Albanese maffia, of gewoon opgeslokt door zijn eigen reet. 'Het is de fitste vent die ik ooit heb gezien.'

Ik wierp een denkbeeldige hengel uit en draaide het haakje naar me toe.

Ulla liet zich echter niet vangen. 'Soms werkt-ie te hard.' Ik vroeg me af of Kolja anabole steroïden spoot. Op dat moment kwam ik tot stilstand en stapte ik opzij, zodat Ulla de dansvloer kon verlaten. Terwijl ze wegliep kneep ze even in mijn hand. 'Duitse meisjes zijn niet altijd onaardig, William. Niet als ze nog niemand hebben. Nixie was daarnet naar je op zoek.'

Ik knikte. 'Eh, ja, bedankt, Ulla.' Ik draaide me van haar weg om mijn teleurstelling te verbergen.

Sylvie was ik uit het oog verloren, maar dat was ook niet zo vreemd. Inmiddels was het stampvol op de dansvloer. Waarschijnlijk had ze een aantrekkelijke man gevonden met wie ze zich even kon vermaken. Plotseling werd ik getroffen door een gedachte en beende ik weg, zonder te letten op de diepe zuchten en wraaklustige porren van de feestvierders die ik opzij duwde in mijn haast Ulla in te halen. Eindelijk zag ik een meter voor me haar bruine paardenstaart op- en neergaan.

Ik legde mijn hand op haar arm om haar tot staan te brengen. 'Volgens mij heb ik m'n portemonnee op kantoor laten liggen. Als ik Kolja daar zie zal ik hem jouw kant uit sturen.'

Ulla keek me ongeduldig aan. Ze klonk vastberaden. '*Nein... Danke.*'

Ze keerde me de rug toe en liep door. Terwijl ik achter haar aan snelde probeerde ik iets te bedenken wat haar zou kunnen ophouden. Hopelijk had ik het bij het verkeerde eind. We stonden bijna op hetzelfde moment voor het kantoor en ik stak mijn hand uit naar de klink. 'Laat mij dat maar doen.'

Ulla duwde me weg, liep het vertrek in en knipte het licht aan.

Kolja leek weggelopen van zo'n Sovjetposter die passanten moet overtuigen van het heil van de communistische ideologie. Een jonge pionier, of een stachanovist met rode zakdoek. Daar stond hij, rechtop, zwijgend, midden in het vertrek, met zijn brede borstkas naar voren geduwd, zijn gespierde armen naast zijn lichaam. Maar de mannen op de posters keken enthousiast, dolblij met hun rol in de verwezenlijking van het socialistische paradijs. Kolja's gezicht was sereen, hij staarde in de kleine spiegel die Ray ergens tussen de fotolijstjes aan de muur had gestoken. Hij draaide zijn glazige ogen onze kant uit, er verscheen een flauwe glimlach om zijn lippen en hij duwde de bron van zijn sereniteit weg, van haar knieën op de grond.

Sylvie keek ons in die toestand aan, zittend op de vloer. Haar ogen stonden wazig. Ze glimlachte een beetje. Kolja begon zijn gulp dicht te knopen; zijn mond vertrok tot een grimas. 'Hé, William, Ulla... Gefeliciteerd...' Sylvie veegde iets glanzends van haar lippen. 'Komen jullie gezellig meedoen?'

Sissend dook Ulla op mijn assistente en drukte ze haar tegen de vloer. Sylvie maakte een geluid dat het midden hield tussen een lachje en gekreun. Kolja deed keurig een stap opzij, en ik boog me over de worsteling. Toen het me lukte de meisjes uit elkaar te halen voelde ik een vingernagel een schram over mijn gezicht trekken, en op hetzelfde moment had Ulla een pluk van Sylvies sluike haar in haar samengebalde vuist. Ik duwde het tegenspartelende meisje naar haar vriend, die zijn handen op haar schouders legde, nog altijd met een glimlach op zijn gezicht. Ik wierp inderhaast een blik op Kolja en vroeg me af of hij stoned was of gewoon genoot van de aanblik van twee vrouwen die om hem vochten. Daarna keek ik naar de aangeslagen Ulla en voelde ik medelijden in me opwellen vanwege haar vernedering. Het lukte me een vriendelijke toon aan te slaan. 'Zie je niet dat ze zichzelf niet is?'

Ulla draaide zich naar me om. 'Je wíst dat ze hiermee bezig waren. Je probeerde me van haar weg te houden. Die hoer van je.' Er trok een golf van verdriet over haar gezicht; haar schelle stem klonk huilerig. 'Je wilde mij hebben, dus heb je haar gestuurd om hem af te leiden.'

'Nee... Ik zweer het je... Ik wist niet...' Mijn stem haperde na het horen van deze beschuldiging.

Sylvie lag nog steeds op de grond. 'William?'

Haar stem klonk breekbaar en verward.

Ulla spuugde op de grond. 'Ze zou nog d'r benen wijd doen als een hond aan 'r begon te snuffelen.'

Ik keek naar Ulla en vroeg me af wat ik in haar gezien had. 'Ze is zo dronken dat ze nauwelijks iets ziet.' Sylvie keek naar het glanzende speeksel, dat wit afstak tegen het zwart van haar prachtige jurkje, alsof ze zich afvroeg hoe het daar terecht was gekomen, en ik besefte hoe waar het was wat ik zei. 'Hij houdt wel van een beetje necrofilie, hè, dat atletische vriendje van je? Moet je 'r zien, ze kan zich nauwelijks meer bewegen.'

Ulla zei: 'Ik walg van je.'

'Niet zo erg als ik van hem walg. Die teringvrind van je is godverdomme geen spat beter dan een verkrachter.'

Nu liet Kolja voor het eerst weer van zich horen. Zijn stem klonk aarzelend en het leek alsof hij zijn hele Engelse vocabulaire bij elkaar had gesprokkeld. 'Het stelde niets voor. Het heeft niets te betekenen – zoiets als een pilsje of een sigaret.'

Ulla zag wat er stond te gebeuren en ondernam een poging me tegen te houden, maar ze was te traag en te fragiel. Ik duwde haar met mijn linkerhand opzij, balde mijn rechtervuist en raakte Kolja midden op zijn mooie, weke gezicht. De grote atleet had het niet zien aankomen. Hij verloor zijn evenwicht en tuimelde tegen het bureau van Ray, dat een lawine van mappen en documenten over de vloer uitstortte. Sylvie sloeg de rondwervelende papieren van zich af. Haar toon klonk mild van ontzag. 'William, je hebt Kolja geslagen.'

Ik grinnikte. 'Precies, dat klopt. En weet je wat? Ik ga het verdomme nog een keer doen.'

Ulla schreeuwde iets in het Duits. Ik reikte naar voren om Kolja overeind te trekken en hem des te beter te kunnen raken. Op datzelfde moment sprong ze boven op me en klauwde ze haar nagels in mijn rug. Kolja krabbelde op eigen kracht weg van het bureau, en ik bedacht dat als de atleet eenmaal weer op zijn benen stond, ik het wel kon schudden. Ik greep het toetsenbord van Rays computer en ramde het in Kolja's gezicht. Het toetsenbord was voor een wapen eigenlijk te zwaar, maar ik nam er genoegen mee, verbaasd over de snelheid waarmee de witte toetsen rood kleurden. En ik vroeg me af of het gegil van Ulla nou echt wel zo mooi syncopisch mijn slagen volgde.

Het was een hele opluchting om de krachtige Duitse stemmen te horen van de mannen die me wegtrokken. Ik snakte naar adem en deed geen enkele moeite me los te rukken. Hopelijk had ik hem niet vermoord. Toen beukte Kolja zijn vuist in mijn gezicht. Het geluid kwam uit mijn oren en mijn blikveld kleurde rood. Ik stond te duizelen in de armen van degene die me vasthield en zou zijn gevallen als hij er niet was geweest. Blind van pijn wachtte ik Kolja's volgende dreun af, maar die kwam niet. Een mij onbekende man riep iets wat ik niet verstond en waar ik ook niet op wilde reageren.

Ik spuugde wat bloed uit en zei: 'Oplazeren, allemaal, en neem die ransbak van een verkrachter met je mee of ik maak hem godverdomme echt af.'

Het kwam eruit als een wolk van spuug en bloedklodders, en ik betwijfel of iemand er iets van begreep, maar hoe dan ook verliet de een na de ander het vertrek en werden Sylvie en ik alleen gelaten.

Toen de rust was weergekeerd merkte ik dat ik stond te staren naar de foto waarop de grootvader van Ray zijn hoofd in de bek van de ijsbeer steekt. Een moment van glorie gevolgd door onthoofding, dat is entertainment.

Sylvie keek naar me vanaf de vloer. De franjes van haar jurk hingen verfrommeld om haar middel; rond haar mond zaten vegen rode lippenstift. Ze had nog altijd het diadeem van gips en glas op, maar het zat nu scheef: een idioot, kinderachtig geval dat niet eens kon doorgaan voor een weggezakt aureool. Mijn assistente keek met grote ogen voor zich uit. Haar stem klonk dunnetjes, ver weg, alsof ze vanaf een grote afstand tegen me praatte. Ze zei: 'Waarom is het zo verschrikkelijk om voor hoer te worden uitgemaakt?'

Glasgow

Er is weinig verschil tussen de goocheltrucs die je uitvoert voor volwassenen en acts die je voor kinderen doet. Ook hier zit het 'm vooral in de presentatie, de praatjes, de plaatjes, of hoe je het ook wilt noemen: het gewauwel en de stijlbloempjes die de ogen afleiden en het publiek zover krijgen dat het meegaat in de magie van de illusionist.

Ik had altijd weinig op gehad met kinderentertainers, die ik afdeed als een verdachte mix van gesjeesde mislukkelingen, achterlijke amateurs en pedofielen-in-de-dop. Ditmaal was ik blij dat het publiek bij die schnabbel van Johnny uit gezinnetjes bestond. Daarmee deed hij me zo min mogelijk aan mijn rampzalige Berlijnse avonturen denken, zonder het etiket goochelarij te verliezen.

Ik zei Eilidh gedag, hing op en bleef een moment lang in de beschutting van de telefooncel staan, me afvragend wat mijn volgende stap moest zijn. Binnen een straal van een paar meter bevonden zich een stuk of tien pubs en ongeveer evenveel wedkantoren. Bij mijn vertrek uit de kamer had ik het restant van het geld dat ik in de kast had gepropt meegenomen. De voorafgaande maanden had ik het opgedronken, me voorgenomen het niet meer aan te raken, en het dan toch weer verbrast. Ik schudde de gedachte aan bier en paarden van me af en liep Trongate in, langs de fundamentalistische predikers, de dierenrechtenactivisten, verkopers van daklozenkranten, straatmuzikanten, rozenhandelaartjes en jongens van de namaakparfums, tot ik de opticien met zijn afbraakprijzen vond waar ik eerder langs was gekomen. Ik liep naar binnen en wist een stel wegwerpcontactlenzen op de kop te tikken, waarna ik een kapperszaak tegenkwam en mijn haar liet knippen. Ik stapte fris geschoren het winkelcentrum Princes Square in en kocht een flitsend paars overhemd dat me een rib uit mijn lijf kostte en een prepaid mobieltje dat sympathieker geprijsd was. Ten slotte kon ik dan de krioelende weekendshoppers achter me laten en zette ik koers naar de Magician's Den.

Goochelhandleidingen zijn net kookboeken: prima als je genoegen neemt met een aardige truc of een eetbare taart. Maar als je iets in de overtreffende trap wilt maken, zul je moeten aankloppen bij mensen die je zover krijgt hun geheimen met je te delen. Daarvoor moet je eerst zien te achterhalen waar de grote sterren uithangen, en misschien dat ze na een poosje zo vriendelijk zijn je te zien staan, en misschien dat ze zich weer iets later, als je je voldoende nuttig weet te maken, een paar tips willen laten ontvallen.

Ik duwde de deur van de Magician's Den open en hoorde de bekende bel in de achterkamer melding maken van mijn binnenkomst. Bruce had me ooit verteld dat hij zijn winkel even spannend vond als een gemiddeld theater. 'Ik laat klanten even de sfeer opsnuiven, het "onbekende", en dan maak ik mijn entree.'

Er leek weinig te zijn veranderd. De lange toonbank liep nog altijd over de hele lengte van het kleine winkelgedeelte, met onder de glazen afdekplaat een uitstalling van fopartikelen en nieuw binnengekomen materiaal. De meer kostbare parafernalia bevonden zich achterin, vlak bij het kantoorhok van Bruce, vanwaar hij een oogje in het zeil kon houden. Hoog boven de planken hingen de rubberen maskers: heksen en oude mannetjes, Boris Karloffimitaties, beesten en politici, waaronder een serie Amerikaanse presidenten die helemaal terugging tot Richard Nixon. Achter de maskers hingen ingelijste reproducties van stokoude affiches die Harry Houdini & Co aanprezen, kerels in gewaden met tijgerprint of in rokkostuum die met wilde beesten worstelden, zich uit hun ketens bevrijdden of over een koord boven onvoorstelbaar diepe kloven dansten. Het fluwelen gordijn – drukke print met daartussen verscholen een kijkgaatje – werd opzijgeschoven en daar verscheen Bruce McFarlane, gestoken in zijn bruine stofjas.

'William. Da's lang geleden.'

Ik was in geen drie jaar meer langsgekomen, maar Bruce leek niet verrast. Toen ik hem ruim twintig jaar eerder voor het eerst ontmoette was ik tien en hij vijfenveertig, destijds in mijn ogen een stokoude man. Inmiddels liep hij tegen de zeventig, maar naar mijn idee zag hij er nu wat jonger uit dan toen. Ik knikte naar de gewezen presidenten. 'Jimmy Carter, Bruce?'

'Ach, je weet maar nooit, William. Je hebt tegenwoordig heel wat van die seventies-feestjes. Misschien dat iemand verkleed wil gaan als de bejaarde Pindakoning.' Hij deed een klep in de toonbank omhoog. 'Wie had dat ooit gedacht, in onze goeie ouwe tijd, nou?' Hij stak zijn hand uit en schudde de mijne; met de ene hand hield hij mijn elleboog vast, terwijl hij met de andere mijn vingers vastgreep. Dichter bij een omhelzing kwamen mannen van zijn generatie niet. Hij glimlachte en ik wist dat hij het leuk vond om me weer te zien. 'Kom mee naar achter, dan zet ik wat thee.'

Evenals de winkel was de achterkamer nog precies hetzelfde. Hier werden de echte zaken gedaan: de handel en uitruil, roddels en snoeverij. Ik had verwacht hem hier aan te treffen in gezelschap van een paar andere illusionisten – even bijkletsen op de zaterdagochtend – maar tot mijn genoegen zag ik dat het hok afgezien van ons en duizelingwekkende stapels artikelen leeg was.

'Helemaal alleen?'

'Zo rustig als de Marie Celeste vandaag, William. Verderop in Paisley is een goochelconferentie aan de gang. Ik wilde er zelf op aan gaan, maar m'n zaterdaghulpie heeft binnenkort examens en z'n mamsie belde om te zeggen dat hij niet naar buiten mocht.' Hij schudde het hoofd. 'Heel anders dan jij, hm, William?'

Ik glimlachte. 'Nou en of, mister McFarlane.'

'Poeh, 't beste zaterdaghulpie da'k ooit heb gehad. Altijd op tijd en geeft al z'n loon uit in de winkel.' Het water begon te koken en Bruce voorzag twee mokken van een theezakje, twee scheppen suiker en wat melk voordat hij er het water in schonk. 'Maar je bent hier vast niet om herinneringen op te halen, wat?'

'Altijd leuk om een beetje bij te praten.'

'Maar je wilt me om een gunst vragen.'

Hij gaf me een beker en ik nam er een slok van; de thee was te zoet. 'Een heel kleintje maar.' Ik grabbelde in mijn binnenzak en haalde er een kaartje uit waarop ik bij de kapper iets geschreven had. 'Ik heb een schnabbel voor een goed doel.'

Bruce trok zijn wenkbrauwen op. 'Niks voor jou, William,' zei hij spottend.

Ik ging er niet op in. 'Weet je, als ik jou vertel hoe en wat, stuur je dan mensen die kant uit? Voor het goeie doel.'

'Tuurlijk doen we dat.' Hij nam een slok van zijn thee, fronste en gooide er nog een theelepel suiker in. 'Goed, vertel me nu maar waar je echt voor komt.' De bel rinkelde en meteen kantelde Bruce zijn hoofd een paar graden, als een slimme papegaai die hoort dat het deksel van de pot met noten wordt gedraaid. Hij bleef drie tellen zo zitten en zei toen: 'Wacht effe…'

Terwijl hij naar de toonbank kuierde gluurde ik door het gat in het gordijn, vanwaar ik zag hoe hij twee jongens van een jaar of tien te woord stond als waren het maharadja's. Tien minuten later kwam hij grinnikend terug. 'Namaakhondenpoep.'

'Nog altijd je bestseller?'

'Van acht tot tachtig.' Hij lachte. 'Een klassieker, dat is 't.'

'Nou en of. Kut hé, wat een giller.'

Bruce fronste zijn wenkbrauwen. 'Dat soort taalgebruik zul je achterwege moeten laten als je je trucs op de kindertjes loslaat.'

'Sorry, ik zal m'n mond wel spoelen met wat van die speciale zeep van je.'

Bruce lachte. 'Niet zo populair als vroeger, maar nog altijd lachen geblazen.'

'Niet alles heeft de levensduur van poep van gips.'

'Nee.' Bruce schudde het hoofd. 'Jammer is dat.'

We dronken zoete thee en aten gemberkoekjes terwijl Bruce me bijpraatte over wat er in de Schotse goochelwereld allemaal gebeurd was. Het konijn van Genie McSweenie was ontvoerd tijdens een feestje van een rugbyclub en werd pas weer vrijgelaten na betaling van losgeld – 'Het was níét grappig, William, het arme dier heeft er een trauma aan overgehouden' –, Stevie Star had op de terugweg vanuit Perth zijn bestelwagen total loss gereden, Peter Presto was naar Amerika vertrokken om het eens groots aan te gaan pakken, en Manfred the Great was ontmaskerd als een kinderlokker.

'Ik had altijd al gedacht dat er iets mis met 'm was.'

Bruce doopte zijn gemberkoekje in de thee, knikte en schoot toen overeind. Het doorweekte uiteinde van het koekje had het verloren van de zwaartekracht en was in zijn mok gedoken. 'Dat doet me eraan denken...' Hij schudde het hoofd. 'Zie je, dat krijg je nou wanneer je zo oud bent als ik: je wordt zo seniel als een deur. Een paar weken terug belde d'r een vent die op zoek was naar je.'

'O ja?'

'Engelse gast, zei dat-ie je ergens had gezien maar je nummer was kwijtgeraakt. Ik antwoordde dat ik hem er niet mee kon helpen, maar hij klonk alsof-ie niet zomaar voor de gezelligheid belde.' Bruce keek zorgelijk, bang dat ik misschien een schnabbel was misgelopen, of zelfs mijn grote doorbraak.

'Was hij drammerig?'

'Ietsiepietsie, typisch zo'n bijdehante Cockney, je kent ze wel. In het leger ben ik 'r heel wat tegengekomen. Best aardige kerels als je ze eenmaal leert kennen, maar ze denken altijd dat alles ten noorden van Londen meteen de rimboe is.'

'Heeft-ie een nummer achtergelaten?'

Bruce' gezicht klaarde op. 'Inderdaad.' Opnieuw vertrok hij zijn mond en hij liet zijn blik de minuscule achterkamer rondgaan, waar de mysterieuze pakjes hoog opgetast lagen. 'Maar waar heb ik het nou gelaten?'

Ik zocht de spullen bij elkaar die ik voor Johnny's voorstelling nodig had terwijl Bruce alle lades en dozen met zijn administratie overhoophaalde; bij allerlei snuisterijen die hij dacht kwijt te zijn ging het van 'o' en 'ah', tot hij dan eindelijk het stukje papier vond waarop hij mijn naam had gekrabbeld met een 06-nummer erbij. 'Bingo! Ik wist dat ik het ergens nog moest hebben.' Bruce keek naar de uitrusting die ik bij elkaar had geraapt. 'Wil je dat ik het hele zootje voor je inpak?'

'Zo je wilt.'

Hoofdschuddend haalde hij een pluizig speelgoedkonijn van boven op de stapel en keek me aan, tussen de lange oren van het dier door. 'De tijden veranderen, William, de tijden veranderen.' Bruce telde mijn aankopen bij elkaar op en stopte ze in zakken. Hij speelde zijn rol van verkoper met verve. 'Zo dan, meneer, en wenst u verder nog iets?'

Ik gaf antwoord en hij schudde het hoofd. 'Wat ben je toch ook een verdomde lastpak, William. Zelfs als kind was je dat al.' 'Daarnet was ik nog het beste zaterdaghulpie dat je ooit in dienst hebt gehad.' Ik grinnikte naar hem. 'Kom op, Bruce, 't is voor een goed doel, van die schatjes met een Downsyndroom. Ik zorg ervoor dat je in het programmaboekje wordt genoemd. De tent zit vol doerakjes. Wie weet hoeveel hondenstront je dankzij deze actie nog gaat verkopen.' 'Het heet "poep", William. In deze winkel gebruiken we het woord "stront" niet.' Zijn blik werd milder. 'Oké, vort dan maar. Godsamme. Maar je mag zelf voor het vervoer zorgen.'

*

Ik herinnerde me dat er in de buurt van George Square een internetcafé zat; ik liep mee met het winkelende zaterdagmiddagpubliek tot ik het café had gevonden, ging in de lange rij staan voor een kop koffie – met mijn gezicht naar beneden, hopend dat niemand me zou herkennen – en kocht vervolgens wat tijd op een computer.

De schrijver van *De Verdwijning van Vrijdag de 13de*, het boek met als onderwerp de verdwenen Gloria Noon, was een man die Drew Manson heette. Hij had drie andere boeken geschreven, die allemaal over het heengaan van onfortuinlijke vrouwen gingen en die allemaal uitverkocht waren. Ik tikte op een zoekmachine titel en auteursnaam in en produceerde zachtjes een '*yes*' toen de hits op het scherm verschenen. Ik schonk het nijvere meisje achter de computer naast me een glimlach bij wijze van onhoorbare verontschuldiging en klikte door naar de website van Manson. Die een onhandige, amateuristische indruk maakte, maar ik was wel mooi bezoeker nummer 1005. De aard van de meest recente reacties varieerde van medeleven tot razernij. Alle inzenders klaagden over het uitblijven van de heruitgave van de boeken van Manson, in eenzelfde, vagelijk bloemrijke stijl. Onder aan de pagina stonden een e-mailadres en een uitnodiging om Manson te benaderen met nieuwe informatie aangaande de misdaden in zijn boeken. Best mogelijk dat ik een cynische vrijgezel was die alle hoop op romantiek had opgegeven, maar ik begon steeds meer van dat internet te houden.

Ik opende een nieuw e-mailadres, WaargebeurdeMisdaadUitgevers@hotmail.com, en stuurde Manson een uitnodiging om eens te gaan praten over de mogelijkheid zijn boek opnieuw uit te geven in het kader van de tragische dood van Bill Noon. Vervolgens keek ik naar de links op Mansons site. Er zaten recensies van zijn boeken tussen, lang vervlogen festivals waarop Manson had voorgelezen uit eigen werk, en het webadres van de Nationale Hulplijn voor Vermiste Personen. Ik klikte op de link en ging de afgebeelde portretten van vermisten langs.

Het waren doorsneegezichten, meer jonge dan oude, maar de ouderen ontbraken niet. Ze keken je aan vanaf hun portret of verscholen zich achter het gezicht van hun jongere ik op foto's, decennia geleden genomen. Lang hippiehaar, matjes in jarenzeventigstijl, stekels zoals in de jaren tachtig: zulke verouderde foto's dat je erom had gelachen als ze door de omstandigheden niet zo'n tragische dimensie hadden gekregen. Alle foto's hadden eenzelfde wrange lading. De verdwenen moeders en broers, zussen, tantes, dochters, zonen en ooms maakten overwegend een zorgeloze indruk, geknipt tijdens een familiefeestje, een verjaardag. Of misschien was het de laatste foto van een rolletje geweest.

Er zaten twee foto's van Gloria Noon tussen: de inmiddels klassieke foto die ik al kende van de krantenartikelen, en een andere, waarop ze met behulp van software ouder was gemaakt. De pagina schakelde heen en weer tussen de ene en de andere: *jonge Gloria, oude Gloria, jonge Gloria, oude Gloria.* De twee foto's waren niet goed uitgelijnd, zodat haar schouders van hoog naar laag wipten en het leek alsof Gloria glimlachend haar schouders ophaalde, daar op dat scherm van de vermiste gezichten. Haar levensbeschrijving gaf het tijdstip en alle overige beschikbare informatie van haar verdwijning. Er werd niet gezegd dat ze mogelijk vermoord was.

Hoe somber ik me ook had gevoeld, ik was nooit verdwenen. Ik vroeg me af hoeveel van de vermiste personen nu dood waren, en hoeveel van hen gedwongen waren hun omgeving te verlaten. Ik vroeg me af of ze überhaupt wisten dat ze vermist waren, dat er mensen waren die van hen hielden en hun in hun wanhoop alles wilden vergeven wat ze gedaan hadden. Maar wie was ik om dergelijke conclusies te trekken? Misschien hadden sommigen van hen misdaden begaan die te afschuwelijk waren om te kunnen worden vergeven.

Ik klikte naar de volgende pagina, waarop een waarschuwing verscheen dat ik de volgende beelden mogelijk als schokkend zou ervaren; ik drukte nogmaals op de muis, en het scherm confronteerde me met een paar foto's van een aantal teruggevonden personen. Het waren er maar drie. Een vrouw die was aangespoeld in de Theems, een jongen die dood was aangetroffen in Petersham Woods en een man op leeftijd die tijdenlang in de bosjes van Richmond Park had gelegen voordat zijn skeletachtige stoffelijk overschot ontdekt werd. Stuk voor stuk hadden ze hun trekken moeten prijsgeven aan de tand des tijds, maar de pagina liet reconstructies zien van hun gezicht in levende toestand. De experts die deze gezichten nieuw leven in hadden geblazen waren grotere illusionisten dan ik ooit zou zijn. Ze schiepen een illusie van vlees op kale botten, diepten de verdwenen trekken van de doden op. De experts waren met grote deskundigheid en ijver te werk gegaan, maar de beelden waren afgrijselijk. Geen spoor meer van de glimlach die je op de voorgaande pagina nog zo zorgeloos tegemoet had gestraald. Er was geen greintje uitdrukking meer over, de huid was te glad, de lippen vertoonden te weinig beweging, van geen levend gezicht ging ooit zo veel doodsheid uit. De andere vermisten mochten dan misschien nog leven, één blik op deze geboetseerde gezichten en je wist welk lot hun beschoren kon zijn.

Ik klikte de site weg. De doden en vermisten konden me niets wijzer maken, mijn speurtocht moest langs de levenden leiden. Ik tikte het webadres van de *Gouden Gids* in en ging op zoek naar de zus van Gloria, Sheila Bowen.

De pagina gaf meerdere firma's die Bowen heetten, maar er was maar één Bowen's & Son Herenkleding. Ik krabbelde het nummer op een papiertje en checkte vervolgens mijn nieuwe WaargebeurdeMisdaad-mail. Eén bericht heette me welkom op de server, en verder kreeg ik een aanbod om mijn penis te verlengen en voorraden Viagra te kopen. Misschien dat mijn verlengde penis te lang zou worden om nog zonder hulp overeind te blijven. Er was geen reactie van de heer Manson.

Het internetcafé had iets van een grote, open kantoorruimte waar de dresscode varieerde van vrijetijds tot het-kan-nog-armoediger. Ik zat een poosje naar de geluiden om me heen te luisteren, het geratel van toetsenborden en hier en daar een gedempt gesprek, het soort sfeer dat je op een drukke krantenredactie verwacht aan te treffen. Ik haalde nog een kop koffie en pakte toen mijn nieuwe mobieltje, tikte het nummer van kledingzaak Bowen's in en vroeg naar juffrouw Sheila Bowen. Ik verwachtte van de vrouw aan de andere kant van de lijn te horen dat ze met pensioen was, dood, of te druk om aan de telefoon te komen, maar in plaats daarvan zei ze behoedzaam: 'Ik ben Sheila Bowen. Belt u over Gloria?'

Londen

Voor een vrouw wier zus midden op de dag zonder een spoor achter te laten uit haar eigen huis was verdwenen, sprong Sheila Bowen opmerkelijk laks met haar eigen veiligheid om. Ik trad haar tegemoet met een brede glimlach en een van de visitekaartjes die ik met een apparaat op het treinstation had gemaakt. Volgens het kaartje ging ik door het leven als Will Gray, freelance journalist. Ze wierp er een terloopse blik op en vroeg of ik binnen wilde komen.

Sheila bewoonde een exemplaar van een rij twee-onder-een-kapwoningen die in de jaren vijftig waren neergezet om forensen uit de lagere middenklasse onderdak te bieden. Tegenwoordig was het huis waarschijnlijk een klein fortuin waard. Vanaf de voordeur ging ze me voor naar een zitkamer die in verschillende tinten gebroken wit was geschilderd. Haar witte blouse en crèmekleurige sportbroek kleurden goed bij de kamer. Misschien dat haar zus te goed naar het kleurenpalet van de schilder had gekeken en domweg één was geworden met de muren.

Ik had gehoopt dat Sheila zou weglopen om een pot thee te zetten, zodat ik rustig poolshoogte kon nemen, maar ze had blijkbaar veel vertrouwen in mijn punctualiteit, of misschien had ze gewoon haar zenuwen willen kalmeren door een huishoudelijk klusje te doen. Een dienblad met een theepot, twee bijpassende kopjes en iets wat eruitzag als zelfgemaakte taart verwelkomden ons vanaf de grenen salontafel.

Als ik zonder voorkennis was langsgekomen, zou ik Sheila getypeerd hebben als een goed geconserveerde huisvrouw uit de middenklasse die zich vooral bezighield met het zoeken naar de juiste tint wit voor het tapijt in de gang of het temperen van de cholesterol van haar man. De slanke vrouw die op de ivoorkleurige bank tegenover me zat, leek nog verrassend veel op de foto's uit de dertig jaar oude kranten die ik in de Mitchell Library had gevonden. Haar asblonde haar krulde in zachte lokken om een bleek gezicht dat opmerkelijk vrij van rimpels was, gezien alle zorgen die ze had gehad. Blijkbaar was ik niet de enige in de kamer die een illusie kon wekken.

Ze begon de thee in te schenken, waarbij het me opviel dat haar handen niet trilden. Om de vingers van haar linkerhand zaten een trouwring en een ring met diamantjes, en aan haar rechterhand zag ik een zilveren ringetje dat wat goedkoop afstak tegen de rest. Ze reikte me een kopje aan. 'Bent u helemaal uit Schotland hiernaartoe gekomen?'

'Ik ben vanochtend in Glasgow op de trein gestapt.'

Sheila keek wat beduusd. 'Gloria kwam nooit in Schotland.'

'Dat weet ik.' Ik glimlachte. 'Maar ik heb daar momenteel gewoon mijn uitvalsbasis.' Ik nam een slokje thee. 'Fijn dat u me wilt ontvangen. Veel onopgehelderde zaken als die van Gloria worden momenteel opnieuw bekeken, maar soms is er wat druk van buitenaf nodig voordat de politie ze weer opent.'

Sheila wreef zenuwachtig met haar duim over haar kin en legde vervolgens haar handen op haar schoot, alsof iemand haar verteld had dat het een irritante tic was. 'Mijn man heeft altijd gezegd dat ze zaken als die van Gloria nooit sluiten.'

Ik boog me naar voren en legde de nodige ernst in mijn stem. 'Dat klopt, dat doen ze inderdaad niet. Maar – en dat zal uw man u ook ongetwijfeld vertellen – de politie heeft te weinig personeel en is daardoor overwerkt. Soms kan het geen kwaad als de pers er wat aandacht aan besteedt.' Sheila knikte zwijgend. 'Ik kan me voorstellen dat het voor u nog altijd zeer pijnlijk is om over de verdwijning van Gloria te praten, ook al is het zo lang geleden gebeurd. Bent u bereid tot een kort interview?'

Sheila keek me aan. 'Ik zou nog blootsvoets de hel in lopen om m'n zus terug te krijgen, of om enkel te horen wat haar is overkomen.'

'Oké.' Ik glimlachte, maar Sheila Bowen deed dat niet. 'Ik zal meteen ter zake komen. In alle reportages die korte tijd na Gloria's vermissing zijn gemaakt, lijkt men ervan uit te gaan dat haar man Bill erachter zat. Denkt u dat ook?'

Sheila Bowen staarde naar een ingelijst tafereel van de Cotswold Hills dat boven de gashaard hing. Het was een vredig vergezicht met groene velden en aan de einder een huisje met een rieten dak dat omgeven werd door een onberispelijk omhaagde tuin. Het zag eruit als zo'n oord waar nooit iets gebeurt. Er groeiden zelfs rozen rond de voordeur. Maar wie weet welke afschuwelijke geheimen schuilgingen achter die robuuste muren?

Uiteindelijk keek Sheila me dan aan. 'Nou, u bent inderdaad wat je noemt direct.' Ze schonk zichzelf nog wat thee in en liet het kopje onaangeroerd staan. 'Het is een ingewikkelde kwestie. Lange tijd nadat Gloria was verdwenen wilde ik... met niemand over haar praten. Ik verdacht iedereen, en vooral mannen.' Ze staarde naar haar schoot en begon aan de goedkope zilveren ring aan haar rechterhand te frunniken. 'Maar gaandeweg drong het tot me door dat ik het leven dat ze geleid had ontkende door me niet open te stellen voor herinneringen aan haar. En door continu toe te geven aan die achterdocht verknalde ik ook nog eens mijn eigen leven.' Sheila wachtte even, alsof ze haar eigen gedachten moest ordenen. 'Haar zoon is nu ook dood. Billy.' Ik knikte om aan te geven dat ik dat al wist en ze ging door, op vlakke toon. 'Het was een lieve jongen, maar na Gloria's verdwijning was het moeilijk om contact met hem te houden.' Ze schudde het hoofd. 'Na het onderzoek was er veel wrijving tussen zijn vader en mij. Ik verdacht hem en hij beschuldigde mij ervan dat ik de politie op het verkeerde spoor zette. Het was moeilijk om daar verandering in te brengen. Misschien had ik meer m'n best moeten doen, maar ik was er zelf ook niet zo best aan toe... En toen ben ik getrouwd. Jim vond het verschrikkelijk als ik me zo'n zorgen maakte, en daardoor werd het gemakkelijker om dat deel van mijn leven weg te stoppen.'

'Misschien was het ook gewoon nodig, om uzelf te beschermen.'

'Dat zei Jim ook, maar sinds kort vraag ik me af: als ik me niet zo had afgezonderd, als ik er niet zo van overtuigd was geweest dat zijn vader schuldig was, misschien zou Billy dan zijn blijven leven.'

'U moet uzelf niet kwellen met dat soort vragen. U hebt gedaan wat u kon.'

'U en Jim zouden eens met elkaar moeten praten. Hij zegt namelijk precies hetzelfde. Jim heeft me altijd willen beschermen, hij heeft me aangemoedigd er niet meer aan te denken.' Ze nipte van haar thee. 'Toen mijn kinderen nog jong waren ging het een poosje heel makkelijk. Ik was zó druk met ze. Toen ze wat ouder werden drong het tot me door dat ik bereid was om weer over Gloria te praten, maar tegen die tijd had niemand er meer belangstelling voor.' Ze keek me aan. 'U bent de eerste sinds een hele poos die naar haar vraagt.' Sheila zette haar kopje weer op tafel en rechtte haar rug, klaar om door te gaan met het beantwoorden van mijn vraag. 'Gloria's man, Bill, was erg knap en zat er heel warmpjes bij, vergeleken met de familie van Gloria en mij. Misschien had ze wat nadrukkelijker moeten vragen waar zijn geld vandaan kwam, maar Gloria was jong en mooi en wilde een fijn leventje. Ik heb haar dat huwelijk met Bill nooit kwalijk genomen.'

'Maar hij sloeg haar?'

Sheila staarde naar haar voeten. 'Ik heb daar maar één keer het bewijs van gezien.'

'Die keer dat Bill beweerde dat Gloria van de trap was gevallen?'

Sheila knikte. 'Ja, en ik geloofde haar. Bill zat in het wereldje van de nachtclubs. En daar kom je nergens als je niet weet hoe je je gewicht in de strijd moet gooien. En waarom zou Gloria hebben gelogen? Ja, natuurlijk geloofde ik haar.'

'Neem me niet kwalijk. Een aantal van mijn vragen heeft betrekking op gevoelige onderwerpen.'

Sheila knikte en glimlachte dapper. 'Rookt u?'

'Ja.'

'Laten we dan naar buiten gaan en een sigaretje roken.'

We liepen via de openslaande deuren een klein terras op. Het leven had zich onbetrouwbaar betoond, maar Sheila was erin geslaagd de natuur enige orde bij te brengen. Haar tuin was een vrijwel symmetrisch geheel van gazon en strak in de pas lopende bloemenperken. Naast ons op de patio stond een smeedijzeren tafeltje met stoelen, maar Sheila ging me voor het gazon op, waarbij ze af en toe bleef staan om uitgebloeide bloemen te verwijderen of vrijpostig onkruid uit een border te trekken. Misschien dat ze het te koud vond om buiten te gaan zitten, of wellicht kon ze makkelijker over haar zus praten zonder een ander in de ogen te hoeven kijken.

'Jim ziet me niet graag roken, maar zo nu en dan eentje kan geen kwaad, en zeker weten dat je ervan opknapt.' Ze lachte, en nu pas meende ik iets van een gelijkenis tussen haar en haar zus Gloria te ontwaren. 'U wilde wat vragen over Gloria's minnaar.'

Ik knikte, blij dat ze er zelf over begon. 'Inderdaad.'

'Uiteindelijk komt het daar altijd weer op uit, niet? Seks.'

'Het heeft beslist een grote aantrekkingskracht op mensen.'

'Zo ziet u het?... Je hoorde of zag niets van hem, van Gloria's vrijer.' Sheila trok een bruingerand blad van een struik en vermaalde het tussen haar vingers. 'Ze hebben hem nooit gevonden, weet u. En niet omdat ze met hun neus hebben gekeken.' Ze strekte haar vingers, keek naar het verkruimelde blad in haar hand en liet het op de grond vallen. 'Hij heeft het nooit met zo veel woorden gezegd, maar Jim denkt dat Gloria gewoon een minnaar heeft verzonnen om het leven wat spannender te maken.'

'En wat denkt u?'

'Ik denk dat hij waarschijnlijk getrouwd was.'

De regen die de hele dag al in de lucht had gehangen begon nu voorzichtig te vallen; Sheila en ik gingen weer naar binnen. Ze wierp heimelijk een blik op haar horloge, waaruit ik opmaakte dat ons gesprek ten einde liep. Ik vroeg: 'Als er inderdaad sprake was van een minnaar, denkt u dan dat Gloria haar man zou hebben verlaten?'

Sheila keek me aan. 'Ik weet het niet. Ik heb er de afgelopen jaren vaak over nagedacht. Die ene dag heeft alles wat erna kwam beïnvloed. Zelfs toen ik Jim leerde kennen hing hij als een schaduw boven ons. Ik dacht altijd dat ze het gedaan zou hebben, maar naarmate ik ouder werd begon ik toch te twijfelen. Ze was dol op Billy en zijn vader zou hem niet zo snel hebben laten gaan. Misschien als hij haar grote liefde was, dan misschien wel, maar de band tussen moeder en kind is het allersterkst; volgens mij zou er heel veel overtuigingskracht voor nodig zijn geweest om die te laten vieren.' Ze knikte in de richting van een dressoir waarop een aantal fotolijstjes opeengepakt bij elkaar stond. 'Ik kan het weten, want ik heb er zelf twee.'

Ik keek even naar de foto's: twee onopvallende jongens in een schooluniform, geflankeerd door de foto's van twee onopvallende jongemannen bij hun afstuderen, met daar weer naast de plechtstatige portretten van dezelfde jongens/mannen, inmiddels kalend, in donkere kostuums die aan hun schoolblazers deden denken. Ik vroeg me af hoeveel foto's er nog zouden volgen tot de set compleet was. Rechts ervan stond een bewerkt zilveren lijstje met een studioportret van Gloria Noon.

Ik zei: 'Mag ik even?' Sheila maakte een uitnodigend gebaar en ik pakte het vast. 'Wat een mooie vrouw om te zien.'

'Niet alleen om te zien, innerlijk was ze ook mooi.' Haar glimlach leek op die van Gloria. 'Het klinkt misschien gek, maar soms stel ik me zo voor dat ze een lange wereldreis aan het maken is. In gedachten zie ik haar in Egypte of in Turkije... Marrakech; altijd op een exotische, zonnige plek.' Ze nam de foto van me over, en voor het eerst sinds ik bij haar was had ik het gevoel dat ze bijna ging huilen, maar in plaats daarvan stiet ze een lachje uit. 'Weet je, als ze nu terugkwam en me vertelde dat ze eens lekker lang op vakantie was geweest, zou ik haar misschien wel zelf vermoorden.'

Terwijl ik toekeek hoe Sheila met haar slanke handen de foto van Gloria weer op het dressoir zette, viel een andere ingelijste foto me op. Ik boog voorover en pakte hem, waarbij ik zo nonchalant mogelijk probeerde te klinken: 'Een vriend van jullie?'

'Waarom zegt u dat?' Sheila glimlachte vriendelijk. 'Da's mijn man, Jim.'

'Meneer Bowen?'

'Bowen was de naam van mijn eerste man. Hij is overleden twee jaar voordat Gloria verdween.' Ze schudde het hoofd. 'Myeloïde leukemie. Na de diagnose heeft hij het nog zes maanden uitgehouden. Het verlies van Gloria zou een enorme klap voor me zijn geweest, hoe dan ook, maar na de dood van Frank...' Ze schudde het hoofd bij de herinnering. 'Tja, u kunt het zich wel voorstellen, ik dacht dat het met mij ook gedaan was. Maar toen kwam Jim.' Weer glimlachte ze. 'Hij maakte deel uit van het onderzoeksteam. Volgens mij geloofden de anderen diep in hun hart dat Gloria gewoon een losgeslagen vrouw was die haar man had verlaten. Dat waren andere tijden. Maar Jim heeft daar nooit iets van geloofd. Hij ging maar door, en toen werd ik verliefd op hem.' Ze glimlachte. 'Ik hield de naam Bowen aan voor de winkel. Franks opa is hem begonnen en het zou niet goed zijn geweest om die naam te veranderen.' Ze glimlachte. 'Daarom wist ik dat u belde vanwege Gloria. Tegenwoordig noemt niemand me nog Bowen. Sinds mijn huwelijk met Jim ben ik voor iedereen altijd Sheila Montgomery geweest.'

*

Onophoudelijk speelde de vraag door mijn hoofd wat er gebeurd zou zijn als James Montgomery vroeg thuis zou zijn gekomen en mij in zijn voorkamer had aangetroffen terwijl ik zijn vrouw ondervroeg. Iets in mij wilde dat hij dat gedaan had. Wat had hij haar daar kunnen maken? Maar meer in mij was opgelucht te kunnen ontsnappen.

Ik liet het huis van de Montgomery's zo snel mogelijk achter me, de open straten van suburbia vervloekend, bang om de trein terug te nemen vanwege het risico onderweg zijn pad te kruisen. Uiteindelijk stuitte ik op een winkelcentrum waar ik een bus wist te pakken die me het gebied uit loodste.

Eenmaal terug in het centrum van Londen gebruikte ik een openbare e-mailtelefoon om mijn WaargebeurdeMisdaad-postbus te checken. De techniek mocht dan vooruitgang hebben geboekt, er werd nog steeds in telefooncellen gepist. Ik hield mijn adem in en probeerde te achterhalen hoe het apparaat werkte. De verbinding was akelig traag, zodat ik alle kans kreeg om te lezen over een stuk of tien vrouwen die dolgraag wilden dansen, masseren of me in het algemeen wilden vermaken. Ik vroeg me af of ze wisten welk risico ze daarmee liepen.

De medewerkers van Viagra hadden bij me aangeklopt, en dat gold ook voor Drew Manson. Hij wilde me graag ontmoeten en had een o6-nummer achtergelaten.

Hij nam op na de derde keer overgaan. Ik legde hem uit dat ik de volgende dag naar een conferentie voor de boekenbranche vertrok, maar dat ik hem voor die tijd graag zou spreken. Of de heer Manson tijd had voor een late lunch? Dat had hij. Hij noemde de naam van een eetcafé ergens in de buurt van Farringdon Street. Ik had daar ooit een danseres mee naartoe genomen. Het eten had me veel geld gekost en ze was vroeg naar huis gegaan met de mededeling dat ze fris moest blijven vanwege de voorstelling van de dag erna. Ik hoop dat ik met de heer Manson meer geluk zou hebben.

De auteursfoto van Drew Manson gaf een dertiger te zien, met een bril à la David Hockney en een doordringende blik met daarboven een dikke bos donker haar in een coupe die in de jaren zestig populair was onder intellectuelen. Manson keek op van de typemachine op zijn bureau, met op zijn grove gezicht een combinatie van verbazing en intellectuele onverbiddelijkheid; zijn rechterhand hing onbeweeglijk boven de toetsen, halverwege een aanslag, alsof hij gestoord werd tijdens het typen van een bijzonder lang woord.

Aanwijzingen te over: de jaren-zestigstijl, het ontbreken van een computer en de publicatiedatum op de eerste bladzijde van het bibliotheekboek in mijn tas. Toch werd ik nog verrast door de binnenkomst van de kalende zestiger die nota bene dezelfde bril droeg, of in elk geval iets wat daar sterk op leek. Ik liet hem een moment in de deuropening staan, vanwaar hij zijn blik de pub liet rondgaan met de onderkoelde opwinding van een man die vele teleurstellingen heeft moeten meemaken maar desondanks nog wat hoop koestert, en toen stond ik op om hem te begroeten.

'Meneer Manson?'

'Ja.'

Zijn accent klonk precies zoals ik in gedachten alumni van Cambridge hoorde praten, en ik was blij dat ik geopteerd had voor een intellectuele uitstraling en mijn eigen bril had opgezet. 'William Wilson. Bedankt dat u me al zo snel te woord wilde staan.'

Manson keek schrijverachtig onzeker. Hij droeg een donkerchocoladebruine broek met enorme ribbels, zijn stropdas was bedrukt met een monogram dat ik niet herkende maar dat ongetwijfeld bij ingewijden een belletje deed rinkelen, en zijn tweed jasje was voorzien van elleboogstukken. Ik vroeg me af of hij echt was of gewoon een oude oplichter. Ik stak van wal over de nieuwe serie misdaadboeken die mijn zeer kleine, zeer recent opgerichte uitgeverij hoopte te herdrukken, met aanvullende informatie over alle mogelijke ontwikkelingen die zich sinds de oorspronkelijke editie hadden voorgedaan.

'Ik ben geïnteresseerd geraakt in de zaak van Gloria Noon vanwege de recente moord op haar zoon Bill.'

Manson knikte en maakte een sissend geluid door de lucht tussen zijn tanden door te zuigen, als een man die ergens grondig over nadenkt.

De serveerster kwam aanlopen met de menukaarten, waarop Manson fronsend naar de zijne begon te turen als een bijziende wetenschapper naar een dubieuze scriptie. Toen de serveerster terugkwam deed hij zijn bestelling: 'Biefstuk, rood, met een groene salade en een fles Barolo. In afwachting daarvan neem ik een glas Pouilly Fumé.' Hij keek het meisje na terwijl ze parmantig de keuken opzocht en richtte zich vervolgens weer tot mij, met een ontspannen glimlach op zijn gezicht.

'Meneer Wilson, ik heb dit alles met grote belangstelling gevolgd, maar het is volkomen evident en helder, zelfs voor iemand met afnemende inzichten zoals ik, dat u niets maar dan ook niets met uitgeven van doen hebt.' Hij keek me vriendelijk over de rand van zijn bril aan en wachtte even om me de kans te geven ertegen in te gaan. Ik deed er het zwijgen toe, waarop hij begon te glimlachen, alsof hij dat uitblijven van protest wel kon waarderen. 'Nu onze lunch is veiliggesteld wilt u misschien zo vriendelijk zijn om me te vertellen wie u echt bent en waarnaar u op zoek bent.'

Ik grinnikte. 'U bent ook niet op uw achterhoofd gevallen, hè, meneer Manson?'

Hij trakteerde me op zijn geleerde glimlach en ik reageerde met mijn reserveverhaal. Dat ging over Bill en onze schooltijd. Ik had niet de indruk dat hij zich hierdoor wel liet overtuigen, maar hoe dan ook leek hij opgelucht dat ik niet bezig was met een boek, en misschien dat mijn optreden zo veel tegenstrijdigheden vertoonde dat zijn nieuwsgierigheid werd gewekt.

Manson stak een hand in de zak van zijn colbert. 'Goed. Aangezien u me hier onder valse voorwendselen naartoe hebt gelokt, heb ik volgens mij alle recht wat onkosten van u terug te vorderen.'

Hij legde zijn treinkaartje voor me neer. Ik begon onhandig in mijn broekzak te graaien, op zoek naar wat kleingeld voor het kaartje, waarna ik mijn portefeuille openklapte en er nog een tientje bij deed. 'Neemt u na afloop maar een taxi naar het station.'

Hij schoof het biljet weer terug over de cafétafel. 'Het bedrag voor de trein volstaat en...' Hij nam een slok van de Pouilly Fumé en knikte. '... Voortreffelijk. Ik wil graag met u van gedachten wisselen over de kwestie Gloria Noon, als u mij één dingetje wilt beloven.'

'En dat is?'

Manson verloor iets van zijn professorale imago; zijn uitspraak vertoonde opeens een licht Londens accent. 'Dat u alle eventuele nieuwe informatie aan mijn doorspeelt.'

Ik wachtte even, alsof ik zijn voorstel zorgvuldig overwoog. 'Ik kan u niet garanderen dat ik nieuw materiaal zal ontdekken, maar zo ja, dan zal ik u er met alle plezier over inlichten.'

'Goed.' Manson nam weer een slok van zijn drank. 'Dus we begrijpen mekaar goed?'

Ik knikte, waarna er een weinig gemakkelijke stilte viel waarin we van onze wijn dronken en stukken brood afscheurden tot het eten arriveerde.

De serveerster zette eerst de biefstuk van Manson neer, schoof vervolgens mijn ravioli op de tafel en strooide daar wat Parmezaanse kaas overheen. Manson keek vol afschuw naar mijn lunch, pakte zijn mes vast en begon zijn vlees te snijden. Er sijpelde bloed over het witte bord dat weigerde zich te mengen met het plasje donkerbruine jus waarin de biefstuk lag. Manson stak een stukje in zijn mond en begon te kauwen, waarna hij van wal stak. 'Zaken waarbij het lichaam niet wordt teruggevonden zijn altijd intrigerend. In het geval van de onfortuinlijke mevrouw Noon weten we dat ze waarschijnlijk overleden is, en toch blijft er dat flintertje twijfel. Misschien is ze gewoon weggelopen vanwege een onbevredigend huwelijk.'

'En haar kind dan?'

'Het komt voor.' Manson spietste een stukje broccoli aan zijn vork, schoof er een gebakken aardappeltje bij en glimlachte vergenoegd naar het stilleven voordat hij het in zijn mond stak.

'Dat zal best, maar volgens mij niet vaak.'

'Toch wel vaker dan u denkt.' Hij stopte een klein stukje biefstuk in zijn mond en praatte onverminderd door. 'Ik zei niet dat het zo gegaan is, alleen maar dat het tot de mogelijkheden behoort. Geen lichaam, geen zekerheid omtrent het overlijden.'

'Net als bij lord Lucan.'

'Exact.'

De sterke kaken van Manson togen aan het werk. Ik keek de andere kant uit om niet te hoeven zien hoe het eten tussen zijn tanden werd vermalen. 'Wat is er volgens u in het geval van Gloria gebeurd?'

'Hebt u mijn boek gelezen?'

'Ja.' Ik had het in de trein vanuit Glasgow gelezen, en wel met een zekere walging vanwege het gemak waarmee ik me liet meeslepen door alle details van Gloria's verdwijning. Maar het boek had me niets meer kunnen vertellen dan de verslagen van de pers. 'Ik vond het fascinerend, maar hoewel het bewijs een aantal kanten uit wees, hebt u geen echte conclusies getrokken. Ik vroeg me af wat er volgens u is gebeurd.'

'*Off the record?*'

'Tuurlijk.'

'Off the record zou ik zeggen dat Bill Noon zijn vrouw vermoord heeft.' Manson sloeg zijn resterende wijn achterover. Hij glimlachte vanwege de nadronk, of misschien wel vanwege de misdaad.

Ik gebaarde naar de serveerster dat we nog een fles wilden. 'Hoe weet u dat zo zeker?'

'Aha.' Hij prikte met zijn vork in de lucht. 'Ik heb niet gezegd dat ik het zeker wist; ik zei dat het volgens mij waarschijnlijk zo is gegaan. Da's iets anders.'

'Daar hebt u gelijk in.'

'Een misdaad komt neer op drie klassieke aspecten: middelen, motief en mogelijkheid. Bill Noon had ze allemaal.'

'En haar minnaar dan?'

'De mysterieuze minnaar.' Manson schoof zijn lege bord opzij en begon te glimlachen toen de serveerster een volle fles op onze tafel zette. 'Misschien ligt hij op een strand in Acapulco mai tais te drinken met Gloria Noon. Misschien was hij het product van haar fantasie. Misschien heeft hij haar vermoord of misschien heeft Bill hem ook te grazen genomen.' Ik schonk zijn glas vol, en hij grinnikte. 'Wat natuurlijk zou betekenen dat behalve Gloria niemand om hem gaf, aangezien er toen niemand die bij dat plaatje paste als vermist is opgegeven.'

'Maar het kan zijn dat hij haar vermoord heeft, het lijk heeft gedumpt en weer terug is gegaan naar waar hij vandaan kwam.'

'In theorie wel, ja.'

'Maar het is onwaarschijnlijk?'

Hij haalde zijn schouders op. 'Als u echt een uitgever was, zou ik een samenvatting kunnen geven van het hoofdstuk dat ik zou kunnen schrijven over de eventuele minnaars van Gloria Noon, allemaal natuurlijk binnen de grenzen van het betamelijke – maar nee, ik denk van niet.'

'Maar wat is dan het motief van Bill Noon als er geen minnaar is?'

Manson nam weer een teug wijn en richtte zijn blik weer op mij. 'Heeft niet iedere echtgenoot een motief?'

'Ik weet het niet. Ik ben nooit getrouwd geweest.'

'Nee.' Hij grinnikte. 'Ik ook niet, maar zo ja, dan…'

'Dan zou u nu gescheiden zijn?'

'Ik wilde zeggen dat ik dan best een motief voor moord zou hebben.' Lachend schonk hij zijn wijnglas bij.

Ik stelde hem de vraag die me had beziggehouden sinds ik geconfronteerd was met de foto van de twee mannen die aan de rand van het meer stonden. 'Denkt u dat Bill Noon een handlanger zou kunnen hebben gehad?'

Manson keek me opeens recht in de ogen, aangeschoten, maar helder genoeg om een wortel te zien die hem werd voorgehouden. 'Hoe kom je daar zo bij?'

'Het was maar een idee. Een poos geleden heb ik een vergelijkbaar geval voorbij zien komen.'

Manson liet na te vragen welk geval, aangezien hij wist dat ik loog. Zijn stem klonk weifelend; hij zette zijn glas neer maar liet de steel niet los. 'Het is niet onmogelijk; het zou daarmee beslist eenvoudiger zijn geweest het lijk te doen verdwijnen. Het grootste probleem...' Hij glimlachte. '... Afgezien van het bekende probleem om iemand te vinden die bereid is je te helpen met het opbergen van je dode vrouw, is het vooral problematisch iemand te vinden van wie je erop aan kunt dat hij z'n mond houdt. Als er een kink in de kabel komt, of er wordt een beloning uitgeloofd, loop je de kans dat hij je erin laat luizen om zelf de dans te ontspringen. En dan is er nog het Raskolnikov-effect. Onderschat niet iemands neiging om alles op te biechten. Die is heel sterk.'

Hij deed zijn bril af, masseerde zijn slapen en keek me vervolgens weer aan, met kleine, lichte, vermoeide ogen. 'Maar het centrale punt is: hoe meer mensen erbij betrokken zijn, hoe groter de pakkans. Het kan niet anders of Bill Noon wist dat.' Hij boerde zacht. 'Tenzij je bewijzen voor het tegendeel hebt zou ik zeggen dat je hier een doodlopend spoor te pakken hebt, makker. Bill Noon zou een medeplichtige gehad moeten hebben van wie hij er volledig op aan kon dat hij hem niet zou verlinken, geen aanval van biechtdrang zou krijgen, niet zou gaan opscheppen of dronken zou worden en met Jan en alleman zou gaan wauwelen.' Hij richtte zijn doordringende blik op mij en leek opeens vagelijk op zijn auteursfoto, hoewel hij met zo veel nadruk sprak dat het naar smeken neigde: 'Als je iets ontdekt, vertel het me alsjeblieft. Ik zal je vermelden in m'n boek.'

Ik reageerde dat ik hem zou laten delen in alles waar ik op stuitte. Drew Manson knikte, tevreden dat hij het maximale eruit had gesleept: een bijna-garantie. Hij zette zijn bril weer op zijn neus en keek om zich heen, op zoek naar onze serveerster. Ze ving zijn blik op en trippelde appetijtelijk onze kant uit. Manson trakteerde haar op een bijzonder onacademische oogopslag en een glimlach die zich bood op de stukjes broccoli tussen zijn tanden. 'Zalig was dat, schatje.' Hij grinnikte. 'Volgens mij zijn we nu wel aan de dessertkaart toe.'

Berlijn

Tegen het bureau geleund stond ik met een sigaret in mijn mond naar een slapende Sylvie te kijken toen Ray op de deur van zijn kantoor klopte en zijn hoofd behoedzaam het vertrek in stak. Rays snor stond treuriger dan ik hem ooit had meegemaakt, maar zijn donkere ogen keken zo helder als de stippen op een opgepoetste dobbelsteen, en zijn wangen bloosden. Ik probeerde te glimlachen, maar er was de laatste tijd wel vaker een beroep op mijn charmes gedaan en ik merkte dat mijn reserves opraakten. Ray aarzelde, draaide zich vervolgens om, opgelucht dat de gewelddadigheden voorbij waren, en zei op zachte toon iets tegen iemand die ik niet kon zien. Hij knikte om aan te geven dat de kust veilig was, glipte de kamer in en deed de deur achter zich dicht.

'William.' Hij schudde het hoofd, alsof woorden tekortschoten.

'Jaaa… ik weet het, Ray, het spijt me.'

'Nee.' Zijn stem klonk bits. 'Het spijt míj. Je act mocht er wezen.'

Ik nam het laatste trekje van mijn sigaret en keek waar ik hem kon uitdrukken. De computer van Ray stond scheef tussen de berg gekreukte papieren op zijn bureau, het toetsenbord zat onder de spetters van Kolja's bloed. Als er al een asbak rondslingerde, dan ging hij ergens schuil onder de puinhopen. Ik vouwde het laatste stukje sigaret dubbel en stopte het in mijn zak. 'Shit, Ray. Het spijt me vreselijk van die troep.'

'Iedereen heeft spijt, William. Jij, ik, Ulla.' Hij knikte naar Sylvie, die onderuitgezakt op de stoel zat waarnaar ik haar had versleept. 'En zij vermoedelijk ook, wanneer ze wakker wordt.' Door het gênante karakter van de situatie begon ik formele taal te bezigen. 'Is mijn dienstverband hiermee beëindigd?' Ray knikte. 'We moeten het hier hebben van' – hij zocht naar de juiste uitdrukking – 'eensgezindheid... Ulla...' 'Ulla wil ons weg hebben?' Ik wachtte even, in de hoop dat hij me zou tegenspreken, maar Ray knikte. Ik zuchtte. 'Yep, ik begrijp het. Betaal me dan maar, dan pak ik m'n spullen en stap ik op.' Ray keek treuriger dan ooit. Hij stak een hand in zijn zak, haalde er een stapeltje bankbiljetten uit en pakte er een paar vanaf. Hij gaf ze me. 'Ik zal vragen of iemand je kleren en zo komt brengen.' Ik keek naar de honderd euro in mijn hand. 'Ray, dit is niet wat je me verschuldigd bent.'

'Nee, William.' Het vleugje rood op Rays gezicht leek terrein te winnen. 'Het is niet wat ik je verschuldigd ben. Ik heb geld uitgegeven aan advertenties, reizen, je nieuwe kisten en' – hij spreidde zijn armen om me op de rotzooi in zijn kantoor te wijzen, en toen herinnerde ik me dat hij het had omschreven als zijn heiligdom – 'je probeert m'n theater te gronde te richten. Ik moet Ulla tegenhouden om niet de politie te bellen.' Sylvie verroerde zich en ik legde een hand op haar hoofd. De theaterdirecteur begon steeds harder te praten; zijn stem had de schrille klank van een man die het niet gewend is om zijn stem te verheffen. 'Jij bent degene die hier anderen iets verschuldigd is.' De deur van het kantoor ging een stukje open, waarop Ray degene die aan de andere kant stond iets toebeet en zich weer tot mij richtte. 'Wees blij dat je überhaupt wat van me krijgt. Laat je Engelse vrind maar je ticket naar huis betalen. Dit was je laatste optreden in Berlijn.'

'Het heeft me veel moeite gekost om de act helemaal toe te spitsen op Schall und Rauch.'

Hij schudde het hoofd en draaide zich om, klaar voor vertrek. 'Ik laat iemand je spullen brengen.' Hij knikte in de richting van Sylvie, waarbij hij zijn ogen wegdraaide, alsof het pijn deed om naar haar te kijken. 'Vergeet vooral niet haar daar mee te nemen.'

'Ray.' Ik stapte weg van het bureau. 'Ik heb dat geld nodig.'

'Dat is mijn probleem niet.' Hij keek me recht in de ogen. 'Deze troep opruimen en iemand vinden die vanaf morgen jou kan vervangen, mijn toneelmeester kalmeren, de politie buiten de deur houden – het zijn allemaal mijn problemen. Jij bent domweg een van mijn vergissingen.'

Aanvankelijk wist ik niet wie van de tweeling het kantoor binnenstapte met mijn rekwisietenkoffer, maar toen zag ik de omega op zijn pols en wist ik dat het Erhard was. Hij keek naar Sylvies scheefgezakte gestalte en zei: 'Kolja is een hufter.'

'Hij is een hufter met een baan.' Ik tilde mijn koffer op. 'Wil je me de hand schudden?'

Erhard keek snel naar Sylvie en toen weer naar mij. 'Tuurlijk.' Hij leek er zich ongemakkelijk onder te voelen. 'Dit kan zo niet.'

Onwillekeurig begon ik te lachen, maar er klonk een verbitterde ondertoon in door die maakte dat ik ermee ophield. 'Je kon weleens gelijk hebben. Zodra ik thuiskom kap ik met stevig drinken en lichte vrouwtjes en ga ik ethiek studeren.'

De acrobaat knikte in de richting van mijn koffer. 'Zit daar een schoon shirt in?'

Ik keek omlaag en realiseerde me dat hij niet op mijn gedrag doelde. De voorkant van mijn overhemd was een en al bloed, dat van Kolja en van mij, met geen mogelijkheid van elkaar te onderscheiden; ze hadden dezelfde tint rood en waren één geworden op het niet langer witte katoen. Ik bracht een hand naar mijn gezicht en voelde dat er zich onder mijn neus al een korst begon te vormen en werd me bewust van de pijn op de plek waar Kolja's vuist was ingeslagen. 'Nee. Ik heb geen tijd gehad om te wassen.'

Het punt van huishoudelijke aandacht had iets absurds, zodat ik een beetje begon te grinniken.

'Hier.' Erhard trok zijn T-shirt uit en reikte het me aan.

'Zeker weten?'

De jonge atleet knikte, en ik begon de knoopjes van mijn overhemd los te maken. Erhard nam het van me aan, pakte vervolgens een fles met een heldere vloeistof uit Rays bureaula, waarvan hij wat op het rood geworden katoen goot, en veegde het bloed van mijn gezicht. De alcohol deed pijn. Ik grimaste en hij legde een hand op mijn blote schouder. 'Het moet.'

Ik voelde de warmte van zijn naakte borstkas, vlak voor de mijne. Het was een vreemd gevoel, midden in een vreemde nacht. Ik nam het beblode shirt van hem over en zette het werkje voort, waarna ik snel zelf een slok uit de fles nam. Het was een soort schnaps, weinig subtiel, sterk, en het gaf me een kick. Ik gaf de fles weer aan Erhard, die de dop erop schroefde zonder er zelf van te drinken.

Ik ging naast Sylvie op mijn knieën zitten en fluisterde: 'Erhard gaat me helpen om je in een taxi te krijgen.'

Ze mompelde iets waar ik geen wijs uit kon worden. Ik knikte naar Erhard. We pakten Sylvie voorzichtig bij haar armen vast en schuifelden via de gangen backstage naar de artiesteningang. Op een gegeven moment keek ze omhoog naar Erhard en glimlachte ze dromerig, alsof ze niet begreep waar hij vandaan kwam. Maar verder zette ze gewoon de ene voet voor de andere en liet ze zich zo door ons meevoeren, waarbij haar hoofd zachtjes wiegde als gevolg van de zwaartekracht. Van ergens uit het theater bereikte ons een lage beat, maar tijdens onze lange tocht naar de uitgang kwamen we niemand tegen. De portier liet zijn krant zakken en keek afkeurend toe. We reageerden er niet op. Erhard hielp Sylvie en mij voor de laatste keer de deur van Schall und Rauch uit. Zodra de straat in zicht kwam bleef ik staan. 'Waarschijnlijk kan ik haar vanaf hier het best helemaal zelf voor m'n rekening nemen. Als taxichauffeurs zien dat we haar met ons tweeën moeten ondersteunen, worden ze misschien bang dat we hun bekleding vernachelen.'

'Oké.' Erhard streek met een hand over zijn getatoeëerde borstkas. 'Succes.'

'Bedankt. Ik zal het ook wel nodig hebben.'

Hij knikte. 'Ga je terug naar Engeland?'

'Waarschijnlijk wel.' Ik herinnerde me de scout waar Rich over had gebeld en probeerde mezelf wat op te vrolijken. Of misschien probeerde ik nog een klein beetje waardigheid te behouden. 'M'n impresario zegt dat de tv daarginds belangstelling voor me heeft. Misschien dat dat nog iets wordt.'

Erhard wreef met zijn duim over zijn wijs- en middelvinger: het wereldwijde gebaar voor geld. 'Aha, dus binnenkort zijn al je problemen voorbij.'

We schudden elkaar de hand en ik bedankte hem voor zijn hulp, waarbij ik me niets probeerde aan te trekken van de gedachte dat al je problemen alleen voorbij zijn als je in je graf ligt.

Ik schoof Sylvie in een van de Mercedessen die zich werkloos bij de taxistandplaats ophielden, verbaasd dat ze nog een stap op die hoge rode schoenen kon zetten. De chauffeur ontving ons met enige argwaan, maar toen ik hem de naam van mijn hotel noemde, zette hij toch de motor aan en verliet hij traag de rij taxi's. Misschien dat ook hij krap bij kas zat.

In de taxi werd Sylvie wakker, waarbij ze lief naar me lachte, als een kind dat nog wat sloom is na een middagdutje. 'Maak je geen zorgen, William, we vinden vast iets beters. Ik wil wedden dat Londen een paar hippe cabarettheaters heeft.'

'Ik vond Schall und Rauch leuk.'

Sylvie legde haar hoofd op mijn schouder. 'Je vond die overspannen bitch leuk.'

'Jaaa...' Ik staarde naar buiten, naar de etalages die helder oplichtten in de nacht. 'Ja, haar vond ik ook leuk.'

Het hotel was donker, maar ditmaal had ik een sleutel en liet ik ons naar binnen. Het was onmogelijk om in de hotellift met zijn spiegelwanden mijn evenbeeld over het hoofd te zien. Erhards T-shirt sloot strak om mijn bovenlijf en benadrukte zo de pens waarvan ik het bestaan niet wilde erkennen. Aan mijn bovenlip hing koppig een Hitler-snor van geronnen bloed, over mijn neusrug liep een snee daar waar Kolja's ring me had geraakt, en mijn rechteroog zat door een zwelling half dicht.

De teller boven de liftdeur naderde langzaam de vier. Sylvie was inmiddels helemaal wakker. Leunend tegen een wandje stond ze naar haar voeten te staren; ik vroeg me af of ze bang was voor haar spiegelbeeld. Ik legde een hand op haar arm, haar blik ging omhoog en ze keek me aan.

'Ik ben te moe, William.' Ze glimlachte droevig. 'Laat me even wat slapen, dan kunnen we daarna doen wat je maar wilt.'

De lift kwam – *ping* – tot stilstand en ze liep de gang in. Nu Sylvie nuchterder werd leek ze juist minder recht te gaan lopen. Ze struikelde, vloekte zachtjes, deed de ene schoen uit, de andere, en wankelde blootsvoets langs al die andere deuren naar mijn kamer. Ik beende achter haar aan.

'Het enige wat ik doe is je een bed geven om te slapen.'

Ze staarde me aan, fel, taxerend, met haar mond in een cynische

Mona Lisa-glimlach waarvan mijn hand begon te trillen. 'Jóúw bed.'

'Je lag in coma en ik had te weinig geld om je naar huis te laten rijden.'

'Zeker weten?'

'Jezus, Sylvie, ik zit met de brokken omdat jij het in je hoofd haalde om die hufter van een opgepompte griezel te gaan pijpen.'

'Jij zit met de brokken omdat je besloot hem op z'n falie te geven. Als jij je handjes niet zo had laten wapperen, hadden we alleen een wat gênante situatie gehad.'

Ik bleef voor de deur van mijn kamer staan en stak de plastic kaart in het slot. Het lampje boven de klink bleef hardnekkig rood. ''t Is Ulla's vriend.'

'Dan was het dus iets tussen haar en hem, of misschien dan tussen haar en mij. Het had geen reet met jou te maken.'

Ik draaide de kaart om en duwde hem terug in het slot. De deur gaf geen krimp. 'Hij heeft je gebruikt.'

'Misschien wilde ik wel gebruikt worden. Ontken het nou maar niet, William. Je kunt hem niet omhoog krijgen, dus wil je niet dat iemand anders aan z'n trekken komt.'

Ik pakte haar arm vast. 'Jij bent wel de laatste meid met wie ik wil neuken. Ik ben als de dood dat m'n pik een infectie oploopt en eraf valt.' Ik voelde hoe mijn vingers in haar vlees klauwden. Ze draaide haar gezicht naar me toe en kuste me. Haar adem was penetrant, haar lippen smaakten zout. Opeens bedacht ik waar haar mond was geweest en ik duwde haar van me af. 'Als ik had willen weten hoe de kwak van die reuzenflikker smaakt had ik hem wel zelf gepijpt.'

'Krijg de kolere, William.'

'Nee, krijg zelf de kolere, stomme trut die je bent.'

Sylvie draaide zich om. Ik keek hoe ze langzaam door de gang naar de lift liep en probeerde vervolgens de kaart weer. Het slot lichtte groen op. Ik duwde de deur open, aarzelde even en stapte naar binnen.

De stank trof me als eerste. Ik begon half te kokhalzen, probeerde de lucht thuis te brengen, en plotseling wist ik het: het was mijn eigen geur, maar dan honderd keer zo sterk. Een dun streepje licht viel vanuit de gang naar binnen. Het was niet veel, maar genoeg om de contouren te ontwaren van het handjevol bezittingen dat ik had meegenomen naar Berlijn en dat her en der in de schaduw verspreid lag. Mijn kleren waren uit de kast gerukt, het dekbed en de kussens van het bed getrokken. En ergens in die puinhoop lagen de restanten van een kapotgeslagen fles kostbare aftershave die zijn aantrekkingskracht had verloren. Ik raapte de paperback op die ik had liggen lezen. De bladzijden waren eruit gescheurd. Wat zonde. Nu zou ik nooit te weten komen hoe het afliep.

Ik gaf een tik tegen de lichtschakelaar; er klonk een doffe klik maar de kamer bleef in duisternis gehuld. Een passend einde van deze avond. Ik was in elkaar geslagen, had mijn baan verloren, het verbruid bij het meisje dat ik leuk vond, mijn geld verspeeld en ruzie gemaakt met de enige met wie ik in deze stad bevriend was geraakt. Beroving en een kerkhofverlichting sloten er naadloos bij aan. Ik hoorde hoe aan het andere eind van de gang de liftdeuren openschoven en met een korte rinkel weer dichtgingen.

'Fuck, fuck, fuck.'

Ik deed de deur van het slot in de vage hoop dat Sylvie zou besluiten om terug te komen, trok de deur zachtjes achter me dicht en wierp een blik op mijn horloge. Het was drie uur 's ochtends. Overal in de stad lagen de mensen lekker te slapen. Geliefden kropen tegen elkaar aan, blozende kindertjes huppelden al duimend door dromenland. Ik liep naar het raam om te profiteren van het licht dat de straat naar binnen wierp, of misschien wel om te zien hoe Sylvie wegliep. Mijn voet raakte de whiskyfles die op de vloer lag en ik boog voorover om hem op te rapen. Daarbij bedacht ik dat vrienden niet altijd van vlees en bloed hoefden te zijn. Misschien dat ik iets in mijn ooghoek opving, maar hoe dan ook draaide ik me om in de richting van de badkamerdeur, net op het moment dat die openging.

Montgomery zag er ouder uit, alsof het pensioen hem geen goed deed. Ik voelde een kentering in mijn lichaamssappen en balde mijn vuisten terwijl ik een stap achteruit deed. Montgomery schudde treurig het hoofd. 'Tering, wat zie jij eruit.'

Zijn stem klonk zacht, bezorgd. Die van mij klonk nors, maar er schemerde meer zelfvertrouwen in door dan ik had verwacht. 'Zoiets als deze kamer?'

'Inderdaad.' Hij glimlachte meewarig. 'Sorry daarvoor. Ik dacht dat we ons zo allebei wat gedoe konden besparen.'

Ik ging op het bed zitten. 'Misschien dat ik op m'n ouwe dag wat traag word, maar ik tast nog steeds in het duister.' Ik liet mijn blik de onverlichte kamer rondgaan en begon tot mijn eigen verbazing te lachen. 'Da's ook wel logisch, in zo'n setting. Wat doe jij trouwens hier?'

Montgomery haalde een peertje uit een zak van zijn colbert en draaide dat in de lamp naast het bed. Een zachte gloed lichtte alle troep in de kamer aan. 'Zo beter?'

Ik keek naar mijn her en der verspreide spullen. De ex-politieman had meer dan de boel doorzocht. Het was een woeste aanslag op mijn bezittingen geweest. Dekbed en kussens waren opengesneden, zodat de grond bezaaid lag met een berg schuim en veren. Mijn jasjes lagen aan flarden. Mijn koffer stond wagenwijd open; de rode voering was eruit gesneden en hing er troosteloos bij. Wat me deed denken aan de schade die ik Kolja's gezicht had toegebracht, waarop ik me afvroeg of ik op korte termijn nog een koekje van eigen deeg zou krijgen. Ik ging op het bed zitten, haalde een pak kaarten uit mijn zak en begon ze te schudden om mijn handen iets te doen te geven. 'Niet echt, nee. Ik denk trouwens dat ik zo maar even je Berlijnse collega's ga bellen.'

'Je stelt me teleur, William. Daarnet, toen je niet deed alsof je me niet herkende, dacht ik even dat we het leuk konden houden.' Montgomery kwam voor me staan, waarop het tot me doordrong dat het niet verstandig was geweest om te gaan zitten. 'Waar is-ie?'

'Ik heb een perfect geheugen, weet je nog? Hoort bij m'n vak.' Ik tikte het pak kaarten recht. 'Bij dit soort spelletjes is dat een voordeel. Zo heb ik deze complete set uit m'n hoofd geleerd terwijl we hier zaten te praten.' Ik reikte hem de kaarten aan. 'Trek er een uit en ik kan je vertellen wat de rest van de serie is. Daarna mag je me vertellen waarnaar je op zoek bent.'

Montgomery sloeg de kaarten uit mijn hand; ze vlogen in mijn schoot en op de grond, als een goedkope metafoor voor mijn leven. 'Ik vroeg je iets. Waar is-ie?'

'Waar is wie?'

'Wat wil je? Geld?' Montgomery's stem klonk niet meer zo ontspannen. Hij sprak nog niet zo hard dat het onaangenaam werd in de kleine kamer, maar er klonk een scherpe ondertoon in door. Er sproeide speeksel in mijn gezicht. 'Je weet verdomd goed wat ik bedoel.'

Ik was er nog niet aan toegekomen om mijn verdronken mobieltje te vervangen door een ander. Ik keek naar het omvergegooide nachtkastje, waarop de hoteltelefoon had gestaan. Ik zag hem niet meer. De stekker was uit de muur gerukt en nu lag hij waarschijnlijk ergens onder het puin van mijn bezittingen. Ik meende te horen hoe in de gang de liftdeuren met een *ping* openschoven. Als ik een sprintje trok kon ik misschien om hulp vragen. Ik schoof weg uit Montgomery's schaduw en kwam overeind. 'Je bent hier aan het verkeerde adres, makker. Wat je ook kwijt bent, ik weet er niets van.'

Montgomery grijnsde, deed een stap opzij alsof hij op het punt stond op te stappen, maar draaide zich toen plotseling om en beukte me midden op mijn borstkas. Ik schoot met gespreide armen achterover op het bed, en de politieman wierp zich schuin op me, met een knie tussen mijn benen en een hand op mijn keel. Zachtjes drukte hij er een mes tegenaan, net onder mijn adamsappel. Ik voelde mijn huid meegeven met het lemmet; hij was nog niet zover dat hij mijn bloed liet gaan, maar daar had hij wel zin in. We leken daar een hele tijd zo te liggen, hoewel de rode cijfers van de radioklok, die opgloeiden vanonder een berg overhemden, op 3:06 bleven staan.

'M'n geduld raakt op, Wilson, etter die je bent.' Ik voelde Montgomery's warme adem op mijn gezicht. Mijn eigen adem zat ergens in de diepte vast, in de buurt van mijn hart. Ik kreeg hem terug, ademde langzaam uit en probeerde iets te verzinnen wat hem kon kalmeren, iets wat hem ertoe zou kunnen bewegen het mes daar weg te halen. 'Je hebt de kamer doorzocht. Er ligt hier niets wat van jou is.'

'Misschien niet hier.' Hij drukte het mes harder naar beneden. Ik zag het bloed naar zijn gezicht stijgen, maar de stem achter het gefluister klonk beheerst. 'Ga je graag naar de bioscoop?'

Ik vroeg me af welke filmmuziek hij in gedachten hoorde terwijl hij daar de meesterschurk uithing. Dit was mijn cue om me los te rukken, nu hij in geuren en kleuren uit de doeken ging doen hoe ik gemarteld zou worden. In films werkte dat zo, maar ik had Montgomery met zijn volle gewicht op me liggen en er drukte een mes tegen mijn keel. Bovendien ontbrak het onzichtbare orkest dat langzaam maar zeker naar een climax toe werkte. Ik slikte; het was geen pretje om te voelen hoe mijn keel langs het lemmet schuurde. 'Dat geldt toch voor iedereen?'

'Je hebt volkomen gelijk. Het is een populair tijdverdrijf. Heb je die ene film gezien...' Hij wachtte even, alsof hij in zijn geheugen moest graven. 'Hoe heet-ie ook alweer? Hij is van die jonge Amerikaanse snuiter, zo lelijk als de nacht, maar ge-ni-aal... *Reservoir Dogs* – precies.' Montgomery keek me glimlachend aan. 'Heb je die gezien? Godskolere, wat goed. Daarin snijden ze een vent z'n oor af.'

Ik keek hem recht in de ogen en legde alle beschikbare overtuigingskracht in mijn stem. 'Jij gaat níét mijn oor afsnijden.'

Het mes drukte weer even hard tegen mijn keel en Montgomery ging met zijn gezicht vlak boven het mijne hangen. 'O zeker wel, en nog heel wat andere dingen als ik niet terugkrijg wat van mij is.' Hij greep me tussen mijn benen en pakte mijn terugdeinzende ballen vast. 'Je hebt niet veel, maar ik wil wedden dat je er toch geen afstand van wilt doen, hoe weinig Onze-Lieve-Heer je ook gegeven heeft.'

Zo lagen we daar te hijgen, hij met zijn hand om mijn edele delen, allebei met rood aangelopen gezichten, als een ranzige scène uit een heel bijzonder soort pornofilm. Aan de rechterkant van mijn blikveld zag ik iets bewegen. Ik bleef Montgomery in de ogen staren en probeerde geen aandacht te schenken aan de zoeven nog bijna dichte deur die nu langzaam openging.

Sylvie had haar schoenen uit gelaten; ze schoof onhoorbaar over het tapijt, volkomen op het bed gefixeerd, als een kat die een duif besluipt. Ik bedacht dat ik nog nooit een kat echt had zien doden. Misschien dat ik op datzelfde moment toch even haar kant uit keek, of dat de politieman domweg voelde dat de atmosfeer veranderde. Hoe dan ook snakte Montgomery plotseling naar adem alsof hij een hand op zijn schouder voelde en draaide hij zijn gezicht naar haar toe. Sylvie trapte de deur dicht en richtte mijn revolver min of meer op het midden van de hoop vlees die hij en ik vormden. 'Vermaak je je een beetje, William?'

Heel even vroeg ik me af aan wiens kant ze stond, tot ik de spanning in Montgomery's lichaam voelde. 'Niet bepaald mijn idee van een fijne zaterdagavond.'

'Hoor je dat, ouwe viespeuk?' Sylvie liep naar voren totdat de revolver overtuigend op Monty's torso was gericht, maar wel zo ver van hem vandaan dat hij haar niet meteen kon vastgrijpen. 'Doe me een lol en laat z'n pik los.'

Monty drukte nog eens op het mes, en even dacht ik dat hij zich niets van haar aantrok. Maar toen zei Sylvie: 'En wel onmiddellijk, graag.' Misschien dat hij iets maniakaals in haar stem hoorde, maar hoe dan ook deed hij langzaam zijn armen omhoog en gooide hij het mes naar de andere kant van de kamer, buiten bereik. 'Brave jongen. Geef hem nu dan maar een afscheidskusje en kom overeind.'

Monty zei: 'Je maakt een grapje.'

'Ga nu maar van hem af.'

De politieman ging voorzichtig rechtop zitten. Zijn stem klonk weer even rustig als daarvoor. 'Die revolver is niet echt.'

Ik ging staan met een hand op mijn gehavende keel, hoewel het maar een klein wondje was in een nacht vol pijn. 'Ik ben bang van wel. Ook de kogels zijn echt.'

'We kunnen het even checken, als je wilt.' Sylvie klonk ontspannen, alsof we een beetje aan het kletsen waren. Ze hield haar blik op Montgomery gericht. 'Nee? Geen goed idee? Haal dan maar langzaam je mobieltje te voorschijn en gooi het op het bed. Geen geintjes, want anders schiet ik.'

Haar woorden kwamen regelrecht uit een gangsterfilm. Misschien dat Montgomery daar extra ontvankelijk voor was; hij deed wat ze vroeg.

'William, bel jij even de politie.' Ik keek haar wezenloos aan, waarop ze zei: 'Het nummer is 110.'

Montgomery begon nu snel te praten. 'Jij staat hier volledig buiten, schatje.'

'Wees niet bang. Ik heb zo het gevoel dat William net zomin met de politie wil praten als jij, maar we kunnen ervan uitgaan dat jij je in elk geval uit de voeten maakt zodra zij deze kant uit komen. Als ze hier binnenkomen zullen we zeggen dat het gewoon een inbraakje was, tenzij je hier wilt blijven om ze een ander verhaal te vertellen.'

Montgomery keek Sylvie aan met een mengeling van respect en frustratie. Ik pakte zijn telefoon en tikte het nummer in.

'Ik begrijp dat je je vriendje wilt beschermen, maar hij is niet het heilige boontje waar-ie zich voor uitgeeft.' Langzaam liet hij zijn handen zakken.

'Ga zo door en ik schiet je in je buik.'

Aan de andere kant werd er opgenomen en ik gaf het adres van het hotel door. Sylvie hield de revolver op Montgomery gericht. Ik probeerde te bedenken wat 'noodgeval' in het Duits is, slaagde daar niet in en zei: 'Schnell, bitte.'

Montgomery glimlachte. 'Je weet dat ik dat ding van je kan afpakken, hè, schatje?'

'Ik weet dat de veiligheidspal eraf is, ik weet dat ik de trekker overhaal en ik weet dat het een enorme knal geeft, of ik nou iemand raak of niet. Jij daarentegen weet geen reet.'

Ik zei: 'Danke', en verbrak de verbinding. 'Ze zijn onderweg.'

'Oké, ik heb dit verkeerd aangepakt. Je vriendje heeft iets wat van mij is.' Montgomery grijnsde, met zijn handen keurig omhoog om aan te geven dat hij geen bedreiging vormde. 'Vijfendertig jaar bij de sterke arm.' Hij deed een stapje naar voren. Zijn stem kreeg een hypnotiserende klank. 'Ik dreig wat ongeduldig te worden... Als een olifant door de porseleinkast te denderen terwijl dat helemaal niet nodig is... Vergeet dat fluwelen handschoentjes soms beter zijn. Het ding betekent heel veel voor me. Om sentimentele redenen, maar ook nog om allerlei andere.'

'Hij liegt, Sylvie.'

Montgomery klonk vriendelijk. 'Er kan weleens heel wat geld in zitten, voor jullie allebei.' Hij deed nog een stap naar voren. 'Héél wat geld.'

Sylvie keek Montgomery recht in de ogen, waarop ik concludeerde dat ze nog niet helemaal nuchter was. De inspecteur stapte een halve meter naar voren en ik bereidde me voor op een spurt naar de revolver. Toen drukte Sylvie haar vinger tegen de trekker en verscheen er een lachje op haar lippen. 'Wil je echt weten of ik het doe?'

Montgomery deed een stapje naar achteren en bewoog zijn handen iets verder omhoog. 'Volgens mij weet ik het nu wel.'

Buiten maakte een voorbijrijdende auto een einde aan de stilte. Er klonk geen sirene, maar het was genoeg om de betovering te verbreken. Montgomery keek nu mij aan. 'Hiermee is het niet afgelopen, Wilson. Als ik jou was zou ik maar geen gekke dingen in m'n kop halen. Ik ben niet van plan om het op te geven.'

'Zit je hem nu te bedreigen?'

'Nee, schattebout, ik doe hem een belofte. Zolang ik niet heb wat ik wil is je vriendje meer dood dan levend. Je zult nooit weten wanneer of hoe laat, maar je kunt er godverdomme van op aan dat ik m'n zin krijg voordat ik hem ermee weg laat komen.'

'Je hebt je zegje mogen doen, en nou opgehoepeld.' Sylvie was helemaal in haar element, een combinatie van Bonnie Parker en Patty Hearst. 'Ik hou deze blaffer op de deur gericht. Iedereen die hier naar binnen stapt en niet van de Berliner Polizei is krijgt een kogel in z'n pens.'

Montgomery aarzelde. Zijn ogen schoten heen en weer tussen Sylvie en mij. Hij zei: 'Je kunt me maar beter teruggeven wat van mij is, Wilson, want anders is het gedaan met je.' Plotseling glimlachte hij. 'Heeft je agent je verteld over die tv-scout die je kwam opzoeken?' Voordat hij verder ging begreep ik het. 'Sorry, makker, je hebt daarnet je auditie verknald.'

Op de lippen van de politieman verscheen weer een glimlach, maar de breekbaarheid daarvan deed de grap teniet. De deur viel zachtjes achter hem in het slot, even kalm en vriendelijk als zijn stem. Ik zeeg neer op het bed sloeg mijn handen voor mijn gezicht. Sylvie verroerde zich niet, met haar benen iets uiteen en de revolver op de deur gericht, als een actieheldin tegen het einde van de film. Haar stem klonk bedaard. 'William, loop naar het raam en geef een seintje zodra hij het pand verlaat.' Ik tuurde vanachter de beschutting van het gordijn naar beneden. Sylvie vroeg: 'Wat was er nou aan de hand?'

'M'n laatste kans om op tv te komen.'

'En ik maar denken dat de danswereld hard was. Ik bemoei me niet snel met andermans zaken, maar je bent me wel wat uitleg verschuldigd.'

'Ik vertel het je wel als we eenmaal bij jou zijn.'

'Jij denkt ook maar dat je alles kunt flikken, Wilson.' Ze zuchtte. 'Oké, later dan.'

Later was prima. Tegen de tijd dat het later was had ik iets verzonnen wat aannemelijk klonk. Of misschien was ik dan weg uit Berlijn. Of het kon zijn dat ik dan lekker op een satijnzachte matras in een rozenhouten bedje lag terwijl mijn moeder me over mijn voorhoofd streek, denkend aan de lieve jongen die ik vroeger was.

Buiten begon het licht te worden. Na een minuut of twee kuierde Montgomery de straat over. Alle dreiging was uit hem verdwenen; hij zag eruit als een man die je om raad zou kunnen vragen, een achtenswaardige man van middelbare leeftijd met een slaapprobleem die graag 's ochtends vroeg een luchtje ging scheppen. Hij zette de kraag van zijn jas op en wierp een blik achterom op het hotel. Misschien zag hij me, of misschien vermoedde hij alleen dat ik zou staan te kijken. Hij vormde een pistool met zijn vingers, haalde de denkbeeldige trekker over en schoot me pal in het voorhoofd. Ik trok me terug achter de gordijnen. Toen ik weer keek was hij weg. 'Dat was 'm.'

Sylvie slaakte een zucht, boog voorover, bleef zo een poos hangen en ging weer rechtop staan. 'Ik zal je deze maar teruggeven.' Ze grinnikte en reikte me mijn revolver aan. 'Het was wel gemeen van me om hem in m'n tas te stoppen, maar ik dacht dat hij weleens van pas kon komen.'

'En jawel.'

'Ja, het werkte goed, toch? Ik wist zeker dat-ie zou zien dat het ding nep was, maar hij stond te shaken in z'n smakeloze schoenen.'

'Het ding is zo echt als wat, Sylvie.'

Op haar gezicht verscheen een uitdrukking die de aanblik van mij met een mes op mijn keel niet bij haar had kunnen losmaken. 'Sorry?'

'Het moet er goed uitzien, wil de illusie werken.' Ik klikte de haan terug. Gezien de reactie van Sylvie was ik blij de revolver weer terug te hebben. 'Ik heb het je toch gezegd? De truc met de kogelvanger kent een zeker risico, maar geloof me, je bent niet echt in gevaar geweest.'

'Smeerlap.' Sylvie smeet mijn kapotgescheurde paperback naar me toe, maar ze deed het zonder veel overtuiging, zodat ik voor het eerst die dag een klap wist te ontwijken.

'Ik dacht dat we besloten hadden dat we aan dezelfde kant stonden?' Ik klapte de revolver open en bekeek de cilinder. Die was leeg. Plotseling besefte ik wat een ongelooflijk getalenteerde leugenaar Sylvie was. Mogelijk had ze met haar handigheid mijn leven gered. Ik sloeg mijn armen om mijn redster heen, kuste haar op de wang en nam me heilig voor haar nooit, maar dan ook nooit te vertrouwen.

*

Plotseling werd ik wakker. Ik greep naar mijn arm omdat ik het gevoel had dat er iets kleins overheen was gerend. Ik gaf een mep op het beddengoed in een poging het te doden of te verjagen zonder dat ik daadwerkelijk iets zag lopen, ging weer liggen en staarde naar het plafond. De dag was weer overgegaan in de nacht. Nog even en ik moest opstaan en mijn oude vijand de wereld weer trotseren, maar ik had dus nog even. Ergens in de gang ging een deur dicht. Ik vroeg me af of het Sylvie was of Dix, of misschien was het wel een medebewoner die ik nog niet had ontmoet. Tenslotte was het leven vol verrassingen.

Ik moest zien uit te vinden hoe ik weer in Groot-Brittannië kon komen. Mijn creditcard deed allang geen bal meer en mijn portemonnee was bijna leeg. Ik zou het ticket moeten lospeuteren bij Rich, de Britse consul, of misschien bij ma, van wie ik trouwens niet wist of ze het geld wel had.

Ik vroeg me af of het hotel achter me aan zou komen vanwege alle schade en onbetaalde rekeningen. Misschien dat ik op het vliegveld werd opgewacht. Een aarzeling op het moment dat ik mijn paspoort overhandig en vervolgens een: 'Wilt u hier even blijven wachten, meneer?' En al wist ik de overkant te bereiken, dan nog was daar de vraag hoe ik zonder geld een nieuwe start moest maken. Ik had mijn flat in Ealing opgegeven. Nieuwe borg-sommen en de eerste paar maanden huur kostten veel geld. Ik was dakloos, werkloos en zat vast in het buitenland, zonder ook maar een cent om een riskante gok te kunnen wagen. Ik ging met mijn handen over mijn lichaam om de schade op te nemen. De pijn was in zekere zin wel prettig. 'Na een pets op je kont heb je iets om te huilen,' zoals mijn vader altijd zei.

Dit alles deed ik alleen maar om niet te hoeven denken aan de envelop die ik voor de veiligheid ongeopend naar mijn moeder had gestuurd. Zou Montgomery op het idee komen om bij haar langs te gaan? Hij had jarenlang bij de politie gewerkt. Hij was slim, overtuigend en meedogenloos. Mijn moeder zou hem glim-lachend te woord staan. Montgomery zou de hond een aai geven, naar binnen stappen, en wat dan?

Ik gooide mijn benen over de rand van het bed. Van mijn kleren was nauwelijks meer iets over. Aan de deur hing de bebloemde ochtendjas van Sylvie. Ik pakte hem en deed hem aan. Het had geen nut om me nog druk te maken om mijn waardigheid.

Achter de deur van de woonkamer klonk Sylvies stem, zacht en ernstig. De lage, grommende reactie van Dix was krachtig, on-verzettelijk. Sylvie zei iets op schelle toon en Dix kwam terug met een zacht, weloverwogen antwoord. Het klonk als een soort dis-cussie, maar ik kon het niet verstaan. Ik concentreerde me, hield mijn adem in en probeerde uit te maken wat ze zeiden. Toen pas begreep ik dat ze Duits spraken. Ik aarzelde, me afvragend of ik moest kloppen, en schraapte dan maar even mijn keel terwijl ik de deur openduwde en de kamer in stapte.

Sylvie lag met opgetrokken benen op de bank, in een spijker-broek en een sjofel t-shirt met haar lichaam naar haar voor-malige oom gekeerd. Die onderuitgezakt in zijn favoriete stoel hing. Dix' vingers speelden onveranderd met de gaffertape op de scheur in de armleuning, maar hij zag er heel anders uit dan de armzalige hasjroker van die eerste, lange avond. Een zwarte broek en een schoon wit shirt hadden de plaats ingenomen van de vlekkerige joggingbroek en het noodlijdende vest. Hij had zich net geschoren. Misschien dat hij zelfs een paar kilo was afgevallen. In alle opzichten zag hij er beter uit, met uitzondering van zijn ogen. Die maakten een gespannen indruk, alsof hij de laatste tijd te veel zorgen en te weinig slaap had gehad.

Ik had verwacht dat Sylvie me bij mijn binnenkomst zou uitlachen, maar ze bleef ernstig kijken. 'Hoe gaat het, William?'

'Matig.'

'Dat zal wel.'

Ik gluurde naar Dix en vroeg me af wat hij van onze avonturen wist en of hij het me kwalijk nam dat ik Sylvie in gevaar had gebracht. Hij knikte in de richting van de bank. 'Laat hem maar bij de kachel zitten.'

Sylvie schoof een stukje op en ik liet me tussen haar en de kachel in zakken.

'Je bibbert.' Ze keek wat streng maar haar stem klonk vriendelijk. Ze wreef over mijn arm. 'Delirium tremens of een koutje?'

'Geluksvogel die ik ben zal het wel een onbekende vorm van builenpest zijn.'

Dix keek Sylvie aan. 'Misschien dat koffie helpt.'

Ik verwachtte dat ze iets bijdehands zou terugzeggen, maar ze hield op me te masseren, zette haar voeten op de grond en kwam overeind.

Ik trok de ochtendjas wat strakker om me heen en vroeg: 'Is er niks sterkers?'

Dix duldde geen tegenspraak. 'Laten we het maar even bij koffie houden.'

En eindelijk glimlachte Sylvie. 'Pas maar op, dadelijk wordt hij ook nog jouw oom.' Ze kneep even in mijn arm en liep de kamer uit, de deur achter zich dicht trekkend. Een tijdje zeiden we niets, waarna Dix vroeg: 'Heb je het nog steeds koud?'

'Een beetje.'

Hij deed een graai achter zijn stoel en wierp me een deken toe. 'Misschien is het ook de schrik.'

'Bedankt.' Ik sloeg de deken om mijn schouders. 'Je wilt niet weten wat er allemaal is gebeurd?'

'Ik heb het je al eerder gezegd.' Dix' gezicht was ondoorgrondelijk. 'Ik bemoei me met m'n eigen zaken.'

Sylvie kwam terug met drie mokken en zette ze op het tafeltje voor ons. 'Ik niet.'

Dix pakte zijn koffie zonder een woord van dank. 'Maar jij wilt liever ook niet alles vertellen.'

'Wie wel?' Sylvie klonk venijnig. 'Jij in elk geval niet, zoveel is zeker.'

Ik merkte dat ze terugvielen op een eerdere discussie waar ik niets mee te maken had en diste het verhaal op dat ik had verzonnen. 'Laten we maar zeggen dat ik wat schulden heb. Een heleboel geld.'

Sylvie bracht haar mok naar haar lippen en keek me met opgetrokken wenkbrauwen over de rand ervan aan. 'Je vriend zei dat hij er een emotionele band mee had.'

Dix trok het stuk gaffertape los. 'Een man kan heel emotioneel worden als het om geld gaat.' Hij streek de tape weer glad en richtte zich tot mij. 'Misschien dat er een oplossing voor je probleem is. Een manier om wat geld te verdienen.'

Sylvie legde een hand op mijn knie, keek me met grote ogen strak aan en zei: 'Enorm veel geld.'

Dix boog voorover. De spanning in zijn ogen werd op een subtiele manier benadrukt door iets anders: opwinding. 'Herinner je je die avond dat we met z'n allen in de Nachtreview zaten?' Ik knikte. Weinig kans dat ik die zou vergeten. 'Die avond heb ik je verteld dat er mannen zijn die veel geld overhebben om jou je Russische roulette te zien spelen met een levende vrouw.' 'Het is geen Russische roulette. Roulette is een kansspel. Wat ik doe is een strak opgebouwde illusie.' 'Natuurlijk.' Dix knikte ongeduldig. 'Dat weten we, maar we zorgen ervoor dat zij iets anders denken.' 'En hoe dacht je dat voor elkaar te krijgen?' Dix glimlachte. 'Daar zijn manieren voor. In zo'n soort business heeft iedereen een eigen rol. Jij haalt de trekker over, Sylvie is de schietschijf en ik overtuig hen ervan dat ze zien wat ze willen zien.' Dat was filosofie die ik begreep, de basis van iedere illusie en iedere succesvolle vorm van zwendel, maar toch trapte ik op de rem. 'Ik weet het niet. Het is té maf. Wat zijn dat voor mensen?' 'Maffer dan wat je normaal doet?' Dix sprak op zachte, vleiende toon; ik besefte dat ik geloofde dat hij het verhaal zou weten te verkopen. 'Wat maakt het uit wie het zijn? Soms kun je dergelijke dingen maar beter niet weten. Er zit veel geld aan vast. Je zou er al je problemen mee kunnen oplossen. Sylvie en ik hebben het er al over gehad. Zij doet mee en ik ook, maar zonder jou komen we er niet.' Hij keek me aan en glimlachte. 'Wat denk je ervan, William?'

Het was koud in de badkamer. De handdoek zag even grauw als de vorige keer dat ik hem had gezien, maar het water was warm en schuimde geurig. Ik liet me er langzaam in zakken, grimaste toen het in contact kwam met mijn zere plekken, deed mijn ogen dicht en ging met mijn hoofd onder water. Een massa stilte beroerde mijn oren, en even later het geluid van de deur die openging. Ik kwam naar boven en streek wat haar uit mijn ogen terwijl Sylvie met een bundeltje kleren over haar arm de badkamer in liep.

'Dix zei dat je deze wel mocht lenen.'

'Aardig van hem.'

'Tja' – Sylvie drukte de kleren tegen haar borst en glimlachte weemoedig – 'hij heeft ook iets van jou nodig.' Ze legde de kleren boven op de wc, ging op de badrand zitten en stak haar hand in het water om te voelen hoe warm het was.

'Nodig?'

'Jij bent niet de enige met schulden.' Sylvie keek gespannen. Opnieuw vroeg ik me af waarom ze zich zo druk maakte om de noden van Dix, maar ik glimlachte om de kwestie wat minder zwaar te maken. 'Hij loopt toch niet zo meteen ook hier naar binnen?'

'Nee.' Sylvie lachte. 'Hoezo? Ben je op zoek naar gezelschap?'

'Dat is wat de meisjes op Anderston Way aan hun klanten vragen.'

Ze spetterde wat water in mijn gezicht. 'Ik heb geen idee waar Anderson Way is, maar ik heb zo het idee dat ik kans loop opnieuw door jou voor hoer te worden uitgemaakt.'

Het gespetter was een speels gebaar, maar ik maakte uit haar woorden op dat ze echt gekwetst was. Ik pakte haar pols beet. 'Nee, Sylvie, het spijt me. Ik vind je geniaal.'

Haar hand was heel klein. Ik dirigeerde hem naar mijn borst. Ze liet hem daar even liggen en schepte toen wat schuim uit het bad waarmee ze over mijn huid wreef, om mijn zere plekken heen. Het was pijnlijk, treurig en prettig tegelijk. Sylvie wierp een blik op mijn halve stijve die zich tussen de slinkende zeepbellen manifesteerde. Ze trok plagerig aan mijn borsthaar en stak een hand uit naar de handdoek. 'Je weet niet wat je wilt, hè, William? Een hoer, een madonna of gewoon een lekkere neukpartij.'

'En wat wil jij dan, Sylvie?'

'Niets.' Ze keek van me weg. 'Gewoon, leven.'

'Dan heb je je doel bereikt.'

Ze schudde het hoofd. 'Wie is de meest fantastische persoon die je kent?'

'Ik weet niet.'

'Noem nou maar gewoon iemand. De eerste die in je opkomt.'

'Einstein.'

'Die is dood.'

'Dat weet ik.'

Ze liet haar hand weer in het water zakken. 'Het enige wat ik wil is leven zolang ik leef.' Ze grinnikte. 'Ook al sterf ik onderweg.'

'Een kort maar vrolijk leven?'

'Hebbes.'

Haar hand schoof onder water verder naar voren en tikte zachtjes tegen mijn lul. Ik klemde haar pols tussen mijn vingers en trok hem weg. Onze blikken ontmoetten elkaar. 'Ik heb geen seks nodig om je vriend te zijn.'

'O nee?'

'Nee.'

En ik liet haar pols los, voelde hoe haar vingers me vastpakten, deed mijn ogen dicht en liet me meevoeren door het ritme van haar hand en de golfjes warm badwater die tegen mijn borst begonnen te klotsen.

Na afloop bewoog Sylvie haar hand door het badwater om hem schoon te maken. Ik pakte haar vingers weer vast en bracht ze naar mijn lippen. 'Dank je wel, Sylvie.'

Ze schudde het hoofd. 'Ontspan je toch eens, William. Je bent zo formeel, je lijkt wel een docent Engels die zojuist is afgerukt door zijn meest getalenteerde studente.'

Het water was koud geworden. Ik veegde het resultaat van mijn lozing van me af en stapte uit bad. 'Ik had liever niet het gevoel dat je uit ervaring spreekt.'

Sylvie haalde haar schouders op en nam plaats op de toiletzitting. Ik had behoefte aan wat privacy, maar na wat er zo-even tussen ons gebeurd was kon ik haar niet vragen om weg te gaan. Ze legde eerst de kleren van Dix op haar schoot en reikte me vervolgens de handdoek aan.

Ze sprak op zachte toon. 'Is er ooit iemand doodgegaan tijdens je truc met je revolver?'

'Ik heb nooit iemand echt neergeschoten, nee.'

'Je weet wel wat ik bedoel.'

'Zoals ik je al eerder zei zijn er wat risico's aan verbonden, maar die zijn waarschijnlijk niet groter dan de kans om te crashen op de snelweg.'

'Rond twaalven of tijdens het spitsuur?'

'Er kon je niets gebeuren.' Ik bond de handdoek om mijn middel en ging tegenover haar op de badrand zitten. 'Illusionisme is een en al effect. Wie is er onder de indruk als de truc er niet gevaarlijk uitziet? De eerste man die ooit is omgekomen tijdens de truc met de kogelvanger werd doodgeslagen, met zijn eigen wapen.'

Ze lachte. 'En de tweede?'

'Ik weet het niet. Zoals ik al zei proberen ze hem er vaak linker uit te laten zien dan hij is. Sommige goochelaars die zogenaamd in de vuurlinie om het leven kwamen, doken in het volgende dorp weer op, en anderen hebben helemaal niet bestaan. Soms lijkt het alsof de reputatie van de truc ze de das omdoet. Ooit was er een goochelaar in het Wilde Westen die om het leven kwam toen iemand uit het publiek opsprong en hem neerschoot. Tja, hij wás dood, maar dat kun je de truc niet echt kwalijk nemen. Een andere kerel is neergeschoten door z'n vrouw, vermoedelijk omdat ze geen zin had in alle heisa van een scheiding. Dat zal jou allemaal niet gebeuren.'

'En hoe zit het met degenen bij wie het wel is misgegaan?'

Ik zuchtte. 'Ik denk dat die gewoon niet voorzichtig genoeg waren. Ze maakten een fout bij het verwisselen van de kogels of gebruikten slecht materiaal.' Ik nam haar handen in de mijne en keek haar aan. 'Er kan niets gebeuren zolang je de truc goed uitvoert.'

'En dat doe jij, altijd?'

'Ik zou er niet aan beginnen als ik daar niet van overtuigd was. Maar goed,' – ik pakte het T-shirt dat boven op het bundeltje kleren lag en trok het over mijn hoofd – 'je hebt gelijk. Ik had de risico's uitgebreider met je moeten bespreken. Het spijt me. Waarschijnlijk was ik gewoon wat te fanatiek.'

'Fanaschiet.'

Lachend nam ik een trui van haar aan. 'Precies, fanaschiet. Ik zal Dix zeggen dat we nietschiet zeggen op zijn aanbod.'

'Nee, we moeten het wel doen.'

'Waarom?'

'Wat stelt het leven voor zonder wat risico's?'

'Voel je je door iemand gedwongen het te doen? Door mij?' Ik aarzelde. 'Dix?'

Ze klonk ongeduldig. 'Nee, jij wilt het doen en ik wil het doen. En Dix wil sowieso dat we het doen. Dus laten we het vooral doen.'

'Waarom weet je zo zeker dat ik het wil doen?'

'Ik heb goed naar je gezicht gekeken toen Dix zei dat hij iemand heeft gevonden die ons een speciale act wil laten doen.'

Het was waar; het aanbod van Dix kon een einde maken aan mijn geldzorgen. Maar er was meer: het was een kans om op te treden, met een hoogtepunt te eindigen, in plaats van met hangende pootjes naar Groot-Brittannië af te druipen. 'Laten we het dan andersom doen. Deze keer schiet jij mij neer.'

Sylvie staarde me aan. 'Meen je dat serieus?'

'Zo serieus als de neten. Je hebt gelijk, de truc kent een zeker risico en ditmaal is dat groter. Volgens Dix krijgen we geen gelegenheid om het podium te bekijken voordat we opgaan, en we weten niet welke *creep* bereid is een fortuin neer te tellen voor een actop-bestelling.' Ik trok een boxershort aan en daaroverheen Dix' oude spijkerbroek. 'Deze keer schiet jij mij dus neer. In dat geval gaat er weinig verloren als er een ongelukje gebeurt.'

Sylvie grinnikte. 'Je bent een kei, William, maar als puntje bij paaltje komt stel je als leugenaar geen zak voor. Je weet net zo goed als ik dat niemand een berg geld neertelt om te zien hoe jij wordt neergeschoten. Waar ze voor komen is de kans om te zien hoe een mooie meid een kogel door haar kop krijgt.' Ze kwam vlak voor me staan. 'Geef maar toe.'

Ik pakte een kam van de wastafel, veegde de condens van de spiegel en begon mijn natte haar naar achteren te kammen.

Sylvie draaide me om zodat ze me kon aankijken. 'Geef maar toe dat je wist dat Dix en z'n eenpersoonspubliek daar geen trek in hebben, of de deal gaat niet door, nooit meer.'

'Oké.' Ik draaide me weer om naar de spiegel. Ze had gelijk. Voor een man die de kost verdiende met illusies was ik een nogal beroerde leugenaar. 'Oké, ik dacht wel dat die kans erin zat.'

'Dat die kans erin zat?'

Ik ving haar blik op in de spiegel. 'Oké, "kans" is misschien wat zwakjes uitgedrukt.'

'William,' – Sylvie schudde haar hoofd alsof ze oneindig teleurgesteld in me was – 'je bent even slecht als wij allemaal.' Terwijl ze zich langs me heen wurmde, richting gang, kneep ze in mijn middel en drukte ze haar kruis even tegen mijn onderlijf. 'Oké dan, laten we eindigen met een knal. Maar eerst moest je me geruststellen door me precies te vertellen hoe de truc in z'n werk gaat.' Ze hield de deur voor me open. 'Leg het Dix ook maar uit, dat vindt-ie leuk.'

Dus liep ik achter haar aan naar de bloedrode zitkamer. Dix reikte me een biertje aan, Sylvie bestelde wat pizza's en ik vertelde ze over de geheimen van de kogeltruc met al zijn moeilijkheden en variaties. Sylvie had gelijk. Dix leek het leuk te vinden. Hij zat rechtop en stelde af en toe vragen. Al met al was het een fijne avond, en bij die ene zou het nog heel lang blijven.

Glasgow

De bestelwagenchauffeur die ik had gevraagd mijn spullen naar het podium van Johnny te brengen was niet blij. 'Ik mag hier niet komen, dit is alleen voor bussen en taxi's.'

'Laden en lossen mag ook.'

'Tot elf uur, en dat is het allang geweest.' Hij draaide zijn hoofd mijn kant uit, zodat ik onbelemmerd zicht had op zijn verwrongen trekken. 'Je dwingt me de wet te overtreden.'

De chauffeur was Archie, een oude vriend uit de marine van mijn goochelaarswinkelbaas, Bruce McFarlane. Hij was kaal, had nog drie bruikbare tanden en een gerimpeld gezicht dat op de een of andere manier als vanzelf gekrompen was. Het voelde alsof ik werd uitgekafferd door een getatoeëerde baby. 'Poeh, nou, dan zal ik op de terugweg naar huis wel even de St. Mungo's Church in duiken en een schietgebedje voor je doen.' Archie wierp me een blik toe waaruit sprak dat hij zin had mij en mijn troep uit zijn bestelbus te gooien, waarop ik wat inbond. 'Ik wist niet dat je er eigenlijk niet mocht komen, ik zal je wel wat extra's geven voor de moeite.'

'Als ik een bon krijg mag jij dokken.'

'Kan ik mee leven.' Ik grijnsde naar hem, maar hij tuurde alweer voor zich uit en loodste de bestelwagen tussen de bussen door die aan weerskanten van de straat geparkeerd stonden. Eilidh had me gezegd dat de zaal ergens aan Trongate lag, maar hoewel ik talloze

316

keren door die straat was geslenterd kon ik me niet herinneren ooit het Panopticon te hebben gezien. Ik hield de huisnummers boven de winkels in de gaten terwijl de bestelwagen zich een weg door het verkeer baande.

'Kun je een tikkie langzamer rijden? Vanaf hier zou je het moeten kunnen zien liggen.'

'Kom op, hé, als we nog langzamer gaan slaat de motor af.'

Ik wees naar een plek langs de weg. 'Daar kun je hem neerzetten.'

'Da's een bushalte, idioot.' Maar Archie stuurde de bestelwagen er toch maar in, mopperend over die smerige juten en stomme eikels van kloothommels die geeneens wisten waar ze naartoe mosten.

Ik schoof mijn deur open en stak mijn hoofd naar buiten om te zien of ik de zaal zag liggen. 'Ben zo weer terug.'

'Als de klabakken komen moe'k op...'

Ik trok de deur met een ruk dicht en rende weg over de stoep. Het nummer dat Eilidh me had doorgegeven hoorde bij een gokhal met een blauwe gevel waarop met krulletters van roze neonlicht AMUSEMENT AMUSEMENT AMUSEMENT stond aangekondigd. De ramen van de gokhal gingen deels schuil achter barok geplooide, donkerblauwe satijnen draperieën. Het had het flitsende kantoorpand van een begrafenisonderneming kunnen zijn. De ruimte tussen gordijnen en glas was gevuld met prijzen die waarschijnlijk van de verzekeraar niet in de kluis hoefden te verdwijnen: levensgrote beelden van honden met druipogen, tv's en magnetrons die je voor ongeveer vijftig pond bij Tesco kon krijgen, en enorme boeketten kunstbloemen die nog eens extra volume kregen dankzij felgekleurde veren die nooit een papegaai hadden gezien. De stem van een bingomaster schalde vanuit het ogenschijnlijk lege pand de straat op, boven het lawaai van elektronische toeters en bellen uit. *'En daar gaan we, beste mensen: nummer twee. Vijf plus tien maakt vijftien. Kan niet missen, een twee en een één, da's eenentwintig. Hé, precies jouw leeftijd, toch, Lorna? Drie plus vijf: vijfendertig! Tony's big, eenenzeventig. Nummer tien, komt dat zien. J-Lo's kont, tachtig rond.'*

Niemand riep bingo. Ik wierp een blik op de bestelwagen. Archie gebaarde dat ik moest opschieten, maar er viel geen parkeerwacht te bekennen. Ik tuurde door de openstaande deur de gokhal in, waar het duisternis troef was, afgezien van de opflitsende fruitmachines, flipperkasten en videogames. Hoeveel lawaai er ook uit opsteeg, het was er niet erg druk. Voorbij de deur hield een uitsmijter de wacht; in het halfduister achter hem beproefden een paar gokkers hun geluk op de machines, of ze zaten ernstig hun bingokaarten aan te kruisen.

De uitsmijter vergastte me op een taxerende blik. Misschien had hij zenboeddhisme gestudeerd, of misschien wist hij gewoon dat uit de kluiten gewassen kerels als hij niets hoeven te zeggen om kerels als ik aan de praat te krijgen. Ik zei: 'Ik ben op zoek naar het Panopticon, vriend, zegt dat je iets?'

Hij knikte naar een etage hoger. 'Boven.'

Ik liep achteruit de straat op en bekeek de gevel van het pand. Drie enorme verdiepingen die samen iets vormden wat de Victorianen waarschijnlijk een Griekse façade noemden, voorzien van boogramen die per verdieping lager werden.

De uitsmijter wees me op het bestaan van een dienstingang aan de zijkant en glimlachte vriendelijk toen ik hem vroeg of er ook een lift was.

Ik zei: 'Pech gehad, 't is allemaal voor een goed doel, niet?' En terwijl ik terugliep naar de bestelwagen vroeg ik me af of ik dat laatste zinnetje ook op Archie kon loslaten.

Maar niet lang daarna werd me duidelijk dat Archie ondanks al zijn gekanker van aanpakken wist. Hij mopperde van onder tot boven aan de armoedige trap, maar pas toen we vanaf de overloop de theaterzaal betraden liet hij zijn kant van de kist bijna los. 'Krijg nou wat!' Als ik als eerste naar binnen was gestapt had ik misschien wel net zo gereageerd. De levensgrote pop stond zodanig opgesteld dat je hem pas zag wanneer je vanaf de trap de hoek om ging naar de zaal, en dan stond hij pal voor je, een besnorde Victoriaan, uitgedost met pandjesjas en hoge hoed. Eilidh snelde onze kant uit. 'Gaat het?' Archies kant van de kist kwam weer omhoog. 'Met jou is niets mis, snoes. Ik moest alleen van hem wat schrikken.'

Ontzakelijkt werd Eilidh er niet slechter op. Haar haar had ze in een half losgeschoten knotje opgestoken en ze droeg een oude geruite klusblouse met daaronder een spijkerbroek die misschien betere tijden had gekend maar in elk geval zijn pasvorm had behouden. 'Iedereen reageert er zo op. Ik zou hem daar weghalen, maar we hebben deze tent gratis te leen gekregen, en je hebt kans dat de directie van gedachten verandert als we met het meubilair gaan sjouwen.'

'Tja, gelijk heb je, snoes, die hoge huf... heren kunnen vreselijke zeurpieten zijn.'

Eilidh knikte in de richting van het opzichtige doodskistachtige gevaarte dat Bruce McFarlane me had geleend. 'Is dat ding voor op het podium?'

'Yep.'

Ze glimlachte meelevend. 'Dan mogen jullie nog een verdieping hoger, je komt er via de trap aan de achterkant.'

Archie grijnsde. 'Geen probleem, snoes.' Hij knikte naar mij. 'Hij daar kan wel wat beweging gebruiken.'

Archie en ik manoeuvreerden de kist de laatste trap op, een

deur door die rechtstreeks toegang gaf tot het podium. Terwijl we hem voorzichtig op de grond zetten verscheen Eilidh achter ons. Archie streek met zijn hand over zijn hoofd alsof hij vergeten was dat hij geen haar meer had en keek om zich heen. 'Ik weet nog dat m'n grootvader het altijd over het variététheater had, maar ik was er nooit zelf geweest.'

Eilidh glimlachte. 'Wat vind je ervan?'

'Poeh, puik hoor.'

Naar hedendaagse theatermaatstaven was het Panopticon klein: een lange ruimte met links en rechts op hoge zuilen houten balkons waar, zo nam ik aan, vroeger de goedkope plaatsen waren geweest. Tegen de wand achterin stonden een paar treurig ogende oude fruitmachines, afdankertjes van de gokhal beneden. Ze zagen eruit als de frivole neefjes van de Daleks uit *Doctor Who*; hun ene arm bracht een groet die niemand beantwoordde. Door de gaten in het plafond waren de in een punt oplopende dakspanten van het gebouw zichtbaar. Ze deden me aan een omgeslagen boot denken en gaven de ruimte een vagelijk hippe uitstraling die niet strookte met de verder zo Victoriaanse sfeer. De muren vertoonden het vaalgeel dat je ook aantreft op de muren van oude appartementen nadat je er met veel moeite stokoude lagen behang af hebt gepulkt. De vloer was ongelakt en versleten. De oorspronkelijke zitplaatsen waren verdwenen, maar tegen de achtermuur, naast de fruitmachines, stonden Spartaans ogende metalen stoelen opgestapeld, klaar om te worden neergezet.

Het was wel duidelijk dat het Panopticon al een hele tijd niet meer werd gebruikt, maar uit sommige dingen bleek dat er weer leven in de brouwerij kwam. Tegen het podium stond een pianola en aan de kant van de ingang hadden ze een aantal vitrinekasten neergezet vol parafernalia uit de hoogtijdagen van het theater. Daarboven hingen oude affiches, flyers en programma's die de komst van voorstellingen aankondigden waarvoor een eeuw geleden voor het laatst was geklapt. Het leek in de verste verte niet op het opdringerige rococo van Schall und Rauch, maar ik vond het wel iets hebben. Mijn aandacht werd getrokken door iets op het balkon; nadat ik van de schrik bekomen was vroeg ik Archie, ernaar wijzend: 'Ken je die?'

Hij keek omhoog. 'Jezus christus.' Archie draaide zich naar mij om. 'Schurk!' Op het schemerige balkon tekenden zich de gestaltes af van twee andere Victoriaanse poppen, een man en een vrouw. 'Ik krijg verdomme 't heen-en-weer van die dingen.' Hij keek Eilidh aan. 'Wedden dat er wat spookverhalen de ronde doen over deze tent?'

'Een stuk of twee.' Ze knikte in de richting van de oude pianola. 'Naar het schijnt heeft George daarginds erom bekend gestaan dat hij uit eigen beweging begon te spelen, en op dat balkon daar is een jonge soldaat in een uniform uit de Boerenoorlog gesignaleerd.'

Archie knikte vol ontzag.

'Ach, kom óp,' reageerde ik. 'Geen wonder dat ze denken een geest te hebben gezien, met die wassen beelden daarboven. Ze lijken rechtstreeks afkomstig uit zo'n goedkope horrorfilm. Schijn bedriegt, vooral in dit soort oude tenten.'

'Als je zo oud bent als ik, begin je je er bewust van te worden dat er dingen op deze wereld gebeuren waar geen verklaring voor is.' Archie keek Eilidh en mij aan alsof hij ons liet delen in een of ander eeuwenoud geheim. 'De mensen die overlijden gaan niet zomaar in rook op. Ze blijven bij ons in de buurt, en soms vangen we een glimp van ze op.'

Ik voelde een koude rilling van boven in mijn nek over mijn rug lopen.

Eilidh zei: 'Geloof je dat echt?'

'O ja, zekers wel, snoes. Je zou 's naar de spiritualistische kerk in Berkeley Street moeten gaan. Ongelooflijk, wat daar aan boodschappen binnenkomt.'

'Wat een verschrikkelijke kul.' Ik stond te kijken van mijn eigen felheid.

Archie reageerde gepikeerd: 'Ieder z'n mening. Ik ga er iedere dinsdag heen om te kijken of m'n vrouw nog wat te vertellen heb. Ik vind het prettig.' Hij keek me uitdagend aan en richtte zich vervolgens tot Eilidh. 'Vind je het goed als ik even naar je tentoonstellinkje ga kijken, snoes?'

'Ga je gang.'

'Bedankt.' Hij klauterde geërgerd het podium af en mompelde in het voorbijgaan iets wat verdacht veel op 'verwaand klootzakje' leek.

Toen Archie buiten gehoorsafstand was zei Eilidh: 'Arm oud mannetje, hij is eenzaam.' Ze keek me medelevend aan. 'Hoe is het dan met jou, William?'

Ik had de neiging 'Eenzaam' te antwoorden, maar opteerde uiteindelijk voor 'Prima'.

Eilidh aarzelde, alsof ze er nog iets aan wilde toevoegen, maar bedacht zich toen en zei: 'Ik laat je hier maar even je gang gaan, dan begin ik met het klaarzetten van de stoelen.'

Archie keek Eilidh na terwijl ze naar de overkant van de zaal liep, en ik volgde zijn blik. Daarna klom ik naar beneden om mijn verontschuldigingen aan te bieden. 'Sorry van daarnet, ik had dat niet moeten zeggen. Je hebt gelijk, wat weet ik er nou helemaal van?'

'Wat weet iedereen er nou van, m'n beste?' Hij staarde me doordringend, sluw aan. 'Heb je pas geleden iemand verloren?'

Mijn hart reageerde met de bekende siddering van angst, verdriet en schaamte, maar dat was niet aan mijn stem te horen. 'Waarom vraag je dat?'

'Zomaar, een gevoel.'

Ik ging er niet op in en betaalde Archie het afgesproken bedrag, plus nog het beloofde extraatje. Hij telde het na en grijnsde terwijl hij de briefjes veilig in zijn spijkerbroek propte. 'Moet je dit allemaal 's zien.' Hij wees naar een bak in de vitrinekast, vol met snuisterijen: sigarettenpakjes, knopen, broches, een paar ringen, een zijden klaproos, oude kranten en programmaboekjes. 'Zie je die ouwe Woodbines?' Hij glimlachte weemoedig. 'Die rookte ik als jochie altijd.'

'Ben je daardoor nooit groter gegroeid?'

'Lolbroek. Dit hebben ze allemaal gevonden onder de vloer van het balkon daar boven. Kun je je het voorstellen? Een arm mens verliest 'r verlovingsring of een kerel laat een vol pakje van vijf stuks vallen waar hij hoogstwaarschijnlijk nog de hele avond mee had kunnen doen, en foetsie is het, een hele eeuw lang.'

'Nooit geweten dat jij belangstelling had voor geschiedenis, Archie.'

'Op mijn leeftijd móét je wel, m'n beste. Wat jij geschiedenis noemt is voor mij soms nog maar net gisteren.'

'Kom, stel je niet aan, zo oud ben je niet.'

'Goh, tja, het enige wat ik wil zeggen is dat niets voorgoed verdwijnt. Hier en daar kun je de sporen ervan terugvinden, dus je moet je er niet voor afsluiten. Je naasten die weg zijn komen vaak weer terug.'

'Zoals een pakje Woodbines?'

'Gewoon je geest er niet voor afsluiten, da's het enige wat ik wil zeggen.' Hij grinnikte en toonde me zo zijn verdwenen tanden. 'Die daar is helemaal niet verkeerd; jij had even bij haar naar binnen kunnen wippen.'

'Voor een ouwe mysticus ben je aardig vunzig.'

'Da's de enige reden waarom ik niet zelf probeer bij haar naar binnen te wippen, m'n beste.'

'Maar goed, vergeet het maar. Ze is getrouwd.'

'Aha.' De blik die Archie me toewierp gaf aan dat dat hem in zijn beste jaren er niet van zou hebben weerhouden.

'Haar kleine meid is een van de kids waar ik dat benefietverhaal voor doe.'

'Aha, juist, ik snap het.'

'En haar man is een vriend van me.'

'Uhuh, en jij bent een lelijke griezel waar ze nog voor geen goud iets mee zou willen uithalen. Hier,' – Archie haalde een vijfje van het stapeltje biljetten dat ik hem net had gegeven – 'stop dat maar in de spaarpot voor de kleintjes.'

'Dat hoef je niet te doen.'

'Ik weet verdomme ook wel dat het niet hoeft. Die mongooltjes hebben het zo makkelijk niet, maar moet je eens zien wat ze nog kunnen als ze maar de kans krijgen.'

'Jawel, dat denk ik ook.'

'Ik bedoel, kijk nou 's naar je eigen. Wil wedden dat je ma te horen kreeg dat je nooit uit de luiers zou komen, en daar sta je dan.'

'Te ouwenelen met een wandelende koolraap.' Hoofdschuddend nam ik zijn geld aan. 'Okido. Je bent een goeie vent, Archie.'

'Je piept wel anders als ik een bon blijk te hebben. Ik ben die klotetrappen af en weer op voordat jij met je geile toverstokje "hocus pocus" hebt kunnen zeggen.'

Nadat Archie was weggelopen liep ik naar de overkant van de zaal, waar Eilidh bezig was rijen klapstoelen neer te zetten. Ik moest eigenlijk andere dingen doen, maar ik sleepte er een nieuwe stapel naartoe en begon mee te helpen.

'Ik dacht vandaag ook Johnny te kunnen spreken.'

'Hij zal het niet leuk vinden dat-ie verstek moet laten gaan. Hij zit tot zijn nek in het werk, zoals altijd rond deze tijd.'

'Tentamens?'

'Tentamens, werkstukken, mondelingen.'

'Het zal wel lastig zijn om samen dingen te doen.'

'Met een baby verwacht je niet anders.'

'En met het organiseren van benefietvoorstellingen.'

Eilidh glimlachte. 'De timing had beter gekund. Maar weet je, John, hij houdt z'n kop boven water door constante actie, moet het gevoel hebben dat hij ergens mee bezig is.'

Ik trok een klapstoeltje van mijn stapel en gaf een snelle tik tegen het zitgedeelte, trok het verder open en begon aan een nieuwe rij voor die van Eilidh.

'Ik heb zo de indruk dat jij al het werk mag doen.'

Eilidh stopte even; ze keek me recht in de ogen om haar woorden kracht bij te zetten. 'Ik doe dit niet omdat anderen me het vragen.'

Ik zette de volgende stoel neer. 'Dat heb ik ook niet gezegd.'

'Je keek zo van: die arme Eilidh, weer helemaal in haar eentje.'

Ik klapte weer een stoel uit en stak mijn armen uit. 'Eilidh, ik ken je nauwelijks. En voordat ik jullie allebei in de pub tegenkwam, die ene avond, had ik John in geen tijden gezien. Ik verkeer niet in de positie om dat soort conclusies te trekken.'

Een poosje deden we ons werk zonder iets te zeggen. Het enige wat je hoorde was het schuiven van stoelen over de ruwe houten vloer, totdat Eilidh zei: 'De vorige keer dat ik je sprak heb ik gezegd dat telkens als wij elkaar tegenkomen een van ons zich misdraagt. Volgens mij heb ik daarnet mijn eigen stelling bewezen. Sorry.'

Ik zette een volgende stoel op zijn plek. 'Als je dat al wangedrag noemt, moet je wel een behoorlijk beschermd leven leiden.'

'Misschien is dat ook wel zo.' Eilidh klapte een stoel uit en veegde met een hand over haar gezicht.

Na een lichte aarzeling zei ik: 'Gaat het wel?'

'Jawel, ik ben alleen een beetje moe.'

'En de hele nacht wakker moeten blijven vanwege sukkels als ik zal het er waarschijnlijk niet beter op maken.'

'Da's mijn werk. Trouwens, het is maar parttime.'

'Ik hoopte dat je zou zeggen dat ik geen sukkel ben.'

Ze lachte. 'Laat ik dan zeggen dat je er een stuk beter uitziet dan zo'n week geleden.'

'Ik doe m'n best.' Nu was het mijn beurt om mijn blik af te wenden.

Eilidh legde een hand op mijn arm. 'Ik bedoel te zeggen dat ik je geen sukkel vind. Integendeel.'

Zachtjes vroeg ik: 'Wat vind je me dan wel?'

'Ik vind je in zeker opzicht een waaghals.'

Onze blikken vonden elkaar. Mijn lippen begonnen te tintelen bij de gedachte aan wat er zou gebeuren als ik haar kuste. Ik dacht aan Johnny. Toen klonk er gestommel ergens achter in het gebouw. Ik draaide me om en zag de moeder van Eilidh naar binnen stappen met een kindje in haar armen.

'Mam! Had even gebeld op m'n mobieltje. Dan zou ik naar beneden zijn gekomen om haar van je over te nemen. William, dit is mijn moeder, Margaret.'

De toon die Margaret aansloeg was nog net beleefd te noemen. 'We hebben al kennis mogen maken.'

'Ik help Eilidh een handje met stoelen neerzetten. Is dat Grace?'

Plotseling voelde ik me opgelaten. 'Haar heb ik nog nooit gezien.'

Margaret hield het kind dicht tegen zich aan, met een hand onder haar hoofd. 'Ze is net ingedommeld.'

'Geef haar maar, mam, ze wordt te groot om haar lang te dragen.'

Margaret zoende haar kleindochter op haar kruin, en even

dacht ik dat ze zou weigeren, maar uiteindelijk gaf ze Grace dan aan Eilidh. 'Ik kon die buggy met geen mogelijkheid de trap op krijgen. Toen je hem kocht heb ik je toch gezegd dat hij te zwaar is?'

'Ik wilde een stevige.'

De twee vrouwen vertoonden eenzelfde spanning rond hun ogen en hadden dezelfde puntige, uitdagende kin. Niemand zou eraan twijfelen dat ze moeder en dochter waren. Ik zei: 'Ik sprint wel even naar beneden om de buggy voor jullie op te halen.'

Margaret keek alsof ze mijn aanbod het liefst zou afslaan, maar Eilidh glimlachte dankbaar. 'Vind je dat niet vervelend, William? Dan kan ik haar erin leggen.'

'Geen enkel probleem.'

Toen ik terugkwam zat Margaret op een van de achterste rijen stoelen met de baby op schoot.

'Dank je, William.' Eilidh zei het zachtjes, geamuseerd. 'Ze zijn allebei afgepeigerd.'

We bespraken een poosje wat er nog voor de show moest gebeuren, waarna ik zei: 'Weet je nog dat ik je een tijdje terug heb gevraagd naar oud bewijsmateriaal?'

Eilidh knikte. 'Uiteraard.'

'Goed. En als je zoiets in handen had, bij wie zou je dan aankloppen?'

'Bij mijn advocaat, wat in jouw geval betekent: bij mij.'

Eilidh glimlachte. Opnieuw bedacht ik hoe mooi ze was en werd ik in de verleiding gebracht. 'Jou zou ik er liever buiten laten.'

'Dan lijkt het me duidelijk: de politie.'

'Oké, maar dan niet bij iemand in het bijzonder? Vooral als het een ietwat ongebruikelijk geval is?'

Eilidh trok haar wenkbrauwen op. 'Je intrigeert me, William.'

Ze dacht even na. 'Je zou iemand willen hebben die ervaring heeft, maar ook een beetje fantasie. Na verloop van tijd is er niets meer wat een politieman niet gelooft, als-ie maar het juiste bewijs in handen krijgt, want ze hebben dan de raarste dingen al meegemaakt. Maar soms ontdek je dat je ze maar beter niet kunt storen. Als ze opgebrand zijn.' Ze zweeg even. 'Ik zou waarschijnlijk naar Blunt gaan, degene die je de vorige week heeft ondervraagd.'

'Waarom zou ik nog met die klootzak te maken willen hebben?'

Margaret zat te ver weg om ons gesprek te kunnen volgen, maar misschien maakte haar instinct haar attent op de aard ervan, of misschien kon ze liplezen als er onbetamelijke taal werd gesproken. Opeens was ze weer helemaal wakker en riep ze vanaf haar stoel: 'Eilidh, ben je al bijna klaar?'

'Eventjes nog, mam.' Eilidh richtte zich weer tot mij. 'Het is een klootzak, maar wel een eerlijke klootzak. Luister nou maar naar je advocaat. Als je het mij niet wilt laten zien, geef het dan aan Blunt. Toevallig weet ik dat hij deze week weer nachtdienst heeft.'

Weer klonk daar die stem vanuit de overkant van de zaal. 'Eilidh.'

'Oeps.' Ze nam de buggy van me over. 'Ik moet maar eens gaan. Veel succes.' En ze draaide zich om en rende naar haar moeder en kind.

*

Het duurde een hele tijd voordat inspecteur Blunt in zijn stamkroeg verscheen. Hij was alleen, droeg hetzelfde versleten pak en had dezelfde vermoeide uitdrukking op zijn gezicht als tijdens ons vorige onderhoud. Hij stapte op de bar af zonder me een blik waardig te keuren, terwijl ik wist dat hij me meteen na binnenkomst had opgemerkt. De barmeid zette Blunt al een glas voor zijn neus voordat hij ernaar had hoeven vragen. Ik liet hem zijn eerste teug nemen en ging daarna bij hem aan de bar zitten. Blunt keek naar mijn niet meer zo verse jus d'orange en vroeg: 'Zo, geheelonthouder geworden?'

'Nee, ik heb me iets voorgenomen: sterkedrank pas na half negen 's ochtends.'

Blunt bracht zijn pint naar zijn lippen. 'Tjonge, nou, sommigen van ons hebben er al een complete werkdag op zitten.' Hij likte het schuim van zijn snor. 'De laatste tijd nog aan boord gegaan bij een zuipschuit?'

'Nee. Jij dan?'

'Alleen het vrouwtje.' Hij haalde zijn sigaretten te voorschijn en stak er een op zonder er mij een aan te bieden. 'Volgens mij had ik je laten weten dat je hier niet welkom was.'

'Als ik naar iedereen zou moeten luisteren die me dat vertelde zou ik nooit meer het huis uit komen.'

'Dat zou zo slecht nog niet wezen.'

Ik stak een sigaret van mezelf op. 'Ik heb iets wat je misschien wel interessant vindt.'

'Kom me dan maar 's tijdens de openingsuren opzoeken.'

'Het ligt wat gevoelig.'

'Er zijn van die dagen dat ik me net een verpleegster op de siefpoli voel. Iedereen wil me z'n pijnlijke plekjes laten zien.' Hij keek me door de rook van zijn sigaret heen aan alsof hij niet wist wat te doen. 'Jezus christus.' De politieman schudde het hoofd. 'Oké dan, er kan nog meer bij.' Hij lachte. Ik vroeg me af of dit zijn eerste pleisterplaats op weg naar huis was of dat hij een fles in zijn kastje had om de pijn wat te verzachten. 'Geef me dan in elk geval de kans om iets te ontbijten.' Blunt ging over de bar hangen. 'Mary, gooit efkes een pakje geroosterde vrienden over, wil je.'

'Geen zin in een lekker warm hapje van het huis, meneer Blunt?'

'Neuh, wijfie, het vrouwtje zal er wel eentje klaar hebben staan als ik thuiskom.' Hij stopte de pinda's in de zak van zijn jasje en ging weer rechtop zitten onder het mompelen van een: 'Krijg ik haar plat?' Hij keek me aan. 'Hoe heette je ook alweer?'

'William Wilson.'

'Precies. Gezellig-een-dooie Wilson. Goed dan, meneer Wilson, eens horen wat je in de aanbieding hebt.'

'Kunnen we niet een rustiger plek opzoeken?'

'Zolang je me belooft niets gemakkelijkers aan te trekken.'

We installeerden ons aan een tafel op de favoriete locatie van wiet rokende tieners: buiten het bereik van de bar, weg van de herenplee en de eenarmige bandiet. Blunt dronk een paar centimeter bier op. 'Goed.' Hij mat met zijn hand de afstand van de bodem van het glas tot de plek waar de donkere vloeistof eindigde. 'Dit is de tijd die ik je geef.' Gezien zijn drinktempo van dat moment had ik tweeënhalve seconde, berekende ik, maar het had geen nut om tegen te sputteren. Uit de zak van mijn jasje haalde ik een doorzichtige plastic tas met daarin de envelop gevuld met Montgomery's foto's en legde hem op tafel. Blunt keek naar de envelop maar maakte geen aanstalten hem te pakken. 'Doe je verhaal.'

Ik begon er spijt van te krijgen dat ik geen borrel had besteld. Desondanks haalde ik diep adem en stak ik van wal. 'Twintig jaar geleden verdween er een vrouw, Gloria Noon, onder mysterieuze omstandigheden. Ze is nooit meer opgedoken, levend of dood. Haar man was de hoofdverdachte, maar men heeft nooit iets kunnen bewijzen. Dit hier is een foto waarop hij staat afgebeeld met een vent die indertijd brigadier was en tegenwoordig een onlangs gepensioneerd hoofdinspecteur in Londen. Ze staan naast iets wat volgens mij haar graf zou kunnen zijn. De politieman is getrouwd met de zus van de vermoorde vrouw.'

Blunt snoof. 'Ik weet niet wat ik had verwacht, maar dit in elk geval niet.'

'Wil je er niet even naar kijken?'

'Effe dimmen. Eerst een paar vragen.' Ik knikte ondanks mijn ongeduld, dat ik met moeite kon beteugelen. 'Vraag nummer één: waarom klop je hiermee bij mij aan?'

'Ik heb wat rondgevraagd en jij blijkt bekend te staan om je betrouwbaarheid.'

Blunt ging met een hand over zijn gezicht. 'En dit is mijn beloning, neem ik aan? Oké. Vraag nummer twee: waarom denk je dat ze bij een graf staan?'

'Ik weet niet. Zoals het er daar uitziet, die twee mannen met in hun handen een krant van de dag na haar vermissing. Dat en...'

'En?'

'En de inspecteur op de foto is er verschrikkelijk happig op om de envelop in handen te krijgen.'

'O ja, heel fijn. Dit is gedocumenteerd bewijs?'

'Nee.'

'En hoe kom jij er dan aan?'

'Dat zeg ik liever niet.'

'Zo zo.' Hij wachtte even, me aanstarend zoals hij vanachter een tafel in een verhoorkamer waarschijnlijk al honderden mannen had aangestaard. 'Oké, daar komen we zo nodig nog wel op terug. Waarom geef je dit niet terug aan die happige detective?'

'Volgens mij is hij zelf bij het zaakje betrokken.'

Blunt keek naar mijn onaangeroerde jus d'orange. 'Ga je dat nog opdrinken?'

Het glas zurige vloeistof stond in te dikken. 'Nee, ik denk van niet.'

'Nou, haal wat fatsoenlijks te drinken voor jezelf, en als je dan toch bezig bent, voor mij nog zo'n geval.'

Ik keek naar de envelop, waarop hij zei: 'Laat die maar hier liggen, er zal niets mee gebeuren.'

'Niet om lullig te doen, maar ik ben goochelaar van beroep. Ik weet hoe makkelijk het is om dingen te laten verdwijnen.' Ik stak mijn hand uit om de envelop mee te nemen, maar Blunt zette zijn glas erop.

'Wees maar niet bang. Als jij terugkomt ligt dat ding hier nog.'

Vanaf de plek aan de bar waar ik stond probeerde ik te zien wat Blunt uitvoerde, maar we hadden inderdaad de juiste tafel uitgekozen; hij was aan het zicht onttrokken. Toen ik terugkwam met de drank had hij weer een sigaret opgestoken. Ditmaal kreeg ik er wel een aangeboden.

'Uit welke plaats zei je ook alweer dat die vrouw verdwenen was?'

'Essex. Dat ligt in de buurt van Londen.'

'Ik weet waar het ligt, en vermoedelijk weet jij dat het niet in mijn district ligt; ik kan hier niets mee aanvangen, behalve het doorgeven.'

'Snap ik. Maar dan wordt er tenminste melding van gemaakt. Dan moeten ze er wel onderzoek naar doen.'

Blunt dronk het schuim van zijn pint. 'Misschien, misschien ook niet.' Hij zuchtte. 'Wat die opmerking van je contact betreft dat ik betrouwbaar zou zijn, dat klopt. Ik neem geen steekpenningen aan en doe ook niet aan protectie.' Ik wierp een blik op de bar en hij nam een trek van zijn peuk. 'Ik heb een rekening lopen, die iedere vrijdag keurig op tijd betaald wordt. Ik doe m'n best. Sommigen vinden het oké, sommigen niet, en laat die maar in de stront zakken. Maar ik ga niet zover dat ik bewust vijanden maak. Een alom gerespecteerd medewerker van 's lands grootste politieeenheid ervan beschuldigen dat-ie medeplichtig is aan de moord op z'n schoonzus is dé manier om jezelf in de nesten te werken.' Hij draaide zijn hoofd, keek me recht in de ogen en schoof de envelop met de rand van een bierviltje naar me terug. 'Ik kan je niet helpen, niet met dat daar.'

'Maar je zegt wel dat het er onfris uitziet?'

'Dat heb je mij niet horen zeggen.'

'Maar als ik meer bewijs weet te vinden, misschien kun je dan wel iets doen?'

Blunt sloeg het restant van zijn bier achterover. 'Bewijs verzamelen is de taak van de politie.' Hij pakte een notitieboekje en een pen uit zijn zak. 'Hoe zei je ook alweer dat die vermiste vrouw heette?'

'Gloria Noon.'

Blunt schreef de naam op en stopte het notitieboekje terug. 'En de naam van de inspecteur van de Met?'

'Montgomery, James Montgomery.'

Ik verwachtte dat hij die naam ook zou neerkrabbelen, en toen dat niet gebeurde vroeg ik: 'Hoef je zijn naam niet te noteren?'

'Ik weet zeker dat ik die niet zal vergeten.' Blunt schudde vermoeid het hoofd. 'Dit was vroeger zo'n fijne, rustige pub.' Hij haalde zijn portefeuille te voorschijn en grabbelde er een visitekaartje uit. Hij keek of er niets op de achterkant stond en gaf het aan mij. 'Bel me als je iets bruikbaars hebt gevonden, maar zo niet, laat zitten. Ik drink niet voor de gezelligheid, dan weet je dat ook weer.'

Berlijn

Het was twee uur 's morgens. Dix had tijdens onze tocht met de huurauto al zo vaak op zijn horloge gekeken dat ik er nerveus van was geworden. En nu hij aan het zware hangslot van het pakhuis stond te morrelen wierp hij er alweer een blik op.

Ik rook de geur van vochtige aarde die de nacht met zich meebracht. Als je je ogen dichtdeed waande je je probleemloos kilometers van de stad, in een onlangs aangelegde tuin, een pas geploegde akker of een kerkhof, klaar voor gebruik.

Ik vroeg: 'Wat zijn het voor mensen?'

Sylvie trok haar lange mantel wat strakker om zich heen en stampte rillend met haar rode schoenen op de grond. Dix wierp haar een wat geïrriteerde blik toe, draaide de sleutel om en wrikte de grendel los.

'Als je het zou weten, zou het iets uitmaken?'

'Misschien.'

'Het is nu te laat om vragen te stellen, William. Doe nu maar wat we afgesproken hebben en de kassa gaat rinkelen.'

Sylvie liep er niet als enige op haar paasbest bij. Dix had blijk gegeven van een onverwacht gevoel voor drama en had een outfit voor me gevonden die onze handelingen een macaber tintje zou geven: een zwart kostuum dat van voren en van achteren versierd was met een wittig, fosforescerend skelet. Er hoorde ook nog een masker bij, een grijnzende schedel. Het masker bedekte mijn verwondingen heel aardig, maar ik was bang dat de botten zouden vervormen door mijn pens. Sylvie had me gerustgesteld. 'Je ziet eruit om óp te vreten, William. De Dood die in hoogsteigen persoon mijn fruitige jonge vlees komt ophalen.' Ik had de schedel voor mijn gezicht geschoven en haar graaiend met mijn armen door de woonkamer achtervolgd, net zo lang tot Sylvie zich giechelend en tegenspartelend door mij op de bank had laten drukken. Ik had mezelf een aristocratisch accent aangemeten, Christopher Lee als graaf Dracula. 'Je begrafeniskoets staat voor, lieverd.'

Ze had gedaan alsof ze flauwviel en Dix had ons gadegeslagen met de minzame glimlach van een vrek die berekent hoeveel geld hij heeft uitstaan.

Nu leek de grap minder geslaagd en het kostuum had zijn carnavaleske uitstraling verloren. Sylvie zag even bleek als mijn nepbotten. Ik sloeg een arm om haar heen, maar ze rukte zich ongeduldig los. 'Laten we hier maar snel korte metten mee maken.'

'Als je niet wilt, hoef je hier niet mee door te gaan.'

Haar lach doorbrak schel de stilte van de nacht.

Dix zei: 'Het is zo weer voorbij. Over minder dan een uur lopen we allemaal weer veilig de deur uit, met onze zakken vol cash.'

Glasgow

Om in actie te kunnen komen had Blunt meer bewijs nodig, en ik had wel een idee hoe ik dat in handen kon krijgen. Net als bij een kwaliteitstruc kwam het neer op een goed psychologisch inzicht en een boel raffinement. Met de juiste hulp was het vrij eenvoudig. Ik ging terug naar het internetcafé en checkte het tijdschema van de vluchten uit Londen. Daarna brak het moment aan om mijn rol te gaan spelen en een telefoontje te plegen. Vervolgens viel er weinig meer te doen, afgezien van hopen en wachten. Ik zocht mijn kamer op, schonk mezelf wat te drinken in, ging op bed liggen en begon alle handelingen uit en te na door te nemen, net zo lang tot het geronk van de huiswaarts rijdende bussen overging in de dieselklanken van taxi's en het geschreeuw van late stappers. Na verloop van tijd ebden zelfs die geluiden weg en lag ik in stilte te staren naar de oranjebruine gloed die de straatlantaarn door mijn raam naar binnen wierp, me afvragend of Blunt mijn plan zou slikken en zo ja, of het enige kans van slagen had.

Berlijn

Sylvie bevond zich ergens aan de overkant van de duisternis. Dix en ik stonden naast elkaar op het teken te wachten. Ik voelde iets bewegen en op dat moment floepten spots aan, oogverblindend wit, in het midden van het lege pakhuis. Vanuit het uitspansel klonk een stem. 'Oké, ga uw gang.'

Ik had Duits verwacht maar hoorde nu vanuit het donker Engels komen, met een accent dat naar het Amerikaans neigde. Ik keek in de richting van Dix. 'Amerikaans?'

Zijn stem liet een harde ondertoon van minachting horen. 'Ze denken nog altijd dat er in Berlijn dingen te koop zijn die ze thuis niet kunnen krijgen.'

Ik grinnikte en trok de schedel voor mijn gezicht. Deze hele toestand werd wat minder absurd nu ik doorkreeg dat het allemaal voortkwam uit de grillen van een rijke yank met een hang naar exotisme. 'Laten we hem dan maar blij maken.'

Dix legde een hand op mijn arm. 'Dit zijn geen vakantiegangers die van de toeristische route zijn afgeweken.'

'Wat probeer je me duidelijk te maken?'

'Sylvie kent haar rol. We doen dit net zo goed voor haar als voor mij. Doe jij nu maar jouw ding en alles komt op z'n pootjes terecht.'

Ik wilde iets terugzeggen, maar Dix bracht een vinger naar zijn lippen en ik hoorde een traag, hol geluid van hoge hakken die over de houten vloer liepen. Sylvie stapte vanuit de duisternis het felverlichte hart van het pakhuis in. Mijn arme slachtoffer zag er prachtig uit. Ze droeg een lange zilverkleurige jurk die glinsterde in het licht; de vonken vlogen van haar haar, donker als lijkenkisthout, en haar lippen had ze gestift met een naar zwart neigend bloedrood dat niet uitnodigde tot kussen.

We wachtten een tel of tien, waarna Dix een zwarte zijden sjaal voor zijn gezicht bond, me toeknikte en met kordate, doelbewuste pas naar voren beende. Hij kwam zo'n halve meter voor Sylvie tot stilstand. Ze reageerde niet op zijn binnenkomst. Zonder hem een blik waardig te keuren liet ze haar jurk op de grond vallen, waarbij ze haar rug kromde alsof ze hem uitdaagde haar aan te raken. Haar naakte lichaam stak betoverend bleek af tegen de inktzwarte achtergrond. Dix bleef een paar seconden als versteend staan terwijl Sylvie statig helemaal om hem heen liep, als een half tam roofdier dat geen honger heeft maar van nature doodt. Ik hield mijn adem in, me afvragend of ze deze choreografie van tevoren hadden bedacht, of dat Sylvie niet zeker wist of ze ermee zou doorgaan of niet. Toen rekte ze haar lichaam uit, als een circusleeuw die besloten heeft zijn dompteur nog een dag langer te laten leven, en ging ze tegen de plank staan. Meteen stapte Dix naar voren om haar met vaardige, doelbewuste vingers vast te binden; hij gespte de leren riemen om haar polsen en enkels vast, waarna hij ze nog eens extra aantrok, zodat Sylvie echt geen kant meer uit kon.

Ik probeerde alle andere gedachten uit mijn geest te bannen door in mijn hoofd steeds maar weer dezelfde mantra te laten rondzingen: *Concentreer je, concentreer je, concentreer je...* En toen was het mijn beurt om het licht te betreden.

Glasgow

Ik besloot voor mijn optreden een beetje in te drinken in een bar onder de spoorbogen. De bar lag vlak bij het Panopticon en ik kon me niet voorstellen dat een van de universiteitsjongens die Johnny had opgetrommeld om met de voorstelling te helpen daar nog even een borrel achterover zou slaan. De pub was piepklein en goedkoop dus nooit leeg, maar ik had niet verwacht dat hij zo vroeg in de middag al door zo'n enorme menigte bevolkt werd. Ik bleef boven aan het trapje dat de bar in leidde staan, en nam de groene zee in ogenschouw, de shirts en sjaaltjes van Celtic, de groene hoeden met klavers en de geruite petten, en realiseerde me dat het St. Patrick's Day was. Even twijfelde ik; zou de pub nog een drinker aankunnen? Maar toen arriveerde er een volgend groepje mannen dat me meevoerde naar beneden, de bekende lucht van rook, zweet en bier in. Ik bestelde een whisky, ondanks dat iedere pint Guinness werd afgeleverd met de vorm van een klavertje vier in de schuimkraag. Iemand liep weg, ik schoof door naar de eerste rang, naast de sigarettenautomaat, en zette mijn glas op de daarvoor bedoelde plank. St. Patrick had de slangen uit Ierland verjaagd. Misschien was het een voorteken dat het allemaal goed zou aflopen. Maar aan de andere kant was het een vrije dag om zijn dood te herdenken, dus misschien was het juist een teken dat uiteindelijk de slangen altijd winnen. De oude man aan het tafeltje naast me begon te zingen.

'When I was a bachelor, I lived by myself
And I worked at the weaver's trade;
The only, only thing that I ever done wrong
Was to woo a fair young maid.

I wooed her in the summer-time,
And part of the winter-time too.'

Hij draaide zich om en lachte een blije kunstgebitlach, waarop
een paar oude mannen begonnen mee te zingen.

'But the only thing that I ever did wrong
Was to keep her from the foggy, foggy dew.'

Het resultaat was verbazend harmonieus, als je bedacht dat op
dat moment, om half drie 's middags, iedereen al bezopen leek.
De bejaarde zanger had ogen in de kleur van vergeet-me-nietjes,
zacht, vochtig en blij van alle drank en herinneringen. Hij liet zijn
blik het lokaal rondgaan.

'One night this maid came to my bed
Where I lay fast asleep,
She laid her head upon my chest
And then she began to weep.'

'Je bent een vuile goorlap, Peter,' schreeuwde een van de drinke-
broers. De oude man glimlachte en onthaalde de oproerkraaier
op een knipoog, maar zong wel door:

'She sighed, she cried, she damn near died.
She said, "What shall I do?"
So I took her into bed and I covered up her head
Just to keep her from the foggy, foggy dew.'

In gedachten zag ik hoe een man het getroffen hoofd van een vrouw afdekte met een schoon wit laken. Ik zette mijn glas neer en liep naar de wc om wat water in mijn gezicht te plenzen. Bij mijn terugkomst was het lied voorbij en had iemand mijn plek bij de sigaretten ingenomen, maar mijn drank stond er nog. De barman schuifelde voorbij om lege glazen op te halen. Hij reikte de zanger een halve pint en een borrel aan en zei joviaal: "'t Is afgelopen met die afgeprijsde kopstoten voor bejaarden als ik door jullie de tent moet sluiten, makkers. Jullie weten toch dat ik geen artiestenvergunning heb?'

Een oude kroegloper boog zich naar voren. 'Met die stem van hem daar zal-ie eerder een hondenvergunning nodig hebben.'

Er werd gebulderd van het lachen, waarna iemand aan de andere kant van de pub zijn stem verhief en brulde: 'Zing jij 's wat, Ann.' De rest van de stamgasten nam de kreet over, totdat zelfs de mannen die alleen maar even op St. Patrick's Day wilden toosten begonnen mee te doen. Het meisje achter de bar schudde verlegen het hoofd, maar de drinkers hielden voet bij stuk; sommigen sloegen met hun bierglazen op tafel onder het scanderen van 'Ann, Ann, Ann', tot de kroegbaas naar de bar snelde en het meisje ervoor zette. Er werd om stilte geroepen, gevolgd door zo'n algemeen 'Ssst!' dat de spanning dreigde weg te vallen, waarna het meisje haar ogen op het plafond richtte, ze sloot en begon te zingen. Iedereen deed er het zwijgen toe.

'My young love said to me, "My mother won't mind
And my father won't slight you for your lack of kind."
And she stepped away from me and this she did say:
"It will not be long, love, till our wedding day."'

Ze had een hoge, heldere, zuivere stem. Eigenlijk had ik op dat moment aan golvende groene heuvels en het witte, in de zon oplichtende schuim van een waterval moeten denken, maar in plaats daarvan zag ik Sylvie vastgesnoerd tegen het hout staan terwijl ik in mijn Young Bones Wilson-vermomming op haar af liep. Ze leek zich tegen de plank te drukken. Een van de glitters in haar haar weerkaatste het licht in mijn ogen, zodat ik in een flits het complete kleurenspectrum zag. Het moment schoot voorbij met de snelheid van een kogel. Toen stond daar alleen nog het angstige meisje en het anonieme publiek dat onzichtbaar vanuit het donker toekeek.

'As she stepped away from me and she moved through the fair
And fondly I watched her move here and move there
And then she turned homeward with one star awake
Like the swan in the evening moves over the lake.'

Ik haalde de kogel uit mijn zak, nam hem tussen duim en wijsvinger en hield hem hoog in de lucht. Dix stapte uit de duisternis, nog altijd met de zijden sjaal voor zijn gezicht. Hij had een onbekende man bij zich. De man droeg een fraai zwart pak met daaronder een zwart overhemd en een latex masker van een rode vos. De vos grijnsde hongerig, zijn ogen glinsterden onnatuurlijk groen in zijn kop en deden me denken aan de schade die een gebroken bierfles kan aanrichten.

'The people were saying, no two e'ver were wed
But one had a sorrow that never was said
And I smiled as she passed with her goods and her gear,
And that was the last that I saw of my dear.'

Eindeloos lang tuurde de vos naar de kogel. Hij draaide hem rond
in zijn hand, hield hem vlak voor zijn ogen om hem van dichtbij
te bestuderen. Ik verloor alle tijdsbesef. En toen nam hij dan eindelijk de stift die Dix vasthield aan en zette hij zijn initialen op de
zijkant van de kogel, zodat hij hem altijd zou kunnen herkennen.
Ik overhandigde Dix de revolver en die gaf hem weer door aan
de vos, die het wapen net zo langdurig en nauwgezet bestudeerde
als de kogel. Dat was het moeilijkste moment, het punt waarop ik
alle zeilen moest bijzetten. En het lukte me; ik verruilde de echte
kogel ongemerkt voor zijn wassen evenbeeld en stopte die onder
zijn achterdochtige ogen in de revolver. Dix en hij liepen weg, zodat Sylvie en ik als enigen nog in die oogverblindende lichtcir-
kel stonden, tegenover elkaar, aan alle kanten omgeven door een
duisternis die zwarter was dan het heelal. Ik ging door met mijn
mantra – *concentreer je, concentreer je, concentreer je* – net zo lang
tot haar gezicht vervaagde tot een bleekwit, achter glas geperst
ding, als een dode vlinder met een rode stip in het midden.

'Last night she came to me, my dead love came in.
So softly she came that her feet made no din
As she laid her hand on me and this she did say,
"It will not be long, love, 'til our wedding day."'

De pub barstte los in een golf van applaus, bonkende bierglazen
en gejoel. De barmeid boog heel lief en dook weer achter de tap-
kast voordat ze haar een toegift konden ontfutselen. Ik veegde

het zweet van mijn voorhoofd en nam een slok whisky. Daarna keek ik om de een of andere reden tussen de wirwar van lichamen door naar de andere kant van het lokaal, naar de plek vanwaar een nuchtere inspecteur James Montgomery roerloos te midden van het feestgedruis naar mij stond te staren.

*

De ex-politieman glimlachte flauwtjes naar me, als bij iemand wiens gezicht je herkent maar die je niet helemaal kunt plaatsen. Ik hield mijn eigen gezicht in de plooi en zei: 'Wat ben je vroeg.'

'O, nou, ik dacht: laat ik maar bijtijds vertrekken, dan kan ik nog een beetje rondkijken. Ik was nog nooit eerder in Schotland geweest.' Hij grinnikte. 'Geen wonder dat jullie McNogwats allemaal naar het zuiden vertrekken.' Montgomery schudde het hoofd. 'Wat een ellende.'

'Heel anders dan die chique toko waar jij je pensioneringsfeestje had, hè?'

'Ik heb het niet over deze tent, wat een puinbak het ook is. Maar ik dacht dat ik me hier wel zou vermaken, met een beetje sightseeing. Niet om rottig te doen, maar het lijkt wel alsof je vijftig jaar teruggaat in de tijd.'

'Van mij mag je het zeggen, hoor.'

Het café hield zich even koest en nu blèrde Dean Martin zijn 'Little Old Wine Drinker Me' uit de jukebox. Hij was niet zo populair als de barmeid maar viel aardig in de smaak, en een paar enthousiastelingen zongen zelfs het refrein mee. Montgomery lachte en legde een arm op mijn schouder, als een man die net een leuke mop heeft gehoord, maar op datzelfde moment voelde ik een klein, bot voorwerp tegen mijn ruggengraat.

'Maar Cumbernauld was het allerergst. De omstandigheden

waaronder de mensen daar leven, en dan vooral de oudjes...
Weerzinwekkend. Als je het mij vraagt zouden sommigen van ze
maar beter het tijdelijke voor het eeuwige kunnen verruilen.'
Mijn voornemen om rustig te blijven vervloog in één stoot
adrenaline. Ik siste: 'Waag het eens een van die gore vingers van je
naar m'n moeder uit te steken en je bent dood voordat je hebt wat
je zoekt.'
Montgomery veegde wat spuug weg dat op zijn gezicht was beland. 'Daar raakte ik een gevoelig plekje, niet?' Hij oefende nog
wat meer druk uit op mijn rug. 'Anders begin je geen man te bedreigen die een pistool op je richt.' Hij grinnikte. 'Dit ga je verliezen, makker. Geef me nu maar gewoon mijn eigendom terug en je
hoeft vanwege mij geen seconde meer wakker te liggen.'
'Ik heb het niet bij me.'
'Laten we het dan maar snel gaan ophalen.' Hij glimlachte weer.
'Zal ik je een geheimpje verklappen?'
'Zoals je wilt.'
Montgomery bracht zijn gezicht tot vlak voor het mijne en fluisterde: 'Je moeder is niet het enige waar je je zorgen om kunt gaan
maken.' Zijn glimlach was fijntjes en lief als die van een cupido. 'Ik
weet precies hoc het zit met dat Duitse vriendinnetje van je.'
Mijn stem klonk hees. 'Hoe weet jij dat?'
'Vijfendertig jaar bij de sterke arm, dan leer je wel het een en
ander.'
Onhoorbaar zeiden mijn lippen haar naam. *Sylvie.* 'Wat weet
je?'
Montgomery grinnikte. 'O, ik weet alles. Hoe heette ze ook alweer? Sylvie, ja toch, niet? Ze gaf 'm aardig van jetje in die hotelkamer, hè? Te goed voor jou, da's wel duidelijk.'
Sylvies naam die uit de mond van een politieman kwam; ik
werd getroffen door een duizelingwekkende golf van angst en op-

luchting. De plotselinge, bittere smaak van vleesgeworden angst maakte dat ik begon te grinniken. Dit was het ergste wat me kon overkomen, maar ik vertrok niet richting gevangenis, nog niet in elk geval. Het spel nam een andere wending. Tot dusver had ik mezelf in één klap van mijn schuldgevoel en van Montgomery willen ontdoen. Maar zo te merken wist hij evenveel van mijn misdaad als ik van de zijne. Het werd tijd voor een afrekening; nog even en ik wist hoever ik bereid was te gaan.

De meeste cafégangers waren te druk met andere dingen om Montgomery en mij in de hoek intiem te zien smiespelen, maar ik had een gedrongen man met een honkbalpet naar ons zien staren. Ik wierp hem over de schouder van de politieman een blik toe, waarop hij vuil onze kant uit loerde.

'Zijn jullie een stel gore poten of zo?'

'Ik niet, makker.' Ik probeerde zo overtuigend mogelijk over te komen. 'Maar volgens mij deze Engelse mafkees wel. Hij laat me maar niet met rust.'

De man verhief zijn stem zodanig dat de bierdrinkers naast hem het konden horen. 'Altijd hetzelfde met die vuile flikkers, ze willen 'm bij iedereen in z'n keel douwen.'

Montgomery rukte zijn portemonnee uit zijn zak en zwaaide met zijn identiteitskaart, waarbij hij zijn duim stevig op de plek hield waar zijn naam stond. 'Ik ben een inspecteur van de Londense politie en deze man wordt gezocht op grond van ernstige beschuldigingen.'

'Prima, niks aan de hand, grote vriend.' De man deed een stap achteruit. 'Ik vroeg het alleen maar.'

Ik zei: 'Je sloeg de spijker meteen recht op z'n kop. Het is een vuile poot, altijd klaar om z'n Gay Pride-plicht te doen, als je begrijpt wat ik bedoel. Zodra we buiten staan probeert-ie hem in m'n reet te stoppen.'

Montgomery trapte met de neus van zijn schoen tegen mijn hiel, zodat er een pijnscheut door mijn achillespees trok en ik het niet in mijn hoofd zou halen om weg te rennen.

De caféganger zei: 'Ik heb zelf niks tegen flikkers, weet je. Ik bedoel, sommigen zijn best lachen... Graham Norton... Kenneth Williams...'

Hij viel stil, waarop ik eraan toevoegde: 'Noël Coward.' De man leek van zijn stuk gebracht. 'Het enigste wat ik wil zeggen, eh, ieder z'n meug, niet?'

Montgomery haalde een paar handboeien te voorschijn en klikte zichzelf aan mij vast. Iemand zei: 'Ooo... kinky.' Maar alle anderen hielden zich koest. Op mysterieuze wijze had de meute al een pad naar de deur vrijgemaakt.

'Goed.' De politieman lachte grimmig. 'Tijd om een luchtje te scheppen.'

In Argyle Street wemelde het op zaterdag van de winkelende mensen, dus twee mannen die pal naast elkaar liepen vielen niet op. Mijn geblesseerde achillespees maakte het lopen er niet eenvoudiger op, maar Montgomery paste zijn tempo aan mijn manke been aan, zodat we voor een buitenstaander min of meer aan het kuieren waren: vader en zoon keren huiswaarts na een paar biertjes te hebben gedronken.

Mijn aandacht werd opeens getrokken door een klein, vierkant stuk karton dat aan een lantaarnpaal was bevestigd en waarop vrolijke clowns en lachende gezichten waren geschilderd. Felrode letters, aangebracht in een zorgvuldig, kinderlijk handschrift, vertelden wanneer en in welke zaal Johnny's benefietvoorstelling plaatsvond. In de bovenhoek van het plakkaat zag je een besnorde goochelaar een grijnzend konijn uit een hoge hoed trekken. Ik wierp heimelijk een blik op Montgomery, maar die hield met

347

een strak gezicht aandachtig de mensenmenigte in de gaten. Alle verdere lantaarnpalen tot aan het Panopticon waren enthousiast voorzien van zelfgemaakte borden met als hoofdbestanddelen potlood, glittertjes en aluminiumfolie: mijn eigen versie van de Yellow Brick Road uit *The Wizard of Oz*. Ik kon alleen maar hopen dat het Montgomery niet zou opvallen.

Met de trage, onstuitbare doelgerichtheid van een Sherman-tank kwam ons een vrouw op leeftijd in een rolstoel tegemoet die werd voortgeduwd door haar stokoude echtgenoot. De rolstoel was behangen met uitpuilende boodschappentassen. Ze hadden hun wekelijkse inkopen gedaan, maar waarom ze daar de drukste dag van de week voor uitkozen was me een raadsel. Misschien vonden ze die mensenmassa gewoon prettig. Montgomery wilde hen aan de linkerkant voorbijgaan en ik maakte aanstalten om achter hem aan te lopen, maar op het allerlaatste moment sloeg ik rechts af, zodat de rolstoel tegen ons aan botste.

'Christusnogantoe, kan je niet uit je doppen kijken?' De oude man stonk uit zijn mond, zijn stem was hees. Zijn huid had de grijsgroene kleur van een afdeling oncologie en hij sleepte net genoeg vet met zich mee om te kunnen doorgaan voor een hongerkunstenaar. Zijn vrouw giechelde. Ze had een knap, popperig gezicht dat was aangedikt met rouge en ander leuks, boven een voorraad lillende kinnen. Haar benen waren kolossaal, met vlees dat golvend in haar ongestrikte bootschoenen verdween. Kwel en Bessie Turf. Ik vroeg me af of ze om beurten in de rolstoel zaten. Zij die de ene dag achter zijn schraalheid aan hobbelt, hij die de dag erna met haar gewicht kampt. De liefde overwint alles, behalve armoede, ziekte en dood.

Ik negeerde de ruk die Montgomery aan de handboei gaf en keek Kwel aan. 'Sorry vriend, 't is m'n vrijgezellenfeestje. Die ouwe Monty hier heeft me voor de grap aan 'm vastgeklonken.'

'Ja ja.' 's Mans gezicht verschoot van groen naar het vuurrood van ergernis en te veel bloeddruk. 'Godvergeten komisch.'

De bejaarde vrouw sputterde wat tegen vanwege de godslastering, terwijl Montgomery me bij mijn nekvel probeerde te grijpen. Ik ontdook zijn hand, in de richting van de vrouw in de stoel. 'Eén kus voor een arme gevangene!'

Ze lachte, drukte een klapzoen op mijn wang en hulde me zo in een walm van brandy. 'Wat een vreselijk jongmens ben jij. Ik heb meelij met de arme meid die jou haar hand geeft. Je betekent nog eens haar dood.'

Ik zei: 'Als je eens wist.' En ik grabbelde een tientje uit mijn broekzak. 'Hier, nemen jullie allebei maar een drankje. Op het geluk.'

'Hou je geld maar, jongen, je zult het nog hard nodig hebben.'

De oude vrouw duwde het briefje van zich af, maar op dat moment greep Montgomery me vast en botsten onze lichamen tegen elkaar. Dit was mijn kans. De politieman had zijn portefeuille teruggestopt in zijn binnenzak. Zijn colbert hing rechts lager dan links, dus vermoedde ik dat hij daar zijn sleutels had zitten. Ik hoopte dat daar dan de sleutel van de handboeien tussen zat. Snel liet ik mijn vingers erin glijden; ik kwam inderdaad de sleutels tegen en verhuisde ze behendig naar mijn eigen zak, zonder te weten of ik nu een begin had gemaakt met mijn bevrijding of mezelf alleen maar toegang had verschaft tot die verre, bleke vertrekken waar Sheila Montgomery vele uren om haar verdwenen zus Gloria had getreurd.

De oude vrouw riep ons achterna: 'Gezondheid, jongen! En voortaan kijk je beter uit en pas je goed op dat meissie van je.'

De oude man schudde het hoofd en begon haar richting Gallowgate te duwen.

Ik merkte dat Montgomery zich met iedere trede van de bouwvallige trap aan de achterzijde van het Panopticon ongemakkelijker ging voelen.

'Wat is dit voor plek?'

'Ik heb je het toch gezegd: de plek waar ik mijn spullen opberg.'

'Wat is er mis met een kluis?'

'Dit hier is veilig genoeg en het kost me niets.'

Montgomery snoof. 'Stomme Schot.'

Ik meende boven ons mensen te horen lachen, waarna ik keek of Montgomery iets was opgevallen, maar hij schudde slechts zijn hoofd. 'Ik vind dit maar niks.'

'Ik ben er zelf ook niet bijster enthousiast over. Een pistool in m'n rug, een handboei om en een stel onvervalste dreigementen die me boven het hoofd hangen.' Ik liet mijn stem rustig en overtuigend klinken. 'Je begrijpt toch wel dat ik hier net zo graag een einde aan wil breien als jij?'

Montgomery drukte het pistool krachtig in mijn rug, en net op dat moment bereikte het volgende lachsalvo de gang. Hij bleef stokstijf staan. 'Wat was dat?'

'Doe niet zo paniekerig. Da's de bingozaal beneden. Zaterdag is daar de grote dag.' Ik grinnikte. 'Wat heb je? Bang voor spoken?'

Hij gaf me een zet. 'Laten we vooral opschieten.'

Ik wierp een blik op mijn horloge. 'O ja, laten we dat vooral doen.' En duwde de deur open die uitkwam op het podium.

Er verscheen een mengeling van verwarring en opluchting op Johnny's gezicht toen hij me de spots in zag lopen. Ik deed geen moeite de handboeien te verbergen die Montgomery en mij aan elkaar klonken. Ik knikte, waarop hij een punt zette achter de moeizame grappen waarmee hij tijd had proberen te winnen en zijn handen in de lucht wierp en riep: 'Hier is de man op wie we met z'n allen hebben zitten wachten: de magnifieke, magische, William Wilson!'

De zaal joelde en klapte. Montgomery draaide zich om met de bedoeling op te stappen, maar de handboeien die mijn vrijheid hadden beknot, hadden bij hem nu hetzelfde effect. Hij stak de hand met het pistool in zijn zak, en ik vroeg me af of de volwassenen dat hadden gezien.

Ik rukte hem mee het podium op; al die maanden van drank en droevige kamertjes vielen van me af. De energie kroop vanuit mijn benen via mijn ruggengraat omhoog en begon te tintelen in mijn vingertoppen. Ik was weer thuis. Ik plooide mijn lippen tot een William Wilson-grijns en riep: 'Kijken jullie maar eens goed naar het gezicht van deze meneer. Hij heet Ome Monty en het is een verschrikkelijke schurk.'

Het publiek lachte.

Ik zei: 'Roep maar: "Hallo, Ome Monty."'

Hallo, Ome Monty!

De politieman probeerde zich uit de voeten te maken, maar ik sleurde hem terug; de brede grijns op mijn gezicht logenstrafte de pijnscheuten in mijn pols. 'Moet je 's kijken, wat een ouwe mopperkont. Ik denk niet dat hij jullie verstaan heeft, jongens en meisjes. Zullen we nu nog iets harder roepen om te zien of we hem "hallo" kunnen laten zeggen?'

De kinderen wisten hoe het werkte. Ze haalden diep adem, vulden hun longetjes tot barstens toe en brulden: 'Hallo, Ome Monty!'

Ik sloeg mijn arm om Montgomery heen en voerde hem zo naar het midden van het podium, even gretig als een oude hond in de wachtkamer van een dierenarts. Ik fluisterde: 'Geen paniek, je krijgt je foto. Maar op deze manier heb ik een paar getuigen die ons samen hebben gezien.' Ik zette weer een keel op en brulde: 'Willen jullie een goocheltruc zien?'

Ja!

De zaal kwam nu helemaal los. Montgomery probeerde ons nog steeds het podium af te krijgen, maar ik rukte en sleurde hem achter me aan tot we op gelijke hoogte stonden met de grote, felgekleurde kist die ik van Bruce McFarlane had geleend. 'Het spijt me dat ik zo laat was, maar ik moest nog even langs bij de Magician's Den, een heel bijzondere goochelwinkel hier in de buurt, om wat toverpoeder te kopen.' Ik deed een greep in de zak van mijn jasje en wierp een handjevol van de glitters waarmee ik mijn zakken die ochtend had gevuld over de vloer. Ze glommen en fonkelden in het felle licht. 'Vinden jullie dat leuk?'

Ja!

Het was een voorbeeldig publiek. Ik grinnikte en stak weer mijn hand in mijn zak, maar ditmaal graaide ik niet naar glitters maar naar sleutels. In één vloeiende beweging maakte ik de handboeien los, rukte ik Montgomery's jasje over zijn hoofd uit en trapte hem de kist in, waarna ik snel het deksel erop gooide en hem stevig dichtgespte. Ik reikte voorover naar de tafel met mijn rekwisieten en graaide daar een hangslot weg waarmee ik de kist nog een keer afsloot, voor wat extra effect. Vanuit de kist steeg nu een gebonk op.

'Oké, jongens en meisjes, papa's en mama's, tantes, ooms en aanhang, ik zal jullie nu laten zien wat je moet doen met stoute mannen.' Ik sprenkelde wat toverpoeder over de kist en tikte er met een veel te grote toverstok tegenaan, waarbij ik de bekende spreuk zei: 'Abracadabra!'

Het gebonk hield niet op en Montgomery schreeuwde: 'Wilson, laat me eruit!'

Het publiek joelde en lachte.

'Weet je, jongens en meisjes? Volgens mij heb ik wat hulp nodig. Schreeuw maar zo hard als je kunt en stamp met je voeten, dat maakt het voor mij gemakkelijker om de stoute meneer te laten verdwijnen.'

Terwijl het theater losbarstte in een onwerelds tumult boog ik voorover naar de kist en fluisterde ik: 'Hou die vuile waffel van je en werk mee, of ik zweer met God als m'n getuige dat ik je pistool op deze kist leegschiet, kinderen of geen kinderen. Ik doe alsof het bij de act hoort en dump vervolgens deze hele santenkraam in een *loch*. En trek nou je benen in, want het gaat zo meteen krap worden daarbinnen.' Er kwam geen reactie maar het gebonk hield op. Ik wendde me weer tot het publiek. 'Oké dan, ik tel tot drie en dan wil ik dat jullie "Abracadabra" roepen! Eén, twee, drie…!'

Abracadabra!

'Ik weet niet of dat wel hard genoeg was.' Ik schudde mijn hoofd. 'Per slot van rekening is het een heel erg stoute meneer. Volgens mij moeten we het nog maar eens proberen.'

Ik liet de kinderen nog drie keer schreeuwen en schoof in de tussentijd stiekem de spiegelpanelen op hun plek die – als alles goed ging – een deel van de binnenkant van de kist zouden reflecteren en daarmee het publiek dusdanig van de wijs brachten dat ze meenden een lege kist te zien.

Ik hield mijn adem in, controleerde of het jasje met het pistool erin binnen handbereik lag en gooide voortvarend de kleppen van de kist open die een illusie van maagdelijke leegte te zien gaven. Ik mepte met mijn stokje tegen de binnenkant, erop lettend dat ik niet in de spiegels te zien zou zijn, klapte de kist behendig weer dicht en vergrendelde hem. Het leverde me een applausje op, maar welke risico's er ook aan verbonden waren, het laten verdwijnen van een lelijke man maakt nooit dezelfde emoties los als het laten verschijnen van een mooie vrouw; al mijn inspanningen ten spijt had ik het gevoel dat de illusie iets van een anticlimax had.

Dertig minuten later was de show voorbij. Of hij was pas net begonnen, het lag er maar aan hoe je ertegenaan keek. Ik zat op het podium in het lege theater naar de kist te staren en een sigaret te roken. Waarschijnlijk mocht je volgens de voorschriften niet op het toneel roken, maar er was niemand die me ervan weerhield en ik had me voorgenomen om erg voorzichtig te doen.

Montgomery hield zich nu alweer zo lang rustig dat ik me begon af te vragen of hij misschien was ontsnapt. Na mijn act had ik het podium een poos moeten verlaten. Ik had gedaan alsof ik tegelijk met het publiek naar buiten liep en had Eilidh en John aangespoord om vooral met de rest van de artiesten de kroeg in te gaan. Pas daarna kon ik weer de zaal in glippen.

Maar het hangslot had zich niet verroerd en de kist van Bruce was onbeschadigd, dus het leek erop dat Monty nog steeds op het moment wachtte dat hij me kon bespringen terwijl ik hem bevrijdde.

Ik moest aan Sylvie denken en vroeg me af hoever ik bereid was te gaan. Was het doden van een slechte man beter dan het doden van een goede vrouw? Geen twijfel mogelijk. Maakte het iets uit of je hem doodde omdat hij slecht was of omdat je jezelf wilde verlossen? Ik wist het niet. Kon ik me voordoen als rechter, jury en beul? Misschien, als ik overtuigd was van mijn gelijk. Maar hoe vaak had ik gelijk gehad?

Het Panopticon had iets griezeligs. Zonder het publiek erbij ging je bijna in Archies geesten geloven. Ik glimlachte eventjes naar het balkon, controleerde of mijn sigaret inderdaad uit was, stond op en haalde de kist van het slot.

Ik bleef zo'n tien minuten bij het ontgrendelde gevaarte staan, mezelf dwingend er geen blik in te werpen. Mijn hand bewoog net voorzichtig richting klep toen Montgomery te voorschijn schoot en brullend op me af stormde. Maar hij was een oude man en door zijn benarde positie waren zijn spieren verkrampt; al met al dus nauwelijks een partij voor mij.

Ik riep: 'Hier, dit is van jou', gooide het jasje over zijn hoofd en draaide hem in het rond. Hij wankelde naar de zijkant van het podium, waar hij het colbert wist los te trekken en in zijn zakken voelde.

Ik stak het pistool in de lucht. 'Zocht je dit? Hier, vangen.' Ik katapulteerde het wapen zijn kant uit. Hij ving het onhandig op en ik hield de patroonhouder omhoog. 'Vind je het erg als ik dit een tijdje bij me hou? Als je dicht genoeg bij me in de buurt komt kun je me altijd nog doodbeuken met het pistool zelf.' Ik zorgde ervoor dat mijn toon gemoedelijk bleef. 'Heb je dat bij Gloria ook gedaan? Haar schedel ingeslagen?'

'Ik heb Gloria met geen vinger aangeraakt.'

'Deze foto zegt iets heel anders.' Ik haalde de envelop met een snelle handbeweging vanuit het niets te voorschijn en liet hem meteen weer verdwijnen. 'Zo ist-ie er, zo ist-ie er niet.'

Hij deed een stap naar voren. 'Die is van mij.'

'O ja?' Mijn stem klonk mild. 'Ik dacht dat Bill Noon hem in zijn bezit had.'

Montgomery schudde vermoeid het hoofd. 'Hij was van de oude Noon, niet van z'n zoon. Hij had de zijne en ik had de mijne. Degene die als eerste ging moest ervoor zorgen dat zijn exemplaar vernietigd werd.'

'Een soort verzekering?'

'Zoiets.'

Tijdens mijn gesprek met Drew Manson had ik de truc al doorzien, maar het was goed om hem nog eens bevestigd te krijgen.

'Dus geen van jullie twee kon plotseling toegeven aan z'n biecht-neigingen of de ander verlinken zonder zichzelf erbij te lappen? Ik neem aan dat het prima werkte totdat een van jullie plotseling doodging en jij hebberig werd en besloot om Bill junior af te persen.'

Montgomery lachte. 'Heeft-ie je dat verteld?' Hij keek me ongelovig aan. 'En jij geloofde dat?' Hij begon weer te lachen en schudde het hoofd. 'En waarom niet?' Hij sloeg een serieuzere toon aan, als een docent die een eenvoudig probleem aan een bijzonder trage leerling uitlegt. 'Die avond dat jij hem jatte had ik net een hoop geld voor die foto betaald.' Hij herhaalde, met nadruk: 'Een hoop geld. Het enige wat ik wilde was naar huis gaan en met die foto doen wat ik met de mijne had gedaan zodra ik had gehoord dat Bills pa de pijp uit was gegaan: hem verbranden en zo korte metten maken met die hele treurige kwestie. Dertig jaar lang met dat zwaard van Damocles boven me; geen dag, zelfs geen uur ging voorbij zonder dat ik eraan dacht. Maar Bill wilde me zien lijden. Als hij me had laten oppakken zou ik er alle begrip voor hebben gehad. Tenslotte wás ze zijn moeder. Maar daar was-ie niet op uit. Hij wilde me zien lijden. Een grote fuif, het hele team, strippers en ik die daar zat met het bewijs van de misdaad die mijn leven kapot heeft gemaakt, en alsnog kon hij me de das omdoen, terwijl ik daar al dat geld in rook zag opgaan. En toen' – Montgomery schoot in de lach bij de gedachte aan Bills waagstuk – 'pikte hij hem me weer af.'

'En vermoordde je hem en z'n vriendje.'

'Nee, het is uit de hand gelopen. Zijn vriend dook tussenbeide. Bill en ik zouden er op de een of andere manier wel uit zijn gekomen, maar z'n neukertje had ergens een pistool opgeduikeld. Hij richtte het op mij, Bill wilde hem tegenhouden en het ding ging af. Hij zag wat-ie gedaan had en zette het op z'n eigen hoofd. Ik kon er niets aan doen. Overal zat bloed, godverdomme, de natte droom van iedere politiearts.'

Ik hoorde de leugen in zijn stem doorklinken, maar ik vroeg: 'En waarom belde je dan de politie niet? Een ambulance?' Montgomery reageerde verontwaardigd. 'Doe effe normaal, zie jij het voor je? Dan zou je de poppen wel aan het dansen hebben gehad, niet? Trouwens, het had helemaal geen nut gehad. Ze waren al dood. Ik wilde alleen maar te pakken krijgen waarvoor ik gekomen was en dan wegwezen. Ik heb niets van dat kantoor heel gelaten.' Montgomery schudde het hoofd, alsof hij nog altijd verbaasd was. 'Hij had toch al wraak genomen? Pas later, na een nachtje piekeren, werd het me duidelijk wat er gebeurd was. Toen wist ik dat ik jou moest zien te vinden.' Hij glimlachte ontspannen. 'Het duurde even, maar toen kreeg ik je toch te pakken.'

'Denk je?'

'Kijk.' De politieman sloeg een verontschuldigende toon aan. 'Het is lang geleden. Ik ben nu een ander mens dan toen. Mijn leven is anders geweest. Dat zul je toch wel begrijpen? Iedereen begaat vergissingen.' Hij stak een hand in zijn zak en haalde er een stapeltje bankbiljetten uit. 'Ik heb het geld, zeg maar hoeveel je wilt.'

'Vergiffenis.'

'Wat?'

Ik wees naar de plek op het balkon waar de twee poppen stonden. 'Daarginds.'

Montgomery schudde het hoofd. 'Wilson, Wilson, je vergeet dat ik al vijfendertig jaar met schurken te maken heb.'

Van boven klonk een zacht gefluister. 'James.'

Montgomery draaide zich met een ruk om. Bij het Victoriaanse stel was een derde figuur verschenen. Het silhouet daarvan tekende zich af tegen de schaduwen en stapte toen naar beneden tot aan de rand van het balkon. Ze zag spookachtig bleek, haar ogen twee gitzwarte gaten, haar lippen zo bloedeloos dat je ze bijna niet zag.

Haar voorheen asblonde haar leek versneld wit te zijn geworden en ze droeg een wijde katoenen jurk die had kunnen doorgaan voor een lijkwade.

Montgomery's stem was hees van angst. 'Gloria?'

Sheila Montgomery hief het hoofd en staarde als vleesgeworden wraak onze kant uit. 'Hoe kan ik nou Gloria zijn? Gloria is dood.'

De politieman hapte naar adem. Even dacht ik dat hij onderuit zou gaan, maar toen ademde hij alweer iets rustiger en kreeg hij zijn stem terug. 'Het is een bedrieger, Sheila.' Montgomery keek naar mij. 'Hij probeert me erin te luizen.'

'Dan is hij prima bezig. Ik heb hem gezien, Jim, de foto die je zo graag wilt kopen. Hij is jaren geleden genomen.' Ze lachte bitter.

'Waar probeerde hij je in te luizen? In dat meer?'

'Nee… hij…' hakkelde de politieman.

'Ik heb je zo-even horen toegeven dat je erbij was toen Billy doodging. Vertel me maar eens wat je nog meer hebt gedaan, of anders vrees ik het ergste.'

'Ik heb nooit gewild dat jij hierbij betrokken raakte.'

Sheila klonk ver weg. 'Waarbij?'

'Dit.' Montgomery wees een beetje om zich heen. 'Ik zweer je… Ik heb haar met geen vinger aangeraakt.'

'Maar je kende haar wel? Je hebt Gloria gekend?'

Het was stil terwijl de politieman naar een uitvlucht zocht en die niet vond. Ik vroeg me af of het oplucht als je je aan de waarheid overgeeft, maar zo ja, dan viel daar op zijn gezicht niets van te zien. Montgomery leek nu wel tien jaar ouder dan de man die ik indertijd in Bills club had ontmoet. Hij zuchtte en zei: 'Ja, ik kende haar wel.'

Sheila hapte naar adem, en op dat moment drong het tot me door dat ze er, ondanks de foto die ik haar had getoond, tot dusver niet van overtuigd was geweest dat haar man er iets mee te maken had. Montgomery deed een stap naar voren en keek als een bejaarde, gebroken Romeo omhoog naar het balkon.

'Ik zweer je, zodra ik jou had ontmoet wist ik dat mijn relatie met Gloria niets te betekenen had. Vergeleken bij jou stelde ze niets voor.'

Sheila riep: 'Denk je dat ik dáár kwaad om ben? Denk je dat dát me ook maar iets kan schelen? De seks? Denk je dat ik jaloers ben op Gloria?' Ze greep de balustrade vast in een poging haar zelfbeheersing niet te verliezen. 'Wat heb je gedáán, Jim?'

Montgomery praatte door alsof hij haar niet gehoord had, of alsof hij zijn verhaal veel eerder al had voorbereid. 'We waren nog zo jong... Gloria verveelde zich... Het leek haar wel grappig om een politieagent te verleiden... aan beide zijden van de wet minnaars te hebben. Ik was naïef... dacht niet goed na... was te ijdel.'

Met schelle stem reageerde Sheila: 'Geef je háár de schuld ervan? Een dode vrouw?'

Montgomery fluisterde: 'Nee... nee... ik...'

'Zeg op, Jim, of ik gooi me van dit balkon, God sta me bij. Hebben Bill Noon en jij mijn zus vermoord?'

'Nee!' James Montgomery keek weg van zijn vrouw, de ontvolkte stalles in. 'Nee, ik heb haar niet vermoord. Het was Bill. Hij ontdekte dat ze had lopen rotzooien en werd ziedend. Ze is van de trap gevallen. Het was niemand z'n bedoeling, zo is het gewoon gegaan. Ik was op het verkeerde moment op de verkeerde plek, en hij heeft me gedwongen om hem te helpen.' Zijn stem klonk nu schor. 'Hij heeft me gedwongen.'

'En de kleine Bill?'

'Ik zweer je dat ik daar geen enkele schuld aan heb gehad.' Hij deed nog een stap naar voren. 'Ik heb Gloria met geen vinger aangeraakt. Het enige wat ik heb gedaan was meehelpen met het opbergen van haar lichaam, en daar heb ik de rest van m'n leven voor moeten boeten.'

Op het podium werd het geluid van zware voetstappen hoorbaar. Montgomery keek eerst naar mij en vervolgens naar de coulissen, vanwaar de lange gestalte waarnaar ik al de hele tijd had uitgekeken op ons af kwam lopen. 'Nee, dat heb je niet.' Blunt zag er even sjofel uit als altijd, maar zijn stem was krachtig en nuchter. 'Je hebt geprobeerd eraan te ontsnappen. Maar het duurt niet lang meer of je gaat er echt voor boeten.'

Montgomery keek Blunt wezenloos aan tot hij de politieagent in uniform achter hem zag en besefte wat er aan de hand was. Hij deinsde achteruit.

Ik zei: 'Je kunt geen kant uit, Monty, je zult ze in de ogen moeten kijken.'

James Montgomery deed nog één stap achteruit. Sheila slaakte een kreet en ik rende op hem af om hem tegen te houden. Onze vingers raakten elkaar nog net aan, en toen tuimelde hij achterover. Het ging met de snelheid en onvermijdelijkheid van de zwaartekracht. Ik voelde zijn hand nog op de mijne terwijl ik hem radeloos om zich heen zag maaien en de misselijkmakende doffe klap hoorde.

Van de trap aan de achterzijde kwam het geluid van zware schoenen en knetterende walkietalkies, afkomstig van dienders die de tragere route naar beneden namen. Blunt liep het podium over en wierp een blik op de vloer van de zaal. 'Hij overleeft het wel.'

Het gesnik van Sheila Montgomery drong door tot op het toneel. Blunt daalde verveeld af naar de stalles en zette de bekende politiedeun in. 'James Montgomery, ik arresteer u op de verdenking van moord. U hoeft niets te zeggen, maar het zou uw verdediging kunnen schaden als u nu geen melding maakt van iets waar u zich ten overstaan van het hof op beroept. Alles wat u nu zegt kan echter tegen u worden gebruikt...'

Ik liet me op de vloer zakken, sloeg mijn handen voor mijn gezicht en deed mijn ogen dicht.

Berlijn

De rode lippen van Sylvie vormden iets wat 'Ik hou van je' of 'Doe het niet' of 'Doe het snel' kon zijn. Er ging een knop om in mijn bewustzijn, en plotseling zag ik ons tweeën als een tableau vivant. Sylvie bang maar vastberaden met haar bleek glanzende huid die al het licht in het pakhuis in zich leek op te zuigen, en ik die in mijn bespottelijke kostuum mijn rechterarm naar boven bewoog tot de revolver zich op gelijke hoogte met mijn schouder bevond. Ergens vanuit het donker stonden de vreemdeling en Dix te wachten tot ik doorging met de act, en ergens vanuit de verte deed ik hetzelfde; ik was er nog steeds van overtuigd dat de wassen kogel zich in de cilinder bevond, maar tegelijkertijd vroeg ik me af wat me nu ontgaan was. Ik liet de revolver zakken en deed een stap in de richting van Sylvie.

Hoe bang ze daarnet ook had gekeken, het was niets vergeleken bij de doodsangst die plotseling over haar gezicht trok. 'Kom op, schatje.' Haar stem beefde onder haar inspanningen kalm te blijven. 'Waarom laat je ze onze Wilhelm Tell-act niet zien?'

Op dat moment realiseerde ik me dat de teerling was geworpen. Ik had me laten verleiden door geld en mijn kunstenaarstrots, maar ik zou iets doormaken wat erger was dan vernedering als ik de uitdaging nu uit de weg ging.

Ik stapte terug en kwam weer tot mezelf, haalde diep adem, bracht mijn arm omhoog, mikte traag, oefende druk uit op de trekker en schoot. De glazen plaat spatte uiteen en het doel klapte naar achteren in een explosie van lawaai en rood.

Ik zeeg ineen, in de warmte van mijn eigen pis, sloeg mijn handen voor mijn gezicht en voelde hoe een regen van duizenden glasscherven op mij en de vloer neerdaalde, als diamanten die een achteloze hand zich had laten ontvallen.

Zo lag ik daar, ineengedoken, met slechts die knal van de explosie in mijn oren, steeds maar weer herhaald. Na iets wat een eeuwigheid leek voelde ik de hand van Dix op mijn schouder. 'Hier.' Zijn stem klonk vriendelijk. 'Neem deze maar in, dan voel je je wat beter.'

Ik hield mijn blik op de grond gericht, niet bij machte de confrontatie aan te gaan met het rode waas dat zich aan de rand van mijn blikveld bevond, en vroeg: 'Is ze dood?'

'Ssst.' Dix trok mijn mond open en stopte een pil onder mijn tong. Ik slikte hem door, dook weer ineen op de grond en liet de duisternis over me komen. Hij had gelijk: vergeten was beter dan weten wat ik gedaan had.

Met het bewustzijn kwam de doordringende geur van een desinfecterend middel. Het eerste wat in me opkwam was dat de ziekenhuisbedden er niet zachter op waren geworden. Maar toen ik mijn ogen dwong zich te openen bleek ik kleintjes op een vierkant van zonlicht te liggen, onder een dakraam van het pakhuis. Schaduwen van duiven die zich verschanst hadden op het dak kropen over me heen. Een ervan schoof over mijn gezicht; met samengeknepen ogen wilde ik hem van me af slaan, maar tevergeefs.

Ik dacht aan Sylvie. Het beeld van haar getroffen lichaam dat de vloer raakte schoot in bloederig Technicolor door me heen. Ik kromde me om een plotselinge buikkramp heen en braakte vanuit de diepte droge snikken uit waar alleen de echo op reageerde. De vogels boven me kozen het luchtruim. Hun vleugels sloegen een onnavolgbaar ritme. Ik dacht aan het geluid dat een revolver maakt en kreunde.

Ik weet niet hoeveel tijd er was verstreken voor het me lukte mijn hoofd op te richten, maar ik weet wel dat het daarna nog lang duurde eer ik overeind wist te komen. Iemand had mijn regenjas over me heen gelegd. Ik trok hem aan en strompelde als een dronkenman naar de plek waar Sylvie was neergekomen. Het pakhuis was reusachtig, leeg; een doorvoerruimte voor spullen die even moesten worden opgeslagen en vervolgens weer naar elders verhuisden, waar vrouwen werden neergeschoten en verdwenen en waar verslagen goochelaars zich stonden af te vragen hoe ze verder moesten.

Iemand had degelijk werk afgeleverd. Van mijn misdrijf was niets meer terug te vinden, afgezien van een plek op de planken die schoner was dan het hout eromheen, waar nog restanten bloed en ander lichaamsmateriaal terug te vinden waren als je wist hoe te kijken. Ik ging op mijn knieën zitten en streek er met mijn vingers overheen. De planken waren ruw en nog licht vochtig.

Mijn hand verdween in mijn zak, op zoek naar de revolver, maar in plaats van koud metaal grepen mijn vingers een hard pakje papier beet. Ik haalde het eruit en stond naar een dikke stapel euro's te kijken, meer cash dan ik ooit bij elkaar had gezien. Een moment lang staarde ik wezenloos naar het geld en vervolgens stopte ik het weer terug in mijn zak. Ik deed mijn jas dicht en liep naar buiten, waarna ik nog een heel eind liep voordat ik me sterk genoeg voelde om een taxi aan te houden. De voordeur van Sylvie en Dix was niet op slot, de woning verlaten. Ik weet niet precies hoe lang ik daar in Dix' stoel heb zitten pulken aan de gaffertape op de scheur in de armleuning, me heb zitten afvragen wat er was gebeurd en wat ik nu weer moest verzinnen, in afwachting van de politie. Maar enige tijd nadat me duidelijk was geworden dat niemand me zou komen halen, wist ik een vlucht naar Glasgow te boeken.

Londen

Het voelde prettig om weer in Londen te zijn. Een vriend van Eilidh en John had een studio waar hij op korte termijn een huurder voor zocht. Johnny had me een aanbevelingsbrief meegegeven zodat ik geen borg hoefde te betalen, en het was me gelukt een maand huur bij elkaar te scharrelen. Nadat ik daar mijn weinige spullen had gedumpt, ging ik door naar de volgende halte: het kantoor van Rich.

Ik bereidde me voor op een afkeurende Mrs. Pierce, maar achter de balie zat een jonge vrouw. Slank en donker, met kort zwart haar rond een elfengezichtje. Ze belde Rich via de intercom en hij liet me meteen naar binnen.

'Godsamme, ik dacht minstens dat je dood was of in de bak zou zitten.'

'Geen van beide.' Ik nam plaats op de bezoekersstoel. 'Wat is er met mevrouw Pierce gebeurd?'

'Met pensioen. Zei dat ze geen zin had om na d'r zestigste nog te werken.' Rich zei het met een blik vol afschuw. 'Ik weet niet wat er aan de hand is, William. Vroeger bestond er nog zoiets als loyaliteit, maar wat krijg je nu op je bord? Vrouwen die veertig jaar voor je hebben gewerkt en dan opeens vaker bij hun kleinkinderen willen zijn. Nou vráág ik je.' Hij keek me aan. 'O, ik snap 'm al. Wat je bedoelt is: wie is toch dat lieve meiske dat daar zit?'

'Mijn Casanova-dagen liggen achter me.'

Rich glimlachte alsof hij dit wel vaker had gehoord. 'Ik begin nu te begrijpen waarom je van de aardbodem leek te zijn verdwenen. Zal ik je eens vertellen wat mijn goeie ouwe vader – God hebbe z'n ziel – altijd zei? Hij zei: "Richie, ga niet achter de knappe types aan, die bezorgen je namelijk enkel verdriet." En hij had gelijk. Mijn moeder zaliger was een lelijke vrouw, en mevrouw Banks... Heb je m'n vrouw weleens ontmoet?'

Ik schudde het hoofd. 'Nee.'

'Goed, uiterlijk is ze wat ze vroeger alledaags noemden, maar het is een fantastische vrouw, William, een goeie moeder, ze kookt lekker en... tja... Laat me je één ding adviseren: tik een vrouw op de kop die zichzelf gelukkig prijst dat ze jou heeft weten te krijgen en ze behandelt je als een vorst.'

'Ik zal er eens goed over nadenken. In de tussentijd vroeg ik me af of je misschien nog iets voor me hebt liggen.'

'Nada. Over een paar weken begint het zomerseizoen en tegen die tijd zal ik er hoogstwaarschijnlijk wel iets voor je uit kunnen poeren, als je er dan nog steeds behoefte aan hebt, maar op dit moment staat het zo droog als mevrouw Pierce zonder haar oestrogeenpillen.' Bij de aanblik van mijn fronsende wenkbrauwen zei hij: 'Ik weet het, subtiel is anders, maar die vrouw heeft me danig in de steek gelaten. Jarenlang dreigt ze ermee dat ze opstapt, en dan opeens is ze vertrokken. Ongelooflijk.' Hij haalde een sigaar uit zijn bureaula en begon er de verpakking vanaf te halen.

'Meer kun je niet voor me doen?'

Rich haalde zijn schouders op. 'Zoals ik al zei: het is rustig. Je weet hoe het gaat. Draai iets leuks in elkaar en kom tegen die tijd weer 's bij me langs voor de Grote Zomer Uitval. Ongetwijfeld is er wel weer een of andere bezopen komediant die een poot breekt en vervangen moet worden.'

Ik schudde het hoofd. 'Het eeuwige bruidsmeisje.'

'Ook zij die de borden wassen dienen een doel, William.'

'Jezus, als ik ooit nog eens als bordenwasser eindig zaag ik mezelf in tweeën en laat ik mezelf in m'n eigen reet verdwijnen.'

'Als je die truc ooit nog eens onder de knie krijgt, bel dan vooral even, maar ondertussen...'

'Toedeloe?'

'Jij bent altijd al vlug van begrip geweest.' Hij pakte de telefoon. 'Rozena, meneer Wilson stapt nu op. Kijk uit voor eventuele versiertrucs, want hij heeft geen geld en nog minder toekomstperspectief.' Hij legde de telefoon neer. 'De dochter van m'n accountant. Ik heb hem beloofd dat ze niet tijdens kantooruren haar maagdelijkheid zou verliezen.'

Ik zei: 'Van mij heb je niets te duchten.'

'Het is niet míjn maagdelijkheid waar ik me zorgen om maak, vrind.'

Op het moment dat zijn rochellach overging in een hoestbui trok ik de deur achter me dicht.

Rozena schoof een arm over de map waarin ze had zitten lezen, maar zo traag dat ik nog net zag dat het de mijne was.

'Interessant?'

'Het bevestigt wat meneer Banks heeft gezegd. Geen werk, geen perspectief, maar tussen de regels door lees ik dat je je boontjes toch wel weet te doppen.'

'Alleen omdat ik al heel lang in dit wereldje rondloop.'

'Lang genoeg om een meisje een rondleiding te geven?'

Het was zo'n aanbod dat je maar één of twee keer in je leven krijgt. Ze glimlachte, zodat ik haar gebit zag. Er waren heel wat boeken in balans gebracht om die perfecte glimlach tot stand te brengen. Ik pakte de map op, keek naar mijn grijnzende gezicht dat met een paperclip aan de linkerbovenhoek hing, trok de foto los en stopte hem in mijn zak. Als ik ooit nog eens het kantoor binnenstapte zou ik hem vervangen door een exemplaar dat wel op me leek. Ik zei: 'Ieder halfuur vertrekt er een toeristenbus vanaf de Marble Arch. Ik heb gehoord dat ze prima toelichtingen geven.' En ik liep de zon tegemoet.

*

Op straat gaf mijn telefoon een riedel. Ik klapte hem open en las het bericht. *Zrg dt je 25-6 met je luie dndr in Glsgw staat je hbt 1 bruiloft – Johnny.*
Ik sms'te een OK terug en stopte het mobieltje weer in mijn zak. Ik was geen getuige, maar daar had ik ondertussen mijn buik wel van vol.

Ik nam de metro naar Tottenham Court Road en liep vanaf daar Soho in. Ik begon aan een nieuw leven. Dat betekende geen verboden straten en terreinen, dat betekende het verleden in de ogen kijken.
Misschien dat ik me onderweg naar mijn bestemming vagelijk bewust was van het getik van hoge hakken en het hoge gegiechel dat me inhaalde. Maar als ik er al enige aandacht aan schonk, dan dacht ik waarschijnlijk dat het een stel jonge winkelmeisjes waren die hun toonbank even mochten ontvluchten en hun lunchpauze optimaal wilden benutten. Plotseling haakte iemand zijn arm om mijn linkerarm en een moment later legde iemand een hand om mijn schouders en drukte zich tegen me aan. Geschrokken kwam ik tot stilstand.
Shaz begon te giechelen. 'Weet je nog wie we zijn?'
Het duurde even voordat ik voldoende op adem was om te kunnen antwoorden. 'Hoe kan ik jullie nou vergeten?'

Jacque keek me aan. 'Hebben we je laten schrikken?'

'Een tikkeltje misschien.'

De meisjes lachten. Jacques haar was kortgeknipt en in drie ver-schillende tinten blond geverfd. Shaz' donkere krullen waren mo-gelijk iets gegroeid. Maar verder zagen The Divines er nog precies hetzelfde uit als de laatste keer dat ik ze had gezien, zij het natuur-lijk dat ze nu aangekleed waren.

'Jullie zien er allebei fantastisch uit.'

Ze riepen in koor: 'Dank je wel.' Niemand die mij complimen-teerde vanwege de kilo's die ik kwijt was, maar misschien hadden ze het niet gezien.

Jacque liet mijn arm los. 'Wat een vreemde avond was dat, hè? Weet je dat Bill toen is doodgeschoten?'

'Uhuh, dat heb ik gehoord.'

'Gelukkig waren wij 'm tegen die tijd al gesmeerd.' Shaz schud-de het hoofd. 'Hij was altijd al een rare.'

'O ja?'

'O, zeker weten. Zo maf als een deur.'

Jacque giechelde. 'Helemaal de kluts kwijt in Maffenland.'

Shaz speelde het spel mee. 'En op de Maffenzee.'

'Geen stukje hout meer om z'n mafketel mee te stoken.'

Ik kwam tussenbeide voordat het al te leuk werd. 'Fantastisch om te zien dat het zo goed met jullie gaat…'

Shaz onderbrak me. 'O nee, zo gemakkelijk kom je niet van ons af.' Ze greep mijn linkerarm weer beet en haar vriendin pakte mijn rechter. 'Kom, we gaan wat drinken.'

'Ik moet ergens naartoe.'

Jacque kneep in mijn pols. 'Zijn een paar exotische danseressen je tegenwoordig te min?'

'Daar gaat het niet om…'

'Om wat dan wel?'

Ik wilde antwoorden dat ik maar beter uit de buurt van vrouwen kon blijven, maar dat vergde te veel toelichting, die weer te veel andere vragen zou oproepen, dus zei ik maar: 'Oké, waar dachten jullie aan?'

Jacque giechelde. 'Daarom zijn we je achternagelopen. Er is iets wat je moet zien.'

Shaz keek op haar horloge. 'En als we snel zijn komen we nog net op tijd.'

*

Na de arrestatie van Montgomery had ik verwacht weer in de cel te worden gegooid, in afwachting van mijn uitlevering aan Duitsland, maar Sylvies naam viel geen enkele keer. Tijdens een van de lange verhoor- en dranksessies die Blunt en ik hielden, waarbij we enkele vrijheden die we ons gepermitteerd hadden weglieten, wist ik op een gegeven moment voldoende moed te verzamelen om te zeggen: 'Montgomery heeft m'n moeder bedreigd.'

'De man was wanhopig en meedogenloos, en da's geen fijne combinatie.'

'Hij heeft het er in politieland behoorlijk ver mee geschopt.'

Blunt keek me aan. 'In welke business je ook werkt, tussen de bazen vind je altijd wel een paar geslaagde psychopaten.'

'Is dat zo?'

Hij knikte. 'Als je er even over nadenkt is het logisch. Het verklaart waarom alle bazen eikels zijn.'

Ik knikte en nam een slok van mijn bier. 'In Berlijn heeft hij ook een grietje bedreigd met wie ik bevriend was. Heeft hij het wel eens over haar gehad, vroeg ik me af?'

'Neuh, je denkt toch niet dat-ie zichzelf moedwillig verder in de nesten werkt, hè? Was het erg smerig?'

Ik moest weer denken aan onze ontmoeting in de pub onder de spoorbogen. 'Hij zei: "Ik weet precies hoe het zit met dat Duitse vriendinnetje van je."'

'Typische boevenpraat. Hij wist dat je een vriendin had, dus zet hij je natuurlijk via haar onder druk. Misschien weet-ie waar ze woont of werkt, misschien ook niet. Maar hij komt met haar op de proppen en jij raakt in paniek. Een ouwe truc.'

'Ik dacht…'

'Wat?'

'Nee, ik dacht niet echt. Het was meer een vorm van instinctief reageren.'

Blunt snoof. 'Poeh, tja, sommige vrouwen hebben dat effect op je. Maken dat je de gekste dingen gaat denken.'

Ik knikte en sloeg de rest van mijn pint achterover.

Wekenlang stonden de kranten vol met verhalen over het proces. Montgomery had toegegeven dat hij had meegeholpen het lichaam op te ruimen, maar beweerde nog altijd dat ze per ongeluk was doodgegaan. Gloria en hij hadden al een halfjaar een relatie op de dag dat Bill Noon erachter kwam en expres vroeg naar huis ging. Montgomery hield vast aan zijn verhaal dat Noon hen samen had betrapt en Gloria tijdens de daaropvolgende ruzie van de trap was gevallen en een dodelijke hoofdwond had opgelopen. Hij raakte in paniek, waarop Bill en hij zich van het lichaam hadden ontdaan. Daarbij bundelden ze hun krachten als gangster respectievelijk politieman om ervoor te zorgen dat Gloria nooit zou worden gevonden. Hun beider ervaringen met misdaden en schurken hadden hen ertoe gebracht om de bewuste foto te nemen, bij wijze van wederzijdse verzekering.

Montgomery vertelde over hun angst, die ze binnen de perken hadden kunnen houden door noodgedwongen elkaars bondgenoten te worden en samen een plan te bekokstoven: na zonsondergang waren ze door het donker naar een natuurgebied gereden om Gloria's verzwaarde lichaam in het meer te laten zinken. Vervolgens konden ze niet anders dan samen blijven rondrijden tot de winkels opengingen en ze het fotorolletje konden laten ontwikkelen bij een afgelegen eenuursservice. Bill en hij waren zwijgend in een ondergrondse parkeergarage blijven zitten, diep onder de grond, tot de afdrukken klaar waren. Daarna hadden ze allebei een exemplaar bij zich gestoken en het negatief getweeën verbrand.

Het pact tussen hen beiden was die nacht tot stand gekomen. Misschien dat het een in geheimen gedrenkte bloedband was, of misschien waren het gewoon twee hebzuchtige mannen die aan gene zijde van de wet een bondgenoot hadden gevonden. Hoe dan ook leek de één de ander niet helemaal met rust te kunnen laten en had de jury te horen gekregen dat Bill senior bij veel van de zwendelpraktijken en ondernemingen zijn voordeel had gedaan met Montgomery's invloed.

Er was niemand die Montgomery's relaas kon betwisten. Hij gaf heel wat toe, in de hoop dat blijken van eerlijkheid en schuldbesef hem zouden steunen in zijn ontkenning bij de dood van Gloria betrokken te zijn geweest. Desondanks beschuldigde het hof hem van moord, en de jury stemde daarmee in.

Het bewijs met betrekking tot de dood van Bill junior en Sam was ontoereikend. Montgomery had gelijk gehad: de plaats delict was de natte droom van iedere politiearts geweest, en nu men wist waarnaar te zoeken, bleek het kantoor vergeven van zijn vingerafdrukken en DNA. Maar Montgomery had nooit ontkend daar te zijn geweest op het moment dat de schoten werden gelost; wel wierp hij met kracht de aantijging van zich af dat hij de trekker zou hebben overgehaald. In elk geval had hij wel de twee mannen zien sterven en geen enkele poging ondernomen om hulp in te roepen. Wat voor de jury voldoende was om van zijn meedogenloosheid overtuigd te raken. Zodoende werd hij schuldig bevonden aan nog twee moorden, hoewel de verdediging van Montgomery die volgens Eilidh misschien nog wel in hoger beroep van tafel kon krijgen.

Wat de waarheid ook mocht zijn, James Montgomery werd voor een zeer lange periode opgeborgen in een oord waar men politiemannen met een apart soort vreugde ontving. Van familiebezoek zou geen sprake zijn, en als hij ooit vrijkwam was er niemand die op hem wachtte. Het was een vorm van gerechtigheid, maar ik moest steeds weer denken aan zijn wegkwijnende vrouw, en dan vroeg ik me af of ze zich er ooit bij zou neerleggen dat ze deze prijs had moeten betalen voor het ontdekken van het lot van haar zus.

*

The Divines bleven staan voor een gebouw dat ik goed kende maar dat ik pas één keer eerder vanbinnen had gezien.

Shaz grinnikte.

'Herken je het?'

'Jullie maken een grapje.'

'Nee hoor, William.'

Zonder dat we het van elkaar wisten hadden we hetzelfde doel voor ogen gehad, maar als ze me er niet naartoe hadden gebracht, was ik er misschien voorbijgelopen. Bills oude club was niet langer die vage, geblindeerde zaak waar we elkaar die ene avond hadden ontmoet. Er was driftig geschilderd, en een verlicht, mintgroen bord prees hem aan onder de naam BUMPERS.

Jacque keek verheerlijkt naar de frisse gevel van het pand. 'En uit wie denk je dat de nieuwe directie bestaat?'

Ik schudde het hoofd. 'Ik heb werkelijk geen fláúw idee.' Nu pas viel het me op hoe opgewonden The Divines stonden te glimlachen. 'Jullie?'

'Ja!' riepen ze in koor. Jacque pakte mijn elleboog vast.

'Kom op, William, of je loopt je traktatie mis.'

De portier lachte naar de vrouwen, maar plantte vervolgens zijn brede lichaam voor het mijne. 'Bent u wel lid, meneer?'

'Laat maar, Dave, hij hoort bij ons.'

David keek wat weifelend, maar stapte opzij om me door te laten. De lounge waar ik mijn act had gedaan en waar de meisjes voor het politiekorps hadden gedanst was onherkenbaar veranderd. Langs de zijkanten stonden groepjes paarse banken, en op de plek waar de discobol wat mismoedig zijn rondjes had gedraaid, hing nu een enorme kristallen kroonluchter aan het plafond. Aan de wanden waren levensgrote vergulde lijsten bevestigd met daarin geairbrushte foto's van rondborstige vrouwen met vochtige, open monden. Ik vond de modellen er lichtelijk gepijnigd uitzien, alsof ze iets hadden gegeten wat slecht was gevallen. Maar al deze aankleding viel in het niet bij dé attractie van de zaal: een spiegelend, door een zilveren paal doorboord podium.

'Begrijp me niet verkeerd, meiden, jullie hebben hier fantastisch werk geleverd, maar ik weet niet zeker of dit wel een tent voor mij is.'

'Dat is het ook nooit geweest, William.' Shaz knikte naar een serveerster. 'Maar wacht even, dan krijg je iets te zien wat precies in jouw straatje ligt.'

Ik had al zo vaak gedacht haar gezicht te hebben gezien en had me al zo vaak vergist dat ik inmiddels mijn zintuigen niet meer vertrouwde. Maar toen ze uit de duisternis stapte wist ik dat ze het ditmaal echt was.

Ze liep het kleine podium op, gekleed in een chic zwart mantelpakje met witte manchetten, bracht haar handen met de palmen naar voren gekeerd omhoog om te tonen dat ze leeg waren, waarna ze vanuit het niets een rode zijden zakdoek te voorschijn toverde. Haar slanke vingers vouwden hem net zo lang op tot hij verdwenen was. Opnieuw deed ze haar handen omhoog, alsof het haar verbaasde dat ze leeg waren. Met wijd opengesperde ogen trok ze de witte manchetten beurtelings los om ze achter zich op de grond te gooien, en vervolgens herhaalde ze de truc met het rode vierkant dat opdook uit het niets. Ze wiegde mee op de maat van de muziek, opgewekt en uitdagend glimlachend, en trok langzaam haar tuttige jasje uit, dat ze in dezelfde richting als de manchetten smeet, waarop een zwarte kanten beha zichtbaar werd. En weer verscheen plotseling de zakdoek tussen haar vingers. Ze zwaaide ermee door de lucht, vouwde hem weg en keek daarna naar haar rok; terwijl ze hem openritste trok ze ondeugend haar wenkbrauwen op, om vervolgens de rok op de grond te laten vallen en hem met een tik van haar been van het podium af te schuiven. Nu had ze alleen nog haar ondergoed en schoenen aan. De rode zakdoek gaf het niet op. Opnieuw verscheen hij in haar hand en weer vouwde ze hem op tot het nulpunt. De truc was eenvoudig, iets wat een handige zesjarige ook onder de knie zou kunnen krijgen, maar ik was als gehypnotiseerd. Ik schudde het hoofd. Een glimlach trok over mijn gezicht toen haar beha en slipje na elkaar de vloer raakten en ze naakt voor me stond. Ik kwam overeind, klaar om te applaudisseren, maar de act was nog niet voorbij. De schalkse goochelaar liet een blik over haar lichaam glijden, bracht een hand naar haar geslacht en trok nog één keer het rode doekje te voorschijn. Ze wierp haar handen in de lucht, liet de zakdoek definitief verdwijnen en maakte een buiging. Vanaf de halflege tafeltjes steeg een mager middagapplausje op. Ik ging staan en begon zo hard mogelijk te klappen en te joelen. Shaz en Jacque glimlachten naar me, blij dat ik hun grapje had kunnen waarderen. Ze konden niet weten dat ik niet voor de truc met de zakdoek klapte, maar voor een andere, spectaculairder illusie. Sylvie keek mijn kant uit en onze ogen ontmoetten elkaar.

We waren de enigen in de kleedkamer. Sylvie schoof wat achtergebleven opmaakspullen opzij – gebruikte tissues, restjes make-up, haarspelden en borstels – en ging met haar rug naar de spiegel op de kaptafel zitten. Ik pakte er een stoel bij en nam tegenover haar plaats. Het bordje boven Sylvies hoofd gaf VERBODEN TE ROKEN te lezen. Ze haalde een pakje sigaretten uit haar kamerjas en bood me er een aan. Ik voorzag ons allebei van vuur. Ze inhaleerde en glimlachte door de rook heen. 'En, William, haat je me?'

Ik dacht een hele poos na, met mijn blik op haar gezicht gericht. 'Eigenlijk zou ik je moeten willen vermoorden.'

Sylvie trok de dop van een bus haarlak, tikte haar as erin en schonk me de glimlach waar ik in Berlijn van had staan duizelen. Hij was nog steeds de moeite waard.

'Ik had wel gedacht dat je in Londen weer zou opduiken.'

'Ben je daarom hiernaartoe gekomen?'

'Misschien.'

'Misschien?'

Sylvie haalde haar schouders op. 'Het is een kleine wereld, en een nog kleinere scene. Ik had wel verwacht dat we elkaar vroeg of laat tegen het lijf zouden lopen.'

Ongeloof vatte post achter in mijn keel. 'Je had wel verwacht dat we elkaar tegen het lijf zouden lopen?'

Ze nam een trek van haar sigaret en kneep haar ogen samen vanwege de rook. 'Je had me kunnen vinden, William, als je de moeite had genomen om te zoeken.' Lachend strekte ze haar armen en liet ze haar blik door de kamer gaan. 'Zoekt en gij zult vinden.'

'Heb je enig benul van wat je mij hebt aangedaan, Sylvie?' Ik schudde het hoofd, struikelend over mijn woorden. 'Jezus, ik weet niet wat ik het eerst moet vragen. Waarom? Hoe? Hoe? Hoe heb je het voor elkaar gekregen?'

Sylvie glimlachte vermoeid. 'Rook en spiegels, autosuggestie. Ik heb je ingezeept, je het idee ingefluisterd dat alles verkeerd zou lopen, en toen Dix het effect in werking zette, geloofde je erin. Je zat al op je knieën en verkeerde al bijna in een shocktoestand voordat ik tegen de grond ging.'

'Ik snap het nog steeds niet. Waarom, Sylvie? Had ik iets misdaan waardoor ik het verdiende?'

Ze staarde naar haar voeten en wiebelde met haar tenen. 'Denk je dat we altijd ons verdiende loon krijgen? Nee, je verdiende het niet. De show was de prijs waarmee Dix zijn schulden moest aflossen.'

'En waarom hebben jullie me dat dan niet verteld? Ik dacht dat ik je vermoord had.' Ik herhaalde mijn woorden, met klem. '*Ik dacht dat ik een moordenaar was.* Heb je enig idee wat een afgrijselijk gevoel dat is?'

'Ik geloof van niet.' Ze hief het hoofd. 'Sorry, William, maar die reactie van je was essentieel voor de act.' Ze glimlachte. 'Die had je niet kunnen faken.'

Mijn stem klonk bitter. 'Nee, waarschijnlijk niet.'

Sylvie zuchtte. 'Dix heeft uit zijn diepe dal kunnen klimmen. De man bij wie hij in het krijt stond wilde een video maken die hun het verschuldigde bedrag zou opleveren, en hem in één moeite door straffen.' Ze boog voorover en raakte mijn hand aan. 'Je was het tegenovergestelde van een moordenaar en ik was je dankbaar... erg dankbaar. Ik heb ervoor gezorgd dat Dix je een flinke berg geld meegaf.'

Ik trok mijn hand onder de hare weg. 'Geld waarvan ik dacht dat het in jouw bloed gedrenkt was.' Sylvie staarde weer naar haar voeten, en ik vroeg: 'Dus Dix heeft flink aan die deal verdiend?' In haar stem klonk een opgewekte meisjestoon door. 'Je kent Dix toch? Die houdt alles met een schuin oog in de gaten. Voor iedere officiële toeschouwer staan er meerdere in de coulissen, van iedere video krijg je tien kopieën.'

Ik werd getroffen door de gedachte dat het voorval op talloze banden lag vastgelegd, gevangen was in een wereldwijd web, zweet losmaakte bij een eindeloos groot publiek van anonieme toeschouwers. Dat besef moet zich op mijn gezicht hebben afgetekend, want Sylvie zei: 'Wees niet bang, het enige hoofd dat in beeld komt is het mijne.'

Ik dwong mijn stem kalm te blijven. 'En Dix?'

Sylvie keek van me weg. 'Het gaat prima met hem.'

'Rijk?'

Ze glimlachte. 'Ach, je weet, geld heeft de gewoonte om in rook op te gaan.'

'Vandaar...' Ik liet mijn blik door de kleedkamer glijden.

'Ja,' zei ze glimlachend, 'vandaar.'

'Dus...' Ik stelde de vraag waarop ik al in de eerste schok van onze hereniging het antwoord had willen weten. 'Dus Dix is hier, bij jou?'

Sylvie knikte.

Ik zei: 'Doe hem de groeten.'

'Je bent woest op me, William.'

Ik schokschouderde. 'Nee, ik ben niet woest. Ik wás woest, maar inmiddels is dat voorbij.' Ik ging staan. 'Pas goed op jezelf, Sylvie.'

Ze nam een laatste trek van haar sigaret en keek me aan. Heel even dacht ik dat ze me misschien wel zou vragen om te blijven, maar in plaats daarvan drukte ze haar peuk uit in de geïmproviseerde asbak en trakteerde ze me op die bijzondere glimlach van haar, de lach waarmee ze het gejuich helemaal tot aan de goden had kunnen laten opstijgen. 'Jij ook, William.'

Ik trok de deur van de kleedkamer achter me dicht en liep de club uit, het rumoer van het namiddagse Soho in.

Sheila Montgomery had op een dag gezegd dat als haar zus alsnog in levenden lijve zou opduiken, ze de verleiding zou moeten weerstaan om haar te doden, vanwege al het leed dat ze berokkend had. Nu wist ik dat het niet zo was. Het gebleken verraad van Sylvie deed pijn, maar het deed niet zo veel pijn als toen ik dacht dat ik haar gedood had. Ik was als moordenaar de club in gegaan en kwam verlost weer naar buiten. Daar mocht toch wel op gedronken worden.

In de buurt was een fatsoenlijke pub waar de hele middag de races op tv te volgen waren. Ik sloeg af en liep die kant uit, met in mijn hoofd de herinnering aan de glimlach van Sylvie, lief en droevig, stralend.